SCIENCE FICTION

Herausgegeben
von Wolfgang Jeschke

Aus der Serie »Die Abenteuer des Raumschiffs ›Enterprise‹«
in der Reihe HEYNE SCIENCE FICTION & FANTASY
sind bereits erschienen:

Vonda N. McIntyre, *Star Trek II: Der Zorn des Khan* · 06/3971
Vonda N. McIntyre, *Der Entropie-Effekt* · 06/3988
Robert E. Vardeman, *Das Klingon-Gambit* · 06/4035
Lee Correy, *Hort des Lebens* · 06/4083
Vonda N. McIntyre, *Star Trek III: Auf der Suche nach Mr. Spock* · 06/4181
M. S. Murdock, *Das Netz der Romulaner* · 06/4209
Sonni Cooper, *Schwarzes Feuer* · 06/4270
Robert E. Vardeman, *Meuterei auf der Enterprise* · 06/4285
Howard Weinstein, *Die Macht der Krone* · 06/4342
Sondra Marshak & Myrna Culbreath, *Das Prometheus-Muster* · 06/4379
Sondra Marshak & Myrna Culbreath, *Triangel* · 06/4411
A. C. Crispin, *Sohn der Vergangenheit* · 06/4431
Diane Duane, *Der verwundete Himmel* · 06/4458
David Dvorkin, *Die Trellisane-Konfrontation* · 06/4474
Vonda N. McIntyre, *Star Trek IV: Zurück in die Gegenwart* · 06/4486
Greg Bear, *Corona* · 06/4499
John M. Ford, *Der letzte Schachzug* · 06/4528
Diane Duane, *Der Feind, mein Verbündeter* · 06/4535

Liebe Leser,

um Rückfragen zu vermeiden und Ihnen Enttäuschungen zu ersparen: Bei dieser Titelliste handelt es sich um eine Bibliographie und NICHT UM EIN VERZEICHNIS LIEFERBARER BÜCHER. Es ist leider unmöglich, alle Titel ständig lieferbar zu halten. Bitte fordern Sie bei Ihrer Buchhandlung oder beim Verlag ein Verzeichnis der lieferbaren Heyne-Bücher an. Wir bitten Sie um Verständnis.

Wilhelm Heyne Verlag GmbH & Co. KG, Türkenstr. 5–7, Postfach 20 12 04, 8000 München 2, Abteilung Vertrieb

JEAN LORRAH

MORD AN DER VULKAN AKADEMIE

*Die neuen Abenteuer des Raumschiffs
›Enterprise‹*

Science Fiction Roman

Deutsche Erstausgabe

WILHELM HEYNE VERLAG
MÜNCHEN

HEYNE SCIENCE FICTION & FANTASY
Band 06/4568

Titel der amerikanischen Originalausgabe
THE VULCAN ACADEMY MURDERS
Deutsche Übersetzung von Andreas Brandhorst
Das Umschlagbild schuf Boris Vallejo

2. Auflage

Redaktion: Rainer Michael Rahn
Copyright © 1984 by Paramount Pictures Corporation
Copyright © 1989 der deutschen Übersetzung by
Wilhelm Heyne Verlag GmbH & Co. KG, München
Printed in Germany 1990
Umschlaggestaltung: Atelier Ingrid Schütz, München
Gesamtherstellung: Ebner Ulm

ISBN 3-453-03156-3

KAPITEL 1

»Photonentorpedos Feuer!«

Captain James T. Kirk beugte sich im Sessel des Befehlsstands vor, als wolle er die Waffensysteme der USS *Enterprise* allein mit seinem Willen aufs Ziel ausrichten.

Nichts geschah.

Das klingonische Kriegsschiff, das deutlich auf dem großen Wandschirm zu sehen war, peilte die *Enterprise* an und feuerte erneut. Kirk spürte eine heftige Erschütterung, aber die Schilde blieben stabil.

»Mr. Sulu, die Torpedos!« Die Stimme des Captains klang fest und entschlossen.

»Keine Reaktion, Sir«, erwiderte der Navigator und betätigte mehrere Tasten.

Kirk schaltete den Kommunikator in der Armlehne seines Sessels ein. »Hilfsbrücke! Mr. Chekov, feuern Sie die Photonentorpedos ab!«

»Bestätigung, Captain!« Zwei grelle Lichtblitze rasten über den Bildschirm.

Kirk hatte erwartet, daß ihm Pavel Chekov von der Hilfsbrücke antworten würde. Statt dessen meldete sich Carl Remington, ein junger Fähnrich, der gerade seine Ausbildung an der Starfleet-Akademie abgeschlossen hatte. Er hörte die Furcht in der Stimme des jungen Mannes und fragte sich, ob Remington kurz davorstand, die Nerven zu verlieren.

»Phaserbatterie Eins - Feuer!«

Die Klingonen fühlten sich offenbar ihres Sieges sicher. Ihr Schiff raste heran — und die gebündelten Phaserstrahlen irrlichterten in den Schutzschirmen der feindlichen Einheit. Die Energiestärke ihrer Deflektoren sank.

Kirk zögerte nicht, nutzte die kritische Lage des Gegners sofort aus. »Phaserbatterie Zwei - Feuer!«

Die Bugschilde des klingonischen Kampfkreuzers lösten sich funkenstiebend auf. »Alle Waffensysteme — Feuer!«

Remington reagierte unverzüglich, löste erneut die Photonentorpedos und Phaser aus. Der Feind gab sich nicht geschlagen, und für einige lange Sekunden waren die Schilde der *Enterprise* nicht mehr imstande, die destruktive Energie zu absorbieren. Kirk spürte weitere Erschütterungen, und seine Hände schlossen sich fest um die Armlehnen des Sessels. Dann erlosch das Glühen der klingonischen Deflektoren, und der Kreuzer trieb antriebslos im Raum.

»Waffen auf Bereitschaft!« befahl Kirk — und stellte fest, daß die Bordgeschütze bereits schwiegen. »Hilfsbrücke.«

Keine Reaktion.

»Chekov! Remington! Antworten Sie!«

Eine Zeitlang blieb es still. Dann drang das keuchende Husten Chekovs aus dem Com-Lautsprecher. »Captain, einige von uns sind verletzt...« Er brach ab.

Kirk betätigte eine andere Taste. »Krankenabteilung. Pille, schick so schnell wie möglich jemanden zur Hilfsbrücke.« Dann folgte wieder eine allgemeine Intercom-Durchsage: »An alle Besatzungsmitglieder, die sich in der Nähe aufhalten: Übernehmen Sie die zweite Brücke.«

Kurz darauf leuchteten auf dem Kontrollfeld einige Sensorpunkte auf. »Hier spricht Grogan, Captain«, sagte eine Frau. »Mr. Chekov hat das Bewußtsein verloren, und Mr. Remington... Ich glaube, er ist tot, Sir.«

»Kontrollieren Sie seine Konsole, Grogan. Sorgen Sie dafür, daß die unterbrochenen Verbindungen zur Hauptbrücke wiederhergestellt werden.«

»Aye, Captain.«

Aber die Schlacht war bereits entschieden. Der klingonische Kampfkreuzer driftete manövrierunfähig im

All, und die Sensoren registrierten keine energetischen Emissionen mehr. Die letzte Salve der *Enterprise* hatte nicht nur das Triebwerk und die Wandler zerstört, sondern auch die Lebenserhaltungssysteme. Deutlich hörte Kirk die ächzenden Stimmen sterbender Klingonen.

»*Enterprise* an die Mannschaft des imperialen Kreuzers: Bereiten Sie sich auf einen Transfer vor. Scotty...«

»Aye, Captain«, erwiderte der Chefingenieur. »Wir versuchen es. Aber die Scanner erfassen nur ein Dutzend Überlebende, und einige von ihnen sind so schwer verwundet, daß sie keine Chance haben.«

Kirk saß wie erstarrt und nahm die Berichte der einzelnen Sektionen entgegen. Die Beschädigungen in manchen Abteilungen waren so ernster Natur, daß ihnen nichts anderes übrigblieb, als eine Starbase anzusteuern und das Schiff im Raumdock reparieren zu lassen. Der Computer nahm eine gründliche Sondierung vor und lokalisierte alle ausgefallenen Komponenten. Diese Analyse beschränkte sich allein auf den technischen Aspekt. Die Menschen an Bord hingegen kümmerten sich um ihre Freunde und Gefährten, und es dauerte eine Weile, bis die genaue Anzahl der Toten und Verletzten feststand.

»Wir haben drei der Mistkerle zu uns geholt«, sagte Scott, als er den Turbolift verließ und die Brücke betrat. »Der giftige Rauch an Bord ihres Kreuzers hat ihnen die Lungen verätzt, aber ich schätze, sie werden es schaffen!« Der Schotte hielt auf die summende Navigationskonsole zu.

»Wo befinden sie sich jetzt?« fragte Kirk.

»In der Krankenstation. Der McCoy flickt sie wieder zusammen, so daß wir sie verhören können.«

Kirk blickte auf den großen Bildschirm, der noch immer das klingonische Schiff zeigte. Nur drei Überlebende. Alle anderen ruhten nun in einem stählernen Grab, umgeben von der Stille des Raums. »Warum?« fragte er. »Ich weiß, daß sie diesen Raumsektor für sich beanspruchen. Aber warum griffen sie uns an? Wir haben sie doch nur aufgefordert, die Hoheitsrechte der Föderation zu achten.«

»Es sind Klingonen«, entgegnete Scott. »Was erwarten Sie von ihnen?«

»Aber warum setzten sie ihr Leben aufs Spiel? Warum gingen sie in den Tod? Es muß ihnen doch klar gewesen sein, daß die *Enterprise* ihrem Schiff weit überlegen war. Himmel, warum opferten sie sich für hundert Kubiklichtjahre leeren Alls?«

Spock, der die ganze Zeit über geschwiegen hatte, wandte sich von der wissenschaftlichen Station ab. »›Die Ehre des Kriegers zählt mehr als der Triumph des Siegers.‹«

»Bitte?« Kirk sah verwirrt auf.

»Ein klingonisches Sprichwort«, erklärte der Vulkanier. »›Die Kinder des Imperiums ziehen lachend in die Schlacht, fürchten weder Tod noch des Feindes Macht.‹« Spock zögerte und fügte hinzu: »Der Krieg ist ihr Lebensinhalt.«

»Zynismus, Spock?«

»Nein, Captain. Beobachtung. Deduktion. Ich hatte oft genug Gelegenheit, mich mit der Verhaltensweise von Klingonen zu beschäftigen. Ihr Handeln ist nicht logisch, aber vorhersehbar.«

»Wollen Sie andeuten, ich hätte die Konfrontation vermeiden können?« erkundigte sich Kirk.

»Nein, Captain. Ganz im Gegenteil. Wenn man Klingonen in einem Quadranten begegnet, auf den nicht nur das Imperium Anspruch erhebt, sondern auch die Föderation, muß es zwangsläufig zu einem Kampf kommen.«

Kirks Unbehagen blieb — obgleich Spock bestätigte, daß er die richtigen Entscheidungen getroffen hatte. Gab es wirklich keine Alternative dazu, ständig die

Waffen sprechen zu lassen? Blieb ihnen tatsächlich keine andere Wahl, als Konflikte immerzu mit Gewalt auszutragen? Manchmal verglich er Menschen und Klingonen mit Kindern, die Piraten spielten — doch das Leid auf beiden Seiten war echt.

Nach einer Weile meldete sich McCoy von der Krankenstation. »Vier Tote, Captain: Rosen, Livinger, M'Gura und Jakorski. Dreiundneunzig Verletzte, davon nur elf so schwer, daß sie intensive Behandlung benötigen. Einer von ihnen...« McCoy holte tief Luft. »Jim, vielleicht solltest du dir selbst ein Bild davon machen...«

»Remington?« fragte Kirk und erinnerte sich an Grogans Meldung.

»Ja. Sein Zustand ist ziemlich ernst.«

Scott nahm an der wieder funktionsfähigen Konsole Platz, und die letzten Schadensmeldungen trafen ein. »Sie haben das Kommando, Mr. Spock«, sagte Kirk, trat in den Turbolift und begab sich zur Krankenabteilung.

Einige der dort eingelieferten Männer und Frauen rangen sich ein Lächeln ab, als sie den Captain sahen. Kirk begrüßte sie betont freundlich, meinte, er sei stolz auf sie alle, und versicherte ihnen, mit McCoys Hilfe kämen sie bald wieder auf die Beine. Aber die Maske der Fröhlichkeit löste sich schlagartig auf, als er dem Bordarzt in die Intensivstation folgte. Carl Remington ruhte blaß und reglos auf einer speziellen Pflegeliege, schien dem Tod näher zu sein als dem Leben. Die Indikatoren über dem Kopfende des Bettes zeigten besorgniserregend niedrige Werte an. »Wie steht's mit ihm?«

»Es ist hoffnungslos«, erwiderte McCoy. »Und was mich besonders belastet... Verdammt, Jim: Es wird Tage dauern, bis er stirbt. Die Lähmung erfaßt seinen ganzen Körper. Das Zentralnervensystem ist irreparabel geschädigt, vermutlich infolge eines energetischen Entladungsblitzes, der ihn traf, als unsere Schilde zusammenbrachen. Das vegetative Nervensystem funktioniert nach wie vor. Ich habe ihn von den Lebenserhaltungsmechanismen getrennt, und er... Nun, er lebt. Aber er kann sich nicht bewegen, nicht einmal zwinkern.« McCoy seufzte. »Wenn sich sein Zustand stabilisiert, steht ihm vielleicht eine jahrelange Leidenszeit bevor.«

»O Gott«, stöhnte Kirk. »Weiß er Bescheid? Ich meine: Kann er uns hören? Ist er bei Bewußtsein?«

»Keine Ahnung. Bisher zeigte er nicht die geringste Reaktion. Pulsschlag und Atemrhythmus weisen keine Veränderungen auf, die sich mit emotionaler Stimulierung erklären ließen. Soll ich Spock bitten...«

»Nein!« Kirk zögerte und dachte nach. Schließlich seufzte er ebenfalls. »Ja, Pille. Wir müssen alle Zweifel ausräumen.«

Normalerweise widerstrebte es dem Vulkanier, die mentale Technik der Gedankenverschmelzung einzusetzen, doch in diesem Fall erklärte er sich einverstanden. »In Ordnung«, sagte er. »Ich verstehe, daß Sie feststellen wollen, ob noch ein Bewußtseinskomplex mit dem Identifikationsbegriff ›Carl Remington‹ existiert, bevor Sie die Behandlungsmethode bestimmen. Ja, ich bin bereit, Kontakt mit seinem Geist aufzunehmen. Lassen Sie mich jetzt bitte mit ihm allein.«

Kirk und McCoy zogen sich in das Büro des Bordarztes zurück, um dort auf Spock zu warten. Der Captain nahm in einem bequemen Sessel Platz, starrte ins Leere und versuchte nicht mehr, seine Betroffenheit zu verbergen.

»Vielleicht ist er klinisch tot«, sagte MCoy. »Die Sensoren registrieren keine Hirnwellenaktivität.«

»Und vielleicht stirbt auch sein Körper — was dir eine Menge Arbeit ersparen würde...« Kirk unterbrach seine zornige Antwort, stützte die Ellenbogen auf die Knie und rieb sich die Augen. »Tut mir leid, Pille. Ich bin sicher, du hast dir alle Mühe gegeben.«

»Das trifft auch auf dich zu«, entgegnete der Arzt. »Ich verschreibe dir hiermit dieses Medikament.« Er reichte ihm ein Glas Brandy, und Kirk wies es nicht zurück. McCoy ging um seinen Schreibtisch herum und setzte sich ebenfalls. »Ich vermute, Remington gehört zu den jungen Leuten, mit denen du dich identifizierst, nicht wahr?«

»Pille, ich...«

»Ich weiß. Dir liegt die ganze Besatzung am Herzen; du ziehst niemanden vor. Trotzdem: Wenn du einen der Streber siehst, die direkt von der Akademie kommen und glauben, die ganze Galaxis im Handstreich erobern zu können, erinnerst du dich an einen gewissen James T. Kirk, der den Ehrgeiz hatte, zum jüngsten Captain Starfleets zu werden — und dem das auch gelang.«

»Das ist schon ziemlich lange her, Pille.«

»Und heute fragst du dich gelegentlich, ob du all die Jahre vergeudet hast. Manchmal zweifelst du an dir, insbesondere an Tagen wie diesem. Seit einiger Zeit erlebst du so etwas immer häufiger.«

Kirk nickte. »Trotzdem: Wir haben die Pflicht zu erfüllen. Vielleicht schützen wir nichts weiter als kalte Leere. Aber wenn wir den Klingonen diesen Raumquadranten überlassen, bauen sie eine Starbase, eine Raumstation in unmittelbarer Nähe einiger bewohnter Welten der Föderation.« Er fluchte leise. »Doch der Preis, den wir für die Sicherheit unserer Planeten zahlen — muß er darin bestehen, daß Kameraden sterben und andere für den Rest ihres Lebens dazu verurteilt sind, geistige oder körperliche Krüppel zu sein?«

Der Captain blickte in sein Glas, und McCoy schwieg, um die imaginäre Bürde, die auf Kirks Schultern lastete, nicht noch zu vergrößern. Er wußte, daß sich sein alter

Freund noch den einen oder anderen Drink genehmigen würde, bevor er zu Bett ging und sich der Erschöpfung hingab. Wahrscheinlich beabsichtigte er, am nächsten Morgen früh aufzustehen und in der Sporthalle die Anspannung aus Leib und Seele zu lösen, bevor er die Totenfeier leitete.

Nach einer knappen halben Stunde kam Spock aus der Intensivstation. Der Vulkanier wirkte ernst und bedrückt. »Mr. Remington ist sich nach wie vor... seiner Existenz bewußt. Sein Körper kann aufgrund der Nervenschäden weder auf äußere noch innere Reize reagieren, aber der Geist zeigt nach wie vor Aktivität, versucht vergeblich, eine Verbindung zur externen Welt zu knüpfen.«

»Mein Gott«, entfuhr es McCoy. Er wischte die Tränen fort, die in seinen Augen schimmerten. »Bei solchen Gelegenheiten empfinde ich es fast als Fluch, Arzt zu sein«, sagte er heiser. »Wenn ich den Jungen nicht sofort behandelt hätte, wäre er jetzt vielleicht tot. Ich habe ihn zu einer Art Zombie gemacht.« Er schenkte sich selbst einen Brandy ein, zögerte kurz und reichte auch dem Ersten Offizier ein Glas. »Keine Widerrede, Spock. Trinken Sie das Zeug einfach.«

»Es war nicht meine Absicht, irgendwelche Einwände zu erheben«, erwiderte der Vulkanier steif und leerte das Glas in einem Zug. Dann ließ er sich in den noch freien Sessel sinken. »Doktor McCoy, Captain... Vielleicht gibt es eine Rekonvaleszenzmöglichkeit für Mr. Remington.«

»Spock«, sagte McCoy, »es ist völlig ausgeschlossen, ihn zu heilen. Nerven wachsen nicht nach. Und wenn es irgend jemandem gelungen wäre, ein Verfahren für Nervenregeneration zu entwickeln, so hätte ich bestimmt davon gehört.«

»Auch dann, wenn es die vulkanische Akademie der Wissenschaften beträfe?« fragte Spock. »Und sich die neue Technik noch im Experimentierstadium befände?«

»Was?« fragte McCoy entgeistert. Er wußte, daß der Vulkanier die Grammatik des Federation Standard perfekt beherrschte und den Konjunktiv nicht ohne einen triftigen Grund benutzte. »Sie meinen, es gibt *tatsächlich* eine solche Technik?«

»Ja, das ist der Fall«, bestätigte Spock.

»Aber... wieso wissen Sie davon, obwohl mir noch nichts zu Ohren gekommen ist? Auch ich lese die Publikationen der vulkanischen Akademie.«

»Die Forschungsarbeiten sind noch nicht beendet, und daher kam es bisher noch zu keiner Veröffentlichung der entsprechenden Daten«, entgegnete der Erste Offizier. »Ich... Nun, ich habe einen persönlichen Grund, mich für die Experimente zu interessieren.«

Kirk hob den Kopf und spürte, wie sich Sorge um seinen Freund in ihm regte. »Einen *persönlichen* Grund, Spock? Stimmt irgend etwas nicht?«

»Oh, mit mir ist alles in Ordnung«, sagte der Vulkanier in jenem gleichmütigen Tonfall, der seine Gefühle tarnte. Die beiden Menschen begriffen, daß er versuchte, keine Lücken im Kokon seiner Selbstbeherrschung entstehen zu lassen. »Es geht um meine Mutter.«

»Amanda?« fragte McCoy und entsann sich an die bezaubernde Dame, die er während der Reise nach Babel kennengelernt hatte. »Ist sie krank? Kann ich Ihnen irgendwie helfen, Spock?«

»Sie hat degenerative Xenosis.«

McCoy schwieg und hütete sich davor, dem Vulkanier sein Mitgefühl auszusprechen. Von solchen Dingen hielt Spock nichts. Die Krankheit, an der Amanda litt, war eine Folge interstellarer Reisen. Es schien sich dabei um eine allergische Reaktion auf längere Kontakte mit den Biotopen fremder Welten zu handeln. Und wenn sie erst einmal begonnen hatte, war keine Heilung mehr möglich. Die Nervenstränge lösten sich langsam auf, bis Leber, Nieren, Herz und die anderen Organe versagten. Und das bedeutete den Tod des Patienten. »Wieviel Zeit bleibt ihr noch?« erkundigte sich der Arzt schließlich.

»Wir — mein Vater Sarek und ich — hoffen, daß sie überlebt, Doktor. Normalerweise würde sie in einigen Monaten sterben, aber vielleicht kann das neue Regenerationsverfahren ihren Zustand verbessern. Dr. Daniel Corrigan, der es zusammen mit dem Heiler Sorel entwickelte, probierte es an sich selbst aus, und die Resultate sind vielversprechend.«

»Scheint ein Mann nach deinem Geschmack zu sein, Pille«, bemerkte Kirk.

»Dr. Corrigan ist zwar nur wenige Jahre älter als meine Mutter«, fuhr Spock fort, »aber vor einiger Zeit setzte bei ihm ein rapider Alterungsprozeß ein. Glücklicherweise nur in physischer Hinsicht. Seine Intelligenz wurde nicht beeinträchtigt, und mit der Unterstützung Sorels arbeitete er an einer neuen Behandlungsmethode. Sarek teilte mir mit, daß sich Dr. Corrigan innerhalb kurzer Zeit vollständig erholt hat — was nur durch eine Nervenregeneration möglich war. Derzeit testen sie das Verfahren bei einigen Patienten, die auf andere Weise nicht geheilt werden könnten. In der letzten Nachricht, die ich von meinem Vater erhielt, erwähnte Sarek eine fast komplette Neubildung geschädigter Nerven. Alles deutet darauf hin, daß Amanda noch viele Jahre an der Seite ihres Mannes verbringen wird.«

»Ich bin sehr froh, das zu hören, Spock«, sagte Kirk. »Aber warum haben Sie uns nicht schon eher darüber informiert?«

»Die Mitteilung traf kurz vor der Konfrontation mit dem klingonischen Kampfkreuzer ein, Sir. Ich wollte Sie um Sonderurlaub bitten, damit ich nach Vulkan fliegen kann, und ich wäre Dr. McCoy sehr dankbar, wenn er sich bereitfände, mich zu begleiten. Ich zweifle nicht an den Fähigkeiten Dr. Corrigans, von dem sich meine Mutter seit langer Zeit behandeln läßt, aber...«

»Vielen Dank, Spock.« Das Vertrauen des Vulkaniers freute ihn. »Ich fühle mich sehr geehrt. Glauben Sie, daß man Remington aufnehmen wird? Jim, die *Enterprise* muß ohnehin ein Raumdock ansteuern...«

»Bring Remington nach Vulkan, Pille. Das ist ein Befehl. Ihrem Urlaubsgesuch gebe ich selbstverständlich statt, Mr. Spock. Kehren Sie nach Hause zurück. Da fällt mir ein: Wir sind nicht einmal sehr weit von Vulkan entfernt. Wir könnten die dortige Starbase anlaufen.«

»Und da Sie während der Reparaturarbeiten nicht an Bord gebraucht werden...« Spock sah ihn an. »Darf ich auch Sie auf meinen Heimatplaneten einladen? Ich bin sicher, mein Vater empfängt Sie gern als seine Gäste. Und wenn meine Mutter aus der Stasis zurückkehrt, wird sie sich gewiß freuen, Sie wiederzusehen.«

Kirk nickte, erleichtert darüber, daß es noch eine Chance für den jungen Carl Remington gab. Jetzt kam es nur noch darauf an, daß McCoy seinen Patienten so lange am Leben erhielt, bis sie Vulkan erreichten.

KAPITEL 2

Sarek trat unter der Ultraschalldusche hervor und streifte sich leichte, dem vulkanischen Sommer angemessene Kleidung über. Der Morgen war bereits recht warm und kündigte einen Tag an, der selbst für die Einheimischen zu heiß werden mochte. Er dachte an seine schwitzenden Schüler und fragte sich einmal mehr, warum er sich dazu hatte hinreißen lassen, ausgerechnet den Informatik-Grundkurs zu übernehmen. Mehr als die Hälfte der Teilnehmer bestand aus Außenweltlern, und das machte seine Aufgabe keineswegs leichter.

Im Haus rührte sich nichts; schon seit einigen Monaten herrschte Stille in den Räumen und Kammern. Sarek dachte an Amanda. Vielleicht war es ganz gut, daß sie den heißesten Teil des Sommers in Stasis verbrachte. Zwar lebte sie schon seit vielen Jahren auf Vulkan, aber die Hitze setzte ihr noch immer zu.

Als er sich an die menschlichen Gäste erinnerte, die er gegen Abend erwartete, nahm er eine Neujustierung der Klimaanlage vor und wählte eine Temperatur, die er fast als kühl empfand. Vermutlich brauchte selbst Spock einige Tage, um sich wieder einzugewöhnen. Sein letzter Aufenthalt in der Heimat lag inzwischen zwei Jahre zurück, und mit einem Anflug von Bitterkeit entsann sich Sarek an die bedauerlichen Umstände ihrer damaligen Begegnung...

Nein, dachte er und rief sich selbst zur Ordnung. *Laß die Vergangenheit ruhen. Gegenwart und Zukunft sind wichtiger.* Amanda hatte recht. Es war nicht richtig gewesen, seinen Sohn zu verstoßen. Sarek bereute es jetzt, Spock nicht den väterlichen Segen zu seiner geplanten Hochzeit gegeben zu haben. *Laß die Vergangenheit ruhen*, wiederholte er. *Was geschehen ist, ist geschehen.* Später, während der Reise nach Babel, fanden Vater und Sohn wieder zueinander... Ja, die Vorstellung, Spock wiederzusehen, erfüllte ihn nicht länger mit Unbehagen.

Dennoch sah er eine gewisse Ironie des Schicksals darin, daß Spock in Begleitung jener beiden Männer heimkehrte, die an seinem Koon-ut Kali-fi teilgenommen hatten. Sarek kannte sowohl den bärbeißigen Arzt als auch den fähigen, wenn auch ein wenig ungestümen Captain, entsann sich an ihre Hoffnungen, die sie mit der Friedenskonferenz auf Babel verbanden – einer Konferenz, die sich schon bald als Farce herausstellte. Offenbar verstand es Spock, seine Freunde sorgfältig auszuwählen, und das gefiel Sarek. Trotzdem blieb ein Rest Zweifel: Brachte er Kirk und McCoy vielleicht nur deshalb mit, um seinem Vater nicht allein gegenübertreten zu müssen?

Kurze Zeit später verließ Sarek sein Haus am Rande von ShiKahr und begab sich zur vulkanischen Akademie, an der er lehrte und sich mit Forschungsarbeiten befaßte – wenn er nicht gerade als Diplomat auf anderen Planeten weilte. Sorel bestand darauf, daß er den Weg täglich zu Fuß ging: eine körperliche Übung, die sicherstellen sollte, daß sein Herz nach der von McCoy durchgeführten Notoperation das volle Leistungspotential bewahrte. Nach der Erholung von den Folgen des chirurgischen Eingriffs fühlte sich Sarek besser als jemals zuvor. Der Spaziergang war angenehm, keineswegs eine Belastung. Trotzdem nahm er sich vor, die Kühle des Abends abzuwarten, bevor er sich auf den Rückweg machte.

Amandas Erkrankung kam für ihn einem Schock gleich. Der damalige Aufenthalt an Bord der *Enterprise* hatte ihm seine Sterblichkeit deutlich vor Augen geführt, doch Amandas Tod blieb eine Hypothese, der eine konkrete Grundlage fehlte. Sarek wußte natürlich, daß die Lebenserwartung von Vulkaniern größer war als die der Menschen, aber aus irgendeinem Grund fiel es ihm schwer, sich Amandas Tod vorzustellen. Als Sorel und Corrigan ihn von den ersten positiven Ergebnissen der Stasisbehandlung unterrichteten, reagierte er mit einer für Vulkanier untypischen Erleichterung, was ihm jedoch nicht weiter zu denken gab. Amanda würde ihre schwere Krankheit überwinden!

Als Sarek das Büro betrat, sah er seine Lehrassistentin Eleyna Miller, die gerade einige Computerprogramme prüfte. Sie stammten von den Schülern der Klasse, die er unterwies. »Guten Morgen, Sarek«, sagte sie förmlich. »Ich glaube, Sie sollten sich mit Mr. Watsons Konzepten in Hinsicht auf ein Navigations-Programm für interstellare Raumschiffe beschäftigen. Ich nehme jedenfalls an, daß es sich um eine Kursanweisung handeln soll.«

Sarek beugte sich über ihre Schulter und blickte auf den Schirm. Eigentlich hätten ihm die Zahlenkolonnen sofort vertraut erscheinen müssen, denn immerhin leitete er den Grundkurs schon seit einigen Jahren und kannte sich daher in der entsprechenden Problematik gut aus. Aber Mr. Watsons Lösungsvorschläge mangelte es nie an einer bizarren Einzigartigkeit. »Benutze dieses Programm und berechne einen Warp 4-Kurs von Vulkan zur Erde«, wies er den Computer an.

»Das ist nicht möglich«, ertönte eine monotone Sprachprozessorenstimme.

»Mr. Watsons Schiff würde vermutlich in einem Schwarzen Loch enden«, sagte Sarek trocken. Eleyna bedachte ihn mit einem tadelnden Blick.

Eleyna stammte ebenfalls von der Erde, aber ihr fehlte Amandas Sinn für Humor. Doch möglicherweise hielt sie es nur für ausgeschlossen, daß ein Vulkanier scherzte. Vielleicht war es auch die »Ich will vulkanischer sein als die Vulkanier«-Einstellung, die sich viele menschliche Studenten der Akademie zu eigen machten. Ab und zu fühlte sich Sarek versucht, Eleyna aufzufordern, sie selbst zu sein. Aber wenn die streng förmliche Fassade, die sie ihm ständig zeigte, *keine* Maske war, sondern ihr tatsächliches Wesen offenbarte, erübrigte sich eine solche Bemerkung. Da sich Sarek außerstande sah, in dieser Beziehung Gewißheit zu erlangen, nahm er Eleynas Kühle wortlos hin.

Er ging Watsons Programm durch, kennzeichnete die Fehler und fügte einige Anmerkungen hinzu, um seinen Schüler auf falsche Prämissen hinzuweisen. Als er diese Arbeit beendete, wurde es Zeit für den Unterricht. Inzwischen war es bereits recht heiß geworden. Im Unterrichtszimmer herrschte eine etwas geringere Temperatur, doch die meisten Außenweltler schienen den Eindruck zu haben, in einem Backofen gefangen zu sein. Sarek ließ seinen Blick über die schwitzenden Menschen gleiten, sah hier und dort auch einen Andorianer, Hemaniten und Lemnorianer. Die wenigen vulkanischen Schüler — ausschließlich auf die Vorlesung konzentriert — saßen kerzengerade und machten sich fleißig Notizen. Schon seit einem Monat nahmen sie an dem Kurs teil, aber noch immer reagierten sie mit zurückhaltendem Unmut, wenn ihre Klassenkameraden über Sareks gelegentliche Witze lachten.

Die beide Tellariten, so stellte der Dozent fest, waren nicht zugegen. Wahrscheinlich hockten sie in ihrer Unterkunft und versuchten, der sengenden Hitze mit auf Leistungsmaximum justierter Klimaanlage zu entfliehen.

Sarek beschrieb die neue Aufgabe und wartete anschließend auf Fragen. Wie üblich leistete Mr. Watson sofort einen Diskussionsbeitrag — und bewies einmal mehr, daß er das eigentliche Problem nicht verstanden hatte. Geduldig begann Sarek mit einer neuerlichen Erklärung und fragte sich wieder, wie es Watson gelungen sein mochte, die Aufnahmeprüfung der Akademie zu bestehen. T'Sia, ein vulkanisches Mädchen aus einer der Kolonien, steuerte eine Bemerkung bei, die Scharfsinn und einen wachen Intellekt bewies. Daraufhin regte sich Interesse in der Klasse, und die Erörterungen dauerten bis zum Ende des Unterrichts.

Zwei Menschen — Mr. Zarn und Mr. Stevens — verließen das Zimmer zusammen mit T'Sia. Sarek beobachtete, wie sie plaudernd auf den Gang traten. Er überlegte, ob die junge Vulkanierin ahnte, welche Wirkung sie auf Männer von der Erde ausübte. Sie wirkte wie eine erwachsene Frau, aber bis zu ihrer Geschlechtsreife würden noch zwanzig Jahre vergehen. Die Annäherungsversuche der jungen Menschen konnten nicht zum Erfolg führen, und wenn T'Sia auch weiterhin unnahbar blieb, ihre Anspielungen nicht einmal verstand, gaben sie sicher bald auf. Sarek hatte so etwas schon des öfteren erlebt, gerade bei neuen Schülern.

Die Verhaltensweise menschlicher Frauen war wesentlich subtiler. Sie kannten — oder vermuteten — die Besonderheiten der vulkanischen Biologie und verschwendeten ihre Zeit nicht mit Schülern, die von Vulkan stammten. Die wenigen von ihnen, die sich wirklich herausgefordert fühlten, fokussierten ihr Interesse auf die männlichen Professoren. Aber da geschlechtsreife Vulkanier für gewöhnlich entweder gebunden oder verheiratet waren, blieben derartige Bestrebungen ohne Erfolg.

Als Sarek in sein Büro zurückkehrte, arbeitete Eleyna am Computer. Zum erstenmal fragte er sich, auf welche Weise seine Assistentin ihre Musestunden verbrachte. Kannte sie überhaupt so etwas wie Freizeit? Es geschah äußerst selten, daß er sie nicht im Büro antraf. Sie kam gut mit ihrer Dissertation voran, und Sarek fand nichts an ihr auszusetzen, weder an ihrer wissenschaftlichen Arbeit noch den Diensten, die sie ihm leistete. Und doch... Zwischen ihnen schien eine unsichtbare Barriere zu existieren. Viele seiner Schüler, die männlichen ebenso wie die weiblichen, wurden im Laufe der Zeit zu Freunden. Eleyna aber blieb ein Geheimnis.

Sarek dachte an die jungen Männer in seiner Klasse, die Partnerinnen zu finden versuchten — selbst unter ihren vulkanischen Mitschülerinnen —, und er überlegte, ob Eleyna nicht alt genug war, um einen Gefährten zu bekommen. In der vulkanischen Gesellschaft existierte eine lange Tradition des Verkuppelns. Erst im letzten Jahr hatten Sarek und Amanda einen geeigneten Bindungspartner für die Tochter eines Cousins gesucht. *Nun, die Gepflogenheiten der Menschen unterschieden sich von den unsrigen*, dachte er.

Aber allem Anschein nach trachtete Eleyna danach, sich wie eine Vulkanierin zu benehmen. Sarek fragte sich, was sie davon halten mochte, wenn er sie einem der älteren Studenten vorstellte. *Vielleicht sollte ich damit noch etwas warten und Amanda um Rat fragen*, dachte er.

»Ich gehe jetzt zum Krankenhaus, Eleyna«, sagte er laut.

Die junge Frau sah überrascht auf; sie war so sehr auf ihre Arbeit konzentriert gewesen, daß sie ihn gar nicht bemerkt hatte. Die Maske rutschte von ihrem Gesicht, und darunter zeigte sich verlegene Röte. Sie biß sich kurz auf die Unterlippe, faßte sich dann wieder und suchte erneut hinter der Fassade kühler Gelassenheit Zuflucht. Mit einem raschen Tastendruck löschte sie die Schirmdarstellung und griff nach der Datenkassette im breiten Schlitz des Abtastgerätes. »Die Programme Ihrer Schüler sind analysiert und bewertet worden, Sarek. Ich kann die Konsole in meinem Zimmer benutzen, wenn Sie...«

»Nein, Eleyna — lassen Sie sich nicht stören«, erwiderte er. »Ich bin in etwa eins Komma drei Stunden zurück.« Bevor er den Raum verließ, warf er einen letzten Blick auf den Datenscanner. Die grüne Kassette darin ermöglichte seiner Assistentin eine Verbindung zum zentralen Akademiecomputer. Für ihre Tätigkeit benötigte Eleyna häufig Programme, die nicht von Studentenkonsolen aus abgerufen werden konnten, nur von den Terminals in den Büros der verschiedenen Falkultäten, und Sarek hatte nichts dagegen, daß Eleyna seine Anlage benutzte, um ihre Arbeit fortzusetzen. Er wanderte über den Campus und hielt auf den Medo-Bereich zu, setzte dort den Weg durch die kühlen Labyrinthe des Hospitalkomplexes fort.

Schließlich erreichte er eine Tür mit der Aufschrift: STERILITÄTSZONE. Er betrat die Luftschleuse, entkleidete sich und wartete, während ihn antiseptische Strahlenschauer wuschen. Im Anschluß daran griff er nach dem keimfreien Kittel, der ins Ausgabefach des Distributors glitt. Barfuß näherte er sich der Innentür und sah auf die optisch-akustischen Sensoren des Sicherheitsschlosses. Er hatte darauf bestanden, daß es auch auf seine Stimme programmiert wurde und nicht nur auf die der behandelnden Ärzte. »Ich bin Sarek und möchte Amanda besuchen.«

Das Schott summte zur Seite, und der hochgewachsene Vulkanier schritt durch eine sterile Kammer. Licht glühte über den Anzeigefeldern an der linken Wand, aber Sarek achtete nicht darauf. Seine Aufmerksamkeit galt einzig und allein der Masse in der Mitte des Zimmers — einer Flüssigkeit, die wie bläulicher Dunst aussah. Es handelte sich um eine kolloidale, gallertartige Substanz, in der Amanda schwebte, eingehüllt in ein negatives Gravitationsfeld. Nur das nebelartige Etwas — von einem stabilen Kraftfeld in eine annähernd rechteckige Form gezwungen — berührte ihren Körper.

In sechs Tagen sollte Amanda aus der Stasis geholt und geweckt werden. Gegen Ende des Monats, so hatte Sorel am vergangenen Tag versprochen, könne sie vollständig geheilt das Krankenhaus verlassen.

Während Sarek beobachtete, wie sich Amandas Leib langsam drehte, wie ihr langes, silbriges Haar einen breiten Schleier formte, schien sie sich in ein mythisches Geschöpf aus den Ozeanen ihrer Heimatwelt zu verwandeln. Er konnte sie nicht genau genug erkennen, bemerkte keine Veränderungen, aber er entsann sich an die Erläuterungen des Ärzteteams: Die Behandlung diente in erster Linie dazu, die degenerative Xenosis aus ihren Zellen zu verbannen und die befallenen Nervenstränge zu regenerieren, doch das neue Verfahren bewirkte auch eine physiologische Verjüngung, so wie bei Dr. Corrigan.

Amanda hatte gelacht, als Corrigan sie darauf hinwies. »Ich hoffe, Sie unterbrechen den Prozeß, bevor ich zu einem Säugling werde. Sonst muß sich Sarek noch eine Wiege zulegen.«

»Machen Sie sich keine Sorgen, Amanda«, erwiderte der Arzt. »Wenn alles vorbei ist, sehen Sie aus wie damals, als Sie gut dreißig Jahre alt waren.« Diese Auskunft tilgte die Sorge aus Sarek und erfüllte ihn mit Zufriedenheit. Er erinnerte sich an die zwanzigjährige Amanda, die er geheiratet hatte, daran, wie sie im Laufe der Zeit reifer wurde. Er zog Würde und Weisheit jugendlichem Temperament und Übermut vor.

Sarek drehte sich nicht um, als er ein dumpfes Zischen vernahm. Die Tür hinter ihm öffnete sich, und jemand trat barfuß ein, näherte sich der Wand mit den Kontrollfeldern. Er widerstand der Versuchung, sich nach den angezeigten Werten zu erkundigen. Wenn er einen von Sorels Technikern mit unnötigen Fragen aufhielt, sah sich der Heiler vielleicht veranlaßt, ihm die Besuchserlaubnis zu entziehen. Sorel hielt es ohnehin für unlogisch, daß er immer wieder hierher kam.

Aber der zweite Besucher verließ das Zimmer nicht, nachdem er einen Blick auf die Kontrollen geworfen hatte. Statt dessen trat er auf den Stasiskubus zu, und Sarek erkannte den vulkanischen Mediziner.

Der Diplomat musterte einen Mann, der weitaus älter als er zu sein schien, obgleich sie nur wenige Jahre trennten. Heiler zeichneten sich durch besondere Förmlichkeit und Selbstbeherrschung aus: Ihre Wesens- und Bewußtseinsstruktur mußte stabiler sein als die der anderen Vulkanier, denn sie besaßen einen starken ASW-Faktor, der sie dazu prädestinierte, sich kranker Körper und verwirrter Gedankensphären anzunehmen.

Sorel war fast so groß wie Sarek, aber wesentlich schlanker. In seinem glatten schwarzen Haar zeigten sich erste graue Strähnen, während das des Botschafters und Dozenten schon seit vielen Jahren in einem silbernen Ton glänzte. Die dunklen Augen ähnelten zwei Sondierungsmechanismen, die von einem computerartigen Verstand kontrolliert wurden und alles mit unermüdlicher, maschinenhafter Wachsamkeit beobachteten. Regenbogenhaut und Pupillen ließen sich nicht voneinander trennen, waren so schwarz wie die ewige Nacht des Alls. Da das steinerne Gesicht ebenfalls keine Gefühle verriet, gewann Sarek manchmal den Eindruck, es mit einem Roboter zu tun zu haben.

Sarek gab keinen Laut von sich und wartete darauf, daß der Heiler das Gespräch begann. Wenn Amandas Zustand irgendwelche Veränderungen aufwies, würde ihm Sorel bestimmt davon berichten. Wenn nicht, hatten Fragen keinen Sinn.

Nach einer Weile sagte der Mediziner abrupt: »Ich muß mich bei Ihnen entschuldigen, Sarek.«

Der überraschte Diplomat geduldete sich einige Sekunden, bis er sicher sein konnte, daß seine Stimme ruhig und gelassen klang. »Dafür gibt es keinen Grund, Sorel.«

»Doch. Ich habe nicht einmal versucht zu verstehen,

warum Sie mich um eine Besuchserlaubnis baten. Ich hielt Ihr Verhalten schlicht und einfach für unlogisch. Jetzt aber... *Meine* Frau liegt ebenfalls in der Stasis.«

»T'Zan? Ich wußte gar nicht, daß sie krank ist.«

»Ein Unfall, gestern abend. Sie reparierte einen Neuralstimulator. Es kam zu einem Kurzschluß, der einen großen Teil ihres Nervensystems schädigte. Wir fürchten... Vielleicht kann nicht einmal in der Stasiskammer eine vollständige Regeneration erfolgen.«

»Wer ist ihr Arzt?« fragte Sarek.

»Corrigan.«

Natürlich. Sorels Partner. Er gehörte zu den ersten menschlichen Wissenschaftlern, die auf Einladung der Akademie nach Vulkan gekommen waren. Und im Gegensatz zu den meisten anderen Menschen hatte er auf diesem Planeten eine neue Heimat gefunden. Sorel und Corrigan wurden zu einem Team, als es darum ging, Spocks Leben zu ermöglichen, und im Verlauf der nächsten Jahre verstärkten sich die Bande ihrer Partnerschaft. Inzwischen galten sie als die besten Ärzte weit und breit.

»Daniel fragte mich überhaupt nicht«, fuhr Sorel fort. »Er programmierte die Tür von T'Zans Stasiskammer auf meine Stimme. Ich hätte eine derart unlogische Reaktion meinerseits nie für möglich gehalten, aber... Nun, heute morgen bin ich bereits bei ihr gewesen.«

Damit gestand der Heiler Gefühle ein: Betroffenheit und Sorge. Um ihm einen Ausweg anzubieten, sagte Sarek: »Selbstverständlich ging es Ihnen darum, Dr. Corrigans Arbeit zu inspizieren.«

Zum erstenmal sah Sarek, wie Bewegung in das starre Gesicht Sorels kam: Ein dünnes Lächeln umspielte seine Lippen. »Nein. Ich sah auf die Kontrollen, aber ich kann mich nicht an die angezeigten Werte erinnern. Nein, Sarek, meine Motive entsprachen den Ihren: Ich begab mich nur deshalb in die Kammer, um meine Frau zu sehen. Ich beneide Sie um Ihre Gewißheit: Wenn Amanda aus der Stasis entlassen wird, können Sie sicher sein, daß sie sich völlig erholt hat.«

»Selbst wenn sich besondere Probleme ergeben sollten: Corrigan findet bestimmt einen Weg, T'Zan zu heilen. Das ist typisch für Menschen. Wenn sich die logischen Möglichkeiten erschöpft haben, versuchen sie es mit den unlogischen — bis sie das angestrebte Ziel erreichen.«

Sorel runzelte die Stirn, starrte auf den Stasiskubus, richtete seinen Blick dann wieder auf Sarek. »Manchmal frage ich mich, ob Sie aufgrund der Bindung mit einer menschlichen Frau anders geworden sind. Soweit ich weiß, hat sich Amanda nie unlogisch verhalten, während Sie...«

Sarek rechnete mit einem Hinweis darauf, wie töricht und dumm es gewesen sei, nach zwei Herzanfällen den Babel-Auftrag anzunehmen. *Töricht und dumm*, dachte er. *Zwei Begriffe, die in der vulkanischen Kultur bedeutungslos sind.* Statt dessen sagte Sorel: »Wie ich hörte, sehen einige Ihrer Schüler eine Art... Komiker in Ihnen.« Der Heiler verwendete die englische Bezeichnung. In der Sprache ihres Volkes gab es keinen solchen Ausdruck.

»Die Lehrtechniken, die bei Vulkaniern Erfolg haben, lassen sich nicht immer bei Außenweltlern zum Einsatz bringen«, erwiderte Sarek.

»Und doch fällt es Amanda nicht weiter schwer, Vulkanier zu unterrichten.«

»Das stimmt. Dennoch kennen auch Sie eine unlogische Entscheidung, die meine Frau vor vielen Jahren traf.«

»Tatsächlich? Und worin bestand sie?«

»Darin, daß sie mich heiratete.«

»Oh, ich verstehe.« Erneut beobachtete Sorel das blaue Wallen. »Ich erachte Ihre Bemerkung als eine Provokation, als eine Stimulierung der vulkanischen Neugier, die ich nach wie vor für eine unserer größten Schwächen halte. Wieso haben Sie sich mit Amanda verbunden, einer Frau von der Erde?« Einige Sekunden lang herrschte Stille, und dann fügte der Heiler hinzu: »Verzeihen Sie, Sarek. Ich erwarte nicht, daß Sie mir darauf Auskunft geben.«

Bevor der Diplomat antworten konnte, öffnete sich die Tür hinter ihnen, und Dr. Daniel Corrigan trat ein. Der menschliche Arzt war klein und stämmig, freundlich und gesellig. Er hatte nie versucht, sich an die vulkanische Kultur anzupassen, und doch gelang es ihm irgendwie, seine Partnerschaft mit Sorel zu wahren, dem logischsten aller logischen Vulkanier. »Ich hätte mir denken können, daß Sie wieder Ihre Runde machen, Sorel«, sagte er. »Guten Morgen, Sarek.«

»Guten Morgen, Dr. Corrigan. Wenn Sie ungestört mit Sorel sprechen möchten...«

»Nein, das ist nicht nötig. Ich bringe gute Nachrichten, Sorel. T'Zan reagiert weitaus besser auf die Behandlung, als wir zunächst vermuteten. Die Prognose lautet nun: vollständige Heilung. Aber ich nehme an, das wissen Sie bereits.«

»Nein, Daniel. Ich wollte die Anzeigen kontrollieren, aber ich sah mich außerstande, eine Datenkorrelation vorzunehmen.«

Es verblüffte Sarek, daß der vulkanische Heiler sogar in Gegenwart eines Menschen emotionales Engagement eingestand. Unmittelbar darauf wuchs sein Erstaunen, als er zu einer weiteren Erkenntnis gelangte: Bisher hatte er Corrigan und Sorel nur für Partner gehalten, doch nun begriff er, daß sie auch Freunde waren.

»Vielen Dank, Daniel«, sagte Sorel. »Wie lange muß T'Zan Ihrer Meinung nach in der Stasis bleiben?«

»Zwanzig bis fünfundzwanzig Tage, schätze ich. Natürlich wird sie sorgfältig überwacht, aber ihre endgültige Genesung ist jetzt nur noch eine Frage der Zeit.«

»Es freut mich zu hören, daß es T'Zan besser geht«, warf Sarek ein. »Sind Sie während ihrer Rekonvaleszenz allein zu Hause, Sorel?«

»Ja«, bestätigte der Heiler. »Meine Kinder sind unterwegs, und Soton wohnt hier in der Akademie. Heute abend wird er meine Tochter T'Mir vom Raumhafen abholen.«

»Und ich erwarte meinen Sohn«, sagte Sarek. »Zwei seiner Freunde begleiten ihn, und ich habe vor, mit ihnen bei Angelo zu essen. Es wäre mir eine Ehre, wenn Sie uns zusammen mit Ihrer Tochter Gesellschaft leisten würden, Sorel. Darf ich auch Sie einladen, Dr. Corrigan?«

»Wir erwarten einen neuen Stasis-Patienten«, erwiderte der menschliche Arzt. »Einen Raumfahrer mit extensiv geschädigtem Nervensystem. Unser Verfahren könnte ihm das Leben retten.«

»Ja, ich weiß«, erwiderte Sarek. »Aus diesem Grund kommen Spock und seine Freunde hierher. Vielleicht können wir das Restaurant aufsuchen, nachdem Sie den jungen Mann in der Stasiskammer untergebracht haben.«

»T'Mir wird recht spät eintreffen«, sagte Sorel. »Wenn Sie mit mir vorlieb nehmen, Sarek...«

»Dr. Corrigan?«

»Ich schließe mich Ihnen gern an. Übrigens: Nennen Sie mich Daniel. Nur meine menschlichen Patienten sprechen mich mit ›Dr. Corrigan‹ an.«

Als Sarek in sein Büro zurückkehrte, hielt er vergeblich nach Eleyna Ausschau. Er hatte sich verspätet. Wahrscheinlich war sie vor zehn Minuten aufgebrochen, nach genau eins Komma drei Stunden. *Vulkanischer als Vulkanier*, dachte Sarek und seufzte.

Er nahm an der Konsole Platz, um seine Arbeit fortzusetzen. »Computer?«

»Kein Bereitschaftsstatus. Wenn Sie das derzeit aktive Programm modifizieren möchten, geben Sie bitte die Datenkassette A Strich S ein.« Auf dem Monitor leuchtete ein Code, der den medizinischen Komplex der Akademie kennzeichnete.

Sarek verfügte nicht über die genannte Kassette; offenbar befand sie sich in Eleynas Besitz. Er runzelte die Stirn, als ihm einfiel, daß die Tätigkeit seiner Assistentin nicht mit der medizinischen Fakultät in Verbindung stand... Dann fiel sein Blick erneut auf die projizierte Buchstabenkolonne, und er nickte langsam. Sie hatte sich mit der neuen Stasistechnik beschäftigt, und dafür gab es nur einen Grund: Interesse für den Genesungsprozeß Amandas. Also stellte Eleynas kühle Unnahbarkeit tatsächlich nur eine Maske dar.

Der Diplomat sah sich um, und als er feststellte, daß er allein war, erlaubte er sich ein zufriedenes Lächeln. Bestimmt hatte sich Eleyna nur deshalb nicht nach dem Befinden seiner Frau erkundigt, um sich keine Blöße zu geben, um das zu bewahren, was sie für vulkanischen Stoizismus hielt. Sarek wußte, daß er ihr nicht offen sagen durfte, wie sehr ihn ihr Verhalten rührte. Aber vielleicht gab es eine andere Möglichkeit, ihr zu danken. Er nickte erneut, als er eingehender darüber nachdachte. Ja, warum nicht? Dr. Corrigan war nicht nur unverheiratet, sondern auch wieder jung und völlig gesund...

KAPITEL 3

In seinem ganzen Leben war Dr. Leonard McCoy nur einmal auf Vulkan gewesen, und jenen Besuch hätte er am liebsten aus seinem Gedächtnis gestrichen. Er glaubte, sich deutlich genug an die hohe Gravitation und die Hitze zu erinnern, aber als er im zentralen Transporterterminal des Akademiehospitals rematerialisierte, schnappte er unwillkürlich nach Luft und ächzte. Die hohe Temperatur trieb ihm den Schweiß aus den Poren, und die Schwerkraft schien ihm ein substanzloses Gewicht auf die Schultern zu pressen.

Captain Kirk erging es ähnlich. »Himmel, ich hatte ganz vergessen, *wie* heiß es hier ist.«

»Der Hochsommer hat begonnen«, erklärte Spock gelassen, trat von der Plattform herunter und näherte sich seinem Vater.

Wer den Ersten Offizier der *Enterprise* nicht kannte, mochte ihn für völlig unbewegt und emotionsfrei halten, aber McCoy sah, wie Spock schluckte, bevor er die Hand zum vulkanischene Gruß hob. »Friede und langes Leben, Sarek.«

Der Botschafter verzichtete darauf, seinen Sohn mit der Förmlichkeit eines Fremden zu empfangen. Er überkreuzte die Unterarme und streckte Spock die Handflächen entgegen. McCoy entsann sich daran, daß er auf diese Weise auch Amanda begrüßt hatte, damals an Bord der *Enterprise*. »Willkommen zu Hause, Sohn.«

Spock zögerte nicht, die Hände seines Vaters zu berühren. »Es freut mich sehr, bei dir zu sein. Wie geht es Mutter?«

»Sie wird bald aus der Stasis entlassen.« Sarek wandte sich den anderen zu, hob die rechte Hand und spreizte die Finger. »Captain Kirk, Dr. McCoy – Glück und langes Leben.«

»Das wünschen wir Ihnen auch, Botschafter«, antwortete Kirk, und es gelang ihm sogar, die Geste des Vulkaniers zu erwidern.

McCoy versuchte es nicht einmal. »Wir danken Ihnen für Ihre Gastfreundschaft, Sir, aber wir haben einen Patienten, der...«

»Natürlich. Bitte lassen Sie ihn sofort herunterbeamen. Es ist alles vorbereitet.«

In der Nähe warteten einige Pfleger mit einer Antigravbahre, um Carl Remington vom Transporterterminal in den Krankenhauskomplex zu bringen. Dort begegnete McCoy zum erstenmal dem berühmten medizinischen Team, das aus Sorel und Corrigan bestand. Schon seit Jahrzehnten berichteten die medizinischen Fachzeitschriften der Föderation über die hervorragenden Leistungen dieser so frappierend unterschiedlichen Männer.

Corrigan war so fröhlich und aufgeschlossen wie McCoy misanthropisch — ein kleiner, untersetzter Ire mit lichtem Haar und humorvoll funkelnden blauen Augen. Und er wirkte nicht annähernd alt genug, um so viele Jahre mit Sorel zusammengearbeitet zu haben. »Da muß ich erst überlegen«, sagte er, als ihn McCoy nach seinem Alter fragte. »Ich lebe schon so lange auf Vulkan, daß ich nicht mehr in Standardjahren denke. Ich bin... zweiundsiebzig?«

»Sie sind dreiundsiebzig Komma sechs eins Jahre alt, um ganz genau zu sein«, sagte Sorel. McCoy seufzte innerlich: Der Heiler wies noch größere Ähnlichkeiten mit einem wandelnden Computer auf als Spock.

»Sie sehen aus wie ein Mann Mitte Dreißig«, bemerkte McCoy. »Ist das die Auswirkung der Stasis-Behandlung?«

»Ja. Ein solcher kosmetischer Effekt war eigentlich überhaupt nicht beabsichtigt. Ich lag im Sterben, Doktor. Aber daß ich mich jetzt auch wie ein Fünfunddreißigjähriger *fühle*, empfinde ich als einen Segen.«

»Glauben Sie, das Stasisfeld wird irgendwann einmal zu einem Standardinstrument in der Geriatrie?«

»Nein«, erwiderte Sorel. »Es ist viel zu gefährlich. Wenn die Stasis auch nur für eine Millisekunde unterbrochen wird, kollabiert das Feld — was den sofortigen Tod des entsprechenden Patienten zur Folge hat.«

»Aber es gibt doch sicher ein Reservesystem, oder?« fragte McCoy.

Der Heiler nickte. »Selbstverständlich. Das Stasisfeld wird von zwei verschiedenen Energiequellen gespeist. Wenn eine ausfällt, hält die andere die energetische Struktur weiterhin stabil. Es bliebe nicht genug Zeit, das Feld neu aufzubauen. Wenn es erst einmal zusammengebrochen ist, dauert es schätzungsweise siebenundzwanzig Komma neun Minuten, um es wiederherzustellen — viel zu lange, um den Patienten zu retten.«

McCoy beobachtete den bläulichen Dunst, der Carl Remington umhüllte. Antigravprojektoren hielten den Körper des jungen Mannes rund anderthalb Meter über dem Boden. »Bevor wir ihn hierher brachten, war kein Lebenserhaltungssystem erforderlich.«

»Das Stasisfeld formt sich noch«, entgegnete Sorel. »Derzeit ist das vegetative Nervensystem Remingtons nach wie vor aktiv. Doch wenn die stabile Feldphase beginnt, werden alle Körperfunktionen von der Stasisenergie gesteuert.«

»Aber das *vegetative* Nervensystem wurde überhaupt nicht geschädigt«, wandte McCoy ein.

»Es würde den Heilungsprozeß stören und die Regeneration des *Zentral*nervensystems behindern«, erklärte Corrigan. »Das Feld unterdrückt die nervlichen Reaktionen des Körpers, wie gewisse Medikamente vor einer Organtransplantation das chemische Immunsystem blockieren, woraus sich für den Patienten eine wesentlich größere Infektionsgefahr ergibt. In unserem Fall ist es ähnlich. Ein Ausfall des Stasisfeldes käme einem jähen Nervenschock gleich, der den Betreffenden innerhalb kurzer Zeit umbrächte. Es darf erst dann desaktiviert werden, wenn die Körperfunktionen wieder autonom geworden sind.«

»Wissen Sie, Doktor«, sagte Sorel, »wir beschränken uns darauf, nur die Patienten mit dem neuen Verfahren zu behandeln, für die es sonst keine Überlebenschance gibt – oder die, wie Mr. Remington, bereits klinisch tot sind. Es steht keinen Personen zur Verfügung, denen es nur um eine Verjüngung geht, und wahrscheinlich wird das nie der Fall sein.«

»Warum? Bisher haben Sie doch noch keine Patienten verloren, oder?«

»Ich bin der einzige, der den ganzen Prozeß durchlaufen hat«, erwiderte Corrigan. »Bei den anderen drei Patienten steht noch der kritischste Teil der Behandlung aus, jene Phase, die einen vulkanischen Heiler erfordert.«

»Oder einen fähigen und gut ausgebildeten Telepathen«, fügte Sorel hinzu. »Um den Patienten aus der Stasis zu entlassen, muß der Heiler eine Gedankenverschmelzung mit ihm herbeiführen und eine Verbindung zwischen Bewußtsein und Körper herstellen. Das ist nicht nur ausgesprochen schwierig, Doktor, sondern auch sehr schmerzhaft. Daniel vertraut mir ohne irgendwelche Vorbehalte, und trotzdem fiel es mir ganz und gar nicht leicht, eine mentale Einheit mit ihm zu bilden.«

Corrigan nickte. »Mit anderen Worten: Ich habe ihm Höllenqualen bereitet.«

»Sarek und Amanda sind verbunden«, fuhr Sorel ruhig fort. »Aus diesem Grund wird er mich unterstützen, wenn ich meine Gedankensphäre mit der ihren verschmelze. Wir hoffen, dadurch einige Probleme vermeiden zu können. Aber da wir noch keine Möglichkeit hatten, entsprechende Erfahrungen zu sammeln, bleibt diese Annahme eine Hypothese. Was meine Frau betrifft: Es ist vorgesehen, daß die Heilerin T'Par geistigen Kontakt mit Amanda herstellt, und aus den bereits erwähnten Gründen werde ich an der Mentalverschmelzung teilnehmen.«

Corrigan seufzte. »Sorel will auf folgendes hinaus: Wir sind so gut wie sicher, daß eine Regeneration des Nervensystems Carl Remingtons möglich ist. Aber wir können nicht garantieren, daß Leib und Seele anschließend wieder eine Einheit bilden. Kennen Sie die Resultate der Experimente, bei denen es um Wahrnehmungsneutralisierung ging, Doktor?«

McCoy schauderte unwillkürlich. »Ja. Paranoia. Halluzinationen. Wahnsinn...«

»Genau. Ich übertreibe nicht, wenn ich sage, es war die Hölle für Sorel, meinen Geist in die Wirklichkeit zurückzuholen. Auf mich wirkte er wie der Teufel höchstpersönlich — obgleich er mein bester Freund ist. Nun, wenn ich Sorel nicht vertrauen könnte, müßte ich im ganzen Universum einen Feind sehen, der sich gegen mich verschworen hat. Die Frage lautet also: Wie bringen wir Remington dazu, Sorel, T'Par oder einem anderen Heiler zu vertrauen, um nicht nur seinen Körper aus der Stasis zu befreien, sondern auch das Bewußtsein? Die genannten Personen sind ihm fremd.« Er breitete kurz die Arme aus. »Wir haben keine Ahnung, wie er reagieren wird.«

McCoy musterte erst Corrigan, richtete seinen Blick dann auf Sorel, in dessen schwarzen Augen es glitzerte. »Wir sollten zuversichtlich bleiben«, sagte der Vulkanier nach einigen Sekunden. »Wir sind Heiler, und unsere Pflicht besteht darin, Leben zu retten. Nun, Dr.

McCoy, Sie kennen jetzt die möglichen Risiken. Doch wir Vulkanier haben einen philosophischen Grundsatz, der auch bei Ihrem Volk geachtet wird: Wo es Leben gibt, existiert Hoffnung.«

KAPITEL 4

James T. Kirk wußte nicht mehr, wie viele Planeten er während seiner Reisen durch die Galaxis besucht hatte, aber er kannte kaum eine Welt mit einer menschlichen Kolonie, die auf ein italienisches Restaurant verzichtete. Das auf Vulkan befand sich natürlich in der Nähe der berühmten Akademie der Wissenschaften. Es hieß einfach ›Amici di Angelo‹ und wurde von zwei menschlichen Immigranten aus dem Deneb-System geführt. Weniger erfahrene Besucher mochten es als gegeben hinnehmen, daß Menschen derartige gastronomische Spezialitäten zubereiteten, aber nach einigen eher enttäuschenden Erlebnissen mit andorianischer Pizza und tellaritischen Spaghetti zog Kirk lieber vorsichtige Erkundigungen ein, bevor er irgendwelche Gaumenwagnisse riskierte.

Da Sarek dieses Restaurant vorschlug, konnte der Captain natürlich sicher sein, daß die Nahrung für den menschlichen Verdauungsapparat verträglich war. Aber er kannte auch Spocks kulinarische Neigungen und blieb skeptisch in Hinsicht auf die Schmackhaftigkeit der angebotenen Speisen. Doch als sie eintraten, fielen sofort alle Zweifel von Kirk ab. Ein appetitanregender Duft wehte ihm entgegen, und Angelo — ein dunkelhaariger Mann, der immerzu lächelte und dessen italienischer Akzent so unüberhörbar war wie der russische Chekovs und der schottische des Chefingenieurs Scott — eilte auf sie zu und begrüßte den Botschafter und seine Begleiter.

Bei den meisten Gästen handelte es sich um Menschen, aber Kirk sah auch einige Vulkanier, als man sie durch die einzelnen Räume des Restaurants führte. Der Captain sah sich neugierig um und fühlte sich sofort heimisch. Angelo und seine Partnerin leiteten einen typischen Familienbetrieb, den sie im Laufe der Jahre, mit zunehmendem Geschäftsvolumen, erweitert hatten. Schließlich betraten sie ein Hinterzimmer, und Kirks Blick fiel auf bestickte Decken, von der Erde stammendes Porzellan und funkelnde Kristalleuchter. Hinzu kam, daß die Temperatur weitaus niedriger war als draußen. Erleichtert nahm er auf einem Stuhl Platz und dachte daran, daß er tatsächlich imstande sein mochte zu essen — immerhin verbrauchte er seine Energie jetzt nicht mehr nur fürs Schwitzen.

McCoy und Spock schwiegen die meiste Zeit über, aber Sarek erwies sich als überraschend gesprächig. Der vulkanische Heiler Sorel wirkte nach wie vor verschlossen, und sein förmliches Verhalten stellte einen auffallenden Kontrast zu Corrigans Geselligkeit dar. Kirk fragte sich, wie es der menschliche Arzt auf Vulkan aushielt.

Er beobachtete die beiden so verschiedenen medizinischen Experten, und schon nach kurzer Zeit fand er eine Antwort: Corrigan blieb schlicht und einfach er selbst. Er erinnerte sich an ein vulkanisches Sprichwort, das lautete: »Ich erfreue mich an unseren Unterschieden.« Kirk sah nun die konkrete Umsetzung dieses Prinzips.

Zwar gab es zum Essen kein Fleisch, doch es schmeckte köstlich. Kirk lehnte sich zurück und fühlte, wie die Anspannung der vergangenen Tage von ihm wich. Er behielt Spock im Auge, dessen Aufmerksamkeit in erster Linie seinem Vater zu gelten schien.

Daniel Corrigan griff nach einem weiteren Stück Brot. »Es hat einen großen Nachteil, Arzt zu sein«, sagte er. »Ich finde kaum Zeit zum Kochen. Wissen Sie, Sarek, ich kann es gar nicht abwarten, daß Amanda aus der Stasis zurückkehrt. Kaum jemand backt so gutes Brot wie Ihre Frau.«

»Sam bietet gleich Dutzende von Spezialitäten an«,

erwiderte der Botschafter. »Und sie sind weitaus besser als von Küchencomputern hergestellte Produkte.«

Kirk wußte nicht, ob Sarek mit ›Sam‹ einen Vulkanier oder Menschen meinte.

»Das Kreyla ist wirklich ausgezeichnet«, pflichtete ihm Corrigan bei. »Aber der Geschmack des nach irdischen Rezepten gebackenen Brotes läßt zu wünschen übrig.«

»Ich halte diese Erörterungen für ausgesprochen unlogisch«, wandte Sorel ein. »Nahrung ist Nahrung. Mit jedem gut programmierten Küchencomputer läßt sich eine perfekt ausgewogene Diät zusammenstellen.«

»Und das von einem Mann, der gerade Auberginen mit Parmesankäse und zwei Portionen *Pasta al forno* gegessen hat«, bemerkte Corrigan. »Behaupten Sie etwa, Sie schmecken keinen Unterschied zwischen diesen Speisen und computerisiertem Synthoessen?«

»*Ich* schon«, warf McCoy ein. »Dies ist die beste Mahlzeit seit meinem letzten Abstecher auf Wrigleys Planeten. Vielen Dank für Ihre Einladung, Botschafter.«

»Sarek«, berichtigte ihn Spocks Vater. »Derzeit bin ich mit keiner diplomatischen Mission beauftragt.«

Corrigan ließ nicht von seinem vulkanischen Freund und Partner ab. »Meinen Sie allen Ernstes, Sie hätten ebensoviel gegessen, wenn in der Küche dieses Restaurants keine Köche am Werk wären, sondern die Schaltkreise eines Synthetisierungsprozessors?«

»Ich habe seit gestern morgen nichts mehr zu mir genommen«, entgegnete der Heiler mit unerschütterlicher Würde.

»Sie waren nie bereit, mich zum Mittagessen zu begleiten«, stellte Corrigan fest.

»Vulkanier essen nicht zu Mittag«, hielten ihm Sarek, Spock und Sorel synchron entgegen. Die drei Menschen lachten.

»Wissen Sie, Daniel«, sagte der Heiler, »Sie brauchen eine Frau, die gut zu kochen versteht.«

»Schon gut, schon gut. Lassen Sie uns eine Übereinkunft treffen, Sorel: Sie stellen Ihre Versuche ein, mich zu verkuppeln, und ich belästige Sie nicht mehr mit Hinweisen auf eine richtige Ernährung.«

Kirk entsann sich daran, daß alle Vulkanier verheiratet waren — es handelte sich dabei um ein kulturelles Gebot —, und er musterte Spock nachdenklich. Der Erste Offizier senkte stumm den Kopf und starrte in sein Weinglas. Solange Sarek dieses Thema nicht zur Sprache brachte, hielt es der Captain für besser, es zu meiden. Er zog es vor, sich auf sicherem Diskussionsboden zu bewegen und nicht in ein vulkanisches Fettnäpfchen zu treten. »Ich fand das Essen ebenfalls hervorragend, Sarek. Angelos Küche ist fast noch besser als die eines gewissen Restaurants auf Rigel Vier...«

Sie tranken Wein, genossen den angenehmen Abend und unterhielten sich auf eine Weise, die Kirk angesichts einer so bunten Mischung aus Menschen und Vulkaniern für unmöglich gehalten hätte. Abgesehen von der Backofenhitze, die sie draußen erwartete, deutete alles auf einen recht angenehmen Landurlaub hin.

Plötzlich versteifte sich Sorel. Er erblaßte und preßte sich beide Hände auf die Brust.

Corrigan sprang sofort auf und holte seinen Medscanner hervor. »Was ist mit Ihnen?« fragte er.

Sorel schnappte nach Luft und versuchte, sich wieder zu fassen. »T'Zan«, brachte er hervor.

»Sie befindet sich in der Stasis«, sagte Corrigan. »Sie spürt nichts.«

»Sie stirbt«, flüsterte der Heiler und starrte ins Leere.

»Nein!« entfuhr es Corrigan. »O Gott, nein!« er sah die anderen an. »Wir müssen zum Krankenhaus zurück.«

Kirk und Spock gingen sofort los, gefolgt von dem

taumelnden Heiler, der sich auf seinen kleineren Partner stützte. Sarek trat an die andere Seite Sorels und stützte ihn.

Vor dem Restaurant parkten die beiden Bodenwagen, mit denen sie gekommen waren. Als ihnen die vulkanische Hitze entgegenwogte, ächzte Sorel und erbebte am ganzen Leib. Sarek hielt ihn fest und half ihm in den Fond des einen Fahrzeugs. »Kümmern Sie sich um ihn, Daniel. Ich fahre. Nimm meinen Wagen, Spock.«

»Beeilen Sie sich!« forderte McCoy den Ersten Offizier der *Enterprise* auf. »Wenn der Zustand eines Stasis-Patienten kritisch geworden ist, könnte das auch mit den anderen geschehen!«

KAPITEL 5

»Die Monitoren!« platzte es aus Daniel Corrigan heraus, der auf dem Rücksitz Platz genommen hatte. »Es kann zu keiner Fehlfunktion gekommen sein, denn sonst wären wir sofort informiert worden!«

»Und wenn gleichzeitig die Überwachungssensoren ausgefallen sind?« erwiderte Sarek ernst. »Elektronische Schaltkreise sind nicht für die Ewigkeit geschaffen. Sie unterliegen dem Gesetz der Entropie.« Er steuerte den Wagen auf die Gegenfahrbahn und überholte einige langsamere Fahrzeuge. Die entgegenkommenden Bodenschweber wurden offenbar von Vulkaniern gelenkt, denn sie wichen ihm mühelos aus. Kirk hoffte inständig, daß sie keinen Nicht-Vulkaniern mit wesentlich langsameren Reflexen begegneten!

Sarek blieb ruhig und gelassen, verdrängte die Besorgnis in bezug auf Amanda, indem er einen Teil seiner Gedanken auf eine vulkanische Meditationsformel konzentrierte. War es tatsächlich möglich, daß ein technischer Defekt nur eine Stasiskammer betraf? Plötzlich bedauerte er es, Sorel und Corrigan gestattet zu haben, ihr neues Behandlungsverfahren bei seiner Frau anzuwenden, obwohl es keine ausreichenden Sicherheitsgarantien gab.

Aber andernfalls wäre sie inzwischen längst tot, erinnerte er sich. *Nur die Stasis kann Nerven regenerieren.*

Als sie noch zwei Blocks vom Hospitalkomplex entfernt waren, summte Daniels Kommunikator. Kurz darauf piepste auch der, den Sorel bei sich trug.

»Hier Corrigan. Was ist geschehen?«

»Energieausfall in T'Zans Stasiskammer. Bitte kommen Sie sofort hierher, Doktor!«

»Wir sind schon unterwegs. Sorel begleitet mich.«

Genau in diesem Augenblick gab Sorel einen erstickten Schrei von sich — das gräßlichste Geräusch, das Sarek jemals gehört hatte. Er trat auf die Bremse, hielt vor der Notaufnahme des Krankenhauses und drehte sich um. Sorel schlug die Hände vors Gesicht, und Daniel schlang ihm den Arm um die Schultern. »Wir sind da«, sagte Corrigan. »Kommen Sie, wir müssen Ihrer Frau helfen!«

Als der Heiler den Kopf hob, erstarrte Sarek innerlich. Sorels Gesicht war eine blutleere, ausdruckslose Maske. »Wir sind zu spät. Sie ist tot.«

»Dann holen wir sie irgendwie ins Leben zurück!« beharrte Daniel. »Sarek, bitte kümmern Sie sich um Sorel.« Der menschliche Arzt verließ den Wagen und stürmte ins Gebäude.

Sarek kannte sich gut genug mit Menschen aus, um zu wissen, daß Daniel ungeachtet aller logischer Einwände versuchen würde, T'Zan zu retten. Gleichzeitig war ihm klar, daß derartige Bemühungen vergeblich bleiben mußten. Vor der Einlieferung Amandas hatte man ihm ausführlich sowohl die technischen Einzelheiten des Stasissystems als auch die nicht unerheblichen Risiken erklärt. Das Kraftfeld neutralisierte die Funktionen der nicht geschädigten Nerven, und deshalb bedeutete ein Energieausfall sofortigen Tod. Es gab nicht die geringste Möglichkeit, T'Zans physische und psychische Existenzstruktur zu revitalisieren.

Es ging nun einzig und allein darum, Sorels Leben zu schützen. Das jähe Zerreißen der Ehebande konnte seinen Geist zerstören. Und wenn er nicht die benötigte mentale Hilfe bekam, starb auch sein Körper.

»Sorel, bitte kommen Sie mit mir ins Krankenhaus«, sagte Sarek, und der Heiler erhob keine Einwände, folgte ihm wie eine willenlose Marionette. Die dunklen Augen glänzten nicht mehr, und ihr stumpfer Blick war nach innen gekehrt.

Die Heilerin T'Par eilte ihnen entgegen, als sie die

Eingangshalle betraten. Vorsichtig berührte sie Sorels Gesicht. »Wir brauchen einen Angehörigen seiner Familie«, sagte sie.

»Ich benachrichtige seinen Sohn«, schlug Sarek vor und näherte sich der Kommunikationskonsole am Empfang. Die Krankenschwester hinter dem Tresen nannte ihm Sotons Rufcode. Einige Sekunden später zeigte sich auf dem Schirm das Abbild eines jungen Mannes, dessen Züge große Ähnlichkeiten mit denen Sorels aufwiesen.

»Dies ist eine Aufzeichnung«, klang es aus dem Lautsprecher. »Meine Schwester T'Mir kehrt heute von einer Außenwelt zurück. Ich hole sie am Raumhafen ab und bringe sie zum Heim meines Vaters Sorel. Sie können mich dort erreichen.« Der junge Mann fügte die entsprechende Com-Kennung hinzu. Als Sarek die zweite Verbindung herstellte, antwortete das elektronische Holobild des Heilers, der hielte sich derzeit nicht zu Hause auf. Bei einem Notfall, so hieß es, könne ihn das Krankenhaus mit Hilfe des speziellen Mitteilungscodes erreichen.

Sarek runzelte verärgert die Stirn. »Sie sind noch nicht vom Raumhafen zurück«, sagte er überflüssigerweise. Dann bemerkte er, daß Kirk neben ihm stand und seine Bemühungen beobachtete.

»Darf ich?« fragte der Captain und betätigte einige Tasten. »Captain James T. Kirk von Starfleet an die zentrale vulkanische Raumkontrolle. Dringlichkeitsgesuch gemäß Reglement 3 B. Ich möchte einen Passagier lokalisieren, der gerade auf dem Planeten eingetroffen ist.« Er wandte sich an Sarek. »Wie heißt das Schiff, mit dem Sorels Tochter den Planeten anflog?«

»Das weiß ich leider nicht.«

»Und ihr Name?«

»T'Mir. Ihr Bruder Soton holt sie ab.«

»Dringlichkeitsgesuch 3 B«, wiederholte Kirk. »Ich

muß einen Passagier namens T'Mir finden, eine junge Vulkanierin. Oder ihren Bruder Soton, der den Raumhafen aufgesucht hat, um sie abzuholen. Sie werden in der vulkanischen Akademie der Wissenschaften gebraucht. Es handelt sich um einen Notfall, der ihre Familie betrifft. Wir halten diesen Kanal offen.«

»Hier zentrale vulkanische Raumkontrolle«, antwortete eine Stimme. »Wir übermitteln Captain Kirk von Starfleet unsere Grüße und lassen T'Mir und Soton ausrufen.«

»Vielen Dank, Captain«, sagte Sarek. Er hätte die Com-Suche nach den Kindern Sorels ebenfalls veranlassen können — aber nicht annähernd so schnell wie der Kommandant des Raumschiffes *Enterprise*. »Ich hoffe, Soton und T'Mir haben noch nicht den Transit begonnen.«

»Sind sie mit einem Bodenwagen unterwegs?«

Sarek zuckte mit den Schultern. »Vielleicht benutzen sie die öffentlichen Verkehrsmittel.«

»Verdammt!« fluchte Kirk. »Warum hat sich das Mädchen nicht einfach nach Hause beamen lassen?«

»T'Mir verfügt über keine militärische oder zivile Priorität. Sie muß die Immigrationskontrolle passieren, und daher kann sie keinen Transporter benutzen, um nach ShiKahr zu gelangen.«

»Nun, wenn wir sie erreichen können, sorge ich dafür, daß sie den notwendigen Vorrangsstatus bekommt.« Kirk sah wieder auf den Bildschirm. »Komm schon«, brummte er und zeigte damit ein erstaunlich unlogisches Verhalten. »Beantwortet endlich den Notruf. Euer Vater braucht euch.«

Das irrationale Gebaren Kirks erinnerte Sarek an seine Frau, und wenn die Situation nicht so ernst gewesen wäre, hätte er vielleicht amüsiert gelächelt. Amanda wurde als Gelehrte respektiert, und Kirk genoß einen einzigartigen Ruf als Starfleet-Captain. Beide zeichneten sich durch Kompetenz und Erfolg aus – und waren durch und durch Menschen.

Seltsamerweise schien das Kommunikationsterminal auf Kirks Aufforderung zu reagieren: Die Gesichter zweier junger Vulkanier bildeten sich auf dem Schirm: Soton und seine Schwester T'Mir. Sie wirkten überraschend gefaßt: Ihre Mienen blieben steinern und unbewegt, aber Sarek sah die Besorgnis in ihren Blicken. Offenbar gab es zwischen ihnen und ihren Eltern besonders feste Familienbande, und die Nachricht, die er ihnen mitteilen mußte und den Tod ihrer Mutter betraf, bestätigte das, was sie bereits empfunden hatten.

»Bitte kommen Sie sofort ins Akademiehospital«, sagte Sarek. »Ihr Vater...«

»Wir wissen Bescheid«, unterbrach ihn Soton, sah T'Mir an und richtete seine Aufmerksamkeit dann wieder auf den Botschafter. »Ich habe Vaters Schwebewagen. Wir brauchen ungefähr drei Stunden, um...«

»Zu lange!« entfuhr es Sarek.

»Ich lasse Sie hierher beamen«, warf Kirk ein. »Wo sind Sie?«

Die Darstellung auf dem Schirm erweiterte sich und zeigte eine zweite Frau in Starfleet-Uniform. »Wir haben sie zur zentralen Raumkontrolle zurückgerufen, Captain.«

»Ausgezeichnet. Bitte verbinden Sie mich mit einer Raumstation, die sich in der richtigen Position befindet, um die beiden jungen Leute hochzubeamen und anschließend hierher zu schicken. Halten Sie diesen Kanal offen, Lieutenant. Sie können uns anpeilen, nicht wahr?«

»Ja, Sir«, bestätigte die Vulkanierin.

Ihr Bild verblaßte und wich dem eines Mannes, der eine schlichte beigefarbene Tunika mit rotem Abzeichen trug. Ein Wissenschaftler. In vulkanischen Raumstationen arbeiteten nur wenig Repräsentanten des Militärs, und niemand von ihnen gehörte zum Entscheidungskader. Sarek hielt sich bereit, falls es notwendig werden sollte, Kirks Autorität durch seine eigene zu verstärken.

Doch der Mensch paßte sich sofort der neuen Situation an, wechselte vom Befehlston zur Diplomatie. »Orbitalstation Zwei, Starfleet bittet um Unterstützung in Hinsicht auf einen Notfall, der vulkanische Zivilisten betrifft.«

»Wie kann ich Ihnen helfen, Captain?«

»Soton und T'Mir halten sich in der zentralen vulkanischen Raumkontrolle auf. Ihre Mutter ist gerade gestorben. Der Vater Sorel wurde ins Akademiehospital eingeliefert...«

»Ich verstehe, Captain. Wir beamen sie an Bord und anschließend zum Tranporterterminal des Krankenhauskomplexes.«

Der Wissenschaftler und die Vulkanierin in Starfleet-Uniform tauschten Koordinaten aus. Schließlich wandte sich die Frau wieder an Kirk. »Soton und T'Mir werden zur Transferstelle geführt.«

»Sie verstehen es, rasch zu handeln, Lieutenant...«

»T'Vel, Sir.«

»Ich sorge dafür, daß man einen lobenden Eintrag in Ihre Personalakte vornimmt. Und ich persönlich möchte Ihnen in aller Form danken.«

»Gern geschehen«, erwiderte sie sofort. Wie Sarek benutzte sie eine auf der Erde gebräuchliche Höflichkeitsfloskel, wenn sie mit einem Menschen sprach. Sie bewies damit die gleiche Anpassungsfähigkeit wie zuvor Kirk.

Aus den Augenwinkeln beobachtete Sarek, wie Spock an Kirks Seite trat, und er hoffte, daß sein Sohn ebenfalls die geistige Flexibilität Lieutenant T'Vels und des menschlichen Captains bemerkt hatte.

Als Kirk die Hand ausstreckte, um die Com-Konsole

abzuschalten, fragte Sarek hastig: »Lieutenant, wann treffen Soton und T'Mir bei uns ein?«

»Es dauert ungefähr fünf Komma acht Minuten, um den Transporter zu erreichen.« Sie beschränkte sich auf diese Antwort, da ihr keine anderen Daten zur Verfügung standen.

Vielleicht kamen sie dennoch zu spät. Ein Transfer, das Eingeben neuer Zielkoordinaten, dann ein neuerlicher Ergtransit, im Anschluß daran der lange Weg vom Akademietransporter...

»Vielen Dank, Captain Kirk«, sagte Sarek. »Ohne Ihre Hilfe hätte es wesentlich mehr Zeit in Anspruch genommen, Sorels Kinder hierherzuholen. Und bestimmt sind es nur wenige Minuten, die über Leben oder Tod entscheiden.«

Als sie sich von der Rezeption abwandten, eilten die beiden menschlichen Ärzte herbei. »Die anderen Stasiskammern funktionieren einwandfrei«, sagte McCoy. »Mit Amanda und Remington ist alles in Ordnung. Derzeit sind einige Techniker damit beschäftigt, den Defekt zu lokalisieren.«

»Was jedoch nichts am Tod T'Zans ändert«, fügte Corrigan hinzu. »Wo ist Sorel? Soton und T'Mir...«

»Sind auf dem Weg hierher«, warf Kirk ein.

»Gott sei Dank!« entfuhr es dem Doktor.

Sie drehten sich um, als ein junger Vulkanier, der einen Laborkittel trug, an die Rezeption herantrat. »Ich habe gehört... die Dame T'Zan...«

»Sie ist tot«, sagte die Schwester.

Sarek erkannte Sendet, einen Studenten, der vor einigen Jahren beim Informatikkurs für Fortgeschrittene hervorragende Arbeit geleistet hatte. Das grüne Abzeichen mit einem roten Streifen wies ihn als Angehörigen der technischen Abteilung des Hospitals aus.

»Bis die Familie der Dame T'Zan kein öffentliches Kommuniqué herausgibt, ist es mir nicht gestattet, Ihnen Einzelheiten zu nennen«, fügte die Krankenschwester hinzu.

»Wir haben in den Laboratorien der Neurophysik zusammengearbeitet«, sagte Sendet. »Ich war gestern abend bei ihrem Unfall zugegen, und ich dachte, angesichts des neuen Behandlungsverfahrens mit dem Stasisfeld bestünde keine Gefahr für ihr Leben.«

»Sendet.« Daniel Corrigan sah den jungen Vulkanier an. »Es kam zu einem Energieausfall. Mehr wissen wir noch nicht. Bitte benachrichtigen Sie T'Zans Kollegen.«

Sendet musterte den menschlichen Arzt einige Sekunden lang und erwiderte steif: »Wie Sie wünschen, Daniel. Und T'Zans Familie?«

»T'Par ist bei Sorel, und Soton und T'Mir sind unterwegs. Kehren Sie ruhig an Ihre Arbeit zurück, Sendet. Sie können uns nicht helfen.«

»Nein«, erwiderte der junge Vulkanier leise. »Ich gehöre nicht zu Sorels Familie.«

Sarek versuchte vergeblich, den seltsamen Tonfall zu deuten. Bevor er eine Antwort geben konnte, wandte sich Sendet um und ging.

Daniel wollte gerade das Büro betreten, das er mit Sorel teilte, als T'Par durch die Tür kam.

»Daniel«, sagte sie, »Sorel stirbt und widersetzt sich der Gedankenverschmelzung mit mir. Seine Kinder...«

»Treffen in ungefähr zweiundzwanzig Minuten hier ein«, schätzte Sarek und blieb neben Corrigan und der Heilerin stehen.

»Dann ist es vielleicht schon zu spät«, gab T'Par zu bedenken. »Sorel zieht sich aus dem Leben zurück.«

»Nein!« ächzte Daniel. »Das müssen wir verhindern. Er darf nicht sterben!« Er hielt auf das Büro zu.

T'Pars sanfte Stimme hielt ihn zurück. »Er kann Sie weder sehen noch hören, Daniel. Es gibt nur eine einzige Möglichkeit, ihn zu retten: Stellen Sie eine mentale Einheit mit ihm her.«

Sarek sah, wie Corrigan erblaßte und T'Par einen Schritt zurückwich, als ihr ASW-Faktor das Entsetzen des menschlichen Arztes wahrnahm. Sofort faßte sie sich wieder und gab vor. Daniels Reaktion nicht bemerkt zu haben. »Sie stehen ihm so nahe wie ein Bruder, und Sie wissen bereits, was ein Kontakt mit seiner Gedankensphäre bedeutet. Bitte versuchen Sie es, Daniel. Wenn es Ihnen gelingt, seinen Geist bis zur Ankunft Sotons und T'Mirs festzuhalten, retten sie ihm das Leben.«

In den blauen Augen Corrigans irrlichterte fast panische Angst. »Ich... ich kann nicht. Allein die Vorstellung einer Mentalverschmelzung erfüllt mich mit Grauen, und damit treibe ich sein Bewußtsein zurück, anstatt neue Verbindungen zum Körper herzustellen. Ich bin kein Vulkanier!«

»Und Sorel ist kein Mensch«, sagte die Heilerin. »Dennoch hat er seine Gedanken mit den Ihren vereint, um Sie aus der Stasis zurückzuholen. Er erlitt Ihre Schmerzen, nahm Ihre Furcht in sich auf, damit Sie leben konnten. Stehen Sie dafür nicht in seiner Schuld, Daniel?«

Corrigan straffte die Schultern. »Sie haben recht«, entgegnete er dumpf. »Ich darf ihn jetzt nicht im Stich lassen.« Er holte tief Luft. »Also gut, T'Par. Ich versuche es. Ganz gleich, was auch geschehen mag: Ich halte sein Bewußtsein fest, bis Soton und T'Mir hier sind.«

KAPITEL 6

Leise betrat Daniel Corrigan Sorels Büro — obwohl es eigentlich gar keinen Grund gab, auf Zehenspitzen zu gehen. Nicht einmal ein Angriff der klingonischen Kriegsflotte hätte den Heiler aus der geistigen Starre geweckt.

Sorels Leib ruhte auf einer weichen Liege, die für Gedankenverschmelzungen benutzt wurde. Er regte sich nicht, und sein trüber Blick reichte in die Ferne. Er wirkte leblos, tot. Aus einem Reflex heraus holte Corrigan seinen medizinischen Tricorder hervor und fühlte gleich darauf, wie ihn Erleichterung durchströmte. Sein Partner und Freund lebte. Aber noch während er auf das Kontrollfeld des kleinen Instruments sah, zeigten die Vitalindikatoren immer niedrigere Werte an.

T'Par meinte, es sei nur notwendig, Sorels Gesicht zu berühren, um seine Gedankensphäre mit der des Heilers zu vereinen. Vorausgesetzt natürlich, Sorels Bewußtsein wies ihn nicht zurück.

Schrecken zitterte in Corrigan, und er versuchte, das Vibrieren des erneut in ihm aufkeimenden Entsetzens zu betäuben. In den vergangenen Jahren hatte er einen Teil der vulkanischen Mentaldisziplin erlernt, und als er sich in den Sessel des Heilers sinken ließ, konzentrierte er sich auf die Formeln, die Ruhe und innere Ausgeglichenheit induzierten. Anschließend fokussierte er sein Denken auf angenehme Erinnerungen: Sorel und T'Zan, die ihn als Freund akzeptieren; ein vulkanischer Arzt und ein menschlicher Med-Experte, die sich zu einem Team zusammenschlossen; Sorel, der ihm immer zur Seite stand, wenn sich Schwierigkeiten ergaben, der sich mit seiner Andersartigkeit abfand, ohne zu urteilen, und ihn als gleichbereichtigten Wissenschaftler anerkannte.

Ich erfreue mich an unseren Unterschieden, wiederholte

Corrigan in Gedanken und bereitete sich auf den einen Unterschied vor, der ihm noch immer profundes Unbehagen bereitete: die Gedankenverschmelzung. Es erging nicht nur ihm so: Nur wenige Menschen ertrugen ohne Furcht die mentale Invasion des eigenen Selbst. Und in diesem besonderen Fall durfte er sich nicht fürchten, wenn er vermeiden wollte, daß sich die Distanz zwischen Sorels Bewußtsein und seiner körperlichen Existenz weiter vergrößerte.

Corrigan wandelte in den Labyrinthen seines Gedächtnisses und beschwor die Erinnerungsbilder an seine erste Einladung ins Heim des Heilers. Eine Szene im Garten: der Knabe Soton, der mit seiner kleineren Schwester T'Mir spielte; beide Kinder beaufsichtigt von einem Familien-Sehlat, einem großen, krallenbewehrten und bärenartigen Wesen, das die Vulkanier nach langer Zeit mit der sanftmütigen Treue eines Hundes ausgestattet hatten.

Corrigan hörte die Glocken des Spielzeugs, mit dem die Geschwister hantierten, fühlte die nicht mehr ganz so heiße Abendbrise, roch den Duft der Blumen im Garten...

Er berührte Sorels Gesicht.

Verzweiflung!
Leere!
Tod!

Daniel kämpfte gegen den Impuls an, sich sofort zurückzuziehen, bestand darauf, die Leere mit harmonischer Familienidylle zu füllen.

Sorels mächtiger und ausgebildeter Geist strebte Kontrolle an. Corrigan schaffte es gerade noch rechtzeitig, die Panik zu unterdrücken und spürte, daß der Heiler überhaupt nicht beabsichtigte, in seine Bewußtseinssphäre vorzustoßen. Statt dessen sehnte sich sein Freund und Partner nach jemandem, der seine Erinnerungen an T'Zan teilte. Er wünschte sich nichts sehnlicher, als sie wiederzusehen, sie noch einmal zu berühren...

Corrigans Gedächtnisinhalt schien sich in einen Katalysator zu verwandeln, der eine wahre Flut von heilenden Reminiszenzen auslöste. Innerhalb weniger Sekunden verflüchtigten sich Schmerz und Verzweiflung wie Rauch im Wind. Die Erinnerungsperspektive veränderte sich: Die in der Nähe des wachsamen Sehlats spielenden Kinder wichen aus dem mentalen Fokus und machten ihrer Mutter Platz, einer jüngeren T'Zan, die Sohn und Tochter liebevoll beobachtete.

Corrigan hatte Sorels Frau immer für attraktiv gehalten, und damals gewann er den Eindruck, daß ihn der sanfte Blick ihrer braunen Augen bereitwilliger akzeptierte als ihr Mann.

Aber durch Sorels Pupillen sah er nun eine andere T'Zan, die noch weitaus schöner war. Er spürte die feste Brücke des Ehebandes — und zum erstenmal begriff und *spürte* er nun in vollem Ausmaß, was so etwas für Vulkanier bedeutete.

In seinen anderen Erfahrungen mit Gedankenverschmelzungen gab es keine Entsprechungen dafür. Statt Verlegenheit und Scham, dem Gefühl, Dinge zu berühren, die zur geschützten Intimsphäre einer anderen Person gehörten, fand er Vollständigkeit, Aufnahme und Willkommen.

Daniels Geist wurde zu einem Schwamm, der Sorels Erinnerungen in sich aufnahm. Die Bindung mit T'Zan. Corrigan erlebte alles wie seine eigene Vergangenheit: Sorel hatte sich schon einmal gebunden, in seiner Jugend, doch die junge Frau erlag zwei Jahre später einem seltenen Fieber. Obwohl sie sich kaum kannten, stellte die Unterbrechung jener Verbindung eine außerordentlich schmerzhafte Erfahrung dar. Und doch hielt sie keinem Vergleich mit dem Zerreißen eines Ehebandes dar.

Während seiner späteren Ausbildung zum Heiler erwies es sich als Vorteil, daß Sorel keinen Lebenspartner hatte. Er brauchte nicht auf die Gefühle einer anderen Person Rücksicht zu nehmen, ging nicht das Risiko ein, jemanden mit den peinvollen geistigen Erlebnissen zu belasten, die ihn solange quälten, bis er lernte, sie zu akzeptieren oder abzublocken und seinen ASW-Faktor vollständig zu beherrschen. Doch sein Ehrgeiz war kühl, entschlossen und zielgerichtet. Er lebte allein, ohne die Möglichkeit, seine Sorgen und Wünsche mit jemandem zu teilen, spürte erst dann, daß ihm etwas fehlte, als er T'Zan kennenlernte.

Sie besuchte ebenfalls die Akademie und studierte Neurophysik, die Interaktionen zwischen den chemischen und physikalischen Elementen des Nervensystems einerseits und dem Komplex sinnlicher und emotionaler Wahrnehmung andererseits. Eines Tages hielt sie vor Sorels Heiler-Klasse eine Probevorlesung, und zum erstenmal in all den Jahren an der Akademie sah sich Sorel außerstande, sich auf den Lehrstoff zu konzentrieren.

Nach dem Unterricht folgte er T'Zan in den Forschungsbereich des Krankenhauses. Sie blieb an der Tür stehen, ohne das Laboratorium zu betreten, drehte sich um und musterte ihn aus ihren sanft blickenden braunen Augen. Zwar blieb ihr Gesicht ausdruckslos, aber Sorel glaubte, in ihren Zügen eine stumme Frage zu sehen.

Die ersten Worte, die er an sie richtete, lauteten: »Sie sind nicht gebunden.«

»Ebensowenig wie Sie«, antwortete sie und beobachtete ihn weiterhin.

»Ihre Vorlesung…«, begann Sorel unsicher.

»Sie haben überhaupt nicht aufgepaßt.«

»Ich… Ja, das stimmt. Wären Sie bereit, mir Ihre Unterlagen zu leihen? Verzeihen Sie…« Er kam sich wie ein Narr vor, suchte hilflos nach den richtigen Worten.

Trotzdem verharrte er an Ort und Stelle, genoß die Nähe der jungen Vulkanierin.

Der von ihr ausgehende Reiz ließ sich natürlich nicht mit sexueller Stimulierung erklären, denn zum damaligen Zeitpunkt waren weder T'Zan noch Sorel geschlechtsreif. Es handelte sich vielmehr um eine geistige Synchronisierung. Als ungebundene Vulkanier fühlten sie sich trotz ihrer Unterschiede gegenseitig angezogen.

»Morgen abend findet ein Konzert statt«, sagte T'Zan. »Möchten Sie es zusammen mit mir besuchen?«

Sorel hatte sich noch nie ein Akademiekonzert angehört. Seine Musikkenntnisse beschränkten sich auf das, was man Kindern lehrte. Dennoch erklärte er sich sofort einverstanden, nahm den Computerausdruck der Vorlesung entgegen und konnte sein Glück kaum fassen. Erst als er sein Zimmer betrat, die Unterlagen auf den Schreibtisch legte und T'Zans Namen auf dem obersten Blatt las, fiel ihm ein, daß sie gar nicht wußte, wie er hieß.

Er stellte fest, wann und wo das Konzert veranstaltet werden sollte, fragte nach der Unterkunft T'Zans und klopfte am nächsten Abend an ihre Tür. Sie wartete bereits auf ihn und hatte offenbar eigene Nachforschungen angestellt, denn nun sprach sie ihn mit seinem Namen an. »Sie stammen aus der gleichen Familie wie der Dichter Soran. Kannten Sie ihn?«

Soran war ein entfernter Verwandter, dessen Werke zu seinen Lebzeiten in dem Ruf standen, eine zu große Diskrepanz zu den vulkanischen Traditionen aufzuweisen. Vor einigen Jahren, als die Kritiker wohlwollender über ihn schrieben und sich endlich künstlerische Anerkennung für ihn abzeichnete, starb er überraschend. Sorel neigte in diesem Zusammenhang zu einer etwas zynischen Einstellung und glaubte, daß die inzwischen wesentlich positiver gewordene Wertung der Arbeiten

Sorans auf seinen *Tod* zurückging und nicht etwa auf die Qualität seiner Leistungen. Aber er hütete sich davor, T'Zan gegenüber eine entsprechende Bemerkung zu machen. Schon nach kurzer Zeit beglückwünschte er sich zu dieser Entscheidung. Die junge Frau schätzte und verstand Sorans Gedichte – und besaß die erstaunliche Fähigkeit, sie auch anderen Personen nahezubringen. Nach einer Weile respektierte Sorel die einsichtige Sensibilität seines verstorbenen Verwandten und bedauerte es, bei den seltenen Familienzusammenkünften nicht die Gelegenheit genutzt zu haben, mit ihm zu diskutieren.

Sorels Beziehung zu T'Zan gründete sich auf eine Reihe von Widersprüchen. T'Zan zeichnete sich durch eine in Hinblick auf die anderen Vulkanier ungewöhnliche emotionale Wärme aus, arbeitete aber auf dem eher sterilen und klinisch-sachlichen Gebiet der Neurophysik, die versuchte, Gefühle in Begriffen chemischer und physikalischer Reaktionen zu beschreiben. Sorel besaß zwar den ausgeprägten ASW-Faktor eines Heilers, doch sein Mangel an Empathie formte eine Barriere zwischen ihm und seinen Patienten. Bis er T'Zan traf. Er glänzte nicht gerade bei den Prüfungen in Neurophysik, doch etwas später, als sich Sorel und T'Zan aneinander gewöhnten, stellten die Lehrer eine stetige Verbesserung seiner Einfühlsamkeit in bezug auf mentale und emotionale Probleme fest.

T'Zans Familie hatte keine so lange und ruhmreiche Geschichte hinter sich wie die Sorels – die bis zu der von Surak gegründeten kleinen Gemeinschaft philosophischer Rebellen zurückreichte –, aber sie war durchaus respektabel. Und Sorels Eltern atmeten erleichtert auf, als sie begriffen, daß sie keine neue Bindungspartnerin für ihren Sohn suchen mußten.

Sorel und T'Zan schufen ein festes Band zwischen sich, verwandelten die Nähe der vergangenen Monate in eine Einheit, der sie sich solange widersetzten, bis sie von einer angemessenen Zeremonie sanktioniert wurde.

Nach dem vulkanischen Gesetz galten sie nicht etwa als Kinder, sondern als Erwachsene. Ihre Verbindung kam einer Ehe gleich, und sie richteten einen gemeinsamen Haushalt ein – obgleich sie sich bis zur Geschlechtsreife (und damit der Möglichkeit, Kinder zu zeigen), noch einige Jahre gedulden mußten. Sie schlossen die Ausbildung ab, begannen ihre unterschiedlichen beruflichen Laufbahnen und lebten in Harmonie.

Sorels Erinnerungen trugen die Gedanken Corrigans mit sich, durch die mentalen Sphären eines starken Bewußtseins, konfrontierten ihn schließlich mit dem Wahnsinn des ersten Pon farr, der ruhigen Sicherheit im stabilen Geist T'Zans. Sie entfernten sich nicht voneinander, als sie sich gemeinsam dem Ritual des Feuers und der Ekstase stellten, bewiesen den anderen Vulkaniern damit die Festigkeit ihrer Einheit, an der sie selbst seit ihrer Bindung keinen Augenblick lang gezweifelt hatten. Sorel schloß T'Zan in die Arme, löschte die in ihm brennenden Flammen in der sanften Kühle seiner Frau.

T'Zan gebar ihm einen Sohn, Soton, später eine Tochter, die sie T'Mir nannten. Auch Corrigan selbst erschien in Sorels Erinnerungen – zunächst ein respektierter Fremder, dann ein Freund, schließlich so etwas wie ein Bruder. Sie vereinten ihre medizinischen Fähigkeiten, um Sarek und Amanda einen Sohn zu ermöglichen: Spock, den ersten vulkanisch-menschlichen Hybriden.

Doch während jene Frucht zweier so unterschiedlicher Kulturen heranreifte... Sorels drittes Kind, ein Mädchen, kam krank und zu früh zur Welt. Daniel und sein vulkanischer Partner versuchten alles, um es am

Leben zu erhalten, aber es starb wenige Stunden nach der Geburt.

Inzwischen wußte Corrigan um den Stellenwert, den Kinder in der Tradition Vulkans einnahmen. Jeder Sohn und jede Tochter stellte ein kostbares Bindeglied zur Zukunft dar. Die Mißhandlung oder Vernachlässigung von Kindern galt auf diesem Planeten als unvorstellbares Verbrechen. Jedes Neugeborene war erwünscht. Und wenn die Vulkanier auch behaupteten, nicht die Bedeutung des Wortes *Liebe* zu kennen: Das Verhalten gegenüber ihren Nachkommen ließ keinen Zweifel daran, daß ihnen das *Gefühl* Liebe keineswegs fremd war.

Als er die rituellen Worte ›Ich leide mit euch‹ an Sorel und T'Zan richtete, meinte er es von ganzem Herzen. Jetzt erlebte Corrigan diese Erinnerungen aus der Perspektive seines Partners und wußte, daß der Heiler sein Mitgefühl wirklich empfunden hatte. Darüber hinaus stellte er fest, daß sich Sorel zum gleichen Zeitpunkt mit der Frage zu beschäftigen begann, warum er, Daniel, nicht heiratete.

Die vulkanische Neugier wandte sich Remiszenzen zu, in deren Mittelpunkt Corrigan stand... Wie seltsam, sich durch die Augen einer anderen Person zu sehen!

Zuerst glaubte Sorel, Corrigan habe nur deshalb keine Bindungspartnerin — beziehungsweise das terranische Äquivalent dazu —, weil er noch zu jung sei. Menschen banden sich nicht, und deshalb mußte sein Kollege und Freund auf den Zufall vertrauen, um eine Frau zu finden. Die Auswahl war nicht besonders groß: Die wenigen Menschen, die nach Vulkan kamen, besuchten alle die Akademie.

Sorel entsann sich an eine Professorin namens Theresa Albarini, mit der Daniel viel Zeit verbrachte. Aber die Vorstellung, auf Vulkan zu bleiben, gefiel ihr nicht sonderlich, und Corrigan wollte nicht auf eine Außenwelt zurückkehren. Sorel spürte den Schmerz in Daniel, als er sich von Theresa verabschiedete, wußte jedoch nicht, wie er auf die Gefühlsaufwallung des Menschen reagieren sollte.

Im Anschluß daran offenbarte Corrigan viele Jahre lang kein ernsthaftes Interesse mehr an Frauen – bis er es mit Miranda Jones zu tun bekam, einer blinden Telepathin, die hoffte, auf Vulkan den Umgang mit ihrer mentalen Gabe zu lernen.

Sorel bemerkte schon nach kurzer Zeit, daß sich Daniel zu Miranda hingezogen fühlte, und er hoffte, daß ihn die junge Frau nicht zurückwies. Aus irgendeinem Grund bezweifelte er Mirandas Fähigkeit, Daniels Qualitäten als solche zu erkennen, schob seine Skepsis jedoch auf unzureichendes Verständnis in Hinsicht auf Wesen und Charakter femininer Menschen. Als er T'Zan darauf ansprach, die eng mit Miranda zusammenarbeitete – es ging dabei um die Strukturierung des Sensornetzes, das der Telepathin eine quasivisuelle Wahrnehmung ermöglichen sollte –, schüttelt sie den Kopf. »Ermutige Daniel nicht«, erwiderte sie. »Ich bin ziemlich sicher, daß Miranda gar nicht fähig ist, seine Gefühle zu erwidern.«

Einige Tage später, als Sorel Corrigans Büro betrat, begegnet er einem niedergeschlagenen und verzagten Daniel. »Sind Sie krank?« fragte er.

Der Mensch sah auf und versuchte zu lächeln. Es wurde eine Grimasse daraus. »Nein, ich habe nur gerade begriffen, was für ein Idiot ich bin. *Sie* wußten es von Anfang an. Himmel, Miranda Jones ist die erste menschliche Frau seit Jahren, die mir nicht gleich von T'Zan und Ihnen aufgedrängt wird. Ach, Sorel, nur ein alter Narr wie ich kann glauben, ein so nettes und junges Mädchen wie Miranda hätte irgendein Interesse an mir.«

Als Sorel diese Worte hörte, wurde er sich bewußt, daß sein Freund alterte. In der relativen Beziehung zwischen ihren Lebensstadien war es zu einer drastischen Veränderung gekommen. Als Daniel auf Vulkan eintraf, wirkte er ein ganzes Stück jünger als Sorel. Jetzt befand sich der vulkanische Experte im besten Mannesalter — und Daniel verwandelte sich nach und nach in einen Greis!

Während der nächsten Jahre beschleunigte sich der Alterungsprozeß Corrigans, der selbst bei Menschen ungewöhnlich zu sein schien, und Sorel investierte noch mehr Zeit und Mühe in seine Forschungen; sie betrafen die Stasistechnik, die er zusammen mit Daniel entwickelt hatte. Ihre ursprünglichen Hoffnungen, Miranda Jones' Nervenatrophie zu heilen, erfüllten sich nicht. Die Telepathin verließ Vulkan, bevor das neue Behandlungsverfahren auch nur in die Experimentierphase kam.

Es rettete Daniel. Aber T'Zan...

T'Zan!

Kummer und grenzenlose Verzweiflung wogten ihm entgegen. Corrigan konnte keinen Trost spenden. Es blieb ihm nichts anderes übrig, als Sorels qualvollem Leid seine eigene Trauer über den Verlust einer guten Freundin hinzuzufügen.

Es war nicht unsere Technik, flüsterten seine Gedanken dem vulkanischen Bewußtsein zu. *Ein plötzlicher Energieverlust...* Aber er blieb unsicher, was die Ursache betraf, und er sah keine Möglichkeit, seine Besorgnis zu verbergen.

Im Schmerz des Heilers fehlten sowohl das Gefühl der Schuld als auch Vorwürfe gegenüber Corrigan. An dem seelischen Ort, der einst für T'Zan reserviert gewesen war, herrschte eine Leere, die nur zum Teil mit Erinnerungen aufgefüllt werden konnte. Denn Reminiszenzen führten unausweichlich zu der Erkenntnis, daß sie nicht mehr existierte, daß sie zur Vergangenheit gehörte, für immer und ewig...

Vater.

Eine andere Präsenz bahnte sich vorsichtig einen Weg in die Einheit aus zwei verschmolzenen Gedankensphären, nahm behutsam an dem Kummer teil. Und kurz darauf gesellte sich noch eine weitere hinzu, die nicht ganz so stabil anmutete und in der das Leid ein fast so großes Ausmaß gewann wie in Sorel selbst: Soton, mit der sanften Unerschütterlichkeit eines Heilers, der irgendwann einmal ebenso fähig werden mochte wie sein Vater; und T'Mir, die einige Jahre auf einer Außenwelt verbracht hatte, um nach ihrer Heimkehr eine Tragödie zu erleben.

Ich leide mit euch. Corrigan lebte schon so lange auf Vulkan, daß er die traditionellen Beileidsworte ganz automatisch formulierte. Die beiden Kinder Sorels berührten seine Gedanken und übermittelten ihm Dankbarkeit und geteilten Schmerz.

Der Heiler wies Soton und T'Mir nicht zurück, und Corrigan spürte, wie sich die festen Familienbande auch auf ihn erweiterten. Ein überaus sonderbares Erlebnis, in all dem Leid die Freude des gegenseitigen Akzeptierens zu erfahren!

Dann verringerte sich die Intensität des Kontaktes, und Daniel kehrte in die physische Welt zurück. T'Par hatte seine Hand von Sorels Gesicht gelöst. Soton und T'Mir hielten die Hände ihres Vaters und berührten gleichzeitig den menschlichen Arzt, während T'Par ihn von der Mentaleinheit separierte.

»Sie kümmern sich jetzt um ihn«, sagte die Heilerin ruhig. »Kommen Sie, Daniel – Sie müssen sich ausruhen. Sie haben ausgezeichnete Arbeit geleistet. Sorel wird den Tod seiner Frau überleben.«

Widerstrebend gab Corrigan die letzten Verbindungen zu der Geistsphäre auf, die jetzt aus drei verschiedenen und doch so ähnlichen Komponenten bestand. Er spürte Tränen auf den Wangen, aber T'Par verlor kein Wort darüber, nahm einfach ein Tuch, wischte sie fort und begleitete ihn zu seinem Büro. Er fühlte sich viel zu erschöpft, um nach Hause zurückzukehren, streckte sich auf der Couch aus und schloß die Augen.

T'Par zog ihm die Schuhe von den Füßen, hüllte ihn in eine Decke und berührte seine Stirn. »Soll ich...?«

»Ich schlafe jetzt«, sagte Corrigan und wollte nur, daß ihn die Heilerin allein ließ, damit er auf menschliche Art und Weise um T'Zan trauern konnte. T'Par nickte und ging.

Daniel lauschte der Stille und seinem eigenen Schluchzen, hielt die Tränen, die den Kummer aus ihm herauswuschen, nicht länger zurück. Er beweinte den Tod einer guten Freundin – und den Verlust der tiefen Liebe, die er an diesem Abend kennengelernt hatte, der Familie, die ihn nun nicht mehr an ihrem gemeinsamen Leid teilhaben ließ.

Nach einer Weile schlief er ein.

KAPITEL 7

Wie üblich erwachte Sarek recht früh. Seine menschlichen Gäste jedoch, die spät zu Bett gegangen und nicht an die Hitze, hohe Gravitation und dünne Luft Vulkans gewöhnt waren, rührten sich nicht. Selbst Spock schlief noch.

Der Botschafter suchte das häusliche Büro auf, das er mit Amanda teilte, nahm an der Konsole Platz und setzte sich mit der Akademie in Verbindung. Er wurde nicht enttäuscht: Eleyna hatte bereits mit der Arbeit begonnen und nahm seinen Anruf entgegen. »Sarek!« brachte sie überrascht hervor, als sie ihn auf dem Schirm sah.

»Bitte übernehmen Sie meine Morgenklasse, Eleyna.«

»Selbstverständlich«, erwiderte sie. »Aber... Ist alles in Ordnung mit Ihnen? Fühlen Sie sich wohl?«

»Ich bin nicht krank. Allerdings kam es gestern abend zu einem Notfall, und deshalb blieben meine Gäste lange auf.«

»Ein Notfall?«

»Eine der Stasiskammern wies eine Fehlfunktion auf, und die entsprechende Patientin starb.«

»Doch nicht etwa... Ihre Frau?« Sareks Assistentin versuchte, die Ruhe zu bewahren.

»Nein. T'Zan, die Gefährtin des Heilers Sorel.«

Eleyna wandte den Blick kurz von der Projektionsfläche ab. »Ich wußte nicht, daß sich sonst noch jemand in der Stasis befand. Ich... ich bin froh, daß Amanda nichts zugestoßen ist.« Sarek hörte ein dumpfes Zittern in ihrer Stimme.

»Ihr droht keine Gefahr. Nun, ich bin sicher, meine Gäste möchten heute morgen ins Krankenhaus, und ich beabsichtige, die Daten selbst zu überprüfen. Bitte vertreten Sie mich, Eleyna — Sie unterrichten ebensogut wie ich.« Der Botschafter begriff plötzlich, daß die junge Frau zumindest einen Teil seiner Pflichten übernehmen konnte bis sie ihre Ausbildung beendete und Vulkan verließ. Er fügte hinzu: »Ich sollte Senek empfehlen, Ihnen den Kurs des nächsten Semesters zu überlassen. Sie sind ausreichend qualifiziert, und Lehrerfahrungen wären eine nützliche Erweiterung Ihrer Referenzen.«

»Ihr Vertrauen ehrt mich«, sagte Eleyna förmlich. Sarek fragte sich, ob sie ahnte, daß er ihr eine Aufgabe zuwies, die er nur als Belastung empfand.

Anschließend begab er sich in die Küche − in Amandas Küche −, roch dort den Duft der Kräuter und Gewürze, die seine Frau in speziellen Behältern aufbewahrte. Amanda war eine ausgezeichnete Köchin: Wenn sie das Essen zubereitete, fiel es Sarek nicht weiter schwer, zwei Mahlzeiten pro Tag einzunehmen. Doch wenn er auf ihre kulinarischen Künste verzichten mußte, begnügte er sich mit Obst zum Frühstück und ging am Ende des Tages häufig mit leerem Magen zu Bett.

Jetzt aber mußte er die Bedürfnisse seiner Gäste berücksichtigen, und aus diesem Grund rief er die Liste der Spezialitäten, die Amanda kurz vor ihrer Einlieferung ins Hospital vorbereitet und eingefroren hatte, aus dem Speicher des Hauscomputers. Er entschied sich für einen leckeren Gemüseeintopf, der auch dann noch schmackhaft war, wenn sie spät nach Hause zurückkehrten, und programmierte den Küchencomputer darauf, die betreffenden Portionen am Abend zu erwärmen. Dann stellte er eine Karaffe mit Kasa-Saft auf den Tisch und kochte Kaffee.

Erstaunlicherweise ruhte Spock nach wie vor. Sarek rechnete damit, daß die Menschen noch ein oder zwei Stunden schliefen, aber für gewöhnlich stand sein Sohn früh auf. Er hoffte auf eine Gelegenheit, allein und ungestört mit Spock zu sprechen. Dies war sein erster

Landurlaub auf heimatlichem Boden, seit Vater und Sohn während der Reise nach Babel ›ihren Zaun erneuert‹ hatten, wie es Amanda ausdrückte.

Eine seltsame Formulierung, dachte er und runzelte die Stirn. *Selbst bei den Menschen stößt sie auf Verwirrung.* Vielleicht handelte es sich um eine philosophisch-intellektuelle Wortspielerei seiner Frau. Als Sarek sie zum erstenmal hörte, blieb ihm die metaphorische Bedeutung fremd. Er erinnerte sich an seine verwunderte Frage: »Amanda, warum ist die Erneuerung eines Zauns zwischen zwei Personen ein Symbol für die Verbesserung der beiderseitigen Beziehungen?«

Sie hatten sich an Bord der *Enterprise* befunden, und Sarek war gerade aus der Krankenabteilung entlassen worden. In einigen Stunden würden sie Babel erreichen, wo ein Kapitel Föderationsgeschichte geschrieben werden sollte.

»Willst du nicht Frieden schaffen, indem du Coridan mit einem Zaun abschirmst?« erwiderte Amanda.

»Bitte drück dich etwas deutlicher aus.«

»Stell dir zwei irdische Bauern vor: Der eine baut Getreide an, der andere züchtet Vieh. Nun, wenn es keinen Zaun zwischen ihren Ländereien gäbe, könnte es geschehen, daß die Kühe die Kornfelder zertrampeln, und das hätte Streit und Zwietracht zur Folge. Eine Barriere, die beide Anwesen voneinander trennt, stellt friedliches Einvernehmen sicher.«

»Ich verstehe«, sagte Sarek langsam. »Wenn wir um Coridan den ›Zaun‹ der Föderationsmitgliedschaft errichten, halten wir die Orioner vom Dilithium fern...«

»Wie die Kühe vom Korn«, fügte Amanda hinzu, und in ihren blauen Augen blitzte es humorvoll. Dann wurde sie wieder ernst. »Die Völker der Föderation glauben ebenso fest an das Prinzip der Freiheit wie die Orioner an die Vorteile der Sklaverei. Angesichts derart konträrer Philosophien bleibt gar nichts anderes übrig, als beide Seiten mit einem ›Zaun‹ des Respekts voneinander zu trennen. So etwas funktioniert auch bei Individuen.«

Aus der Schiffsbibliothek besorgte sie ihm die Kopie eines Gedichtes, das Robert Lee Frost im zwanzigsten Jahrhundert geschrieben hatte. Der Titel lautet: »Mending Walls.«* Sarek las es aufmerksam und glaubte, die Botschaft zu begreifen: »Gute Zäune schaffen gute Nachbarn.«

Als die Gedanken des Botschafters in die Wirklichkeit zurückkehrten, fiel ihm die erste Zeile jenes Werkes ein. »Es gibt etwas, das keine Wände liebt.« Er wollte die Barrieren zwischen Vater und Sohn beiseite schieben. Bestimmt existierten keine unüberbrückbaren Unterschiede zwischen ihnen. Sarek hatte sich mit Spocks Entscheidung für eine berufliche Laufbahn bei Starfleet abgefunden, und dieses Akzeptieren brachte sie einander näher.

Trotzdem: Sowohl während der restlichen Reise nach Babel als auch bei einem späteren Aufenthalt Sareks an Bord der *Enterprise* ging ihm Spock aus dem Weg und konzentrierte sich allein auf seine Arbeit. Sie begegneten sich nur bei öffentlichen Anlässen.

In diesem Zusammenhang erinnerte sich der Botschafter an zwei besondere Ereignisse. Das erste: Kurz nach seiner Entlassung aus der Krankenabteilung, im Anschluß an die Operation, verbündeten sich Vater und Sohn, um Amanda zum Ziel ihres gutmütigen Spotts zu machen. Das zweite hingegen war eine Pokerpartie. Dabei handelte es sich um ein bei den Menschen gebräuchliches Kartenspiel, das auf mathematischer Wahrscheinlichkeit basierte. Einige Kollegen Spocks luden die beiden Vulkanier ein. Sarek entsann sich deut-

---

* Mending Walls — ›Wände, die näherbringen‹; Anmerkung des Übersetzers

lich daran, wie Spock überascht eine Braue hob, als sein Vater einwilligte.

Die an Bord geltenden Vorschriften verboten es natürlich, um Geld zu spielen, und deshalb bestanden die Einsätze aus diversen Konsumgütern. Innerhalb kurzer Zeit sammelten Spock und Sarek einen beträchtlichen Gewinn an, zu dem auch einige Flaschen mit besonders altem Scotch gehörten.

Doch jene Momente der Kameradschaft gingen rasch vorüber. Es war, als wage sich Spock in Gegenwart seines Vaters nur zögernd aus einer psychisch-emotionalen Deckung hervor — um sich gleich darauf wieder hinter die mentalen Schutzwälle zurückzuziehen. *Vielleicht fürchtet er meinen Unmut*, dachte der Botschafter, und so etwas wie Bedauern regte sich in ihm.

So darf es nicht weitergehen, fügte er in Gedanken hinzu. *Spock ist mein Sohn. Warum können wir nicht auch Freunde sein?*

KAPITEL 8

Von einem Augenblick zum anderen war Daniel Corrigan hellwach. Seine als Arzt erworbenen Reflexe brachten sofort klare Erinnerungen zurück, und als er aufs Chronometer sah, erfüllte ihn ein vages Schuldbewußtsein. Später Vormittag. Er hatte bereits drei Termine versäumt! Und heute mußte er auch Sorels Pflichten wahrnehmen...

Es warteten keine Patienten im Vorzimmer des Büros. T'Sel, die Assistentin beider Med-Experten, saß am Schreibtisch und sah auf, als Daniel eintrat. »Sorel erholt sich in der Heiltrance«, berichtete sie. »Die beiden anderen Stasiskammern funktionierten einwandfrei. T'Par wies mich an, Theris-Tee für Sie zu kochen und ihr Bescheid zu geben, wenn Sie erwachen.«

Corrigan wußte, daß es keinen Sinn hatte, irgendwelche Einwände zu erheben. Gehorsam trank er den Tee, und kurz darauf traf T'Par ein. Sie begleitete ihn in sein Arbeitszimmer und berührte das Gesicht des Menschen — ein kühler, unpersönlicher Mentalkontakt, der sich kraß von der gefühlsmäßig so intensiven Erfahrung des vergangenen Abends unterschied. Er unterdrückte ein Schaudern.

»Offenbar leiden Sie an keinen Nachwirkungen, Daniel. Trotzdem halte ich es für besser, Sie schonen sich heute. Schlafen Sie, wenn Sie möchten. Und wenn es Ihnen ein Trost sein mag: Ganz gleich, wie schmerzhaft die Gedankenverschmelzung für Sie gewesen ist — Sie haben Sorel damit das Leben gerettet.«

»Ich empfand sie keineswegs als unangenehm«, erwiderte Corrigan. Und etwas leiser fügte er hinzu: »Ich habe so etwas noch nie zuvor erlebt.«

»Sorel akzeptierte Sie als Familienangehörigen — genau wie ich hoffte. Aber ich wußte nicht, daß Sie diese

Mentaleinheit mit anderen emotionalen Erlebnisfaktoren konfrontierte. Als ich daran teilnahm, gewann ich den Eindruck, Sie litten erneut...« T'Par unterbrach sich kurz. »Später begriff ich, daß es eine Reaktion auf meine geistige Präsenz war. Verzeihen Sie mir, Daniel. Ich hätte Sie nicht so abrupt in die physische Realität zurückbringen sollen.«

»Schon gut. Was ist mit... mit Sorels Kindern?«

»Sie haben sich zusammen mit ihrem Vater vom Kummer befreit und ruhen sich aus. Nehmen Sie sich ein Beispiel an ihnen.«

»Ich kann jetzt nicht mehr schlafen«, entgegnete Corrigan. »Die richtige Medizin für mich besteht in einer Dusche und anschließend einer Tasse heißem Kaffee. Dann möchte ich mir die Berichte der Techniker vornehmen, um festzustellen, was in der Stasiskammer geschehen ist.«

T'Par runzelte die Stirn. »Daniel...«, begann sie.

»Keine Sorge: Ich empfange heute keine Patienten. Es wäre durchaus denkbar, daß mein Urteilsvermögen gelitten hat, und ich will nicht riskieren, eine falsche Diagnose zu stellen. Andererseits muß ich meine Neugier befriedigen und die Ursache der Fehlfunktion herausfinden.«

Neugier war ein Gefühl, das die Vulkanier zuließen und sogar schätzten. »Ich verstehe«, sagte T'Par. »Strengen Sie sich nicht zu sehr an, Daniel.«

Er duschte und rasierte sich. Das reinigende Ultraschallfeld säuberte seine Kleidung, und als er sich wieder anzog, fühlte er sich weitaus besser. In seinem Büro stand eine Kaffeemaschine, und es dauerte nur wenige Minuten, einen Becher mit schwarzer und dampfender Flüssigkeit zu füllen. Während er vorsichtige Schlucke von dem aromatischen Getränk nahm, blickte er auf den Computerschirm und las die technischen Berichte. Sie enthielten keine Angaben, mit denen er etwas anfangen konnte. Verärgert runzelte Corrigan die Stirn, betätigte eine Taste und brummte unwillig. Es gab nicht den geringsten Hinweis auf eine Fehlfunktion – und doch war T'Zan tot.

Je mehr er sich auf die Zahlen und Buchstabenkolonnen konzentrierte, desto bedeutungsloser wurden sie. Daniel versuchte, das zornige Brodeln in ihm zu kontrollieren, als er sich mit der technischen Abteilung des Krankenhauses in Verbindung setzte. Kurz darauf projizierte die Elektronik das Abbild des Sektionsleiters Storn.

»Ich habe Ihren Anruf bereits erwartet, Daniel. Meine Mitarbeiter waren die ganze Nacht über damit beschäftigt, den Defekt zu lokalisieren, bisher ohne Erfolg. Die Ursache des Energieausfalls ist nach wie vor rätselhaft.«

Der Vulkanier sprach ruhig und gelassen, aber die olivfarbenen Flecken unter seinen Augen und die tiefen Falten in der Stirn deuteten auf Enttäuschung hin. Konzentration stellte eine Kunst dar, die Vulkanier schon frühzeitig erlernten. Aber Konzentration, die keine Resultate erbrachte, belastete alle intelligenten Wesen.

»Bitte setzen Sie Ihre Bemühungen fort«, sagte Corrigan. »Und informieren Sie mich sofort, wenn sich irgend etwas ergibt. Was die beiden anderen Stasiskammern angeht...«

»Sie werden sowohl visuell als auch mit Hilfe des Computers überwacht«, versicherte ihm Storn. »Diese Art der Kontrolle bleibt so lange bestehen, bis wir die Fehlfunktion gefunden und eliminiert haben.«

»Danke«, brummte Corrigan, schaltete ab und verfluchte die vulkanische Tüchtigkeit. Ihm wäre eine Möglichkeit willkommen gewesen, seinem Ärger Luft zu machen.

Einige Sekunden lang blieb er reglos sitzen. Dann erhob er sich ruckartig, schritt durch die Nebentür und betrat das Büro Sorels. Sein Freund und Partner lag auf der Couch und rührte sich nicht. Das Gesicht des Heilers war blaß und leer – eine normale Begleiterscheinung der Trance –, und die Lebensindikatoren an der Wand zeigten für Puls und Atmung ausgesprochen niedrige Werte an. Corrigan begriff, daß er jetzt nichts mehr für den Vulkanier tun konnte. Er fühlte sich irgendwie hilflos, und in seinem Innern vibrierte das Verlangen, etwas zu unternehmen, aktiv zu werden. Aber ganz gleich, wohin er sich auch wandte – überall stieß er auf gestaltlose Leere, die ihm keinen Halt bot.

Als er in sein Arbeitszimmer zurückkehrte, kam T'Sel herein. »Soton und T'Mir würden Sie gern sprechen, Doktor...«

»Schicken Sie sie zu mir, T'Sel.«

Sorels Sohn und Tochter nahmen auf der anderen Seite des Schreibtisches Platz, und Corrigan sagte schlicht: »Leider sehe ich mich außerstande, Ihre Fragen zu beantworten. Bisher ist es nicht möglich gewesen, die Ursache des fatalen Energieausfalls in der Stasiskammer Ihrer Mutter festzustellen.«

»Wir sind nicht hier, um uns danach zu erkundigen, Daniel«, erwiderte Soton. Sorels Sohn war die jüngere Version seines Vaters, hatte jedoch auch die ausdrucksvollen und sanft blickenden Augen seiner Mutter.

»Wir möchten Ihnen danken«, fügte T'Mir hinzu. Corrigan hörte den gefaßten, reifen Klang ihrer Stimme und musterte sie eingehend. Was das äußere Erscheinungsbild anging, unterschied sie sich nicht von der jungen Frau, die Vulkan vor sieben Jahren verlassen hatte, um auf einer Außenwelt Xenobiologie zu studieren. Doch der Kontakt mit fremden Zivilisationen verlieh ihr eine gewisse... Kultiviertheit. Daniel fand keine bessere Bezeichnung für ihre Ausstrahlung.

Nach einigen Sekunden gab er die Suche nach einem angemesseneren Ausdruck auf und akzeptierte die Dankbarkeit der beiden jungen Leute. Er erinnerte sich an die beiden *Kinder* namens Soton und T'Mir, und vor seinem inneren Auge beobachtete er noch einmal, wie sie heranwuchsen. Als er nach Vulkan gekommen war, war der Junge zehn Jahre alt und seine Schwester ein Säugling gewesen. Er wußte, daß sie weder einen Außenweltler noch einen Fremden in ihm sahen — und die Gedankenverschmelzung bestätigte diese sichere Überzeugung.

»Sie haben das Leben unseres Vaters gerettet«, stellte Soton fest. »Daniel, Sie haben sich uns gegenüber oft wie ein Bruder Sorels verhalten, aber nie so wie gestern abend. T'Par hätte Sie nicht aus der Mentaleinheit lösen dürfen.«

»Das stimmt!« pflichtete ihm T'Mir bei. »Wir konnten sie nicht daran hindern, denn unsere Aufmerksamkeit galt in erster Linie Sorel. Doch wir spürten Ihren Schmerz angesichts der Trennung, Daniel. Nur weil Vater Ihre Gedankensphäre aufnahm und T'Par zurückwies...«

»Nein, T'Mir«, warf Corrigan ein. »T'Par glaubte, mich vor einer sehr schmerzhaften Erfahrung schützen zu müssen. Als Sorel sich vor ihr zurückzog, forderte sie mich auf, eine Mentalverschmelzung mit ihm zu versuchen. Sie dürfen ihr keine Vorwürfe machen, denn sie wurde ihren Pflichten in jeder Beziehung gerecht. Ihr lag nur das Wohl des Patienten am Herzen.«

»Entschuldigen Sie, Daniel«, sagte T'Mir, senkte den Kopf und nahm den Tadel so entgegen, als stamme er von ihrem Vater. Kurze Zeit später sah sie wieder auf. »Meine Sorge gilt Ihnen.«

Soton hob die Brauen, sagte jedoch nur: »Das trifft auch auf mich zu. Inzwischen ist unser Vater auf dem Weg der Besserung, und ich nehme an, T'Par...«

»Ja«, unterbrach ihn Corrigan. »Sie hat mich bereits untersucht. Aber wenn Sie möchten: Vergewissern Sie sich ruhig, daß die Gedankenverschmelzung keine schädlichen Folgen in meinem Bewußtsein hinterließ.«

Soton stand kurz vor dem Abschluß seiner Ausbildung zum Heiler. In knapp einem Jahr würde er seine Bindungspartnerin auf der anderen Seite des Planeten aufsuchen und in einer kleinen Gemeinschaft eine Privatpraxis eröffnen. Er beabsichtigte also nicht, in die Fußstapfen seines Vaters zu treten, der an der Akademie wichtige Forschungen betrieb.

»Man... hat nicht oft Gelegenheit, einen Menschen zu untersuchen«, erwiderte Soton – womit er durchaus recht hatte. Wenn die Terraner in ShiKahr ärztliche Hilfe brauchten, wandten sie sich an Corrigan oder einen der anderen menschlichen Ärzte. Daniel wußte natürlich, daß es Soton nicht um die Analyse des psychischen Komplexes eines Homo sapiens ging. Er wollte sicher sein, daß der Freund seines Vaters tatsächlich nicht an Nachwirkungen der Mentalverschmelzung litt. Aus dem gleichen Grund hatte Daniel dem in Trance liegenden Sorel einen Besuch abgestattet.

Er bereitete sich auf einen weiteren unpersönlichen Geisteskontakt vor, doch als ihn Sotons Hand berührte, spürte er die gleiche familiäre Wärme wie am vergangenen Abend – eine heilende Präsenz leistete ihm psychische Gesellschaft, schloß den Riß der plötzlichen Trennung und löste die Reste des Kummers auf. »Danke«, murmelte Corrigan, als sich Soton sanft zurückzog.

T'Mir bedachte ihren Bruder mit einem neugierigen Blick. »Vielleicht hätte ich ebenfalls Heiler werden sollen.«

Corrigan wußte nicht so recht, was er von dieser Bemerkung halten sollte. Die Berichte über T'Mirs Studienfortschritte in der Außenwelt lobten ihre Leistungen, und in den Briefen, die sie nach Hause schickte, fehlten Hinweise auf Reue oder Heimweh.

Soton sah seine Schwester kurz an, und Corrigan

konnte seinen Gesichtsausdruck nicht deuten. »Die Totenfeier zum Gedenken meiner Mutter findet morgen statt, Daniel. Wären Sie bereit, uns als Bruder Sorels zu begleiten?«

»Es ist mir eine Ehre. Aber bitte erklären Sie mir, wie ich mich dabei verhalten soll.«

»Gern«, erwiderte T'Mir. »Morgen, vor der Feier.«

Als die jungen Leute gingen, befaßte sich Corrigan wieder mit den Berichten der technischen Untersuchung. Irgendwo in den auf der Schirmfläche leuchtenden Angaben verbarg sich die Antwort auf die Frage, was zum plötzlichen Energieausfall in der Stasiskammer geführt hatte. Aber wo?

KAPITEL 9

Das Läuten einer Standuhr tönte dumpf durch Kirks Traumgewölbe. Er besuchte die Farm seiner Großmutter. Es war Juli, und er schwitzte in der sommerlichen Hitze, freute sich auf den Ausflug zum Fischteich, zusammen mit seinem Bruder Sam...

Als er die Augen aufschlug, verflüchtigten sich die visionären Erinnerungsbilder. Auf *dieser* Welt gab es keine Apfelbäume, die kühlen Schatten spendeten. Greller Sonnenschein gleißte durch die Lichtwände des Zimmers und blendete Kirk.

Sarek hatte ihm Spocks Raum zur Verfügung gestellt, und McCoy schlief im Gästezimmer des Familienheims. Das Haus wies nicht die geringste Ähnlichkeit mit der Art von Gebäuden auf, die Kirk mit der Kindheit und Jugend seines Ersten Offiziers assoziierte. In seiner Vorstellung gab es zwei Alternativen. Die erste bestand in einem sterilen, schmucklosen ›Quartier‹, die zweite zeigte ihm eine schloßähnliche Residenz. Statt dessen handelte es sich um ein schlichtes Einfamilienhaus am Rande von ShiKahr. Die vulkanische Bauweise entsprach der auf vielen anderen Welten üblichen Architektur. Die einzigen Besonderheiten bestanden in einer sanften Wölbung dort, wo Menschen Ecken erwarteten — und umgekehrt.

Die Einrichtung jedoch gab Sareks Heim einen einzigartigen Status: eine gemütlich wirkende Mischung aus vulkanischen Möbeln und Erbstücken, die von Amandas Familie stammten. Dazu gehörte auch die große Uhr aus dunklem Nußbaumholz im Flur. Ihr Pendel schwang majestätisch hin und her, bewegte mehrere Indikatoren, die nicht nur die Zeit anzeigten, sondern auch die Mondphase — was auf dem Planeten

Vulkan, der über keinen Trabanten verfügte, sinnlos anmutete.

»Ich hoffe, das Läuten stört Sie nicht«, sagte Sarek, als er seinen Gästen die Zimmer zeigte. »Amanda würde es mir nie verzeihen, wenn ich ihre Uhr anhielte.«

»Sie erführe doch gar nichts davon«, erwiderte McCoy. »Bestimmt zeigt sie nicht die vulkanische Zeit an.«

»Oh, da irren Sie sich«, hielt ihm Sarek entgegen. »Als meine Frau hierher kam, nahm sie mehrere Neujustierungen vor − bis zwölf und vierundzwanzig Uhr mit Mitternacht und Mittag auf Vulkan übereinstimmten. Die anderen Zeiten spielen keine Rolle.«

»Zumindest nicht für meine Mutter«, warf Spock ein. »Und auch nicht für mich, als ich noch ein Kind war. Erinnerst du dich, Vater? Einmal *hast* du die Uhr angehalten − damals, als ich noch kein Zeitgefühl besaß und mich anhand des Läutens orientierte.«

Kirk beobachtete, wie ein dünnes Lächeln die Lippen Sareks umspielte. »Ich hätte mir gar keine Sorgen zu machen brauchen«, sagte der Botschafter. »Aber zu jener Zeit fürchtete ich, dir fehlten die für Vulkanier typischen Fähigkeiten.«

Spock schwieg, und Kirk vermutete, daß sein Erster Offizier nur deshalb schwieg, um nicht die falsche Antwort zu geben. Sarek gab sich betont zuvorkommend und freundlich. Nichts in seinem Verhalten erinnerte an das berüchtigte Temperament des Botschafters. Der Captain legte auch gar keinen Wert darauf, erneut damit konfrontiert zu werden. Er hatte es einmal erlebt, damals, im Empfangsraum an Bord der *Enterprise*. Vor seinem inneren Auge sah er einen Sarek, der den aufdringlichen tellaritischen Botschafter wie beiläufig an die Wand schleuderte.

Kirk ging leise durchs Haus und stellte fest, daß die Tür zu McCoys Zimmer noch immer geschlossen war.

Von der Küche her wehte ihm ein aromatischer Duft entgegen. Er betrat den Raum, doch seine Erwartung, dort Sarek anzutreffen, erfüllte sich nicht.

Heißer Kaffee dampfte auf dem Tresen, neben einer Karaffe, die eine blaugrüne Flüssigkeit enthielt. Er probierte den Saft, denn er wußte, daß ihnen Sarek oder Spock keine Getränke und Speisen anbieten würden, die sich nicht für den menschlichen Metabolismus eigneten. Ein strenger Geschmack, irgendwo zwischen Ananas und Preiselbeeren. Kirk leerte das Glas, schenkte sich anschließend eine Tasse Kaffee ein, blieb vor dem Fenster stehen und sah nach draußen.

In der Hitze wirkten die Pflanzen welk und abgestorben. Der Captain vermutete, daß ein wenig Wasser genügte, um sie wieder aufblühen zu lassen – wie bei den Wüstenpflanzen auf vielen anderen Planeten. Er genoß den Kaffee und wollte sich gerade von der eintönigen Szenerie abwenden, als er eine Bewegung bemerkte. Im hinteren Teil des Gartens stand ein Treibhaus – *Ein Treibhaus in der Wüste?* dachte er verwundert –, und dort arbeitete jemand.

Als Kirk die Hintertür öffnete, schlug ihm die Morgenhitze der Glut eines Schmelzofens gleich entgegen. Er zögerte auf der Schwelle und erwog die Möglichkeit, in die Kühle des Hauses zurückzukehren. Schließlich aber gab er der Neugier nach und wanderte über den Pfad, der zum Gewächshaus führte.

Darin herrschte eine um mindestens fünfzehn Grad niedrigere Temperatur, und Kirk seufzte erleichtert.

»Guten Morgen, Captain«, begrüßte ihn Sarek.

»Nennen Sie mich Jim«, erwiderte er. »Ich bin ebensowenig auf einer offiziellen Mission wie Sie.« Er sah sich um. »Tolle Anlage.«

Nach der grellen Helligkeit draußen dauerte es eine Weile, bis sich seine Augen an die geänderten Lichtverhältnisse gewöhnten. Sein Blick fiel auf einige Obstbäume – Äpfel, Kirschen, Pflaumen, Mirabellen –, die im rückwärtigen Bereich des Treibhauses wuchsen. Er beobachtete auch Tomaten, Paprika, Zwiebeln, Bohnen – jeweils nur wenige Pflanzen, um eine große Vielfalt zu gewährleisten. Dicht neben einer Bewässerungsröhre rankten sich blühende und Früchte tragende Erdbeeren.

»Ein Stück Erde«, sagte Kirk und atmete die feuchte und sauerstoffreiche Luft tief ein.

»Im wahrsten Sinne des Wortes«, bestätigte Sarek. »Wir haben sowohl den Boden als auch die Samen und Stecklinge vor vielen Jahren von der Erde mitgebracht. Damals ging es darum, Amanda und die wenigen anderen Menschen in ShiKahr mit den für ihre Gesundheit erforderlichen Spurenelementen zu versorgen. Inzwischen befinden sich so viele Terraner auf Vulkan, daß ein kommerziell arbeitender Landwirtschaftsbetrieb irdische Nahrung produziert. Wie dem auch sei: Meine Frau legt Wert darauf, ihren Bedarf aus dem eigenen Garten zu decken.«

Und Ihnen gefällt die Gartenarbeit ebensosehr wie Ihrem Sohn, dachte Kirk und sah zu, wie Sarek mit geübtem Geschick Tomatenpflanzen an Haltestangen festband. »Steht Ihnen während dieser Jahreszeit genügend Wasser zur Verfügung?«

»In ShiKahr gibt es viele artesische Brunnen«, erklärte Sarek. »Wir benutzen Solarenergie, um Wasser in alle Teile der Stadt zu pumpen. Im Sommer verzichten wir auf eine Bewässerung der offenen Gärten, aber für solche Gewächshäuser reicht der Vorrat. Natürlich findet ein Recycling-Prozeß statt, wie bei der Dusche. Das Wasser wird mehrmals gefiltert und anschließend zurückgeleitet.«

»Dusche?« wiederholte Kirk überrascht. Er hatte nicht damit gerechnet, daß auf Vulkan der Luxus von Wasserduschen existierte. Die Hygienezelle zwischen seinem Zimmer und dem McCoys enthielt eine Reinigungsvorrichtung mit einem speziellen Ultraschallprojektor, und das traf auch auf die entsprechenden Kammern an Bord des Raumschiffes zu.

»Viele Menschen ziehen Wasser vor, um sich zu säubern und zu erfrischen«, bemerkte Sarek. »Bei der Installierung des Rohrleitungssystems für dieses Treibhaus sorgte ich für einen Wasseranschluß in Amandas Badezimmer.« Er lächelte. »Wenn Sie oder Dr. McCoy die dortige Dusche benutzen möchten...«

»Bestimmt kennen Sie die Menschen gut genug, um zu wissen, daß wir ein solches Angebot nicht ablehnen«, erwiderte Kirk. »An Bord der *Enterprise* kann man nur auf Rezept duschen!« Er wanderte an den Beeten entlang und betrachtete die Gewächse. »Im Vergleich mit der Wüste draußen ist dieser Ort wie eine Oase.«

»Auf Vulkan stirbt die Vegetation im Sommer ab. Bevor Sie uns verlassen, beginnt die Regenzeit – und dann können Sie beobachten, wie sich neues Leben im Garten entfaltet. Derzeit sind nur die fleischfressenden Pflanzen aktiv: Während der Dürre fangen sie viele durch Durst geschwächte Tiere.«

Im Gegensatz zu den hydroponischen Gärten der *Enterprise* enthielt Sareks Treibhaus keine Zierpflanzen. »Für Rosen gibt es aber hier anscheinend nicht genug Platz«, bemerkte Kirk.

»Sie wachsen in einigen besonderen Schutzenklaven. Amanda war sehr froh, als sie Gelegenheit bekam, unser Haus damit zu schmücken. Aber wenn sie geschnitten werden, verblühen sie rasch. Jetzt kauft sie keine mehr.«

»Der vulkanische Respekt vor dem Leben«, sagte Kirk.

»Und auch der menschliche«, erwiderte Sarek. »Meine Frau ist sich nach wie vor ihrer Abstammung bewußt – und auch stolz darauf. Leider hatten Sie nicht die

Möglichkeit, sie besser kennenzulernen. Ich bin sicher, Amanda wird sich sehr freuen, Sie und Dr. McCoy wiederzusehen. Und natürlich auch ihren Sohn.«

»Da wir gerade von Spock sprechen«, meinte Kirk und zögerte. »Nun, ich weiß, daß Vulkanier Besorgnis als Verschwendung geistiger Energie erachten...«

»Hat *er* Ihnen das gesagt?«

»Einmal schlug Spock einem unserer jüngeren Offiziere vor, er solle seine Nebennierendrüsen entfernen lassen«, gab Kirk zurück.

Sarek hob die Brauen, und der Captain unterdrückte ein Grinsen. Vater und Sohn waren sich wirklich sehr ähnlich. »Das vulkanische Äquivalent des menschlichen Begriffes ›Besorgnis‹ weist mehrere Bedeutungsaspekte auf, Jim. Die Erklärung ist nicht ganz einfach: Sorge beschreibt eine Einstellung, die die Zukunft betrifft. Nach unserer Auffassung bleibt sie sinnlos, wenn sie sich allein auf eine emotionale Basis gründet, gewinnt jedoch einen Nutzen, wenn ihr logische Prämissen zugrunde liegen. Spock ist hier, weil er sich um meine Mutter und mich sorgt, und die rationale Ursache besteht in Amandas Krankheit. Es gibt also nichts daran auszusetzen.« Der Botschafter fügte hinzu: »Wir haben unsere Differenzen überwunden.«

Kirk nickte. »Das freut mich.«

»Möchten Sie uns heute Gesellschaft leisten und sich ebenfalls die Untersuchungsberichte bezüglich des Energieausfalls ansehen?«

»Ja, gern. Ich wünschte, mein Chefingenieur Scott wäre hier. Bitte verstehen Sie mich nicht falsch: Ich habe durchaus Vertrauen zu Ihren Technikern – ich kenne sie nur nicht so gut wie Mr. Scott.«

»Außerdem sind unsere Spezialisten Vulkanier«, stellte Sarek fest. »Sie beschäftigen sich mit allen möglichen logischen Ursachen der Fehlfunktion – aber sie geben nichts auf Ahnungen.«

In der Akademie kam sich Kirk völlig überflüssig vor. McCoy wollte sich mit dem medizinischen Potential des Stasisverfahrens beschäftigen, und Spock arbeitete zusammen mit seinem Vater an Sareks Computerterminal. Obgleich es Kirk nach Taten drängte, blieb ihm keine andere Wahl, als sich auf die Rolle eines Botschafters zu beschränken.

Daniel Corrigan wirkte zwar blaß und ein wenig erschöpft, aber ansonsten schien er die Gedankenverschmelzung mit Sorel gut überstanden zu haben. Er erklärte sich bereit, McCoy die Einrichtungen des Krankenhauskomplexes zu zeigen. »T'Par war nicht bereit, mich heute an die Arbeit zurückkehren zu lassen. Aber bestimmt hat sie nichts dagegen einzuwenden, wenn ich Sie herumführe.«

»Ich würde mir gern Remington ansehen«, sagte McCoy. »Und auch Amanda, wenn Sie gestatten. Sie ist zwar nicht meine Patientin, aber eine alte Bekannte — und die Mutter eines guten Freundes...«

»Ich verstehe, Leonard«, erwiderte Corrigan. Er sprach ihn mit dem Vornamen an — eine typisch vulkanische Angewohnheit. Bevor die beiden Ärzte gingen, wandte sich Daniel noch einmal an die Vulkanier. »Die Totenfeier zum Gedenken T'Zans findet morgen statt, und bis dahin wird sich Sorel erholt haben. Sie gelten als Familienmitglied, Sarek, und Ihre Gäste...«

»Wir nehmen daran teil, um die Dame T'Zan zu ehren«, erwiderte der Botschafter.

Als Corrigan und McCoy gegangen waren, beobachtete Kirk Spock und Sarek, die vor der Computerkonsole saßen. Selbst ihr Verhalten wies unübersehbare Ähnlichkeiten auf: Beide Männer runzelten die Stirn, als ein neues Display erschien — offenbar ohne die Information, nach der sie Ausschau hielten. Im Verlauf einer halben Stunde brachten sie das Stadium gewöhnlicher Projektionssymbole hinter sich und riefen immer exotischer und bizarrer anmutende Diagramme auf den Schirm, die der Captain nicht verstand. Spock und sein Vater erschienen ihm mehr und mehr wie lebende Erweiterungen des Computersystems — zwei Unterfaces, die aus organischem Gewebe bestanden, aus denkenden Hirnen.

Als er überlegte, ob er einen Spaziergang machen sollte — eine Vorstellung, die ihm angesichts der außerhalb des Hospitals herrschenden Hitze Unbehagen bereitete —, betrat eine junge Frau das Büro Sareks. Sie sah atemberaubend aus, war genau der Typ, der Kirks Pulsschlag beschleunigte. Menschlich, blond und entzückend; ein schmales, unschuldiges Gesicht mit großen blauen Augen. Das dünne Sommergewand verhüllte den Leib zwar vom Hals bis zu den Waden, aber gleichzeitig betonte es die Konturen einer perfekten Figur.

Sie bewegte sich mit auffallender Selbstsicherheit, fühlte sich in dem Zimmer offenbar ebenso heimisch wie Sarek. Mit einigen Schritten trat sie an den Arbeitstisch heran und legte einige Datenkassetten darauf. Anschließend warf sie den beiden Vulkaniern einen kurzen Blick zu. Sie waren so sehr auf den Computerschirm konzentriert, daß sie die junge Frau überhaupt nicht bemerkten. »Wie der Vater, so der Sohn«, sagte sie und lächelte. »Das ist doch Sareks Sohn, oder?«

»Ja. Und ich heiße James T. Kirk.«

»Captain der *Enterprise*. Freut mich, Sie kennenzulernen. Ich bin Eleyna Miller, Sareks Assistentin.«

Sareks Assistentin, wiederholte Kirk in Gedanken. *Mit anderen Worten: Sie ist nicht nur hübsch, sondern auch intelligent*. Sein Herz klopfte noch schneller. Ihn faszinierten Frauen, die sich nicht nur auf ihre Attraktivität verließen, um Erfolg zu haben, sondern auch den Verstand benutzten. Kirk grinste unwillkürlich. *Ein hinreißendes*

Äußeres genügt nicht, um an der vulkanischen Akademie der Wissenschaften Karriere zu machen.

Eleyna musterte ihn ruhig. An das freundliche Lächeln schloß sich vulkanische Ausdruckslosigkeit an, als sie sich dem Terminal näherte. »Entschuldigen Sie bitte, Sarek – haben Sie einige Sekunden Zeit für mich?«

»Natürlich«, erwiderte der Botschafter und stellte seinen Sohn vor.

Eleyna deutete ein Nicken an und fragte: »Soll ich die Arbeiten Ihrer Studenten an der Konsole in meinem Zimmer korrigieren, Sarek?«

»Nein, Sie können dieses Gerät verwenden. Bisher blieb unsere Suche nach einem Anhaltspunkt für die Ursache der Fehlfunktion erfolglos. Ich halte es für angebracht, wir nehmen eine unmittelbare Kontrolle vor.«

Spock drehte sich um. »Captain, wir beabsichtigen, die Monitoren in den Stasiskammern zu überprüfen. Bisher ist es der technischen Abteilung nicht gelungen, den Defekt zu lokalisieren, aber…«

»Aber vielleicht entdecken Sie etwas, das die Techniker übersahen. In Ordnung, Spock. Wir sehen uns später.«

Als die beiden Vulkanier aufbrachen, setzte sich Eleyna ans Terminal und nahm eine Reprogrammierung vor. »Wie wär's, wenn wir zu Mittag essen, bevor Sie mit der Arbeit beginnen?« fragte Kirk.

Sie sah zu ihm auf und lächelte flüchtig. »Das ist leider nicht möglich, Captain. Ich muß Sarek in seiner Klasse vertreten, und das bringt meinen ganzen Zeitplan durcheinander. Nun, ich würde mich freuen, von Ihren Abenteuern im All zu erfahren. Vielleicht bietet sich uns eine Gelegenheit, bevor Sie Vulkan verlassen.«

Aber sie schlug keine Verabredung vor, und Kirk interpretierte Eleynas Antwort als eine Abfuhr. So etwas geschah nur selten, und deshalb trug sein Ego keinen allzu großen Schaden davon. Als er das Büro verließ, empfand er nur vages Bedauern. Eleyna Miller war die angenehmste Überraschung, die er bis zu diesem Zeitpunkt auf Vulkan erlebt hatte.

Die Akademie bildete einen gewaltigen Komplex, aber zum Glück gab es überall Wegweiser in mehreren Sprachen. Es fiel Kirk nicht weiter schwer, zum Krankenhaus zu finden, und kurz darauf sah er Spock und Sarek. Zusammen mit einem anderen Vulkanier namens Storn untersuchten sie die elektronischen Eingeweide eines immensen Computers.

»Die Monitoren haben keine Schwankungen in der Energiezufuhr registriert«, sagte Storn. »Und doch brach das Stasisfeld zusammen. So etwas ist schlicht und einfach unmöglich. Für jeden wichtigen Schaltkreis gibt es ein Reservesystem mit Autostart-Funktion.«

»Aber T'Zan starb trotzdem«, warf Spock ein.

»Ja«, bestätigte Sarek. »Und solange wir nicht wissen, wieso es zu dem Energieausfall kam, könnte er sich jederzeit wiederholen.«

Und das brächte Amanda und Carl Remington in Lebensgefahr, dachte Kirk. *Himmel, ich wünschte, Scotty wäre hier!*

KAPITEL 10

Inzwischen bereute Leonard McCoy seinen zweiten Abstecher nach Vulkan fast ebensosehr wie den ersten. Zum Teufel, warum nahm er an der Totenfeier zum Gedenken einer vulkanischen Dame teil, die er nicht einmal kennengelernt hatte?

Spock erklärte ihm, die Tradition verlange von allen abkömmlichen Familienangehörigen, bei der rituellen Verabschiedung T'Zans zugegen zu sein – und begann mit einer detaillierten genealogischen Schilderung, um zu beweisen, daß seine Familie mit der Sorels entfernt verwandt war. Nach wenigen Minuten verlor McCoy die Geduld und knurrte: »Nun, *ich* stamme von der Erde.«

»Sie und Captain Kirk sind Gäste in unserem Heim, Doktor«, erwiderte Spock geduldig. »Und Gäste gelten für die Dauer ihres Aufenthaltes als Familienmitglieder. Seien Sie unbesorgt: Niemand erwartet von uns, eine aktive Rolle bei der Zeremonie zu spielen. Das ist die Pflicht des engsten Familienkreises und betrifft uns nicht. Andererseits: Je größer die Anzahl der Freunde und Verwandten, die anwesend sind, desto größer ist die Ehre, die man der Verstorbenen erweist.«

Jener Frau wird eine Menge Ehre zuteil, dachte McCoy verdrießlich, als er sich im Auditorium umsah. In den Zuschauerrängen herrschte großes Gedränge. Kirk und der Arzt saßen hoch oben an der einen Seite. Einige Reihen weiter unten sah McCoy einen weiteren Menschen, Dr. M'Benga, mit dem er am Vortag einige Worte gewechselt hatte. Er gehörte ebenfalls zu Starfleet, studierte jedoch schon seit drei Jahren an der Akademie und lernte, Vulkanier zu behandeln. Zwar war Spock bei weitem nicht der einzige Vertreter Vulkans in der Raumflotte, aber bisher lehnten es Heiler ab, sich dem

Föderationsmilitär anzuschließen. Deshalb das Ausbildungsprogramm für menschliche Mediziner.

Ich hätte einen solchen Spezialisten gebrauchen können, als ich Spocks Vater operierte! dachte McCoy. Aber mit verdientem Stolz erinnerte er sich an den erfolgreichen Abschluß des chirurgischen Eingriffs. Sarek überlebte seine beiden Herzanfälle und schien sich bester Gesundheit zu erfreuen.

Die Trauergäste unterhielten sich flüsternd, und als Sorel zusammen mit seiner Familie die Plattform betrat, wurde es völlig still im Saal. McCoy beobachtete den Med-Experten und die Angehörigen des ›engsten Familienkreises‹, wie sich Spock ausgedrückt hatte: Sorel selbst, Soton, T'Mir – und auch Dr. Daniel Corrigan, wie er überrascht feststellte.

Eine kleine und doch imposante Gestalt trat durch den zweiten Eingang direkt gegenüber: T'Pau. Die greise vulkanische Matriarchin stützte sich auf ihren Gehstock, als sie sich der Familie näherte. Sie sprach in einem uralten Ritualdialekt, den McCoys Übersetzungsmodul in archaisches Englisch transkribierte.

»Behauptet Ihr, dieser Außenweltler sei ein Verwandter von Euch, Sorel?« fragte T'Pau voller Verachtung.

Und da sage noch jemand, Vulkanier seien emotionslos, fuhr es McCoy durch den Sinn. Nur zu deutlich erinnerte er sich daran, daß die Vorurteile dieser Frau Captain Kirk fast das Leben gekostet hätten.

Bevor Sorel reagieren konnte, erwiderte Corrigan: »Ich bin kein Außenweltler, T'Pau, sondern Vulkanier.«

Er zwang sie dazu, ihm Antwort zu geben und dadurch seine Existenz anzuerkennen. »Sie besitzen die vulkanische Staatsbürgerschaft. Eine Urkunde verändert nicht das Blut, das in Ihren Adern fließt.«

Sorels Tochter trat einen Schritt vor, aber Bruder und

Vater, die neben ihr standen, zogen sie wieder zurück. *Richtig,* kommentierte McCoy in Gedanken. *Daniel wird auch allein mit der alten Hexe fertig!*

»Blut ist Blut«, sagte der Mensch. »Meins ist ein Synonym für Leben, ebenso wie das Ihre. Menschen und Vulkanier achten die belebte Natur. Ich bin heute hierhergekommen, um dem Leben einer guten Freundin, die von uns gegangen ist, die letzte Ehre zu erweisen. Aus welchem Grund sind Sie hier, T'Pau?«

Einige Sekunden lang starrte sie ihn wortlos und herausfordernd an, und dann veränderte sich ihr Gebaren. »Ihr sprecht weise, Daniel Corrigan. Wir sind hier, um T'Zan zu gedenken. Sorel, haben Bruder und Kinder Euch von Eurem Kummer befreit?«

Da soll mich doch der Schlag treffen! dachte McCoy. Plötzlich fiel es ihm wieder ein: Als er T'Pau damals unter Druck gesetzt hatte, gab sie nach und überließ ihm die Dosis Tri-ox, die Kirk vor dem Tod bewahrte. *Man muß ihr nur zeigen, daß man keine Angst vor ihr hat,* vermutete er und richtete seine Aufmerksamkeit wieder auf das Ritual.

Die Zeremonie war so schlicht und sachlich, wie sich McCoy eine vulkanische Totenfeier vorstellte. Spock hatte ihm erklärt, daß Sorel und seine Angehörigen weder an frischen Wunden des Kummers litten noch an jener Art von Taubheit, die Menschen zunächst vor dem ganzen Ausmaß des Leids schützte. *Wahrscheinlich haben sie sich zu einer Mentaleinheit zusammengefunden und gemeinsam getrauert.* Nach der Gedenkfeier würden sie wieder zur Tagesordnung übergehen, so ruhig und unerschütterlich wie immer — als läge T'Zans Tod bereits viele Jahre zurück.

McCoy hoffte, daß Spock recht behielt. Der Umstand, daß es noch immer keine Antworten auf seine Fragen nach der Ursache des Defekts in der Stasiskammer gab, gefiel ihm überhaupt nicht. Nervosität regte sich in ihm, wenn er daran dachte, daß zwei andere Patienten von einer komplexen Maschinerie am Leben erhalten wurden, die jederzeit ausfallen konnte.

Nur noch vier Tage bis zur Entlassung Amandas. Das erleichterte McCoy; er mochte Spocks Mutter sehr, und sowohl ihr Verhalten als auch das Sareks bewies ihm, daß eine feste Basis für ihre Ehe existierte. Er schauderte unwillkürlich, als er sich vorstellte, daß Amanda irgendeiner mechanischen oder energetischen Fehlfunktion zum Opfer fallen mochte.

Nach der Zeremonie erhoben sich die Zuschauer und verließen schweigend das Auditorium. Sarek, Spock und McCoy hielten auf den Ausgang zu, aber Kirk wandte sich in die andere Richtung und näherte sich der Familiengruppe, die noch immer auf der Plattform stand. Der Botschafter verharrte, warf dem Captain einen kurzen Blick zu und meinte: »Es ist angemessen, der Familie Respekt zu zollen.«

Zusammen mit Spock schloß sich McCoy Sarek und Kirk an, und kurz darauf sahen sie, wie ein junger Vulkanier auf Sorel zutrat. »Ich leide mit euch.«

»Sendet...« Der vulkanische Arzt neigte den Kopf, und McCoy erinnerte sich, wo er den jungen Mann schon einmal gesehen hatte — in der Empfangshalle des Krankenhauses. »Ihre Anwesenheit ehrt uns.«

»Tatsächlich?« fragte Sendet, und McCoy glaubte, in seinem fein geschnittenen Gesicht so etwas wie Hohn zu erkennen. »Es wäre *mir* eine Ehre gewesen, mit Ihrer Familie auf der Plattform zu stehen, Sorel.«

Er sah T'Mir an, und die Vulkanierin senkte sofort den Kopf. *Aha*, dachte McCoy. *Ein Freier. Nun, sie gäben bestimmt ein hübsches Paar ab.*

Sorels Tochter war schlank und zart, bewegte sich mit der geschmeidigen Eleganz einer Tänzerin. Ihre großen Augen glänzten wie zwei Juwele. Ganz offensichtlich versuchte sie, sich auf eine Weise zu verhalten, die vulkanische Würde zum Ausdruck brachte: McCoy vermutete, daß sie nur deshalb zu Boden starrte, um angesichts der Nähe Sendets nicht die Fassung zu verlieren.

Sendet war hochgewachsen und kräftig gebaut, hatte dunkelbraunes Haar und lange, dichte Wimpern. Er zeichnete sich durch jene Art von Attraktivität aus, die Neid in den Erinnerungen an einen jungen, unreifen McCoy weckte und wie ein Magnet wirkte, der nicht etwa Eisen anzog, sondern feminines Interesse. Hinzu kamen aristokratische Züge.

Über jenes Stadium jugendlicher Eifersucht war McCoy längst hinaus, und doch... Er musterte Sendet aufmerksam und fragte sich, was ihm an dem jungen Mann nicht gefiel. Der Stolz? Die Aura der Arroganz und Herablassung?

Sorel räusperte sich. »Wenn Sie irgendwann einmal zu unserer Familie gehören sollten, sind Sie bei solchen Gelegenheiten willkommen, Sendet. Bis dahin... Ich danke Ihnen, daß Sie als T'Zans Kollege und Freund dem Ritual beigewohnt haben.«

Sendet wich zur Seite, sah T'Mir an, die seinem Blick noch immer auswich – und plötzlich begriff McCoy, was ihm an dem jungen Mann nicht gefiel: Es ging ihm in erster Linie um sich selbst, weder um das Gedenken T'Zans noch den Kummer der Familie. McCoy hatte ähnliche Leute beobachtet, bei Beerdigungen in seiner Heimat Georgia auf der Erde. Sie dachten nicht einmal an den Verlust, an dem die Angehörigen des oder der Verstorbenen litten; ihnen kam es nur darauf an, den ›richtigen Platz‹ zu erhalten.

Als Sendet ging, sah McCoy, wie sich Kirk näherte – und befürchtete, daß auch das Verhalten des Captains den durch die Zeremonie entstandenen Frieden gefährden mochte. Es war natürlich möglich, daß Kirk nur beabsichtigte, Sorel und den anderen als Repräsentant

Starfleets sein Beileid auszusprechen — aber vielleicht führte er auch noch etwas anderes im Schilde.

McCoys Ahnungen bestätigten sich: Zwar richtete Kirk einige förmliche Worte an den vulkanischen Med-Experten und seine Familienmitglieder — Worte, die aus dem Starfleet-Handbuch zu stammen schienen —, aber seine Aufmerksamkeit richtete sich vor allen Dingen auf die alte T'Pau. Sie stand etwas abseits, als sehe sie in den Außenweltlern kulturelles Gift, das nicht nur Sorel und seine Verwandten in Gefahr bringen konnte, sondern auch sie selbst. McCoy sah Mißbilligung in ihren faltigen Zügen, als Dr. M'Benga näher trat und die Vulkanier respektvoll begrüßte.

Was ist ihr bloß über die Leber gelaufen? dachte der Bordarzt der *Enterprise*. als ihn T'Paus eisiger Blick streifte. Gleich darauf wandte sie den Kopf und ignorierte ihn einfach. Kurz darauf ging M'Benge, ohne der Greisin Beachtung zu schenken, und auch McCoy verspürte nicht den Wunsch, mit ihr zu sprechen. Ganz im Gegensatz zu James T. Kirk, der über die Plattform schritt und vor der alten Matriarchin stehenblieb.

»Ein Wiedersehen unter bedauerlichen Umständen, T'Pau.«

T'Pau sah ihn erst an, als sie seine Stimme hörte — und für einige Sekunden erweckte sie den Eindruck, als nähme sie ihn überhaupt nicht wahr. Dann erwiderte sie: »Sie leben, James Kirk.« Es klang so, als bezichtige sie ihn eines schweren Verbrechens.

»Was ich nicht Ihnen zu verdanken habe«, sagte Kirk und bemühte sich, ruhig zu bleiben.

T'Pau reagierte nicht darauf, starrte an dem Captain vorbei und beobachtete Spock und McCoy. »Sie leben, ebenso wie Spock.« Erneut spürte McCoy ihren Blick auf sich ruhen und hatte das Gefühl, in den Fokus eines Phaserstrahls zu rücken. »Menschen verhöhnen unsere

Traditionen.« Ruckartig drehte sie sich um und wankte fort.

Sie bewegte sich langsam und ungelenk, und es wäre Kirk sicher nicht schwergefallen, sie einzuholen. Aber er kam nur einen Schritt weit, bevor ihn McCoy am Arm festhielt. »Laß sie gehen, Jim!«

»Verdammt, Pille — ich habe ihr die Chance gegeben, sich zu entschuldigen! Was ist in ihrem Fall mit dem vulkanischen Respekt vor allem Lebendigen?«

»Wir verstehen nicht alle Traditionen dieser Welt. Offenbar gibt es hier Dinge, die noch bedeutsamer sind als das Leben an sich. In gewisser Weise teilst du diese Einstellung, Jim. Willst du dich nur mit ihr streiten, weil T'Paus Werte nicht deinen eigenen entsprechen?«

Kirk brachte seinen Ärger unter Kontrolle. »Ich dachte, Logik und Vorurteile seien unvereinbar.«

»T'Pau repräsentiert die ältere Generation«, stellte McCoy fest. »Sieh dich um, Jim — alle anderen Vulkanier akzeptieren uns. Dein Verhalten gilt auch dann noch als Beurteilungsmaßstab für die anderen Menschen auf Vulkan, wenn wir längst wieder an Bord der *Enterprise* sind.«

Kirk holte tief Luft. »Du hast recht, Pille«, sagte er dumpf. »Trotzdem... Irgendwann einmal würde ich T'Pau gern eine Lektion erteilen!«

KAPITEL 11

Nach dem Gedenkritual kehrten die meisten Vulkanier an ihre Arbeit zurück. Sotons Bindungspartnerin T'Pree hatte ebenfalls an der Zeremonie teilgenommen, zusammen mit einigen Cousins, Tanten, Onkeln, Sorels Großvater und T'Zans Eltern. Diese erweiterte Familie, so erklärte T'Mir dem menschlichen Arzt Corrigan, fand sich unmittelbar im Anschluß an die Totenfeier zu einem traditionellen Mahl ein.

Corrigan kannte die Männer und Frauen, war einigen von ihnen vor rund fünfzehn Jahren vorgestellt worden, während des Gedenkens an die verstorbenen Eltern Sorels. Damals hatte er den Freunden und Bekannten in den Zuschauerrängen Gesellschaft geleistet und seinen Partner nicht zum Bankett begleitet. Zum erstenmal fragte er sich nun, ob jene Vulkanier glaubten, es wäre besser gewesen, einer von Sorels männlichen Verwandten die Rolle des Bruders zuzuweisen. In Hinsicht auf T'Pau gab es nicht den geringsten Zweifel: Seine herausfordernde Antwort brachte ihm den Respekt der Greisin Matriarchin ein. Aber vielleicht stieß Sorel beim Rest seiner Familie auf Mißfallen...

Er spürte die eisige Verachtung Sendets, kümmerte sich jedoch nicht weiter darum, da er nicht zur Familie gehörte. Schließlich wandte der junge Mann seinen haßerfüllten Blick von ihm ab und sah T'Mir an. »Sie sind jetzt wieder auf Vulkan, und wir sollten sobald wie möglich ein Gespräch führen...«

»Wir haben nichts zu besprechen, Sendet«, erwiderte sie. Ihre Stimme klang so sanft, als antworte sie einem Kind, das sie nicht verletzen wollte und doch enttäuschen mußte.

»Es ist sieben Jahre her, T'Mir. Wir sind beide älter und reifer geworden. Ihr Vater...«

»Sendet, dies ist weder der geeignete Ort noch der richtige Zeitpunkt«, warf Sorel ein. »Die Familie bricht jetzt auf.«

Sendets Blick richtete sich erneut auf Corrigan. »Sie geben diesem Außenweltler den Status eines Verwandten — und beleidigen den Angehörigen einer der ehrenhaftesten vulkanischen Clans!«

Soton und T'Mir gesellten sich an die Seite ihres Vaters. »Nur derjenige läßt sich beleidigen, der beleidigt werden möchte«, sagte Soton.

Und T'Mir fügte hinzu: »Ehrenhaftigkeit ist kein leerer Begriff, sondern ein Verhaltensgebot.«

Beide zitierten Surak, und Sendet konnte nicht widersprechen, ohne die vulkanischen Traditionen zu leugnen. Ganz offensichtlich beabsichtigte Sorel nicht, ihn zum Ritualmahl einzuladen — und der Clan versammelte sich, um die kleine Familiengruppe zu unterstützen.

Sorels Großvater Spelak trat näher. Er war ebenso alt und beeindruckend wie T'Pau; das Gesicht zeigte ein dichtes Faltenmuster, doch in den dunklen Augen brannte noch immer jugendliches Feuer.

»Sendet«, sagte er hoheitsvoll, »Sie sind gekommen, um Ihre Kollegin zu ehren. Bringen Sie jetzt keine Schande über sich, indem Sie bleiben. Was nun geschieht, betrifft allein die Familie.«

Sendet sah sich außerstande, die Aufforderung des Greises zurückzuweisen. Ohne ein weiteres Wort zu verlieren, drehte er sich um und marschierte davon.

Spelak wandte sich an Corrigan, der sich innerlich darauf vorbereitete, ebenfalls fortgeschickt zu werden. Ganz gleich, welche Worte der alte Mann an ihn richtete: Er wollte unter allen Umständen ruhig und beherrscht bleiben, sich nicht zu einer emotionalen Reaktion hinreißen lassen, die dazu führen mochte, daß Sorel seine Entscheidung bedauerte.

»Daniel, Sie haben heute unsere Familie geehrt. T'Pau prüfte Sie, und Sie bestanden ihren Test.«

Corrigan versuchte, sich seine Überraschung nicht anmerken zu lassen. Er hütete sich davor, mit einem menschlichen ›Vielen Dank‹ zu antworten. Statt dessen sagte er förmlich: »Ich bin derjenige, dem Ehre zuteil wird, Spelak.«

Die Lippen des alten Mannes zuckten und deuteten fast ein Lächeln an. »Sie sind ebenso willkommen wie jemand, in dessen Adern Familienblut fließt.« Und: »Ich akzeptiere Euch gern als Verwandten.«

Würdevoll überließ er Corrigan der Obhut T'Mirs und unterhielt sich mit Sorel. T'Mir beugte sich näher zu dem Menschen heran und raunte: »Jetzt kann niemand mehr Einwände erheben – ganz gleich, wie Sie sich verhalten.«

Natürlich lag Daniel nichts ferner, als mit seinem Gebaren die Familie zu beleidigen. Mehr als die Hälfte seines Lebens hatte er auf Vulkan verbracht, beherrschte alle Nuancen der Sprache – obgleich sein Akzent unüberhörbar blieb – und wußte auch, welche Speisen des Banketts für ihn genießbar waren.

Als sie am Tisch saßen, ließ Corrigans innere Anspannung rasch nach. Er lauschte den Gesprächen und vergaß jede Förmlichkeit, als man ihn und Sorel nach ihrer Arbeit fragte: Sorels Verwandte ließen keinen Zweifel daran, daß sie den menschlichen Arzt für einen Angehörigen der Familie hielten. *Wir erfreuen uns an unseren Unterschieden,* erinnerte sich Corrigan und seufzte unhörbar: Zum Glück gehörte T'Pau nicht zu den Anwesenden.

Als sie das Bankett verließen, sah er, wie sich ihm T'Peyra näherte, Sorels Tante. »Aus welchem Grund sind Sie noch immer nicht verheiratet, Daniel? Sie sind ein Mensch und brauchen deshalb keine Bindungspartnerin, aber bestimmt wäre es von Vorteil für Sie, eine Frau zu haben. Und Kinder...«

»Meine Arbeit nimmt mich voll und ganz in Anspruch«, entgegnete er. »Für etwas anderes bleibt mir kaum Zeit. Ich bin nicht etwa aus Prinzip gegen eine Ehe, T'Peyra, aber Sie verstehen sicher, daß meine Wahlmöglichkeit sehr beschränkt ist...«

»Ganz und gar nicht«, hielt sie ihm entgegen. »Sie genießen eine außerordentlich gute berufliche Reputation, sind gesund und haben einen guten Charakter. Jede vernünftige Frau empfände es als Ehre, Sie als Gemahl zu bekommen. Machen Sie sich keine Sorgen, Daniel: Die Familie wird eine geeignete Gefährtin für Sie finden.«

»O nein!« wandte sich Corrigan an T'Mir, als sich T'Peyra mit jemand anders unterhielt. »Es ist schon schlimm genug, daß Ihr Vater dauernd versucht, mich zu verheiraten. Jetzt tritt die ganze Familie auf den Plan.«

T'Mir musterte ihn einige Sekunden lang, und in ihren Augen sah Corrigan etwas, das er nicht zu deuten vermochte. »Vielleicht kann ich Sie davor bewahren, auf dem Heiratsmarkt versteigert zu werden, Daniel. Ich spreche mit meinem Vater darüber. Bestimmt gibt es eine zufriedenstellende Lösung für Ihr Problem.«

Corrigan und Sorel verbrachten den Rest des Tages damit, sich gemeinsam oder allein um ihre Patienten zu kümmern. Da die Ursache der Fehlfunktion noch immer nicht gefunden war, wurden Amanda und Remington nach wie vor visuell überwacht. Die Systeme der Stasiskammern funktionierten einwandfrei, und die Behandlung der übrigen Patienten erfolgte routinemäßig, ohne besondere Schwierigkeiten. Nach der letzten Visite beendeten die beiden Ärzte ihren Dienst.

T'Mir wartete im Büro ihres Vaters, als Corrigan eintrat, um seinem Freund und Partner einen guten Abend zu wünschen. »Ich begleite Sie nach Hause, Daniel«, sagte die junge Vulkanierin. »Ich glaube, ich weiß jetzt, wie wir Ihr Problem lösen können.«

»Problem?«

»Tante T'Peyra.«

»Oh, das hatte ich ganz vergessen. Ja, bitte, erläutern Sie mir Ihren Plan.«

Aber als sie durchs Zwielicht wanderten, sprach T'Mir über andere Dinge. Sie berichtete von ihrem Studium und ihren Erfahrungen auf anderen Planeten, den Freundschaften, die sie mit Studenten anderer Völker und Zivilisationen geschlossen hatte.

Corrigan wohnte in einem Apartmentkomplex, der Fakultätsangehörigen und Mitgliedern des akademischen Lehrstabs zur Verfügung stand. Es handelte sich um eine recht kleine Wohnung, doch er brauchte nicht viel Platz und begnügte sich damit. Als er damals nach Vulkan kam, brachte er nur wenige Erinnerungsstücke von der Erde mit — ihm fehlte der diplomatische Status, der es Sarek und Amanda gestattete, einen umfangreichen Hausrat durch die halbe Galaxis zu transportieren.

Der größte Gegenstand, den Corrigan mitbrachte, war ein Gemälde. Es zeigte ein langes Schiff, das mit aufgeblähten Segeln ein sturmgepeitschtes Meer durchpflügte. Auf Vulkan gab es keine Ozeane. Er erinnerte sich an das kleine Mädchen namens T'Mir, das großes Interesse an jenem Bild zeigte und sich immer wieder fasziniert nach Daniels seefahrenden Ahnen erkundigte. Das Kind verbarg seine Enttäuschung nicht, als Daniel eingestand, nie auf dem Schiff unterwegs gewesen zu sein.

Als sie das Apartment betraten, sah sich T'Mir sofort das Gemälde an, so wie damals. Corrigan begab sich in die winzige Küche und sagte: »Nach dem Bankett können wir wohl auf eine Mahlzeit verzichten. Möchten Sie einige Kekse und Tee?« Es erschien ihm noch immer seltsam, die Tochter Sorels zu siezen, aber er achtete die vulkanische Förmlichkeit.

»Brandy wäre mir lieber, Daniel.«

Überrascht holte Corrigan zwei Gläser hervor und schenkte sie voll. T'Mir betrachtete noch immer das Bild. »Ich habe eine Reise mit einem solchen Schiff unternommen«, sagte sie.

»Was?«

»Auf der Erde. Vor zwei Jahren – wir bekamen dort einen Monat Urlaub. Die anderen Studenten vermuteten, ich sei übergeschnappt – eine Vulkanierin, die sich wünschte, auf dem Meer zu segeln? Ich stellte fest, daß noch immer Segelschiffe in See stachen, hauptsächlich mit Touristen an Bord. Aber es verkehrten auch einige Frachter. Ich glaube... Nun, vielleicht transportierte das Schiff, auf dem ich anheuerte, illegale Schmuggelware.«

»T'Mir!«

»Ich wollte ein ganz normales Mannschaftsmitglied sein«, fuhr die junge Frau fort. »Und ich fand nur ein Schiff, auf dem man mich nicht gleich auslachte. Der Bootsmann verzichtete darauf, sich nach meinen Referenzen zu erkundigen. Ich segelte von Italien nach Irland, genau wie Ihre Vorfahren.«

»Und gefiel es Ihnen?« fragte Corrigan.

»Die meiste Zeit über war ich völlig durchnäßt und fror ständig. Die Seile und Taue hinterließen Blasen an meinen Händen. Und...« Sie zögerte kurz. »Trotzdem bedaure ich die Reise nicht. Ich empfand sie als ein einzigartiges Erlebnis, das einen tiefen Eindruck auf mich machte.«

Sie standen Seite an Seite vor dem Gemälde, und nach einigen Sekunden drehte sich T'Mir zu Corrigan um. Plötzlich spürte er die warme Präsenz der jungen Vulkanierin, ihre intensive Ausstrahlungskraft. Er errötete — nicht etwa aus Scham, sondern weil er begriff, einen schweren Fehler gemacht zu haben. Es war ihm nicht länger möglich, der Tochter seines besten Freundes gegenüber als eine Art Onkel aufzutreten. T'Mir sah zwar noch immer so aus wie vor sieben Jahren, aber in dieser Zeit hatte die Natur ihrer zarten Schönheit sexuelles Leben eingehaucht: An ihrer Geschlechtsreife konnte kein Zweifel bestehen.

Corrigan sah sich außerstande, weiterhin ein Kind in T'Mir zu sehen. Von einem Augenblick zum anderen wurde ihm bewußt, daß ihm eine höchst attraktive und begehrenswerte Frau gegenüberstand...

Er wich von ihr zurück, aber sie folgte ihm, ließ es nicht zu, daß die Distanz — sowohl die physische als auch die psychische — zwischen ihnen wuchs.

»T'Mir, mir ist gerade eingefallen, daß ich noch Arbeit zu erledigen habe...«

»Sie kann bis morgen warten«, erwiderte sie. »Heute abend möchte ich Ihnen die Lösung Ihres Problems erklären.«

»O ja«, sagte Daniel, lachte unsicher und setzte sich aufs Ende der Couch. »Bitte sagen Sie mir, wie ich T'Peyras Verkupplungsversuchen entgehen kann.«

Er rechnete damit, daß T'Mir im Sessel gegenüber Platz nahm und so einen gewissen Abstand zu ihm wahrte. Statt dessen ließ sie sich direkt neben ihm auf das Sofa sinken. Wußte sie vielleicht, welche Wirkung sie auf ihn ausübte? Corrigan hätte sich am liebsten in Luft aufgelöst und rührte sich nicht von der Stelle — um zu vermeiden, daß T'Mir seine Reaktion auf sie spürte.

Wenn sie sein Verlangen ahnte, mochte das Band der Freundschaft zwischen ihnen für immer zerreißen.

»Ich hoffe, Sie können mir wirklich eine Lösung anbieten«, begann er nervös. »Wenn nicht, wird man mir jede menschliche Frau aufdrängen, die sich auf Vulkan befindet.«

»Warum denken Sie nur an menschliche Frauen, Daniel? Selbst T'Pau hat Sie heute als Vulkanier anerkannt.«

»Aber keine Vulkanierin wäre bereit...« Was sagte er da? Er hatte es sich nicht gestattet, vulkanische Frauen in Betracht zu ziehen... bis jetzt.

T'Mir hob ihr Brandyglas und musterte ihn aus sanft blickenden Augen. »Ich bin zwar keine Heilerin, Daniel, aber mein ASW-Faktor ist groß genug. Ich weiß, daß Sie mich begehren, aber Sie schrecken davor zurück, sich mir zu offenbaren. Ich hatte ebenfalls... Angst. Angst davor, daß Sie sich *nicht* zu mir hingezogen fühlen, weiterhin nur die Tochter eines guten Freundes in mir sehen.«

»Sie *sind* die Tochter eines guten Freundes«, erwiderte Corrigan. »Wenn Ihr Vater davon erführe...«

»Sorel meinte, es sei bestimmt nicht leicht, Sie zu überzeugen.«

»Er *weiß Bescheid?*« Daniel verschüttete fast seinen Brandy, setzte das Glas vorsichtig auf der kleinen Truhe ab, die als Tisch diente, bemühte sich, nicht vollkommen die Fassung zu verlieren. Seine Hände zitterten.

»Daniel, unsere Familie hält sich an die Traditionen. Ich habe heute die Erlaubnis meines Vaters eingeholt. Er war sehr erfreut. Wenn Sie einverstanden sind, bietet er mich Ihnen als Bindungspartnerin und Ehefrau an.«

»Sorel... freute sich?« Ein Schock folgte auf den anderen.

»In der Tat. Daniel, Sie sind der einzige Mann, den ich jemals heiraten wollte. Als Sie... so rasch alterten... Welchen Grund gab es wohl für mich, Vulkan zu verlassen? Ich wußte, daß meine Geschlechtsreife kurz bevorstand — und ich wollte nicht gezwungen werden, mich zu Ihren Lebzeiten an jemand anders zu binden. Wenn sich keine Möglichkeit ergeben hätte, Sie zu heilen, wäre ich in einer Außenwelt geblieben — bis zu Ihrem Tod.«

»T'Mir! Das sind doch nichts weiter als kindliche Launen.«

»Keineswegs«, erwiderte die junge Vulkanierin fest. »Vater sah davon ab, Soton und mich als Kinder zu binden, weil er selbst die freie Wahl hatte und T'Zan heiraten konnte — eine Entscheidung, die er nie bereute. Soton fand schon recht bald eine Frau, mit deren Bewußtsein er sich geistig synchronisieren konnte. Und was mich betrifft... Ich wußte schon als junges Mädchen, warum Sie alle Möglichkeiten ungenutzt ließen, eine Terranerin zu ehelichen: Sie warteten auf mich. Jetzt bin ich erwachsen, Daniel. Die Zeit ist gekommen.«

»Das... glaube ich Ihnen nicht«, brachte Corrigan hervor. Doch dann erinnerte er sich an die Gedankenverschmelzung, an die fremden Reminiszenzen, die ihm die erste Begegnung zwischen Sore und T'Zan zeigten, an die Mentaleinheit, die auch Soton und T'Mir aufnahm, an die familiäre Harmonie... Die Bindung zwischen einer Vulkanierin und einem Menschen — war sie tatsächlich möglich?

»Hast du es nicht gefühlt, als sich unsere Gedanken berührten?« hauchte T'Mir. Corrigan nahm nur am Rande zur Kenntnis, daß sie ihn nicht mehr siezte. »Der Kontakt bestätigte das, was ich schon seit vielen Jahren weiß.«

»Und Sendet?« fragte Daniel und begriff plötzlich, aus welchem Grund ihn der junge Mann verachtete.

»Sendet? Er hat damit überhaupt nichts zu tun.«

»Offenbar ist er anderer Meinung. Er möchte dich als Lebenspartnerin.«

»Es geht ihm nicht um *mich*, Daniel, sondern um Sorels Familie. Als wir sieben Jahre alt waren, versuchten seine Eltern, Sorel und T'Zan zu überreden, mich mit ihm zu verbinden. Aber Vater und Mutter hielten an ihrem Beschluß fest, uns die freie Wahl zu lassen. Bevor ich Vulkan verließ, trat Sendet erneut mit der Bitte an mich heran, ihn zu heiraten.« T'Mir seufzte und fügte hinzu: »Ich hoffte, er würde sich während meines Aufenthaltes in den Außenwelten mit einer anderen Frau verbinden. Er hat durchaus recht, wenn er behauptet, einer alten und sehr ehrenhaften Familie zu entstammen. Und es gibt viele Vulkanier, für die so etwas eine wichtige Rolle spielt. Es fiele ihm bestimmt leicht, eine gute Partnerin zu finden.«

»Aber deine Eltern legten dir nicht nahe, sein Angebot anzunehmen?«

»Sie respektieren meine Wünsche. Außerdem erkannten sie schon recht bald, daß Sendet in den Traditionen, auf die er sich beruft, nur eine Form ohne Inhalt sieht. Daniel, Sendet interessiert mich nicht, und ich halte es für Zeitverschwendung, weiterhin über ihn zu sprechen. Laß uns *unsere* Zukunft planen.«

»T'Mir, ich bin alt genug, um dein Vater zu sein.«

»Nicht mehr. Du bist gesund und kräftig, hast noch viele Jahre vor dir. Daniel, es ist unlogisch, Einwände zu erheben, die du gar nicht ernst meinst. Wir erörtern kein hypothetisches Theorem. Ich möchte mich mit Euch binden, für immer berühren und berührt werden.«

Corrigan spürte, wie sich die Leere in ihm danach sehnte, von der verlockenden Präsenz T'Mir ausgefüllt zu werden. Eigentlich wollte er ihr gar nicht widersprechen. Sie hatte recht: Seine Einwände erfolgten nur der Form halber, in der Hoffnung, daß sie von der Vulkanierin beiseite geschoben wurden. Ein unlogisches Verhalten, wahrhaftig! »Ich... ich möchte Euer Bindungspartner und Gemahl sein, für immer berühren und berührt werden.«

T'Mirs Lippen bewegten sich nicht, aber ihre Augen lächelten. »Morgen«, sagte sie. »Morgen binden wir uns, bevor die Partnerin meines Bruders aufbricht. Sorel, Soton und T'Pree sollen unsere Zeugen sein. Vater kann uns bei der Bindung helfen – obwohl ich glaube, daß das nicht nötig ist.«

Corrigan sah T'Mir an, und ihr sanfter Blick verhieß ihm eine Zukunft, von der er bisher nicht einmal zu träumen gewagt hatte.

»Ich liebe dich«, sagte er. Und da es keine entsprechende vulkanische Formulierung gab, benutzte er die englischen Worte.

»Ich schätze Euch«, erwiderte T'Mir. Corrigan begann allmählich zu verstehen, was dieser bei den Vulkaniern geläufige Ausdruck bedeutete. »Bis morgen, Daniel.«

»Ja, bis morgen«, entgegnete er – und küßte sie.

T'Mir wich nicht zurück und reagierte, indem sie die Arme um ihn schlang. Vermutlich hatte sie diese Geste bei Menschen beobachtet, vielleicht auf der Erde. Aber sie ahmte sie nicht nur einfach nach, schien genau zu wissen, was sie Daniel damit mitteilte. Er nahm sich vor, ihr zu einem geeigneteren Zeitpunkt die Botschaft des Kusses zu erklären.

Er ließ sie wieder los und lächelte, als er ihren fragenden Blick bemerkte. »Das Küssen ist erst der Anfang. Es gibt noch weitaus bessere Dinge.«

Diesmal erfaßte das Lächeln auch T'Mirs Lippen. »Ich weiß – obwohl ich in diesem Zusammenhang noch keine Erfahrungen sammeln konnte. Nach unserer Bindung kannst du mich die menschliche Kunst der... Liebe lehren, Daniel. und ich mache dich mit den entsprechenden vulkanischen Ritualen vertraut.« Sie stand auf. »Ich muß jetzt gehen.«

Corrigan nickte. »Für morgen früh steht eine schwierige Operation auf meinem Arbeitsplan. Ich habe den ganzen Tag über zu tun, ebenso Sorel. Aber am Abend...«

»Ja, Daniel. Bis morgen abend, zukünftiger Gemahl!«

T'Mir verließ das Apartment. Corrigan widerstand der Versuchung ihr vorzuschlagen, sie nach Hause zu bringen. So etwas war auf Vulkan nicht üblich, denn seit der Zeit der Reformen wurden keine Verbrechen mehr verübt. In der Stadt herrschte völlig Sicherheit für Frauen und Kinder, zu jeder Tages- und Nachtzeit.

Die Tür seiner Wohnung wies ebensowenig ein Schloß auf wie die der anderen Unterkünfte. Einem Vulkanier käme es nie in den Sinn, unaufgefordert in die Privatsphäre einer fremden Person einzudringen. Nur Bereiche, wie zum Beispiel die Stasiskammern mußten geschützt werden — um unbeabsichtigte Beschädigungen wichtiger Anlagen zu vermeiden und das Wohlergehen der Patienten zu gewährleisten.

Nachdem sich T'Mir auf den Weg gemacht hatte, bereitete sich Corrigan auf die Nachtruhe vor. Er ahnte, daß er diesmal alle Meditationstechniken benötigte, um Ruhe in seine jubilierende Seele zu bringen. Das Gesicht, das ihn aus dem Badezimmerspiegel anstarrte, wirkte so unscheinbar wie zuvor. Daniel sah einen kleinen, untersetzten Mann, dessen Haar sich lichtete, und verblüfft fragte er sich, was T'Mir an ihm fand.

Freude funkelte in den blauen Augen des Spiegelbilds. Corrigan beobachtete sich eine Zeitlang, neigte dann den Kopf in den Nacken und lachte in schierem Glück.

KAPITEL 12

Am nächsten Morgen ließ sich Captain James T. Kirk recht viel Zeit und duschte als letzter. Spock war bereits fertig, und McCoy zog sich gerade an, als der Captain durch das größte Schlafzimmer im Haus wanderte — ein Refugium in sanftem Blau und mattem Grün. Die Farben bildeten einen angenehmen Kontrast zu den braunen und grauweißen Tönen, die in den anderen Räumen vorherrschten. Die Kammer schien einen Teil der Präsenz Amandas zu enthalten. Ein holografisches Bild zeigte die Frau des Botschafters, während sie einen elfenhaften Säugling namens Spock in den Armen hielt. Das Kopfteil des breiten Bettes bestand aus Messing, und die vielen Kratzer im Metall deuteten darauf hin, daß es sich um ein altes Familienerbstück handelte.

Sarek hatte das Haus schon früh verlassen, um seine Morgenklasse zu unterrichten, doch für Kirk und seine Freunde gab es keinen Grund zur Eile. Spock würde McCoy und den Captain zur Akademie fahren: Zwar gewöhnten sie sich allmählich sowohl an die dünne Luft als auch die hohe Schwerkraft, aber noch stand den beiden Menschen nicht der Sinn nach einem längeren Spaziergang in der sengenden Hitze Vulkans.

Kirk fühlte sich überraschend gut an diesem Morgen, doch er spürte auch einen Hauch von Bedauern. Ohne die rätselhafte Fehlfunktion in der Stasiskammer T'Zans hätte er am vergangenen Abend die Gelegenheit genutzt, sich zusammen mit McCoy ein Bild vom vulkanischen Nachtleben zu machen. In der Akademie studierte eine bunte Vielfalt von Außenweltlern, und bestimmt gab es in der Nähe des Campus' interessante Möglichkeiten zur Freizeitgestaltung.

Statt dessen verbrachten sie einen erstaunlich angenehmen Abend in der Gesellschaft Spocks und Sareks.

Nach der Beendigung des Abendunterrichts kehrte der Botschafter mit seinen Gästen nach Hause zurück, wo sie eine schmackhafte Mahlzeit erwartete. Anschließend begaben sie sich in den Salon und unterhielten sich. Kirk bemerkte, daß McCoy seinem Beispiel folgte und sich auf ein Glas Wein beschränkte – er hielt sich ebenfalls ›bereit‹.

Aber der Kommunikator blieb stumm. Kirk und McCoy berichteten von ihren Reisen an Bord des Raumschiffes *Enterprise*, schilderten die Missionen, die nicht mit einem Geheimhaltungsstatus klassifiziert waren, wählten insbesondere jene Episoden, bei denen Spock eine wichtige Rolle spielte. »Es ist wirklich schade, daß wir Ihnen nicht die besten Geschichten erzählen können«, sagte der Captain.

»Ich verstehe«, erwiderte Sarek. »Die Einzelheiten müssen geheim bleiben, nicht wahr? Nun, aus den gleichen Gründen ist es mir leider nicht möglich, Ihnen einen Zwischenfall zu beschreiben, der fast dazu geführt hätte, daß mich Amanda gegen eine Handvoll Dilithiumkristalle eintauschte.« Die beiden Menschen starrten ihn groß an, und Sarek fuhr gelassen fort. »Aber ich kann Ihnen statt dessen von unserem Auftrag berichten, mit einem Kriegsherrn von Dorkasis über eine Latium-Lieferung zu verhandeln.«

»Latium?« wiederholte Kirk verwirrt.

»Eine Pflanze«, sagte McCoy. »Mehr als ein Jahrhundert lang stellte sie die einzige Möglichkeit dar, ein Immunsystem-Serum herzustellen. Vor fünfundzwanzig Jahren gelang es schließlich, die Substanz zu synthetisieren, aber bis dahin blieben Latium-Gewächse die einzige Hoffnung für Patienten mit ernster Immunschwäche.«

»Ja«, bestätigte Sarek. »Unsere Mission fand statt, als das Heilmittel nur mit Hilfe von Latium produziert werden konnte. Die Föderation entschied damals, eine vulkanische Delegation zu schicken, weil die Dorkasi die ersten Gesandten als schwächlich verachteten. Ihre Vorstellung von angenehmer Unterhaltung besteht in Zweikämpfen. Hinzu kommt, daß die Bewohner jenes Planeten über zwei Meter groß und entsprechend kräftig sind.

Darüber hinaus legte die Föderation dem Delegationsleiter nahe, seine Frau mitzunehmen. Der Grund: Die erste Gruppe stieß auf erhebliche Schwierigkeiten, weil der Botschafter eine Dorkasi-Frau zurückwies, die ihm der Kriegsherr Malko als Geschenk anbot.«

Kirk lachte leise. »Fremde Bräuche. Ich kenne solche Probleme zur Genüge.«

»Probleme?« fragte McCoy. »Ich vermute, du hättest das Geschenk sofort angenommen und dich mit der Dorkasi aus dem Staub gemacht.«

»Es gibt auch noch *andere* fremde Gepflogenheiten, Pille, und einige davon sind keineswegs so harmlos. Außerdem erinnere ich mich noch gut daran, wie du dich hinter Stühlen und Schreibtischen versteckt hast, als es darum ging, eine Landegruppe nach Solaris Drei zu beamen.« Kirk sah Sarek an und fügte hinzu: »Der ganze Planet ist eine Nudistenkolonie. Kleidungsstücke sind dort nicht erlaubt. Es gilt als verwerflich, das zu bedecken, was die Natur schuf.«

»Wenn ich mich recht entsinne, hast *du* darauf bestanden, den Tricorder mitzunehmen und ihn in einer höchst ungewöhnlichen Position zu halten«, brummte McCoy. »Ich schlage vor, du läßt nun wieder den Botschafter zu Wort kommen.«

Gelassen fuhr Sarek fort: »Da ich bereits eine Frau hatte, gingen wir davon aus, die Dorkasi hielten es für überflüssig, mir noch eine anzubieten. Was die Zweikämpfe anging: Einerseits hofften wir, solche Konfrontationen vermeiden zu können, aber andererseits wären Vulkanier durchaus in der Lage gewesen, es mit den Dorkasi aufzunehmen und die entwürdigenden Niederlagen der Menschen zu vermeiden. Wir *glaubten*, alles berücksichtigt zu haben und in der Lage zu sein, eine Handelsübereinkunft zu treffen.«

»Was ist geschehen?« erkundigte sich Spock. »Du hast mir noch nie von dieser Mission erzählt, Vater. Ich war damals noch recht klein, aber ich erinnere mich, daß du mit einem... blauen Auge nach Hause zurückgekehrt bist.«

»Das stimmt. Aber immerhin gelang es mir, deine Mutter mitzubringen.«

»O nein.« Kirk lachte erneut. »Ich glaube, ich weiß, worauf Sie hinauswollen. Der Kriegsherr dachte, Sie wollten *ihm* ein Geschenk machen... nämlich Amanda.«

»Sie sollten eine Versetzung zum diplomatischen Korps erwägen, Jim«, erwiderte Sarek. »Sie haben recht: Malko ging tatsächlich von dieser Annahme aus — mit der niemand gerechnet hatte. Er veranstaltete ein abendliches... Fest für uns. Wir sahen darin einen Brauch, der auch auf vielen anderen Welten üblich ist, kannten die soziologisch-ethnischen Charakteristiken jener Kultur noch nicht gut genug, um zu wissen, daß die Dorkasi bestimmte Aktivitäten, die bei uns sehr privater Natur sind, zu einem öffentlichen Schauspiel machen...«

McCoy nickte langsam. »Mit anderen Worten: Es kam zu einer Orgie.«

»Dieser Ausdruck erscheint mir angemessen«, antwortete Sarek. »Als die Mitglieder der diplomatischen Gruppe zögerten, daran teilzunehmen, als Malko nicht das erwartete Geschenk erhielt, nahm er die Sache selbst in die Hand — und sie betraf in erster Linie Amanda. Angesichts der dorkasischen Gesellschaftsstruktur blieb mir nichts anderes übrig, als unverzüglich zu handeln.«

»Du... du hast um Mutter gekämpft?« fragte Spock. Sein Tonfall verriet ungläubiges Erstaunen.
»Hätte ich sie deiner Ansicht nach Malko überlassen sollen?«
Spock schluckte. »Es gab doch bestimmt logische Alternativen...«
»Malko war betrunken – und dazu entschlossen, sich auf der Stelle das zu nehmen, was er als seinen Besitz erachtete. Verhandlungen lehnte er ab – und deine Mutter weigerte sich, zu einer Vertragsklausel zu werden. Wie hättest du dich unter diesen Umständen verhalten, Spock?«
»Deine Mission...«
»Wärst du bereit gewesen, deine Mutter gegen Latium einzutauschen?«
»Nein, natürlich nicht. Aber ein Angriff auf den Gastgeber...«
»Sorgte zumindest für Ablenkung. Natürlich entbrannte sofort ein wilder Kampf. Einer meiner Adjutanten nutzte das Durcheinander, um sich mit dem Raumschiff in Verbindung zu setzen und uns alle an Bord beamen zu lassen. Vorher allerdings bekamen Malko und ich ausreichend Gelegenheit, unsere Kräfte zu messen – und Amanda bewies dem Kriegsherrn, daß sie nicht die fügsame Konkubine ist , die er sich wünschte. Er gelangte sogar zu dem Schluß, eine derart temperamentvolle Frau müsse eine Hexe sein!«
»Also schlug deine Mission fehl«, sagte Spock. Kirk hätte seinen Ersten Offizier am liebsten erwürgt, weil er die Pointe in der Geschichte seines Vaters übersah, aber Sarek ließ sich nichts anmerken.
»Ganz im Gegenteil«, widersprach er. »Malko meinte, ein Mann, der so kühn sei, Amanda als Lebensgefährtin zu wählen – sie zu ›zähmen‹, wie er sich ausdrückte –, habe das Zeug zum Helden. Mein Verhalten gewann seinen Respekt, und kurz darauf trafen wir ei-

ne Handelsübereinkunft, die beide Seiten zufriedenstellte.«

»Das war eine Ihrer ersten Missionen«, stellte Kirk fest. »Nun, wer ständig Kontakt zu fremden Völkern aufnimmt, erlebt zuerst Überraschungen, aus denen im Laufe der Zeit wichtige Erfahrungswerte werden. Aber auch später stößt man immer wieder auf Rätselhaftes.«

»In der Tat«, pflichtete ihm Sarek bei. »In diesem Sinne haben Ihre Aufgaben mit meinen – als ich noch als Botschafter tätig war – viel gemein.«

Kirk musterte Spock und fragte sich, ob sein vulkanischer Freund die wahre Bedeutung dieser Worte erfaßte – schließlich nahm Spock an Bord der *Enterprise* ähnliche Pflichten wahr wie der Captain. Aber das Gesicht des Ersten Offiziers blieb ausdruckslos; er hörte ruhig zu, ohne irgendeinen Kommentar abzugeben.

»Carl Remington, der junge Mann in der Stasis...«, sagte Kirk. »Als er das erstemal einer Landegruppe zugeteilt wurde, erwartete ihn eine der Überraschungen, die ich eben erwähnte. Ich nahm ihn mit, um festzustellen, wie er reagiert. Spock und drei Männer aus der Sicherheitsabteilung begleiteten uns, und deshalb rechneten wir nicht damit, in eine besonders gefährliche Situation zu geraten.«

»Der Planet war nicht erforscht und reich an Bodenschätzen«, erklärte Spock. »Unsere Sensoren registrierten vielfältige Lebensformen, entdeckten jedoch keine Anzeichen einer Zivilisation. Unsere Absicht bestand darin, verschiedene Regionen zu untersuchen und herauszufinden, ob sich die Welt für eine Kolonisierung eignete oder es dort bereits intelligente Wesen gab, vielleicht in einem noch primitiven Entwicklungsstadium.«

»Wir erhielten keine eindeutigen Daten«, sagte Kirk. »Der Planet beherbergt katzenartige Geschöpfe, die in Gruppen leben, jedoch keine Werkzeuge benutzen. Die Übersetzungsmodule wiesen uns darauf hin, daß es sich bei den Lauten, die die Eingeborenen von sich geben, um eine Sprache handeln mochte, und der Computer forderte weitere Informationen an. Also versuchten die verschiedenen Landegruppen, sich den Geschöpfen unbemerkt zu nähern und mit Tricordern genügend Zisch- und Knurrgeräusche aufzuzeichnen, um eine Kommunikationsanalyse zu ermöglichen. Wenn die Laute tatsächlich eine Sprache darstellten, mußte die Welt durch eine Warnboje im Orbit geschützt und so ihrer natürlichen biologischen Evolution überlassen werden.

Ein angenehmer Ort: mildes Klima, warmer Sonnenschein, lauer Wind. Wir wußten bereits, daß die Katzenwesen anderen Tieren nachstellen: Jeweils zwei von ihnen gehen auf die Jagd und bringen die erlegte Beute zur Gruppe. Größere Raubtiere fehlen im planetaren Biotop, und...« Kirk schüttelte den Kopf. »Nun, ich glaube, ich wurde leichtsinnig«, gestand er ein. »Unsere Landeeinheit entdeckte eine Gruppe, die gerade fraß – oder eine Mahlzeit einnahm, wenn Sie so wollen. Sie gab dabei eine Vielzahl unterschiedlicher Geräusche von sich, die wir aufzeichnen wollten.«

»Wir kannten schon ihr allgemeines Verhaltensmuster«, warf Spock ein. »Zuerst essen die Einheimischen und schnattern dabei, und anschließend legen sie sich zur Ruhe. In dieser besonderen Gruppe aber nahm ein Katzenwesen nicht am geräuschvollen Ritual der Nahrungsaufnahme teil. Das Individuum hob immer wieder den Kopf und schnüffelte, grunzte und fauchte, lief hin und her, rief erneut.«

»Es befand sich ganz in meiner Nähe«, fuhr Kirk fort. »Ich wollte die Chance nutzen, einige neue Laute für eine gründlichere Sprachanalyse aufzuzeichnen, und deshalb wagte ich mich noch weiter vor. Remington kauerte einige Meter entfernt im Dickicht – das einzige Mitglied der Landegruppe, das ich von jener Stelle aus sehen konnte. Wir verständigten uns nicht mit Kommunikatoren, um das Risiko zu vermeiden, von den Katzenwesen gehört zu werden. Außerdem hatten wir uns alle mit einem speziellen Antiduftstoff eingesprüht. Solange uns die fremden Geschöpfe weder hörten noch rochen, bestand nicht die geringste Gefahr.

Ich forderte Remington mit einem Wink auf, weiterzukriechen und sich der Lichtung zu nähern, um dort eine akustische Aufnahme durchzuführen. Aber der junge Mann schüttelte den Kopf, gestikulierte ebenfalls und gab mir zu verstehen, ich solle mich zurückziehen! Das verärgerte mich. Damals hielt ich Remington für einen unerfahrenen Grünschnabel, der einem vorgesetzten Offizier den Befehl verweigerte und sich anmaßte, seinem eigenen Captain Anweisungen zu erteilen!

Ich winkte noch einmal, und wieder schüttelte Remington den Kopf, schob sich langsam auf mich zu.

Das schürte Zorn in mir. Der Junge gehörte zum erstenmal einer Landgruppe an und verhielt sich so, als sei er der Einsatzleiter. Mit einigen aufgeregten Gesten bedeutete ich ihm, sich nicht von der Stelle zu rühren, stemmte mich in die Höhe — und hörte direkt hinter mir ein gräßliches Quieken.

Ich drehte mich um — und sah das Junge! Ein winziges Katzenwesen, nicht annähernd so groß wie die anderen, starrte mich aus großen, entsetzt blickenden Augen an und rief verzweifelt nach seiner Mama. Einige Sekunden später begriff ich, warum eins der Geschöpfe auf der Lichtung das Essen verschmähte und so nervös zu sein schien: Es war die Mutter des Kleinen, die das Junge schon seit einer ganzen Weile vermißte. Sie wirbelte herum — und sah ein häßliches, zweibeiniges Ungeheuer zwischen ihr und dem schreienden Söhnchen!

Natürlich führten wir auf Betäubung justierte Phaser bei uns. Ich riß meinen hervor und zielte, aber bevor ich abdrücken konnte, raste die Katzenmutter wie ein Photonentorpedo auf mich zu. Der Aufprall schleuderte mir die Waffe aus der Hand und brach mir einige Rippen. Die Krallen des Angreifers bohrten sich mir in die Schultern, als ich zu Boden fiel. Schmerzerfüllt blieb ich liegen, konnte mich kaum mehr bewegen, geschweige denn zur Wehr setzen.

Remington behielt die Nerven. Ich hörte die summende Entladung seines Phasers, aber das Katzenwesen schüttelte sich nur und heulte. Allem Anschein war sein Nervensystem völlig anders beschaffen — die Energie lähmte es nicht!

Katzensöhnchen versuchte noch immer, sich die Lunge aus dem Leib zu brüllen, und seine Mutter kam wieder heran und wollte sich erneut auf mich stürzen. Ich wußte, in welcher Klemme Remington saß. Er hatte den Befehl, kein einziges auf dem Planeten beheimatetes Geschöpf zu töten, doch wenn er das Katzenwesen nicht irgendwie aufhielt, würde es seinen Captain umbringen! Die anderen Mitglieder der Landegruppe eilten herbei, doch inzwischen war auch die Gruppe auf der Lichtung aufmerksam geworden. Remington durfte keine Zeit verlieren, muße sofort eine Entscheidung treffen — und ich konnte ihm nicht helfen...

Dann sah ich plötzlich, wie er losrannte. Ich wollte ihn warnen, doch als ich Luft holte, schienen sich die Rippen in meine Lungen zu bohren, und ich brachte keinen Laut hervor. Remington stürmte auf das Junge zu und schrie wie ein Irrer.

Die Mutter wandte sich von mir ab, um ihr Kleines zu verteidigen. Remington hob Katzensöhnchen auf, achtete nicht darauf, daß es ihm Arme und Hände zerkratzte — und warf es der erbosten Mama zu. Sie nahm sich nur die Zeit festzustellen, daß ihr Sprößling bei bester Gesundheit war — aber diese Zeit genügte den Sicherheitsbeamten, uns zu erreichen. Sie wußten bereits, daß mit den Phasern nichts gegen die Eingeborenen ausgerichtet werden konnte, aber sie hatten ein Netz dabei und zögerten nicht, Gebrauch davon zu machen. Die drei Männer warfen es auf die Katzenwesen, während Spock Kontakt mit der *Enterprise* aufnahm. Bevor sich unsere Gegner aus dem gespinstartigen Gebilde befreien konnten, beamte uns Scotty an Bord.«

Spock hob die Brauen. »Wenn Sie rechtzeitig daran erinnert hätten, daß Mr. Remington von einem Planeten kommt, auf dem große Reservate für wilde Tiere eingerichtet wurden...«

»Ja, ich weiß«, erwiderte Kirk. »Dann wäre mir sofort klar gewesen, daß er von Tieren weitaus mehr versteht als ich. Wie dem auch sei: Er rettete die Mission und den Captain, was ihm gleich bei seinem ersten Einsatz eine Belobigung einbrachte. Und wie sich später herausstellte, handelt es sich bei den Zisch- und Grunzlauten der Katzenwesen tatsächlich um eine primitive Sprachform. Mit anderen Worten: Es gab und gibt ein intelligentes Volk auf dem betreffenden Planeten, der von uns unter Quarantäne gestellt wurde, damit sich die vernunftbegabten Katzen ungestört weiterentwickeln können. Alle waren zufrieden — bis auf Pille, der meine Sorglosigkeit verfluchte und betonte, manchmal führte ich mich schlimmer auf als ein abenteuerlustiger Lausebengel.«

»Das klingt ganz so«, meinte Sarek, »als sei Mr. Remington eine überaus nützliche Erweiterung Ihrer Crew.«

Dem stimmte Kirk zu.

Als der Captain unter die Dusche trat, kehrten seine Gedanken in die Gegenwart des Morgens zurück. Er hoffte inständig auf eine Heilung Carl Remingtons, doch er schaffte es nicht, alle Zweifel aus sich zu verdrängen. Selbst wenn das Stasisfeld das geschädigte Nervensystem regenerierte, bestand anschließend die Gefahr, daß es den Heilern nicht gelang, Körper und

Geist wieder zu einer Einheit zusammenzuführen. Kirk schüttelte den Kopf. Nein, es war noch zu früh, sich darüber Sorgen zu machen. Nach dem Energieausfall schien die Stasistechnik einwandfrei zu funktionieren...

»Jim! Hörst du mich, Jim? *Jim!*«

McCoy hämmerte an die Badezimmertür.

Kirk drehte das Wasser ab. »Ja, Pille, was ist denn?«

»Die Akademie hat gerade angerufen. Es kam zu einem neuerlichen Defekt! Zieh dich an und komm mit!«

Der Captain trocknete sich hastig ab und streifte sich die Kleidung über. *Wen hat es diesmal erwischt?* dachte er besorgt. *Amanda? Remington?*

Oder gar beide?

KAPITEL 13

Sarek beendete den Unterricht seiner Morgenklasse und kehrte ins Büro zurück. Eleyna wartete auf die Arbeiten seiner Schüler, die er gerade eingesammelt hatte.

An der Computerkonsole glühte der Bereitschaftssensor, doch auf der Schirmfläche herrschte graue Leere. Es steckte keine Datenkassette im Abtastfach des Scanners.

»Sind Sie schon fertig, Eleyna?« fragte Sarek. »Sie können frei über mein Terminal verfügen. Ich muß mich um meine Gäste kümmern und schiebe die anderen Prosjekte so lange auf, bis sie Vulkan verlassen.«

»Vielen Dank, Sarek«, erwiderte die Assistentin. »Erst korrigiere und bewerte ich diese Unterlagen, und anschließend nehme ich mir wieder meine Dissertation vor.«

»Inzwischen hätte eigentlich mein Sohn eintreffen müssen«, sagte der Botschafter. »Aber vielleicht schläft er noch, ebenso wie seine menschlichen Freunde. Es fällt ihnen schwer, sich an den vulkanischen Sommer zu gewöhnen, und die Ereignisse der vergangenen Tage sind nicht spurlos an ihnen vorübergegangen.«

Eleyna, so bemerkte er, schien nicht unter den für ihre Spezies recht harten klimatischen Bedingungen zu leiden. Sie hatte ihr Haar im Nacken zusammengebunden, trug ein luftiges Gewand aus dünnem Stoff und schien nicht einmal zu schwitzen. Als Sarek sie musterte, fragte er sich, wo sie die Computerkenntnisse anwenden wollte, die sie sich in der Akademie aneignete.

»Wenn ich mein Studium abgeschlossen habe«, hatte sie einmal auf eine entsprechende Frage geantwortet, »wähle ich aus dem Angebot freier Stellen.«

Der Botschafter wußte natürlich, daß ihr eine steile Karriere möglich war, wenn sie einen Doktortitel der vulkanischen Akademie der Wissenschaften und zusätzlich noch die Empfehlungen ihrer Professoren vorweisen konnte.

Vielleicht... wollte sie gar nicht fort. Sie hatte sich geschickt der vulkanischen Lebensweise angepaßt, und da immer mehr Studenten von der Außenwelt eintrafen, konnte die Akademie neue Unterweiser gut gebrauchen. Sarek nahm sich vor, darüber mit Senek zu sprechen. Und natürlich auch mit Amanda.

Die Kommunikationskonsole summte laut. Eleyna zuckte unwillkürlich zusammen und wandte den Blick vom Schirm ab, der nun die von Sarels Schülern entwickelten Diagramme und Schemata zeigte.

Der Botschafter bestätigte die Einschalttaste, und im Projektionsfeld tauchte Spocks Gesicht auf. »Es kam schon wieder zu einem Energieausfall, Vater. Mr. Remington ist tot. Captain Kirk, Dr. McCoy und ich sind bei Storn...«

»Ich bin schon unterwegs!« Sarek unterbrach die Verbindung und bemühte sich, nicht die Beherrschung zu verlieren. Tief in seinem Innern verdichteten sich die Schatten der Besorgnis. Zwei Fehlfunktionen — und wenn sich der Defekt noch einmal wiederholte, starb Amanda!

Eleyna beobachtete ihn. Sarek stützte die Hände an die Hüften, holte tief Luft und versuchte, seine Stimme normal klingen zu lassen. »Sie haben es gehört. Wenn die Funktionsstörung das Monitorsystem betrifft, sind mein Sohn und ich vielleicht in der Lage, sie zu lokalisieren, bevor auch das dritte Stasisfeld destabil wird.«

»Kann ich mich irgendwie nützlich machen?« fragte seine Assistentin.

»Wir wären Ihnen sehr dankbar für Ihre Hilfe.«

»Ich gewähre sie Ihnen gern. Gehen Sie nur, Sarek. Ich folge Ihnen, nachdem ich hier alles in Ordnung gebracht habe.«

Also bemerkte sie seine Ungeduld — oder schloß darauf, indem sie sich in seine Lage versetzte. Ein sich wiederholender Defekt bedeutete, daß es nur eine Frage der Zeit war, bis Amanda der Fehlfunktion zum Opfer fiel. Sie mußten ihn so schnell wie möglich finden und reparieren — oder Sareks Frau in die physisch-psychische Wirklichkeit zurückholen.

Als er das Krankenhaus erreichte, begann der Botschafter mit einer Suche nach Sorel und Corrigan. Er entdeckte sie schließlich in Carl Remingtons leerer Behandlungskammer.

Sarek sah die beiden Ärzte an und hielt sich nicht mit irgendwelchen Höflichkeitsfloskeln auf: »Ich möchte, daß Sie Amanda unverzüglich aus der Stasis befreien.«

»Ich habe die Reaktivierungsphase eingeleitet, als unsere Versuche erfolglos blieben, Remington zu revitalisieren«, erwiderte Sorel. »Doch der Unterschied beträgt nur einige Stunden, Sarek. Die Vorbereitungen für Amandas Reaktivierung standen für heute nachmittag auf dem Zeitplan.«

Corrigans Gesicht war blaß und sehr ernst. »Der entsprechende Prozeß läßt sich nicht beschleunigen. Es dauert zwei Tage, um dem Körper die Möglichkeit zu geben, wieder unabhängig vom Kraftfeld zu funktionieren. Wenn wir Amanda vorzeitig aus der Kammer holen, droht ihr der Tod.«

»Und wenn die Energiezufuhr innerhalb dieser Zeit ausfällt?« fragte Sarek.

»Die Gefahr verringert sich mit jeder verstreichenden Stunde«, erklärte Sorel. »Andererseits: Bis die Phase vollständig abgeschlossen ist, bleibt ein Restrisiko bestehen. Selbst sechzig Standard-Minuten vor dem Ende des Prozesses gibt es eine Wahrscheinlichkeit von zweiundzwanzig Komma acht drei Prozent dafür, daß die Patientin einen Zusammenbruch des Stasisfeldes nicht überlebt.«

»Und derzeit?« erkundigte sich Sarek und suchte Zuflucht in der Welt nüchterner Zahlen.

»Neunundneunzig Komma zwei eins Prozent.«

Wieder hüllte sich der Botschafter in einen Kokon der Selbstkontrolle, bevor er erwiderte: »Ist es Ihnen diesmal gelungen, die Fehlfunktion zu lokalisieren?«

»Nein«, sagte Corrigan. »Eine Technikerin hielt sich hier in der Kammer auf und kontrollierte die Anzeigen. Die Werte veränderten sich nicht. Sie *hörte*, wie Remingtons Körper zu Boden fiel, drehte sich um und *sah*, daß das Stasisfeld nicht mehr existierte — und erst *dann* lösten die Monitoren den Alarm aus. Sehen Sie sich diese Verbindungen an«, fügte er hinzu und deutete auf das Schaltfeld, das er zusammen mit Sorel überprüfte. »Alles ist in bester Ordnung. Was geschah, hätte eigentlich gar nicht geschehen *können*.«

»Trotzdem ist Mr. Remington tot«, stellte Sorel fest. »Und auch T'Zan.«

Corrigan wandte sich von den beiden Vulkaniern ab. »Meine Schuld«, preßte er hervor. »Es war ein Fehler, die Patienten mit einem nicht ausreichend getesteten Verfahren zu behandeln...«

»Wir haben die neue Technik gemeinsam entwickelt, Daniel«, hielt ihm Sorel entgegen. »Und das *Stasisfeld* arbeitet einwandfrei. Mit der Energieversorgung stimmt etwas nicht.«

»Meinen Sie?« Corrigan schüttelte den Kopf. »Und die Instrumente? Sie haben keine Schwankungen in der Energieversorgung registriert, geschweige denn einen kompletten Ausfall. Wir *nehmen an*, daß der Grund für den Zusammenbruch des Stasisfeldes in einer Unterbrechung der Stromkreise besteht. Aber wenn das nicht der Fall ist, gibt es eine andere Ursache — vielleicht eine fehlerhafte Komponente, die nicht gründlich genug getestet wurde.«

»Das Kraftfeld wird nur dann destabil, wenn nicht genug Energie zur Verfügung steht«, beharrte Sorel.

»Das ist nichts weiter als eine *Hypothese*«, entgegnete Corrigan monoton. »O Gott.« Die Kammer enthielt keine Sessel, und deshalb ließ sich der menschliche Arzt auf die Konsole mit der Stasistechnik sinken. »Ich hatte Glück«, sagte er dumpf. »Ja, es war verdammtes Glück, daß ich damals meine eigene Unfähigkeit überlebte.« Er rieb sich die Augen. »T'Zan. Ich weiß, warum Sie die Vorstellung zurückweisen, mit unserem Verfahren sei etwas nicht in Ordnung, Sorel. Andernfalls müßten Sie Vorwürfe gegen mich erheben. Himmel, ebensogut hätte ich Ihre Frau bei einer wichtigen Operation mit aufgeschnittenem Leib ihrem Schicksal überlassen können!«

Sarek wußte nicht, wie er Corrigan trösten sollte. Sorel reagierte sicher weitaus logischer auf die Situation als sein menschlicher Kollege — aber war er bereit, in Erwägung zu ziehen, daß ein noch nicht ausgereiftes Stasisverfahren zum Tod seiner Bindungspartnerin geführt hatte? Daniel machte sich eine für Terraner typische emotionale Einstellung zu eigen, aber seine Ausführungen blieben nicht ohne einen gewissen Sinn: Wenn eine bestimmte Forschungsstrategie zu keinen Resultaten führte, mußten alle denkbaren Alternativen berücksichtigt werden.

Schließlich sagte der Botschafter: »Wenn Sie sowohl die elektronischen Einzelheiten der Stasistechnik als auch die Aggregate zur Energieversorgung untersucht haben, ohne irgendeinen Defekt zu finden, sollten Sie andere Möglichkeiten prüfen.«

»Und welche?« fragte Corrigan.

»Sie meinten eben, die Monitoren hätten nicht auf den Zusammenbruch des Kraftfeldes reagiert — ganz gleich, wodurch er ausgelöst wurde. Die Kontrollmechanismen gaben erst Alarm, als der Herzschlag des Patienten aussetzte. Wie Sie bereits feststellten, sind die Verbindungen zwischen der Stasiseinheit und den Monitoren stabil. Daraus folgt: Es muß innerhalb des Monitorsystems zu einer Fehlfunktion gekommen sein. Und wenn Sie sie finden, entdecken Sie vielleicht einen Hinweis auf den primären Defekt.«

Sorel und Corrigan wechselten einen kurzen Blick, und nach einigen Sekunden nickte der menschliche Arzt. »Vielen Dank, Sarek«, sagte er. »Sorel?«

»Ich schlage vor, wir bitten Storn hierher. Seine Techniker konstruierten den Monitorkomplex.«

Kurz darauf trafen Spock und Storn ein, begleitet von Leonard McCoy und Jim Kirk. Sareks Sohn und der Leiter der technischen Abteilung hatten die Leitungen der Energiezufuhr kontrolliert. »Inzwischen vermuten wir, die Fehlfunktion betrifft das Monitorsystem — sowohl in dieser Kammer als auch in der anderen«, erklärte Sorel. »In beiden Fällen erfolgte kein Alarm, als das Stasisfeld zusammenbrach. Ich... ich spürte es, als das Leben aus meiner Frau wich, und es dauerte einige Minuten, bis das Krankenhauspersonal darauf aufmerksam wurde. Nun, ein Versagen der Überwachungssensoren kann keine Destabilisierung des Kraftfeldes bewirken. Aber Sarek hat recht: Wenn wir den einen Defekt finden, weist er uns vielleicht den Weg zum anderen.«

»Gute Idee«, sagte Kirk. »Vorausgesetzt natürlich, wir haben es wirklich mit Fehlfunktionen zu tun.«

»Drücken Sie sich bitte etwas deutlicher aus, Captain«, erwiderte Spock. Sarek glaubte, in den Zügen seines Sohnes so etwas wie Erleichterung zu erkennen: Er überließ es Kirk, etwas zu erklären, was ihm ebenfalls durch den Kopf ging.

»Sie sprechen von vier verschiedenen Defekten«, begann der Captain. »Zwei führten zum Zusammenbruch der Stasisfelder, und die beiden anderen hatten zur Folge, daß die Monitoren nicht darauf reagierten. Hinzu kommt, daß Sie jetzt keine fehlerhaften Komponenten finden können, weder durchgebrannte Schaltkreise noch unterbrochene Verbindungen oder etwas in der Art. Das sind mir einige Zufälle zuviel. Ich glaube, jemand hat die Fehlfunktionen *geplant* und dafür gesorgt, daß keine Spuren zurückblieben.«

Alle starrten ihn groß an. Vulkanier ohne Außenwelterfahrungen – oder die nur jene sorgfältig ausgewählten Besucher fremder Planeten kannten, denen man ein Studium an der Akademie gewährte – mußten ein solches Konzept für absurd halten. Selbst Sarek, der während seiner diplomatischen Missionen auf anderen Welten oft mit Gewalt konfrontiert worden war, runzelte verwirrt und ungläubig die Stirn. Auf Vulkan gab es keine Verbrechen, doch... *Doch Kirks Ausführungen sind durchaus logisch.*

Corrigan erholte sich als erster von seiner Überraschung. »Aber... *warum*?«

»Wenn uns das Motiv bekannt wäre, könnten wir den Täter identifizieren«, entgegnete Kirk. »Setzen Sie Ihre Bemühungen fort, mechanisch–elektronische Fehlfunktionen zu lokalisieren. Und um Himmels willen: *Reparieren* Sie defekte Komponenten, wenn Sie welche entdecken! Der Gedanke, daß Amanda sterben könnte, entsetzt mich ebenso wie Sie! Andererseits möchte ich herausfinden, warum eins meiner Besatzungsmitglieder starb. Hatte es der unbekannte Täter von Anfang an auf Carl abgesehen? Starb T'Zan vielleicht nur, weil der Mörder die Stasiskammern verwechselte? Oder ging es ihm darum, die Vulkanierin umzubringen? Soll uns Remingtons Tod auf eine falsche Fährte locken, uns eine fehlerhafte Stasistechnik vortäuschen?«

»Captain«, sagte Spock, »Sie sprechen von einem Kapitalverbrechen. Aber wir sind hier auf *Vulkan*. Seit dem letzten Mordfall sind über dreitausend Jahre vergangen.«

»Nun, der letzte *versuchte* Mord liegt nicht annähernd so lange zurück«, erwiderte Kirk. Zorn quoll in Sarek empor, als er hörte, wie der Captain seinen Sohn...

Sofort unterbrach er den Gedankengang und erinnerte sich. James T. Kirk wäre fast jener Art von Ritualmord zum Opfer gefallen, den die vulkanische Tradition zwar gestattete, der aber in der modernen Kultur als Schande galt. Wenn sich jemand schuldig fühlen mußte, so nicht etwa Spock oder Kirk selbst, sondern T'Pring.

Kirk kam nicht erneut auf jenen Zwischenfall zu sprechen, als sie die Untersuchung fortsetzten.

Kurze Zeit später trafen auch Soton und seine Schwester T'Mir ein. »Spet berichtete mir von der jüngsten Fehlfunktion, Vater. Ich übernehme gern deine Patienten, wenn du hierbleiben möchtest.«

»Danke, Soton. Ich beabsichtige einen umfassenden Test der hiesigen Installationen. Wenn Sie sich Soton anschließen würden, Daniel...«

»Nein!« entfuhr es dem menschlichen Arzt. »Ich könnte mich jetzt auf nichts anderes konzentrieren.«

»Ich wollte Sie nicht etwa ablenken, Daniel«, erwiderte Sorel sanft. »Doch für unsere Patienten wäre es besser, wenn sich wenigstens einer von uns um sie kümmert. Ihre Kompetenz...«

»Sie sind ebenso fähig wie ich«, unterbrach ihn Corrigan. »Hören Sie: Storn ist der Experte, aber er arbeitete nach *unseren* Angaben. Vielleicht fällt uns beiden etwas auf, das ein Techniker übersieht.«

»Na schön«, erwiderte Sorel. »Wende dich bitte an einen der anderen menschlichen Ärzte, Soton...«

»Ich begleite ihn«, schlug McCoy vor. »Bei diesem elektronischen Kram hier komme ich mir vor wie das fünfte Rad am Wagen. Ich bin Mediziner, kein Technospezialist.«

McCoy und Soton verließen die Kammer, aber T'Mir rührte sich nicht von der Stelle. Sarek fragte sich, aus welchem Grund sie blieb. Er entsann sich daran, daß sie eine xenobiologische Ausbildung genossen hatte. Einige Sekunden später drehte er sich um, als Storn sagte: »Sorel, beobachten Sie die Monitoren der Stasiseinheit. Sarek, kontrollieren Sie den Schaltkasten und stellen Sie fest, ob es zu energetischen Schwankungen kommt. Spock, ich habe die dortigen Regelkreise überprüft...« Er deutete auf das geöffnete Pult. »Die Tests ergaben keine Abweichungen von der Norm. Vielleicht fällt Ihnen irgend etwas auf.«

Während der nächsten Minuten veränderte Storn mehrmals die Energiezufuhr zur Stasiseinheit und dem Kontrollpult. Jedesmal sorgten die Kontrollmechanismen für eine gleichmäßige Stromstärke, bevor die Bereitschaftssensoren der Stasiselektronik aufleuchteten. Sarek schaltete den einen Versorgungskomplex ab, und sofort wurde der andere aktiv. Auch das entsprach der technischen Konzeption und stellte die Stabilität des Kraftfeldes sicher. Darüber hinaus bestätigte Sorel, daß die Monitoren sowohl die Fluktuationen als auch den Wechsel zwischen beiden Energiequellen registrierten.

Als auch beim dritten Mal alles ordnungsgemäß funktionierte, trat Daniel Corrigan näher. »Das möchte ich mir genauer ansehen«, sagte er. Er ließ sich zu Boden sinken und schob den Kopf ins Gewirr aus Schaltkreisen. »Setzen Sie diesen Systemteil hier unter Strom, Storn. Ein starker Impuls genügt. Vielleicht ist der Unterbrechungschip defekt.«

Storn blickte zur Tür herein, bedachte Corrigan mit einem kurzen Blick und antwortete: »Das sollten Sie besser mir überlassen. Warten Sie, ich kehre gleich mit dem Spannungsscanner zurück.«

Als er sich umwandte, um das Instrument zu holen,

trat T'Mir auf Corrigan zu. »Geh keine unnötigen Risiken ein, Daniel.«

Sarek runzelte die Stirn, als er die vertrauliche Anrede hörte.

»Derzeit ist die Energieversorgung unterbrochen«, erwiderte Corrigan. Mit beiden Händen tastete er im Innern des Pults herum, vielleicht auf der Suche nach einem lockeren Kabel.

Storn eilte mit einem Meßsensor herbei, und Sorel meinte: »Sarek, kennen Sie sich mit diesen...«

Etwas zischte und fauchte.

Daniel Corrigan schrie. Die Kontrollfelder vor Sorel und Sarek flammten auf, platzten funkenstiebend auseinander. Der Gestank verbrannter Isolatoren erfüllte den Raum.

Sarek stützte Sorel, der die Hände vors Gesicht schlug, um die Augen abzuschirmen. Beide Männer duckten sich, als glühende Plastikfragmente durch die Kammer flogen. Der Botschafter hustete und sah sich vorsichtig um. »Sind Sie verletzt?« wandte er sich an Sorel, der die Arme sinken ließ.

»Mit mir ist alles in Ordnung«, antwortet der vulkanische Arzt — obgleich seine Augen tränten und sich dunkle Striemen auf den Wangen zeigten. Er starrte an Sarek vorbei und warf einen Blick in Richtung seines Partners. »T'Mir — nein!« keuchte er und stieß den Botschafter beiseite.

T'Mir kniete neben Corrigan, berührte mit den Fingerspitzen die Stirn des Bewußtlosen und versuchte, eine Gedankenverschmelzung herbeizuführen. »Daniel«, murmelte sie und konzentrierte sich...

Corrigan hob die Lider und zuckte unwillkürlich zusammen, als er die junge Vulkanierin sah. Sarek beobachtete verblüfft, wie sich das Gesicht des Mannes in eine Fratze des Entsetzens verwandelte. Sorel versuchte, seine Tochter an der Herstellung einer Mentaleinheit zu hindern.

Zu spät.

T'Mir erzitterte und riß so erschrocken die Hände zurück, als habe sie glühenden Stahl berührt. Aus den Augenwinkeln sah Sarek Kirk, Spock und einige Techniker – schemenhafte Gestalten in den dichten Rauchschwaden –, und gleichzeitig hörte er die erstickt klingende Stimme T'Mirs: »Nein! O nein! Daniel... du hast meine Mutter getötet!«

KAPITEL 14

James T. Kirk ließ seinen Blick durch die Stasiskammer schweifen. Die Gesichter all derjenigen, die sich während der energetischen Entladung in dem Zimmer aufgehalten hatten, waren verrußt. Er nahm den Gestank verschmorten Kunststoffs wahr; die Ventilatoren saugten den Qualm nicht ab. Nur die kleinen Lampen der Notbeleuchtung brannten.

Sorel bewegte sich als erster, drängte seine Tochter von dem menschlichen Arzt fort, beugte sich anschließend über Corrigan und fühlte seinen Puls. Nach wenigen Sekunden hustete der neben dem Pult liegende Mann. »Es ist alles in Ordnung, Daniel«, stellte Sorel fest.

»Vater!« brachte T'Mir hervor. »Er...«

Sorel winkte ab und half Corrigan auf die Beine. »Er ist ein Mensch. Du verstehst nicht!« Und an die anderen gerichtet: »Macht Platz. Er braucht frische Luft.«

Kirk folgte ihnen. Er dachte an T'Mirs Vorwurf und fragte sich, was sie in Corrigans Bewußtsein gesehen hatte. Warum sollte er seine eigenen Experimente sabotieren? Das ergab doch überhaupt keinen Sinn.

Im Korridor ließ Sorel seinen Partner auf eine Sitzbank sinken und holte einen Medscanner hervor. Kirk sah, wie der Vulkanier das kleine Gerät auf den menschlichen Metabolismus justierte, hörte ein leises Summen. Dann: »Keine organischen Schäden. Aber Sie müssen sich ausruhen, Daniel.«

Corrigan musterte Sorel, richtete seinen Blick anschließend auf T'Mir. Sie senkte den Kopf und sagte: »Vater, wie kannst du ihn als einen Freund behandeln, obwohl er...«

»Sei still, Tochter. Du hast keine Ahnung. Wieso willst du einen Menschen heiraten, obwohl du so wenig von Terranern weißt? Verstehst du denn nicht, wie sehr ihn deine Vorwürfe verletzen? Wenn du schon nicht logisch sein kannst, so schweig wenigstens.«

Die junge Frau preßte die Lippen zusammen. Kirk zählte zwei und zwei zusammen — und erhielt fünf als Ergebnis. Beabsichtigte T'Mir, sich mit Corrigan zu binden? Ihr Vater schien nicht viel davon zu halten. Und T'Zan? Hatte sie sich vielleicht dagegen ausgesprochen? Vielleicht fand Corrigan Gefallen an der Vulkanierin. Warum auch nicht? Sie war außerordentlich attraktiv, mindestens ebenso hübsch und bezaubernd wie T'Pring, teilte jedoch nicht ihre kühle Unnahbarkeit. Als man T'Zan Corrigans Obhut überantwortete — sah er darin eine gute Gelegenheit, ein Hindernis aus dem Weg zu räumen? Soweit sich Kirk erinnerte, hatte man T'Zan nach einem Unfall in die Stasis gebracht. Steckte Daniel dahinter?

Er schwieg, da es keine Beweise für seine Theorie gab. Aber aufgrund des Phsychologiestudiums an der Starfleet-Akademie wußte er, daß die meisten Morde von Familienangehörigen des Opfers oder Freunden verübt wurden. Corrigan paßte in dieses Schema.

Und der Rest der Familie? Als T'Zan starb, befand sich T'Mir noch gar nicht auf Vulkan. Sie kam also nicht in Frage.

Ihr Bruder hingegen... War er so sehr gegen die Heiratspläne seiner Schwester, daß er jede Möglichkeit nutzen würde, Corrigans Ruf zu schädigen? Aber die Ermordung der eigenen Mutter...

Nein, das ergab ebenfalls keinen Sinn. Und Sorel? In der menschlichen Gesellschaft fiel der Verdacht sofort auf den Ehemann. Doch wenn ein Vulkanier seine Bindungspartnerin umbrachte, geriet er dadurch selbst in Lebensgefahr — obwohl das die einzige Möglichkeit sein mochte, sich von ihr zu befreien. Einmal in sieben Jahren bekam die Ehefrau die Chance, die Bindung in

Frage zu stellen, aber Kirk kannte keinen einzigen Scheidungsfall, der ein vulkanisches Paar betraf.

Er dachte an T'Zans Mitarbeiter. Wie lautete noch sein Name? Ja, Sendet. Er hatte sich im Krankenhaus nach seiner Kollegin erkundigt, und später, beim Gedenkritual, sorgte er für einen unliebsamen Zwischenfall. Es ging dabei um die Familie. Und die Blicke, die er T'Mir zuwarf...

Kirk versuchte sich vorzustellen, wie T'Zan zwischen ihre Tochter und den jungen Mann trat, seine Hoffnungen auf eine Bindung mit T'Mir zerstörte. Sendet wäre sicher in der Lage gewesen, T'Zans Unfall zu arrangieren. Und als sie überlegte, hatte er vielleicht die Stasistechnik manipuliert...

Der Captain nahm sich vor, Sendet einige Fragen zu stellen.

Kirk stellte fest, wie seine Gedanken ziellos umhertrieben: Trotz der Vorwürfe, die T'Mir gegen Corrigan erhob, glaubte er nicht daran, daß der menschliche Arzt zu einem Mord fähig war. Der jungen Frau fehlte die geschulte Heilergabe ihres Vaters. Möglicherweise zog sie die falschen Schlüsse aus der kurzen Analyse von Corrigans Gedankeninhalt.

Der Techniker Storn trat aus der Stasiskammer. »Der Entladungsimpuls wurde durch eine desaktivierte Schalteinheit weitergeleitet. Ich bin inzwischen sicher, daß wir in den Komponenten der Energiezufuhr nach der Fehlfunktion suchen müssen. Die von Daniel und Sorel entwickelten Anlagen arbeiten einwandfrei.«

»Dadurch wird die Lokalisierung des Defekts noch schwieriger«, bemerkte Kirk. »Woher stammt die Elektrizität für diesen Sektor?«

Storn führte sie in sein Büro auf der anderen Seite des Ganges, schaltete das dort installierte Terminal ein und rief einige Diagramme auf den Schirm. Die Schemata veranschaulichten die Leitungs- und Kabelsysteme im Krankenhaus.

Alle beobachteten die schnell wechselnden Linienmuster und Zahlenkolonnen, und Kirk unterdrückte ein Lächeln. Er vermutete, daß abgesehen von Storn selbst kaum jemand die Darstellungen verstand.

Sarek formulierte einige vulkanische Worte. Das Übersetzungsmodul transkribierte sie nicht ins geläufige Federation Standard; offenbar existierte kein Äquivalent für den entsprechenden Ausdruck. Der Captain überlegte, ob es sich um einen Fluch handelte, denn Spocks Vater fügte hinzu: »Die Entladung wurde nicht aufgezeichnet! Jetzt haben wir es auch noch mit einer Fehlfunktion des Computers zu tun.«

»Und einer höchst ernsten noch dazu«, pflichtete ihm Spock bei. »Darüber hinaus beschränkt sie sich auf die Verbindungen zu den Stasiskammern. Storn, ist es in anderen Sektionen des Hospitals ebenfalls zu energetischen Schwankungen gekommen?«

»Nein«, erwiderte der Techniker. »So etwas hätte man mir sofort gemeldet.«

»Wäre es denkbar...«, begann Spock.

»...daß die Programme manipuliert wurden?« beendete sein Vater die Frage.

»Niemand hat Zugang zu unseren Terminals«, stellte Sorel fest. »Alle digitalisierten Steuerungsanweisungen sind entweder mit meinem Code geschützt oder dem Daniels. Selbst wenn ein Unbefugter unsere Büros beträte...«

»Ein Computerspezialist könnte sich von einem anderen Terminal aus Zugang verschaffen«, sagte Sarek. »Spock lernte schon als Kind, die einfachen Codierungen der Programme seiner Mitschüler zu entschlüsseln.«

»Vater...«

Kirk musterte seinen Ersten Offizier und sah überrascht Verlegenheit in den Zügen des Vulkaniers. »Ich wollte dich nicht an die Kapriolen deiner Jugend erinnern, Spock«, fuhr Sarek fort. »Es ging mir nur darum aufzuzeigen, daß du genug Erfahrung hast, um selbst die kompliziertesten Codes zu knacken. Ebenso wie ich. Natürlich gibt es für uns nicht den geringsten Grund, diese Kenntnisse anzuwenden.« Kirk beschloß, Spock bei einer passenden Gelegenheit nach seinen Kindheitsstreichen zu fragen.

»Die letzte Fehlfunktion stand nicht mit der Stasisprogrammierung in Zusammenhang«, sagte Storn. »Vielleicht ebensowenig wie die ersten Defekte. Sie betrifft ganz eindeutig das energetische Verteilungssystem. Nun, es mag weniger komplex sein als die Steuerungsfunktionen in Hinsicht auf das neue Behandlungsverfahren, aber es handelt sich keineswegs um eine isolierte Programmeinheit.«

»Warum werden so wichtige Kontrollkomplexe nicht mit besonderen Schutzmaßnahmen abgesichert?« fragte Kirk verwundert. »Ich denke nur an Netzhaut-ID, Verbalmuster oder Handabtastungen.«

»Irgend jemand scheint einen Weg gefunden zu haben, solche Hürden zu überwinden«, erwiderte Sarek. »Ein Computer ist nichts weiter als eine Maschine: Wenn ihm ein Programmierer, der sich mit Chips und Prozessoren gut auskennt, die Anweisung gibt, die eigenen Sicherheitsvorkehrungen zu ignorieren, so gehorcht er einfach.«

Spock nickte. »Ich kontrolliere die Programmaufzeichnungen der energetischen Distribution. Ich glaube, ein Zeitraum von drei Tagen dürfte genügen. Vielleicht finde ich dabei einen Hinweis auf irgendeine Modifikation. Hilfst du mir, Vater?«

»Gern.«

»Sie arbeiten an dem Wie«, sagte Kirk, griff nach einem elektronischen Notizblock und nahm auch einen Stift an sich. »Ich kümmere mich um das Wer.«

Sorel und Corrigan kehrten zusammen mit T'Mir zu ihren Büros zurück. Storn und seine Techniker begannen mit einer neuerlichen Untersuchung der Schaltkreise, und Spock und Sarek blieben am Computerterminal sitzen. Ihre geheimnisvoll klingenden Bemerkungen und das Summen der Konsole genügten, um Kirks Konzentration zu beeinträchtigen. Er verließ das Zimmer, wanderte durch den Korridor und suchte nach einer privaten Meditationsnische.

Eleyna Miller kam ihm entgegen. Sie rümpfte die Nase, als sie den ätzenden Qualm roch, der noch immer aus der Stasiskammer wallte. »Was ist geschehen?«

»Ein Mord, nehme ich an«, entgegnete Kirk.

»*Was?*« entfuhr es ihr verblüfft. Dann faßte sie sich wieder und fügte ruhig hinzu: »Auf Vulkan wird niemand ermordet. Captain, dies ist der friedlichste Planet in der ganzen Föderation. Wer soll umgebracht worden sein?«

»Die Dame T'Zan und Fähnrich Carl Remington.«

Eleynas Lächeln wirkte fast herablassend. »Eine vulkanische Wissenschaftlerin und ein Starfleet-Angehöriger, die sich nicht kannten? Wer hätte Grund dazu, zwei so unterschiedliche Personen zu töten? Oder vermuten Sie, hier treiben gleich zwei Mörder ihr Unwesen?«

Einige Sekunden lang hielt Kirk seine Theorie ebenfalls für absurd. Doch dann fiel ihm etwas anderes ein. »T'Zan und Remington waren die Opfer. Aber ich bezweifle, ob es der Täter wirklich auf sie abgesehen hatte.«

»Wie bitte?« Breite Risse entstanden in Eleynas Verhaltensmaske. Als sie Kirk ansah, bemerkte er aufrichtiges Interesse in ihrer Miene. Das freute ihn zwar, aber er ließ sich davon nicht ablenken.

»Ich glaube, dem Unbekannten geht es um Daniel Corrigan«, erklärte er. »Jemand versucht, seine Arbeit zu diskreditieren, ihn in Verruf zu bringen, die Freundschaftsbande zwischen ihm und Sorel zu zerreißen. Die letztendliche Absicht dürfte darin bestehen, ihn von Vulkan zu vertreiben.«

»Faszinierend«, sagte Eleyna, aber sie meinte es nicht abfällig. »Bitte erläutern Sie mir, wie Sie zu dieser Schlußfolgerung gelangten.«

Nach einigen Dutzend Metern fanden sie einen der Meditationsbereiche. Er wies sowohl eine Feuerstelle auf — einen speziellen Ofen, der dem in Spocks Kabine an Bord der *Enterprise* ähnelte — als auch eine Sitzbank, die drei oder vier Personen Platz bot. Niemand sonst hielt sich in der Nische auf, und so brauchte Kirk kein Blatt vor den Mund zu nehmen.

»Es scheint folgendes passiert zu sein: Ein Unbekannter — vielleicht auch eine ganze Gruppe — manipulierte das Energieversorgungssystem in zwei Stasiskammern, was zu T'Zans und Remingtons Tod führte. Zwischen den beiden Opfern gibt es nur eine Verbindung: das neue Behandlungsverfahren, dem man sie unterzog.«

»Logisch«, bestätigte Eleyna. »Aber ich dachte bisher, sie seien aufgrund einer Fehlfunktion in der Stasismaschinerie gestorben.«

»Diese Möglichkeit hat Storn inzwischen ausgeschlossen.« Kirk schaltete den elektronischen Notizblock ein: Die Aktivierungstaste fand er sofort, doch die anderen wiesen vulkanische Symbole auf. Er berührte die Schirmfläche mit dem Stift, und als nichts geschah, fluchte er leise. Das Gerät *sah aus* wie eine der Berichtstafeln, die man ihm in der *Enterprise* zur Unterschrift reichte. Warum funktionierte es nicht auf die gleiche Weise?

»Hier«, sagte Eleyna und beugte sich vor. »Der gelbe Knopf sensibilisiert den Schirm. Was schreiben Sie?«

»Ein Tricorder wäre mir eigentlich lieber«, brummte Kirk, »aber dies Ding erfüllt ebenfalls seinen Zweck. Nun, ich erstelle eine Liste der Verdächtigen. Später borge ich mir von irgend jemandem ein Aufzeichnungsmodul und beginne mit den Verhören.«

»Wollen Sie Detektiv spielen?« fragte Eleyna und lächelte.

»Warum nicht? Oh, vielleicht sollten wir die Polizei einschalten...« Erst jetzt erinnerte er sich daran, daß er als Privatmann nach Vulkan gekommen war.

»Polizei?« wiederholte Eleyna. »Hier gibt es keine Cops, Captain Kirk, nur eine alte Dame, die Studenten ermahnt, wenn sie ihre Fahrräder am falschen Platz abstellen oder vergessen, ausgeliehene Instrumente ins Versorgungszentrum zurückzubringen. Sie leitet außerdem das Fundbüro – und hat mehr als genug Zeit, allgemein recht beliebte Gedichte zu verfassen.«

»Ich verstehe«, sagte Kirk. »Vielleicht kann sie mir einen Tricorder zur Verfügung stellen, doch bei den Ermittlungen in Hinsicht auf einen Mordfall wäre sie wohl kaum eine große Hilfe.«

»Ich fürchte, Sie müssen auf Dr. Watsons Unterstützung verzichten, wenn Sie in die Rolle eines Sherlock Holmes schlüpfen«, pflichtete ihm Eleyna bei. Sie rückte näher an ihn heran, als Kirk auf der Tafel drei Bildschirmfenster einrichtete und sie mit den Namen T'Zan, Remington und Amanda kennzeichnete. Als Eleyna das letzte Label bemerkte, fragte sie: »Amanda? Aber ihr ist doch überhaupt nichts zugestoßen.«

»Und ich hoffe, ihr droht auch weiterhin keine Gefahr«, erwiderte Kirk. »Aber wenn der unbekannte Mörder eine bestimmte Strategie verfolgt, könnte sie das nächste Opfer sein. Wer sind die Tatverdächtigen in bezug auf Remington? Die Antwort auf diese Frage ist nicht weiter schwer.« Er schrieb: *Kirk, Spock, McCoy.*

»Das verstehe ich nicht«, sagte Eleyna verwirrt.

»Ich auch nicht«, gestand der Captain ein. »Ich weiß, daß *ich* ihn nicht umgebracht habe. Nur Spock, McCoy und ich *kannten* Remington überhaupt – und nicht einmal besonders gut. Eigentlich bin ich davon überzeugt, daß auch Spock und McCoy nichts mit seinem Tod zu tun haben, und da mir sonst niemand einfällt, der sowohl ein Motiv als auch eine Gelegenheit hatte, ihn zu töten, ist Remington mit ziemlicher Sicherheit ein unschuldiges Opfer. Nehmen wir einmal an, Sendet ermordete T'Zan, weil sie ihm in Hinsicht auf eine Bindung mit T'Mir im Weg stand. Dann schickte er den Fähnrich ins Jenseits, um den Verdacht auf die neue technische Anlage zu lenken. Wenn der Mörder hingegen beabsichtigte, Corrigan und/oder Sorels Ruf zu schädigen, so waren T'Zan und Remington für ihn nur ein Mittel zum Zweck.«

»Mord erscheint mir als eine ziemlich drastische Methode, jemanden in Mißkredit zu bringen«, bemerkte Eleyna.

»Aber ein gestörtes Bewußtsein hält so etwas vielleicht für vollkommen logisch«, wandte Kirk ein. »Ich werde diese Theorie eingehender überprüfen – und herausfinden, wer es sonst noch auf Sorel und Corrigan abgesehen haben könnte. Außer T'Pau.«

»T'Pau!« Die junge Frau riß verdutzt die Augen auf.

»Waren Sie bei der Gedenkfeier zu Ehren T'Zans zugegen?«

»Nein, ich kannte sie nicht«, entgegnete Eleyna. »Und ich bin Sorel nie offiziell vorgestellt worden. Dr. Corrigan ist mein Arzt; allerdings hat er mich nur einmal behandelt. Sarek empfahl in mir. Er diagnostizierte Vitaminmangel – früher oder später leiden fast alle Menschen daran, die längere Zeit auf Vulkan sind. Inzwischen nehme ich besondere Präparate ein, und seitdem habe ich keine Beschwerden mehr.«

Ebenso weitschweifig wie Spock! dachte Kirk und erinnerte sich an die Angewohnheit seines Ersten Offiziers, selbst auf einfache Fragen in allen Einzelheiten Auskunft zu geben. Aber Eleyna antwortete nicht wie eine Vulkanierin; sie rückte sich selbst in den Mittelpunkt.

»Halten Sie Corrigan für einen guten Arzt?« erkundigte er sich.

»Unbedingt!« sagte Eleyna. »Zumindest ist seine Reputation makellos. Und Sorel würde gewiß nicht mit jemandem zusammenarbeiten, dessen Kompetenz er bezweifelt.«

»Glauben Sie, die Vulkanier sind in ihrem Urteilsvermögen unfehlbar?«

»Was für eine seltsame Frage«, gab Eleyna zurück, und ihr Lächeln schuf Grübchen in den Wangen. »Stellen Sie sie deshalb, weil sie glauben, T'Pau könne in diese Sache verwickelt sein? Ich weiß, daß sie die Ansicht vertritt, es befänden sich zu viele Außenweltler auf Vulkan. Daher vermute ich, daß sie auch Dr. Corrigans Partnerschaft mit Sorel mißbilligt — wohingegen Sorel ganz offensichtlich einen konträren Standpunkt vertritt. Nun, Captain: Wie können Vulkanier in ihrem Urteilsvermögen unfehlbar sein, wenn zwei von ihnen in Hinblick auf eine ganz bestimmte Angelegenheit völlig unterschiedlicher Meinung sind?«

»Eins zu null für Sie«, sagte Kirk und nickte. »Erstaunlich: Sie machen sich die vulkanische Argumentationsweise zu eigen. Gehören Sie vielleicht zu den Leuten, die Vulkanier so sehr bewundern, daß sie um jeden Preis versuchen, sich ihnen anzupassen?«

»Oh, ganz und gar nicht, Captain«, entgegnete Eleyna freundlich. »Ich bin und bleibe ein Mensch.«

»Und... genießen Sie Ihre Freizeit, wie andere Menschen?«

»Ja.«

»Amanda wird in zwei Tagen aus der Stasis entlassen«, sagte Kirk. »Aber vielleicht gelingt es uns schon vorher, das Rätsel der Fehlfunktionen zu lösen. Ich bleibe noch einen guten Monat auf Vulkan. Darf ich Sie anrufen?«

Eleyna gab ihm ihre Codenummer, und daraufhin richtete Kirk seinen Blick wieder auf die elektronische Tafel. Bei der Erstellung der Verdächtigenliste war ihm die junge Frau keine große Hilfe: Sie kannte nur wenige Personen, die in Frage kommen mochten, und ausschließlich zu Sarek unterhielt sie engere Beziehungen.

Als Kirk Sareks Namen unter den Amandas schrieb, schnappte Eleyna unwillkürlich nach Luft. »O Jim — ihn können Sie streichen.«

»Das glaube ich auch — aber ich darf niemanden auslassen. Der Mörder scheint ein Computerspezialist zu sein. Das macht auch den Botschafter verdächtig — und Sie.«

»Mich? Ich... ich habe doch gar kein Motiv, kannte keins der beiden Opfer.«

»Vielleicht wollen Sie Sarek aus dem Verkehr ziehen.«

»*Was?*«

»Wenn der Täter auch Amandas Tod im Sinn hat, könnte Spocks Vater sterben. Was ist mit Ihrer Dissertation, Eleyna? Es geschähe nicht zum erstenmal, daß sich Studenten gegen ihre Professoren verschwören.«

»Sarek wird Ihnen bestätigen, daß ich mit meiner Arbeit gut vorankomme«, erwiderte die junge Frau steif. »Und da wir gerade dabei sind: Ich habe versprochen, ihm bei seinen Untersuchungen zu helfen.« Sie stand auf.

»He, es tut mir leid! Wie ich eben schon sagte: Ich liste *alle* Verdächtigen auf. Ganz gleich, wer diese Ermittlungen leitet: Er muß auch *meinen* Namen berücksichtigen.«

Eleyna entspannte sich wieder. »Ja, natürlich. Ich verstehe. Aber ich muß jetzt wirklich gehen.«

»Nun, bevor Sie mich verlassen... Wo kann ich die Dame finden, die Tricorder verleiht – und mir zeigt, wie man mit diesem Ding hier erfaßte Daten speichert?«

Kirk versuchte, sich die vulkanischen Zeichen einzuprägen, auf die ihn Eleyna hinwies, um nicht die Tasten für ›Speichern‹ und ›Löschen‹ zu verwechseln. Als er allein in der Meditationsnische zurückblieb, schrieb er mehrere Seiten Notizen, transferierte sie ins statische RAM und brach in der Hoffnung auf, bald mit einem ihm vertrauten Gerät arbeiten zu können.

Die Leiterin der Versorgungsstelle hieß T'Sey, und wie sich herausstellte, führte sie Kirks Namen bereits auf der Liste privilegierter Akademiegäste. Daher erübrigte sich eine Nachfrage bei Sarek. Sie gab dem Captain einen Tricorder, der dem Konstruktionsmuster Starfleets entsprach, und somit war Kirk in der Lage, mit den ›Verhören‹ zu beginnen.

Er beschloß, zunächst das Mittagessen einzunehmen, und in einem kleinen Restaurant versuchte er, die im Speicher des elektronischen Notizblocks enthaltenen Daten in den Tricorder zu überspielen. Anschließend wollte er das vulkanische Instrument in Storns Büro zurückbringen.

Der Tafelschirm blieb leer.

»Verdammt!« sagte er laut und erweckte damit die Aufmerksamkeit dreier Andorianer, die an einem nahen Tisch saßen. Einer von ihnen stand auf, kam näher und bot seine Hilfe an. Doch auch als er die Tasten betätigte, bildeten sich keine Buchstaben im Anzeigefeld.

»Das passiert uns allen«, erklärte der Student mit einem unüberhörbaren andorianischen Akzent. »Sie haben die Daten nicht etwa gespeichert, sondern gelöscht. Ich hoffe, es handelte sich um Notizen für eine Prüfungsarbeit.«

»Nein, das nicht«, erwiderte Kirk. »Danke.«

Als er ging, kam er sich wie ein Narr vor. Offenbar hatte er Eleynas Hinweise durcheinandergebracht. *Ich bin wirklich ein toller Detektiv — zerstöre sogar meine eigenen Aufzeichnungen!*

Andererseits besaß er jetzt endlich einen Tricorder, mit dem er umzugehen verstand, und er erinnerte sich an die Namen aller Verdächtigen. Kirk entschied, das neurophysische Laboratorium des Krankenhauses aufzusuchen und dort mit seinen Ermittlungen zu beginnen.

Sendet saß vor einem Computerterminal und betrachtete die dreidimensionalen Diagramme humanoider Lebensformen. Der junge Mann setzte die Arbeit einige Sekunden lang fort, und als Kirk einen Blick auf den Schirm warf, erkannte er die Gegenüberstellung vulkanischer und menschlicher Nervensysteme.

Versucht er zu klären, warum Corrigan trotz der energetischen Entladung heute morgen überlebte? fragte sich der Captain.

Schließlich löschte Sendet die Projektion, drehte sich um und stand auf. Er wirkte imposant und war ein ganzes Stück größer — aber Kirk hatte sich bereits an solche Begegnungen gewöhnt und blieb entschlossen, dem Vulkanier keinen psychologischen Vorteil zu gewähren.

»Wir sind uns noch nie zuvor begegnet, Captain Kirk«, sagte Sendet förmlich. »Warum baten Sie um ein Gespräch mit mir?«

»Ich helfe bei der Untersuchung von zwei Todesfällen, die Stasispatienten betreffen«, erwiderte Kirk.

»*Zwei* Todesfälle?« Sendet hob eine Braue. Bei Spock hätte so etwas Überraschung bedeutet, aber vielleicht war dieser Vulkanier ein guter Schauspieler.

»Carl Remington, ein Mitglied meiner Besatzung, starb heute morgen«, erklärte Kirk.

»Ich verstehe. Das gibt Ihnen natürlich das Recht, Aufschluß über die Ursache seines Todes zu verlangen. Ich befürchte allerdings, daß Sie bei mir an der falschen Adresse sind. Die Dame T'Zan und ihr Mann Sorel befaßten sich mit den neurophysiologischen Aspekten der Stasisbehandlung. Die wichtigsten Forschungsarbeiten fanden vor einigen Jahren statt, als ich noch studierte. Wenn Sie möchten, stelle ich Ihnen T'Zans Unterlagen zur Verfügung.«

Er scheint großen Wert darauf zu legen, kooperativ zu sein, fuhr es Kirk durch den Sinn. *Solange er damit vom eigentlichen Grund für meinen Besuch ablenkt.*

»Danke, aber ich glaube, Sorel und Corrigan haben bereits alle Informationen, die sie benötigen.«

»Nun... aus welchem Grund sind Sie dann hier?« fragte Sendet und schien wirklich verwirrt zu sein.

»Ich versuche herauszufinden, *warum* T'Zan und Remington starben — ob ihr Tod auf technisches Versagen zurückging oder Absicht dahintersteckte.«

Sendets Gesicht wurde völlig ausdruckslos. »Ich verstehe nicht«, sagte er. Doch sein Tonfall machte deutlich, daß er sehr wohl wußte, worauf Kirk hinauswollte.

»Gehen wir einmal von einer hypothetischen Situation aus«, schlug der Captain vor. »Angenommen, jemand wollte irgend etwas, und T'Zan und Corrigan standen ihm im Weg. T'Zan deshalb, weil sie dem Betreffenden die Erfüllung seines Wunsches verweigerte. Und Corrigan, weil ihm T'Zan und ihre Familie das zu geben dachten, worauf der Unbekannte Anspruch erhob.«

Sendets steinerne Miene verhärtete sich. Ungerührt fuhr Kirk fort: »Nehmen wir weiterhin an — es handelt sich nach wie vor um eine Hypothese —, jene Person sah eine Möglichkeit, das Hindernis namens T'Zan aus dem Weg zu räumen und gleichzeitig Corrigan die Schuld zu geben. Eine sehr elegante Lösung. Nun, das Schicksal spielte dem Betreffenden direkt in die Hände.«

»Ich weiß noch immer nicht...«, begann Sendet.

»T'Zans Unfall — Sie sagten, Sie waren dabei. Vielleicht manipulierte jemand ihre Ausrüstung. Sabotage. Aber sie kam nicht ums Leben. Möglicherweise sollte sie nur so schwer verletzt werden, um eine Stasisbehandlung erforderlich zu machen. Nun, das spielt eigentlich keine Rolle. Wichtig ist nur, daß man sie tatsächlich in eine der Kammern brachte. Das gibt der hypothetischen Person die Chance, T'Zan mit Hilfe der Gerätschaften Corrigans zu töten. Gleichzeitig hofft der Täter, damit auch die Reputation Sorel zu schädigen, der ihm ebenfalls ein Dorn im Auge ist. Er wünscht sich ein Ende der Freundschaft, die Sorel und Corrigan miteinander verbindet. Um den Verdacht zu erhärten, daß die Stasistechnik nicht richtig funktioniert, bereitet er einen weiteren angeblichen Defekt vor, diesmal in der Behandlungskammer eines unwichtigen Außenweltlers...«

»Hören Sie auf!«

Sendet starrte Kirk an, und seine Hände schlossen sich so fest um die Kante des Schreibtisches, daß die Knöchel weiß hervortraten. Der Captain entsann sich an die vulkanische Körperkraft und unterdrückte ein Schaudern. Wenn der junge Mann die Beherrschung verlor...

Sendet holte tief Luft, lockerte die angespannten Muskeln und legte die Hände auf den Rücken — eine Geste, die Kirk einmal mehr an Spock erinnerte. »Sie wissen gar nicht, was Sie da sagen«, brachte der Vulkanier halblaut hervor. »Sie deuten an, jemand habe zwei Personen getötet, um sich einen persönlichen Vorteil zu verschaffen. Kein Vulkanier wäre zu einem so abscheulichen Verbrechen imstande.«

»Ich habe betont, es sei eine hypothetische...«

»Machen Sie mir nichts vor, Erdling! Mir ist sehr wohl klar, daß Sie mich anklagen. Doch nur der undisziplinierte Verstand eines Außenweltlers ist zu einer derart abwegigen Vorstellung in der Lage. Ich sehe großzügig darüber hinweg, daß Sie keine Ahnung haben, wer *ich* bin, aber ich kann Ihnen nicht verzeihen, daß Sie einen *Vulkanier* einer derartigen Niedertracht bezichtigen. Verschwinden Sie!«

»Tut mir leid, Sendet«, erwiderte Kirk. »Aber Sie werden mich nicht los, indem Sie den Beleidigten spielen. Es ist mir völlig gleich, wie viele Leute ich während der Suche nach der Wahrheit vor den Kopf stoße. Übrigens: Wenn Sie sich in Hinsicht auf T'Zan und Remington wirklich nichts zuschulden kommen ließen, wieso empfinden Sie meine Fragen dann als beleidigend? Na?«

»Sie erheben also keine Anklage gegen mich?«

»Sie sind einer der Hauptverdächtigen«, sagte Kirk. »Und das bleiben Sie auch. Bis Sie mir einige befriedigende — und logische — Antworten geben.«

»Und wenn ich mich weigere? Hier auf Vulkan haben Sie nicht die geringste Autorität.«

»Dann bitte ich Sarek darum, ein Untersuchungstribunal einzuberufen — und verhöre Sie in aller Öffentlichkeit. Derzeit sind meine Ermittlungen privater Natur, aber wenn Sie unbedingt wollen, daß sie publik werden...«

Sendet musterte ihn einige Sekunden lang mit einem eisigen, durchdringenden Blick. »Was möchten Sie wissen?« fragte er dann.

»Wie gut können Sie mit dem Computer umgehen?«

»Ich beherrsche alle Funktionen, die für meine Forschungsarbeiten nötig sind.«

Kirk schüttelte den Kopf. »Nein. Ich meine: Kennen

Sie sich mit den technischen Einzelheiten aus? Könnten Sie ein Programm verändern, zudem Sie eigentlich gar keinen Zugang haben? Um ein Beispiel zu nennen: Wären Sie in der Lage, den Kontrollkomplex der Stasiskammern zu lokalisieren und zu manipulieren?«

»Rein theoretisch schon«, bestätigte Sendet. »Aber die Praxis sieht völlig anders aus.«

»Haben Sie eine Modifikation vorgenommen?«

»Nein, natürlich nicht. Ich hatte gar keine Möglichkeit dazu.«

»Und wieso nicht?«

»Wenn ich Sie richtig verstehe, wurde das Programm nach T'Zans Einlieferung geändert.«

»Das steht keineswegs fest«, widersprach Kirk. »Wenn Sie T'Zans Unfall arrangierten, blieb Ihnen anschließend genug Zeit, um eine ›Fehlfunktion‹ in der Stasiskammer vorzubereiten.«

»In welcher denn, Captain? Die entsprechenden Apparaturen werden erst dann installiert, wenn es einen Patienten mit Nervenschäden zu behandeln gilt. Jedes Isolationszimmer in diesem Krankenhaus kann innerhalb kurzer Zeit damit ausgestattet werden. Es gibt insgesamt sieben. Selbst *wenn* ich für T'Zans Unfall verantwortlich wäre, selbst *wenn* ich gewußt hätte, daß sie in ein Stasisfeld gefüllt werden sollte – ich konnte unmöglich feststellen, in welchem Raum man sie unterbringen würde. Denkbar ist natürlich eine schlichte Anweisung, die die Energiezufuhr unterbricht und damit das Kraftfeld destabil werden läßt. Aber in dem Fall müßte ich damit rechnen, daß das Programm bei der ersten lokalisierten Stasisstruktur aktiv wird. Abhängig von T'Zans Behandlungsort hätte eine Wahrscheinlichkeit von fünfzig Prozent dafür bestanden, mit einer solchen Manipulation Amanda zu töten.«

Sendet hob erneut die Brauen, bedachte Kirk mit einem spöttischen Blick und fügte hinzu: »Mit anderen

Worten: Dann wäre eine unschuldige Person gestorben und nicht etwa die, die ich Ihrer Meinung nach eliminieren wollte. Oder glauben Sie, ich halte *jedes* menschliche Leben für wertlos?«

Ich kenne einige Vulkanier, die offenbar eine solche Einstellung vertreten, dachte Kirk. Laut sagte er: »Ich schätze, ein Mörder hat vor keiner Lebensform Respekt.«

Sendet nickte. »Das stimmt natürlich. Wer nicht davor zurückschreckt, anderes Leben zu vernichten, um sich einen Vorteil zu verschaffen, sieht ausschließlich sich selbst im Zentrum seines Universums. Aber wie dem auch sei: Selbst ein Mörder schlägt nicht wahllos zu.«

»Also haben Sie gewartet, bis Sie genau wußten, in welcher Kammer T'Zan behandelt wird«, sagte Kirk. »Dann erweiterten Sie das Computerprogramm um einen Sabotagebefehl.«

»Was mehrere Stunden gedauert hätte«, erwiderte Sendet ruhig. »Als man die Dame T'Zan in die Stasis brachte, bedeutete das für ihren Mitarbeiterstab – zu dem auch ich gehöre, wie Sie wissen – wesentlich mehr Arbeit. Gestern blieben wir besonders lange im Laboratorium. T'Ra und Skep leisteten mir den ganzen Tag über Gesellschaft. Sie können Ihnen bestätigen, daß ich nicht lange genug allein war, um das Stasisprogramm zu manipulieren.«

»Ihnen ist doch klar, daß ich diese Angaben überprüfen werde, oder?« fragte Kirk.

»Gewiß«, antwortete Sendet. »Dann dürften Sie bald feststellen, daß ich nicht als Täter in Frage komme.«

»Meinen Sie? Was ist mit der Nacht nach T'Zans Einlieferung? Sparen Sie sich den Hinweis darauf, daß Sie sich während jener Zeit nicht im Laboratorium aufhielten. Überall auf dem Campus gibt es Computer, die mit dem zentralen Akademierechner verbunden sind.«

»Gestern nacht hatte ich keinen Zugang zu einem Terminal«, entgegnete Sendet schlicht.

»Ach? Weist Ihr Quartier keinen Anschluß auf?«

»Ich bin nicht nach Hause zurückgekehrt«, sagte Sendet steif.

»Wo waren Sie?« hakte der Captain sofort nach. »Hat Sie jemand gesehen?«

»Ich... ich weiß nicht, ob mich jemand beobachtet hat... oder sich an mich erinnert«, sagte Sendet. »Ich wollte meditieren. Am... am Schrein von T'Vet.«

»Was ist das für ein Ort?« fragte Kirk und runzelte die Stirn. »Und selbst wenn es Zeugen gab: Können Sie beweisen, daß Sie dort die ganze Nacht über blieben?«

»Der Schrein von T'Vet befindet sich in der Wüste, am Fuße der L'Langon-Berge. Jeden Abend verläßt ein Transporter die Stadt und kehrt erst gegen Morgengrauen zurück. Dort gibt es keine Computer.«

»Das ist kein besonders gutes Alibi«, bemerkte Kirk. »Na schön. Derzeit habe ich keine weiteren Fragen, aber ich werde einige Nachforschungen anstellen.« Er fügte hinzu: »Ich nehme an, Sie haben nicht die Absicht, die Stadt zu verlassen?«

»Natürlich nicht«, erwiderte Sendet und hob die Brauen. »Mich betrifft nicht die geringste Schuld. Wenn Sie herausfinden, daß T'Zan nicht infolge eines technischen Defekts starb, werden Sie gleichzeitig feststellen, wer die Verantwortung trägt. *Ich* habe ein reines Gewissen.«

KAPITEL 15

Sorel wies T'Sel an, T'Par und McCoy weitere Patienten zu schicken, und anschließend führte er T'Mir und Corrigan in sein Büro. Daniel bewegte sich schwerfällig, konnte noch immer keinen klaren Gedanken fassen. Ein Nebel der Benommenheit wallte durch sein Bewußtsein.

Wortlos wuschen sich Corrigan und Sorel den Ruß vom Gesicht. Dann forderte der Heiler seinen Freund und Partner auf, neben T'Mir auf der Couch Platz zu nehmen, ließ sich in einen Sessel sinken und beobachtete sie aus dunklen Augen. Nach einer Weile fragte er: »Daniel, haben Sie über die jüngsten Ereignisse nachgedacht?«

Meine ganze Welt ist gerade zertrümmert worden, dachte der Arzt. Aber er erwiderte: »T'Mir hat die Schuld in meinem Geist gesehen. Sie müßte eigentlich zu dem logischen Schluß gelangen, daß ich gar nicht fähig bin, irgend jemandem ein Leid zuzufügen — doch das spielt jetzt keine Rolle mehr. Die Intensität meiner Gefühle stößt sie ab.«

T'Mir versteifte sich, drehte den Kopf und sah ihn an. In der Gegenwart Sorels blieb ihr Gesicht zwar völlig ausdruckslos, aber die Augen schimmerten traurig. »Daniel, ich bedaure es sehr, daß ich dir Schmerz zufügte. Ich habe mich wie eine Närrin verhalten. Als du deine Gedankensphäre mit der meines Vaters verschmolzen hast, um ihm das Leben zu retten, hätte er einen ursächlichen Zusammenhang zwischen dir und T'Zans Tod sofort gespürt. Auch in der Heiltrance wärst du nicht imstande gewesen, so etwas zu verbergen. Ich verstehe gar nicht, wie ich einen solchen Vorwurf gegen dich erheben konnte.«

»Du hast das gefühlt, was ich wirklich empfinde«, sagte Corrigan monoton. »Schuld.«

»Aber... warum?« T'Mir musterte erst Daniel und dann ihren Vater. Ihre Züge drückten jetzt Verwunderung aus.

Sorel kam ohne Umschweife auf den Kern der Sache. »Hat Daniel recht? Fühlst du dich von seinen Emotionen abgestoßen?«

»Ich... ich habe sieben Jahre unter Außenweltlern verbracht, die ihre Empfindungen nicht verbergen«, antwortete T'Mir. »Ich dachte, so etwas verstehen und akzeptieren zu können.«

»Und jetzt?« fragte ihr Vater.

»Ich... ich wußte nicht, was ein unmittelbarer Kontakt mit den Gefühlen eines Menschen bedeutet.«

Eines Menschen, wiederholte Corrigan und wäre am liebsten im Boden versunken. Wie töricht und dumm von ihm, auf ein Ende seiner Einsamkeit zu hoffen. Menschliche Unlogik mußte Vulkaniern immer fremd bleiben.

»Daniel«, sagte Sorel, »ich würde gern allein mit meiner Tochter sprechen. Sie sollten sich ausruhen. Möchten Sie, daß ich Ihnen eine Liege bringen lasse?«

Corrigan schüttelte den Kopf. »Ich kehre nach Hause zurück, Sorel.«

Aber im Vorzimmer begegnete er Leonard McCoy, der T'Sel gerade um Angaben bat, die einen seiner Patienten betrafen. Der Starfleet-Arzt runzelte die Stirn, als er auf den Computerschirm starrte. »Gicht?« entfuhr es ihm verblüfft. »Gicht bei einem zweiunddreißigjährigen Menschen, der sich allein von einer Gemüsediät ernährt?«

»Um wen geht es?« fragte Corrigan und trat um den Schreibtisch herum, um sich die Darstellungen ebenfalls anzusehen. »Ich habe keinen Gicht-Patienten.«

Die Daten beschrieben die Behandlung eines gewissen David Fein. Es handelte sich um einen Geologen, der bei seiner letzten Expedition eine Lebensmittelvergiftung erlitten hatte. »David und Gicht, was für ein Unsinn!« brummte Daniel und schüttelte verwirrt den Kopf. »Vor zehn Tagen kam er mit einem Bänderriß zu mir. Diese Diagnose ist völlig falsch! T'Sel...«

Die Vulkanierin betätigte einige Tasten und forderte zusätzliche Informationen an. »Mit der bisherigen Krankengeschichte und den Behandlungsaufzeichnungen scheint alles in Ordnung zu sein, Daniel. Die fehlerhafte Analyse erfolgte erst jetzt, als ich Davids aktuelle Symptome eingab.«

»Man sollte sich nie auf Maschinen verlassen«, brummte McCoy. »Ein Computer kann keine richtige Diagnose erstellen. Dazu ist ein Arzt erforderlich.«

»Da bin ich ganz Ihrer Meinung, Leonard«, bestätigte Corrigan. »Andererseits: Wir haben es uns hier zur Routine gemacht, die Symptome der Patienten von einem diagnostischen Programm elaborieren zu lassen. Gelegentlich besteht das Ergebnis in Vorschlägen, die ich andernfalls nicht berücksichtigt hätte. Einen so krassen Unterschied zwischen Wirklichkeit und Theorie gab es noch nie. T'Sel, löschen Sie das Programm und...«

»Einen Augenblick!« warf McCoy ein. In seinen blauen Augen blitzte es auf. »Es könnte ein Hinweis sein. Ist dieser Computer mit den Monitoren in der Stasiskammer verbunden?«

»Alle Terminals bilden ein komplexes Datenverarbeitungssystem«, erwiderte T'Sel.

»Hab' ich's mir doch gedacht! Spock muß davon erfahren! Nehmen Sie keine Veränderungen an dem Programm vor, bis er es sich angesehen hat. Daniel, können Sie mich hier ablösen?«

»Selbstverständlich«, sagte Corrigan und dachte in

erster Linie an seinen Patienten. »Leonard, weiß David Fein, daß er angeblich Gicht hat?«

»Ich habe kaum mit ihm gesprochen«, antwortete McCoy über die Schulter hinweg. »Er wartet in Ihrem Büro. Ist Spock noch immer in der Stasiskammer?«

»Nein, in Storns Arbeitszimmer, auf der anderen Seite des Korridors.«

McCoy lächelte. »Gut. Ich schätze, diesmal behalte ich wieder das letzte Wort.«

KAPITEL 16

Sarek beobachtete, wie sein Sohn die Schaltkreise überprüfte, die den Hauptcomputer mit den Stasiskammern verbanden. Er rief all die Anweisungen aus dem Speicher, die der Rechner im Verlauf der letzten drei Tage erhalten hatte. »Datenverlust«, lautete die Auskunft, als Spock die Aufzeichnungen des Morgens verlangte.

»Rekonstruieren und erneut abspeichern«, sagte Spock. Geschickt huschten seine Finger über die Tasten. Er war ruhig, und seine Stimme klang beherrscht, aber Sarek spürte die Anspannung in seinem Sohn. Vor vielen Jahren hätte er sie für eine Abweichung vom vulkanischen Ideal gehalten. Damals war er so darauf konzentriert gewesen, Spock in eine Art kulturelles Modell zu verwandeln, daß er zu spät begriff, welchen Druck er damit auf ihn ausübte. Schließlich floh der junge Mann von Vulkan und suchte bei Starfleet Zuflucht.

Ich habe mich geirrt. Kein Vulkanier kann allen Idealen genügen, denn sonst gäbe es nur noch Traditionen und keine Weiterentwicklung. Selbst Surak sagte: Die Ursache genügt.« Er gab diesen Kommentar ab, als einer seiner Anhänger emotional auf eine Krisensituation reagierte. *Meine Schuld besteht darin, daß Spock von Kindesbeinen an unter Streß stand.*

Erinnerungen... Sarek zwang Spock dazu, seine Gefühle zu kontrollieren, als er gerade erst fünf Jahre alt war und aufgrund seiner ›Andersartigkeit‹ von den Mitschülern verspottet wurde. Der Knabe hielt sich an die Anweisungen seines Vaters und vergoß keine Tränen, als ihn die anderen Kinder nicht an ihren Spielen teilnehmen ließen, ihn ›Erdling‹ und ›Halbblut‹ nannten. Amanda weinte leise in ihrem Zimmer, und Sarek unterdrückte seinen Zorn.

Nein, das stimmt nicht. Er verwandelte sich in Enttäuschung, und das bekam mein Sohn zu spüren. Damals wollte er Spock auf die Feindseligkeit vorbereiten, auf die er in seinem späteren Leben stoßen mochte. *Und ich wußte nicht, welche Botschaft ich ihm da mitteilte. Er mußte den Eindruck gewinnen, nicht einmal von seinem eigenen Vater akzeptiert zu werden. Ich habe ihn Scham gelehrt, Scham über seine eigene Existenz — indem ich sein eigentliches Wesen leugnete und versuchte, ihn in jemand anders zu verwandeln.*

Vor dem Kahs-wan des Jungen — der Prüfung, die den Übergang vom Kind zum Mann darstellte — begegnete Sarek seinem Sohn mit besonderer Strenge. Er wußte nun, daß er damals Spocks Tod in der Wüste befürchtet hatte. *Die anderen Kinder waren entschlossen und kampfbereit. Und ich machte Spock hilflos, weil ich ihm eine zu frühe Selbstbeherrschung auferlegte.*

Doch trotz seines stillen, kontrollierten Wesens fand Sareks Sohn die Kraft, den Test zu bestehen. Er brachte das Kahs-wan ehrenvoll hinter sich, und sein Vater sagte: »Du hast deine Mutter und mich nicht enttäuscht.« Er widerstand der Versuchung, Amandas ›Wir sind stolz auf dich, Spock!‹ zu wiederholen, als die Urteilskommission ihre Entscheidung verkündete.

Später, während der Reise nach Babel — an Bord der *Enterprise* —, warf Amanda ihrem Mann ›fast menschlichen Stolz‹ auf Spock vor. Der Botschafter widersprach ihr. Er empfand etwas anderes: die allgemeine Zufriedenheit eines Vaters, der den Erfolg seines Sohnes beobachtete.

Spock war zu einem sehr fähigen und kompetenten Mann herangewachsen, der sich durchaus mit seinem Vater messen konnte.

Aber diesmal erbrachte ihre Zusammenarbeit nicht den gewünschten Erfolg. Auf dem Schirm zeigten sich die wenigen rekonstruierten Daten, mit denen sich kaum etwas anfangen ließ. Die plötzliche energetische Entladung hatte die Speicherbänke gelöscht.

»Es gibt kein erkennbares Muster«, stellte Sarek fest.

»Doch wenn wir den Zeitraum unmittelbar vor der Fehlfunktion in T'Zans Stasiskammer untersuchen...«

»...müßten wir einige Hinweise finden, die es uns gestatten, einen größeren Teil der heute morgen verlorengegangenen Informationen wiederzugewinnen«, beendete Spock den Satz.

Ihre Hoffnungen erfüllten sich nicht: Keine der Angaben betraf einen Energieausfall.

»Ein Computer kann nicht lügen«, sagte Spock. »Aber dieser Rechner gibt uns eine falsche Auskunft.«

»Warum versuchen Sie nicht, Schach mit ihm zu spielen?« erklang eine Stimme hinter ihnen. Sarek drehte sich um und sah Leonard McCoy, der auf den Zehenspitzen wippte und übers ganze Gesicht strahlte.

»Ein interessanter Vorschlag, Doktor«, erwiderte Spock. »Leider läßt sich nicht absehen, welche Programme von der mutmaßlichen Manipulierung des elektronischen Kontrollkomplexes betroffen wurden.«

»In der Akademie gibt es viele Terminals«, warf Sarek ein. »Zum Zeitpunkt der Modifizierung könnten Hunderte von Programmen aktiv gewesen sein.«

Spock nickte nachdenklich. »Deshalb halte ich es für umso wahrscheinlicher, daß jemand, der die Aufzeichnungen löschte, auch andere Programmstrukturen veränderte, ohne etwas davon zu bemerken. Wenn wir solche Fehler finden, haben wir einen Beweis dafür, daß es einem Unbekannten gelang, die Sicherheitshürden verschiedener Schutzcodes zu überwinden und sich Zugang zu diversen Programmen zu verschaffen.

Die Frage ist nur: zu welchen?« Sarek hob den Kopf. »Leonard, gibt es einen besonderen Grund dafür, daß Sie meinem Sohn eine Schachpartie vorschlugen? Dieses von der Erde stammende Spiel ist in der Akademie durchaus gebräuchlich.«

»Ich erinnere mich an ein Besatzungsmitglied der *Enterprise*, das die Computeraufzeichnungen fälschte, um

Captain Kirk vor Gericht zu bringen«, erklärte McCoy. »Als man gegen Jim verhandelte, spielte Spock Schach.«

Sarek musterte seinen Sohn. »Ein Fehler im Schachprogramm?«

»Ja«, sagte der jüngere Vulkanier. »Durch Benjamin Finneys Manipulationen des Brückenlogs. Es handelte sich um das letzte aktivierte Programm, bevor der Ionensturm begann, den Finney benutzte, um Kirk zu belasten. Wenn wir feststellen können, welche Programme vor kurzer Zeit in den Akademiecomputer eingegeben oder verändert wurden...«

»Da auf die Angaben des Rechners kein Verlaß mehr ist«, sagte Sarek, »müssen wir uns an all die Studenten und Unterweiser wenden, die während des fraglichen Zeitraums mit ihm gearbeitet haben.«

»Was bestimmt nicht der Aufmerksamkeit des Täters entginge«, gab Spock zu bedenken.

»In der Tat«, pflichtete ihm sein Vater bei. »Was veranlaßte dich zu der Annahme, das Schachprogramm der *Enterprise* enthielte einen Hinweis auf die Fälschung der Logbucheintragung?«

»Es war eine... Ahnung«, gestand Spock verlegen ein.

Warum habe ich nur versucht, ihm die Fähigkeiten zu nehmen, die er von seiner Mutter erbte? überlegte Sarek. »Und dadurch hast du die Manipulation entdeckt und konntest...«

»Jims Karriere retten«, sagte McCoy.

Der Doktor schien noch etwas hinzufügen zu wollen, aber Sarek sah erneut seinen Sohn an und fragte: »Hast du jetzt irgendwelche... Ahnungen?«

»Spocks Intuition ist nicht mehr nötig«, meinte McCoy. »Ich bin gekommen, um Ihnen mitzuteilen, welches Programm fehlerhaft arbeitet.«

Spock hob die Brauen und bedachte den Bordarzt der

Enterprise mit einem tadelnden Blick. »Worauf warten Sie noch?«

»Darauf, daß Sie ›bitte‹ sagen.« McCoy verzog das Gesicht und winkte ab. »Machen Sie sich nichts draus, Spock. War nur ein Scherz.« Er räusperte sich. »Das Diagnoseprogramm des Krankenhauses — zumindest der für menschliche Physiologie bestimmte Teilbereich. Es verwechselte einen Bänderriß mit Gicht.«

»Ich verstehe«, sagte Sarek. »Die ursprünglichen Veränderungen betrafen den medizinischen Sektor.«

»Außerdem wissen wir jetzt, daß tatsächlich eine programmtechnische Veränderung vorgenommen wurde«, bemerkte Spock. »Wir suchen nicht nach einem Phantom.«

»Nun«, brummte McCoy, »ich gehe zu Jim und sage ihm, daß seine Theorie stimmt.«

Als der Arzt gegangen war, forderte Spock T'Se auf, das fehlerhafte Diagnoseprogramm in ihr Terminal zu überspielen. Während sie darauf warteten, daß ihnen das System Zugang gestattete, wandte er sich an seinen Vater. »Warum hast du beschlossen, mir zu helfen, obwohl wir bis eben überhaupt keine Beweise hatten?«

»Du bist nicht deshalb Erster Offizier der *Enterprise* geworden, weil du ›Hirngespinsten nachjagst‹, wie sich deine Mutter ausdrücken würde. Daraus folgt: Deine Vermutungen gründen sich auf logische Prämissen und verdienen eine eingehende Analyse.«

»Eigentlich war die ganze Sache Kirks Idee«, erwiderte Spock.

»Ich respektiere dein Vertrauen zu seiner intellektuellen Kapazität. Wie sich herausgestellt hat, ist es durchaus gerechtfertigt. Wo sollen wir jetzt…«

Von einem Augenblick zum anderen herrschte Dunkelheit.

Der Computerschirm flackerte kurz, und dann erlosch das Projektionsfeld. Das Summen der Ventilatoren erstarb. Stille und völlige Finsternis umhüllten die beiden Vulkanier.

Aus einem Reflex heraus griff Sarek nach dem Kommunikator – und berührte die Hand seines Sohnes. »Ich hab' das Gerät, Vater«, sagte Spock. Eine Taste klickte. Aber der Lautsprecher blieb stumm, und die Sensoren der Notbeleuchtung reagierten nicht.

»Amanda«, murmelte Sarek und hielt auf die Tür zu.

»Warte die Aktivierung des Reservesystems ab«, riet ihm Spock. »Solange die Energieversorgung unterbrochen ist, kannst du die Luftschleuse der Behandlungskammer nicht passieren. Es besteht keine Gefahr. Das Stasisfeld wird jetzt von einem autonomen Generator gespeist.«

Ein logischer Hinweis.

Und seltsamerweise empfand ihn Sarek als beruhigend – obgleich Spock nur das bestätigte, was er ebenfalls wußte.

Darüber hinaus *spürte* er, daß Amandas Genesungsprozeß in keiner Weise bedroht war. Er erinnerte sich an Sorel, der aufgrund der Bindung mit T'Zan den Tod seiner Frau gefühlt hatte. In Sarek blieb alles ruhig. Er nahm nur die unbewegte Präsenz von Amandas schlafendem Bewußtsein wahr.

»Deiner Mutter ist nichts geschehen«, teilte er Spock mit. »Es gibt keinen Grund, ihre Kammer aufzusuchen.« Nach kurzem Zögern fügte er hinzu: »Wie sonderbar, daß die Notstromversorgung nicht funktioniert.«

»Wir befinden uns hier im Büro des Cheftechnikers«, sagte Spock. »Ich habe irgendwo eine batteriegespeiste Lampe gesehen...«

Sarek hörte das Geräusch vorsichtiger Schritte, und einige Sekunden später erhellte strahlender Glanz das Zimmer. Kurz darauf fanden sie in einem der Schränke einige weitere Taschenlampen und einen handlichen

Kommunikator, der über eine eigene Stromquelle verfügte.

Als Spock das Gerät einschaltete, hörten sie Storns Stimme: »...diesen Kanal offenhalten. An alle Angehörigen der technischen Abteilung — besorgen Sie sich autarke Lichtquellen und begeben Sie sich zum zentralen Generator. Die Personen, die sich in fensterlosen Sektionen aufhalten, sollen dort so lange warten, bis die Notbeleuchtung aktiviert werden kann.«

Es wurde bereits stickig in dem kleinen Büro. »Wir haben Lampen«, stellte Sarek fest. »Und Storn kann bestimmt unsere Hilfe gebrauchen.«

»Das glaube ich auch, Vater«, erwiderte Spock. »Mit dem Computer läßt sich jetzt ohnehin nichts mehr anfangen.«

Als sie im Licht der Taschenlampen durch den Korridor eilten und sich dem zentralen Generator näherten, stellte Spock eine Frage, die Sarek ebenfalls durch den Kopf ging. »Glaubst du, dieser Energieausfall könnte... mehr sein als nur ein Zufall?«

KAPITEL 17

Zu meinem großen Bedauern muß ich Sie vom Tod Fähnrich Carl Remingtons informieren. Er verteidigte die Föderation und erlag den Verletzungen, die er während eines Kampfes gegen die Streitkräfte des klingonischen Imperiums davontrug. Er war ein gutes und tapferes Besatzungsmitglied der USS Enterprise. Wir werden ihn sehr vermissen.

Seit seiner Verwundung war Mr. Remington bewußtlos. Er fand einen schmerzlosen Tod...

Als Kommandant der *Enterprise* nahm James T. Kirk die traurige Pflicht wahr, eine Beileidsbotschaft für Remingtons Familie zu formulieren. Als er sich an diese Aufgabe erinnerte, verlor er keine Zeit. Kirk war kein Zauderer, dachte nicht einmal daran, die Dinge zu delegieren, die er als besonders unangenehm empfand.

Er zog sich in eine Meditationsnische zurück, um ungestört zu sein, zeichnete die für Carl Remingtons Angehörigen bestimmte Nachricht mit Hilfe des Tricorders auf und erstellte auch einen vorläufigen Bericht, den er später per Subraum-Kommunikation dem Starfleet-Kommando übermitteln wollte. Kirk hielt es für besser, nicht solange zu warten, bis sich herausstellte, ob der Fähnrich tatsächlich einem Mordanschlag zum Opfer gefallen war. Wenn sich seine Vermutungen bestätigten, hätte er Remingtons Familie davon unterrichten müssen — und diese Vorstellung erfüllte ihn mit Abscheu.

Die eigentliche Verantwortung für den Tod des jungen Mannes trugen ohnehin die Klingonen. Ohne die Verletzung wäre keine Stasisbehandlung notwendig gewesen. Die imperialen Krieger *verdienten* es, daß man ihnen die Schuld gab.

Kirk beendete den förmlichen Teil der Botschaft und suchte nach den richtigen Worten für einen persönlichen Zusatz. Als er sich an den Fähnrich erinnerte, spürte er, wie sich Bitterkeit in ihm regte. Sie bestärkte ihn in seiner Entschlossenheit, die Hintergründe zu erhellen, die zu Remingtons Tod geführt hatten. Das war er ihm schuldig.

Er mußte eine Möglichkeit finden, Sendets Alibi zu überprüfen, aber in der Zwischenzeit konnte er mit den anderen Verdächtigen sprechen.

Er speicherte Bericht und Beileidsnachricht ab — und einige Sekunden später wurde es dunkel. Kirk lächelte unwillkürlich: Also kam es auch auf Vulkan zu Generatorausfällen. Er dachte an die Hitze des vulkanischen Mittags und fragte sich, ob die Klimaanlagen im Akademiekomplex zuviel Energie verbrauchten.

Schon nach kurzer Zeit gewöhnten sich die Augen des Captains an die Finsternis, und das matte Glühen des Besinnungsofens in der Nische genügte ihm, um die Tür zu finden. Überraschenderweise erwies sich der Korridor als ein pechschwarzer Tunnel. Die Notbeleuchtung funktionierte nicht.

Kirk hörte ein dumpfes Pochen in der Nähe, dann eine vertraut klingende Stimme. »Verdammt!«

»Hierher, Pille.«

»Jim?« Vorsichtige, schlurfende Schritte.

»Ja.« Er winkte mit dem Tricorder, hielt das kleine Gerät so, daß die helle Schirmfläche nach vorn zeigte.

McCoy betrat die Nische und starrte auf den Ofen. »Sieht fast so aus wie das Ding in Spocks Kabine.«

»Sei froh; es scheint weit und breit die einzige Lichtquelle zu sein.« Kirk ließ die Tür offen und nahm neben dem Arzt auf der Sitzbank Platz. »Langsam glaube ich, wir hätten mit voller Ausrüstung hierher kommen sollen.«

»Himmel, ja. Irgend etwas geht hier nicht mit rechten Dingen zu. Hälst du diesen Energieausfall für einen Zufall?«

»Du nicht?«

»Nein«, erwiderte McCoy. »Ich bin ziemlich sicher, der unbekannte Täter steckt dahinter. Jim, ich habe gerade einen verrückten Fehler im medizinischen Diagnoseprogramm entdeckt. Spock und Sarek sind davon überzeugt, daß jemand an den Computern herumgespielt hat. Ist dir klar, was das bedeutet?«

»Ja. Meine Vermutung stimmt, Pille. Wir suchen nicht die Ursache eines technischen Defekts, sondern einen Mörder. Und um ganz ehrlich zu sein: Es wäre mir weitaus lieber gewesen, ich hätte mich geirrt.«

McCoy nickte. »Und jetzt sieh dir *das* an.« Er deutete in den dunklen Gang. »Eins muß man den Vulkaniern lassen: Sie sind verdammt tüchtig. Sie konstruieren keine Energieversorgungsanlagen ohne zuverlässige Reservesysteme.«

»Trotzdem ist es nach wie vor finster«, stellte Kirk fest. »Pille, hast du jemals erlebt, was mit einem Computer geschieht, der von *jeder* Energiezufuhr abgeschnitten wird? Ich meine damit auch Batterien, integrierte Akkumulatoren und alle anderen Arten von energetischem Backup.«

»Alle Daten, die nicht in einem Permanentspeicher abgelegt wurden, gehen verloren«, entgegnete der Arzt. »Und ich glaube, in einem Punkt können wir ganz sicher sein: Derjenige, der den Akademiecomputer manipulierte, hat bestimmt dafür gesorgt, daß keine wichtigen Informationen abrufbar blieben.«

»Ja«, brummte Kirk. »Mit anderen Worten: Die Spuren, nach denen Spock und Sarek suchten, sind endgültig verwischt. Plötzlich sah er ein helles Glühen im Gang. »He, irgendwo hat jemand Taschenlampen gefunden!«

»Jim?«

Kirk erkannte Spocks Stimme und verließ die Meditationsnische. McCoy folgte ihm. Der Captain zwinkerte und erkannte auch Sarek, der seinen Sohn begleitete. Die Vulkanier hatten einige zusätzliche Lampen bei sich, und die beiden Menschen nahmen sie dankbar entgegen.

»Wir sind zum zentralen Generator unterwegs«, erklärte Spock. »Zwar sind wir keine Techniker, aber Storn braucht sicher Leute, die sich mit Energieversorgungssystemen auskennen.«

»Ich komme mit«, sagte Kirk sofort. »Einfache Reparaturen kann ich selbst durchführen; und wenn ich auf Dinge stoße, die zu kompliziert sind, halte ich für jemanden die Lampe.«

»Wenn ihr mich sucht – ich bin in der Notaufnahme«, brummte McCoy. »Bei einem solchen Blackout gibt es immer Leute, die sich verletzen. Und wenn der Stromausfall längere Zeit dauert, muß bestimmt der eine oder andere Hitzschlag behandelt werden.« Er stöhnte leise. »Die Temperatur steigt bereits. Meine Güte, warum hat man beim Bau dieses Komplexes natürlich Belüftungswege außer acht gelassen?«

»Um die für Außenweltler notwendigen klimatischen Bedingungen besser kontrollieren zu können«, erklärte Sarek.

Als McCoy in Richtung Notaufnahme davonging, wandte sich Kirk an Spock. »Ist Ihnen klar, daß dieser Energieausfall alle in den Computern gespeicherten Daten gelöscht hat?«

»Ja«, bestätigte Spock ruhig. »Jetzt lassen sich keine Anhaltspunkte mehr finden. Hat Ihnen Dr. McCoy von seiner Entdeckung berichtet?«

Kirk nickte. »Verdammt, Spock, ich bin sicher, der Blackout ist kein Zufall!«

»Jemand hat ihn absichtlich herbeigeführt«, sagte Sarek. »Andererseits: Der Akademiecomputer wurde mit einigen Sicherheitsvorkehrungen ausgestattet, die bei den meisten anderen Rechnern fehlen. Wir haben es hier mit Studenten zu tun, die praktisch ständig unter Druck stehen. Nun, es geschieht zwar nur sehr selten, aber ab und zu versucht ein Schüler... zu mogeln.«

»Natürlich!« entfuhr es Kirk. »In der Starfleet-Akademie gibt es die gleichen Schutzmaßnahmen: Alle an Studententerminals erfolgenden Dateneingaben werden automatisch in Permanentspeichern abgelegt! Aber...« Er sah Sarek an. »Glauben Sie, irgendein Schüler sei zu derart komplexen programmtechnischen Modifikationen imstande? In diesem Fall ging es nur darum, Benotungen zu verbessern, ein Prüfungsthema in Erfahrung zu bringen oder sich die elektronischen Arbeiten eines Kollegen auszuleihen. Dem Täter gelang es, alle Codeschranken zu überwinden und das Hauptprogramm zu verändern, ohne daß irgend jemand etwas bemerkte.«

»Ein kurz vor dem Abschluß stehender Student wäre sicher dazu in der Lage«, erwiderte der Botschafter. »Wenn man die entsprechende Technik gut genug kennt — und das trifft auf Spock und mich ebenso zu wie auf die Teilnehmer der Endkurse —, sind die Schwierigkeiten nicht annähernd so groß, wie Sie vielleicht glauben. In unserem Fall jedoch beschränken sich die Schüler nicht nur auf ihre eigenen Konsolen. Ich denke da nur an meine Assistentin. Für ihre Dissertation benutzt Eleyna auch mein Terminal, weil sie dadurch Zugang zu wesentlich mehr Informationen hat. Aus diesem Grund speichert unsere Sicherheitsautomatik auch die Dateneingaben der Fakultätsanschlüsse. Nun, es gibt natürlich Studenten, die Wert darauf legen, daß ihre Arbeiten nicht vorzeitig bekannt werden. Aus diesem Grund fehlen in der Aufzeichnung Angaben darüber, zu welchem Zweck man die einzelnen Terminals einsetzte. Wir können jedoch feststellen, welche Programme abgerufen und aktiviert wurden.«

»Was hat das für einen Sinn?« fragte Kirk.

»Wenn ein Student dabei ertappt wird, sich mit der

Arbeit eines anderen zu befassen, kann sein Kollege gefragt werden, ob er die Erlaubnis dazu erteilte«, erklärte Spock. »Nun, wir müssen jetzt herausfinden, ob jemand den Datenbereich des Energieversorgungssystems anzapfte. Wenn wir auf einen solchen Hinweis stoßen, erfahren wir auch, welche Konsole verwendet wurde. Anschließend versuchen wir, die Person zu identifizieren, die das Terminal benutzte.«

»Was alles andere als leicht sein dürfte«, sagte Kirk niedergeschlagen. »Insbesondere dann, wenn der Betreffende nur die Tastatur bediente und auf verbalen Input verzichtete.«

»Das stimmt«, gestand Sarek ein. »Aber es ist immerhin ein Anfang. Jim, setzen Sie unterdessen Ihre Ermittlungen in Hinsicht auf Motiv und Gelegenheit fort; vielleicht ergeben sich dadurch wichtige Indizien. Derjenige, der den Computer anwies, die Energiezufuhr zu den Stasiskammern zu unterbrechen, ist auch für die energetische Entladung heute morgen und den jetzigen Stromausfall verantwortlich. Der Täter hat offenbar an alles gedacht und selbst das Reservesystem blockiert. Das bringt all die Patienten in Gefahr, die an diverse Lebenserhaltungsapparaturen angeschlossen sind. Operationen müssen zur Zeit mit batteriebetriebenen Instrumenten und im Licht von Taschenlampen durchgeführt werden.«

»Ganz offensichtlich kommt es dem Unbekannten nur darauf an, alle Spuren zu beseitigen«, sagte Kirk. »Es scheint ihm völlig gleichgültig zu sein, wie viele Personen dadurch verletzt werden oder gar sterben.«

»Wir haben es mit jemandem zu tun, dessen Bewußtsein gestört ist«, warf Spock ein. »Das Motiv ist sehr wichtig, Captain. Wir wissen nicht, ob zwischen dem Mörder und seinen Opfern eine Verbindung besteht. Der Täter manipuliert hochmoderne Anlagen; vielleicht will er damit gegen die Technologie an sich protestieren, die Akademie, ein medizinisches Programm – oder gegen Sorel und Corrigan.«

»Ganz gleich, was seine Absicht sein mag«, kommentierte Sarek halblaut. »Amanda könnte das nächste Opfer sein.«

KAPITEL 18

Als McCoy die Notaufnahme erreichte, machte er sich sofort an die Arbeit. Jemand öffnete die Türen, die in einen mit Fenstern versehenen Korridor führten, und eine Krankenschwester zog die Blenden beiseite – trotz der sengenden Hitze der vulkanischen Mittagssonne.

Bei den ersten Verletzungen handelte es sich nur um Hautabschürfungen und Prellungen – Leute, die im Dunkeln umhergeirrt und gestürzt waren. Dann trafen aus den finsteren Tiefen des Akademiekomplexes Personen mit ernsteren Problemen ein: ein Arbeiter, der unter einer Antigraveinheit gestanden hatte, als der Strom ausfiel; eine junge Frau, die fast von einem sich schließenden Schott zerquetscht worden wäre (sie kam nur deshalb mit dem Leben davon, weil es einigen ihrer Mitschüler gelang, die Trennwand aufzuziehen); mehrere Kinder, die in der Dunkelheit eine Treppe herunterfielen.

Zwei menschliche Studenten wurden mit chemischen Verbrennungen eingeliefert; sie hielten sich in einem botanischen Labor auf und aktivierten kurz vor dem Blackout ein energetisch autarkes Sprühgerät; bevor es ihnen gelang, den Apparat auszuschalten, bespritzten sie sich in der Finsternis mit pflanzlichen Nährstoffen von Arktur Sieben.

Zwei Heiler behandelten die vulkanischen Patienten, während McCoy die Menschen und einen Andorianer betreute, der sich bei dem Versuch, die von dem Schott eingeklemmte Frau zu retten, einen Arm gebrochen hatte. Als die Anzahl der Patienten rasch zunahm, half Dr. M'Benga den Vulkaniern und Dr. Corrigan untnerstützte McCoy.

Sie mußten sich mit batteriebetriebenen Instrumenten begnügen. »Schon seit vierzig Jahren arbeite ich in der Akademie, aber so etwas habe ich noch nie erlebt«, sagte Daniel.

»Dies ist der erste Stromausfall?« fragte McCoy.

»O nein – es gibt keine technische Anlage, die nicht irgendwann einmal versagt. Aber jedesmal arbeitete das Reservesystem einwandfrei. Der Notstromgenerator hätte in dem Augenblick die Energieversorgung übernehmen müssen, als die anderen Aggregate ausfielen.«

»Was ist mit dem Rest der Stadt?« erkundigte sich McCoy.

»Dort gibt es keine Probleme«, antwortete eine vulkanische Schwester, die gerade den Saal betreten hatte. »Ich merkte erst, daß hier etwas nicht stimmt, als ich kam, um meinen Dienst anzutreten.«

Corrigan wandte sich von einem gerade behandelten Patienten ab und wischte sich den Schweiß von der Stirn. »Dann können die Außenweltler, die keine hohen Temperaturen aushalten, in klimatisierten Stadtquartieren untergebracht werden?«

Die Schwester nickte. »Ich kümmere mich darum.«

Erleichtert stellte McCoy fest, daß nur noch wenige Patienten auf eine Untersuchung warteten. Es wurde immer heißer, und der Schweiß drang ihm in Strömen aus den Poren. Ab und zu zwinkerte er benommen.

Dr. M'Benga beendete seine Arbeit und trat auf McCoy zu. »Sie sind nicht an die vulkanische Hitze gewöhnt, Doktor«, erklang seine tiefe Stimme. »Ich bin Ihnen sehr dankbar für Ihre Hilfe, aber jetzt sollten Sie sich ausruhen.«

M'Bengas Haut war noch dunkler als die Uhuras, aber seine Wangen wirkten seltsam grau – ein deutliches Zeichen dafür, daß er sich ebenfalls zu sehr angestrengt hatte und versuchte, mit Disziplin und Verantwortungsbewußtsein gegen seine Erschöpfung anzukämpfen. »Gern – wenn Sie meinem Beispiel folgen«, erwiderte er. M'Benga nickte und deutete ein dünnes Lächeln an.

»Wir sollten in Bereitschaft bleiben«, schlug Corrigan vor, als sich die Schwestern und Pfleger der letzten Patienten annahmen. »Im Lager mit den Medikamenten steht ein Kühlgerät — ich hoffe nur, daß es über eine eigene Energieversorgung verfügt.«

Bei der Vorstellung, der Hitze entkommen zu können, schritten die drei Ärzte unwillkürlich rascher aus. McCoy dachte an die temperaturempfindlichen Arzneien: Wenn das Kühlsystem nicht arbeitete, mußten sie so schnell wie möglich an einem sicheren Ort untergebracht werden.

Aber seine Befürchtungen bewahrheiteten sich nicht. Erleichtert lehnten sich die Menschen an die gekachelten Wände und genossen die herrliche Kühle. »Ich bleibe für den Rest des Tages hier« seufzte McCoy.

»Und ich leiste Ihnen Gesellschaft«, erwiderte M'Benga.

Aber gerade als sie begannen, sich zu entspannen, ertönte irgendwo in der Ferne das auf- und abschwellende Heulen einer Sirene. Ein Teil des seltsam anmutenden Sirrens pflanzte sich im Ultraschallbereich fort, hörbar nur für Vulkanier. »Zum Teufel auch, was hat *das* denn zu bedeuten?« fragte McCoy.

Als er Corrigan ansah, regten sich dunkle Ahnungen in ihm. Der Mann erstarrte kurz, riß die Augen auf und erhob sich ruckartig. »Lieber Himmel, das hat uns gerade noch gefehlt!« platzte es aus ihm heraus. »Feueralarm!«

Einige Sekunden später piepten Corrigans und M'Bengas Kommunikatoren.

KAPITEL 19

Captain Kirk befand sich in der zentralen Generatorenstation der Akademie und hielt eine Taschenlampe, in deren Licht Storn die Schaltkreise des Notstromaggregats prüfte. »Da ist es«, sagte der Vulkanier schließlich und drückte einen Unterbrecher in die Einfassung zurück. Aber es blieb dunkel.

Kirk versuchte sich daran zu erinnern, wie oft er bereits bedauert hatte, daß Scott die Reparaturarbeiten an Bord der *Enterprise* leitete.

»Ich habe einen anderen gefunden«, tönte die Stimme eines vulkanischen Technikers durch die Finsternis. Kirk beobachtete tanzende Lichtkegel, hörte ein neuerliches Klicken.

»Mit Hilfe eines Computers könnten wir innerhalb weniger Sekunden alle isolierten Stellen finden«, meinte Storn.

»Es handelt sich um Sabotage«, erwiderte Spock, als jemand einen dritten Unterbrecher betätigte. »Und der Sinn besteht gerade darin, uns Rechnerkapazität vorzuenthalten.«

»Es scheint nichts beschädigt zu sein«, sagte Storn, tastete mit den Fingerkuppen über die Leiterbahnen und entdeckte noch eine gelöste Kontaktstelle. Wieder klickte es leise. Aber auch diesmal flammte kein Licht auf.

»Glauben Sie, es wurden alle Verbindungspunkte unterbrochen?« fragte Kirk.

»Davon müssen wir ausgehen«, antwortete Storn.

Es dauerte seine Zeit. Kirk fragte sich, ob die Vulkanier alle vorhandenen Schaltungselemente auf die Steckplätze zurückschoben. Er versuchte mitzuzählen, gab es aber bald auf. Ungefähr nach dem zwanzigsten Klacken glühten die Leuchtplatten an der Decke.

»So, und jetzt nehmen wir uns die Hauptstromkreise vor.« Storn stand auf.

Das Gleißen blendete Kirk. Er zwinkerte einige Male und fragte verwundert: »Dies ist nur die Notbeleuchtung?«

Es gibt hier besonders viele Lampen, um die Arbeit am zentralen Generator zu erleichtern. Im Rest des Akademiekomplexes ist es nicht annähernd so hell. Das Notaggregat funktioniert jetzt wieder, versorgt aber nur die Hospitalsektion mit Energie. Die Klimaanlagen und das Belüftungssystem sind nach wie vor außer Betrieb. Ich schlage vor, wir beginnen an der Verbindung mit dem zentralen Solarkollektor von ShiKahr.«

Kirk folgte Storn, obgleich es jetzt gar nicht mehr nötig war, ihm mit der Taschenlampe zu assistieren. Der Vulkanier näherte sich erst der kleinen Maschine im Zentrum der Kammer, trat dann an die Wandgeräte heran. Sie wirkten weitaus größer als die an Bord der *Enterprise* installierten Apparaturen.

Sie stießen auf das gleiche Muster. Irgend jemand hatte nicht nur den Hauptanschluß desaktiviert, sondern auch die einzelnen Schaltkreise. Storns Mitarbeiter lösten die Verkleidungsplatten und begannen mit der Suche nach gelockerten Kontakten.

Sarek räusperte sich. »Da jetzt zumindest ein Teil der Energieversorgung wiederhergestellt ist, müßten die Computer wieder einsatzbereit sein. Vielleicht lassen sich die energetischen Verbindungswege ohne eine zeitraubende Lokalisierung aller Unterbrecher wiederherstellen.«

»Eine ausgezeichnete Idee«, sagte Storn. »Im Nebenzimmer befindet sich ein Terminal.«

Sarek und Spock machten sich auf den Weg.

Kirk starrte zu den Belüfungsschlitzen empor. Er hatte das Gefühl, langsam zu ersticken, war schweißnaß. Ab und zu schwindelte er. Nach wie vor stieg die Temperatur, und die mörderische Hitze schien selbst seine vulkanischen Begleiter zu belasten.

Als Storn die ersten Schaltkreise reaktivierte, vernahmen sie in der Ferne ein seltsam schrilles Heulen. »Das klingt wie...«, begann einer der Techniker.

Storn betätigte eine Taste – und von einem Augenblick zum anderen hallte ein ohrenbetäubendes Kreischen durch die Kammer.

»Feuer!« riefen mehrere Vulkanier gleichzeitig.

Storn sah sich um. »Aber wo...?«

Spock kehrte zu ihnen zurück. »Ein Brand im Korridor – beeilen Sie sich! Verlassen Sie den Raum, bevor Sie hier eingeschlossen werden!«

Sie eilten auf den Gang, und von der linken Seite her züngelten ihnen Flammen entgegen. An der Decke glühten einige Leuchtplatten. Die Notstromversorgung funktionierte wieder – aber bestimmt nicht mehr lange, wenn das Feuer den Generator erreichte.

Hinter ihnen loderte es, als sie durch die Passage flohen und kurz darauf eine Treppe erreichten. Sie schlossen ein Sicherheitsschott, das den Flammen standhielt, während Storn und die anderen Männer den nächsten Stock aufsuchten. Vor ihnen erstreckte sich der Korridor, der zu den Stasiskammern führte. Kirk beobachtete, wie Spock und Sarek durch den Gang starrten – und plötzlich begriff er, daß das Feuer unter Amandas Stasiskammer wütete!

Vater und Sohn blickten sich um und entdeckten zwei Feuerlöscher in Wandhalterungen. Sofort griffen sie danach und liefen los.

»Spock! Sarek!« rief Storn, um das Heulen des Alarms zu übertönen. »Wir müssen das Gebäude verlassen!«

»Amanda ist in Gefahr«, erinnerte ihn Kirk, nahm ebenfalls die Beine in die Hand und löste ein drittes Löschgerät aus den Haltespangen.

Es handelte sich um einen recht schweren Apparat.

Umständlich schlang der Captain die Arme um den Stahlbehälter und folgte den Vulkaniern. Noch blieb die zerstörerische Glut auf die Etage unter ihnen beschränkt. Kirk hoffte, daß die Wände innerhalb des Akademiekomplexes widerstandsfähig genug waren...

Sie eilten an der Kammer vorbei, in der Amanda auf das Ende ihrer Rekonvaleszenz wartete, verharrten dort, wo sich der Boden zu erwärmen begann. Stumm warteten sie.

Die Temperatur stieg rasch, aber das Feuer schien keinen Weg ins höher gelegene Stockwerk zu finden. Noch immer schrillten die Sirenen. Kirk zweifelte nicht daran, daß es in ShiKahr eine Bereitschaftsgruppe zur Brandbekämpfung gab; und er hoffte, daß die entsprechenden Leute innerhalb der nächsten Minuten eintrafen.

Niemand von ihnen gab einen Laut von sich. Spock und Sarek ließen sich ihre Besorgnis nicht anmerken, aber Kirk fiel es schwer, die in ihm zitternden Befürchtungen unter Kontrolle zu halten.

Feuer – der Alptraum aller Raumfahrer. Raumschiffe stellten eine in sich geschlossene Welt dar, aus der man nicht fliehen konnte. Kirk rief sich ins Gedächtnis zurück, daß er sich nicht an Bord der *Enterprise* aufhielt und es guten Grund gab, Hilfe von außen zu erwarten. Amanda hingegen befand sich in einer völlig anderen Situation. Wenn der Brand ihre Behandlungskammer erreichte und dadurch der Generator ausfiel...

Eine Destabilisierung des Stasisfeldes bedeutete ihren sofortigen Tod.

Kirk blickte durch den Gang und vergewisserte sich, daß der Ausgang nicht blockiert war. Einige Dutzend Meter entfernt halfen Storn und seine Techniker dem medizinischen Personal, Patienten zu evakuieren.

Nur wenige Sekunden später leckten große Flammenzungen durch das Treppenhaus auf der anderen Seite!

Die drei Männer hielten ihre Löscher einsatzbereit.

Kirk hantierte mit seinem Gerät, und schließlich gelang es ihm, den Apparat zu aktivieren. Chemikalienschaum spritzte aus der Düse. Zusammen mit Spock und Sarek kämpfte er gegen das Feuer an. Doch es wurde von einem starken Zugwind geschürt, verschlang zunächst die Tür und knisterte dann über die Wände.

Trotzdem bemühten sich die drei Männer weiter. Sie durften nicht aufgeben, denn das Leben Amandas stand auf dem Spiel!

Kirks Löscher zischte leise, und eine blinkende Anzeige deutete darauf hin, daß der Behälter leer war. Rasch sah er sich nach einem anderen Gerät um.

In Schutzanzüge gekleidete Gestalten näherten sich – Angehörige der akademieinternen Sicherheitsabteilung, ausgerüstet mit leistungsfähigeren Löschinstrumenten.

»Verlassen Sie das Gebäude!« rief einer der Vulkanier. Eine unförmige Atemmaske dämpfte seine Stimme.

Kirk versuchte zu antworten – und stellte erst dabei fest, daß er keuchte und nach Luft schnappte. Er deutete in die Richtung, aus der er kam. Die Silhouetten Spocks und Sareks zeichneten sich vor den Flammen ab.

Der Mann ihm gegenüber nickte und beharrte: »Gehen Sie jetzt!«

Aber Kirk blieb an Ort und Stelle. Er konnte seine Freunde nicht im Stich lassen.

Er griff nach einem der Löscher, den die Sicherheitsbeamten mitgebracht hatten, und anschließend folgte er der Einsatzgruppe.

Nur noch wenige Meter trennten die Flammen von Amandas Stasiskammer.

Plötzlich stoben Myriaden Funken über die Decke!

Das Feuer fand reichlich Nahrung, raste über ihnen durch den Korridor. Vater und Sohn versuchten, es zu löschen – und von einem Augenblick zum anderen versagte Sareks Gerät.

Kirk eilte mit dem neuen Löscher herbei, während die Leute aus der Sicherheitsabteilung Spock und seinen Vater zurückdrängten. Der Captain überließ Sarek den gefüllten Behälter und holte sich einen anderen.

Seine Augen tränten, und mit jedem Atemzug drang ihm ätzender Rauch in die Lungen. Dennoch harrte Kirk aus und half den Vulkaniern, Amanda zu schützen.

Ein halbes Dutzend Düsen spritzte dem lodernden Feuer eine Chemikalienbarriere entgegen. Sie genügte nicht, um der Glut Einhalt zu gebieten, aber das Vorrücken der Flammen verlangsamte sich. Es war nur noch eine Frage der Zeit, bis...

Kirk spürte, wie seine Haut brannte. Er trug nur leichte Kleidung, die ihn kaum vor der Hitze schützte. Blasen bildeten sich auf Wangen, Armen und Oberschenkeln.

Er wich hinter die Vulkanier in den Schutzanzügen zurück und beobachtete, wie das Feuer näher an die Stasiskammer herankroch.

Überall um sie herum loderte es.

Mit einem donnernden Krachen stürzte die Decke ein!

Kirk schaffte es, sich mit einem weiten Satz in Sicherheit zu bringen, aber aus schreckgeweiteten Augen sah er, wie Spock unter dem glühenden Material begraben wurde.

Sarek kroch zwischen einigen qualmenden Trümmerstücken hervor. Der Captain stellte fest, daß sein Hemd in Flammen stand, stürzte sich auf ihn, rollte ihn

auf den etwas kühleren Boden und erstickte die Glut.
»Spock!« ächzte der Botschafter.

Kirk brachte nur ein unverständliches Krächzen hervor, drehte sich um und sah, wie die in Schutzanzüge gehüllten Gestalten Spock von einer brennenden Kunststoffmasse befreiten. Sein Blick fiel auf einen Fuß, und er griff danach, zog...

Sareks Hände schlossen sich um den anderen, und gemeinsam zerrten sie den Ersten Offizier der *Enterprise* unter dem Schutt hervor, schlugen die Flammen aus, die über seinen reglosen Körper züngelten.

Weitere Vulkanier trafen ein. Sie trugen eine noch schwerere Ausrüstung und rollten einen Schlauch aus, der dem Feuer Löschschaum entgegenschleuderte — zehnmal schneller als die handlichen Geräte, die Kirk und seine Begleiter benutzt hatten.

Einige Pfleger eilten herbei, hoben Spock auf eine Bahre und brachten ihn fort.

Sarek sah ihnen nach und schüttelte den Kopf, als man ihn aufforderte, sich ebenfalls in die Notaufnahme zu begeben. »Meine Frau«, sagte er heiser und rauh.

Die Feuerwehrleute dämmten den Brand ein und trieben die Flammen Schritt um Schritt zurück. Die Tür der Stasiskammer war rußgeschwärzt und in zähflüssige Chemikalien getaucht — aber sie hatte standgehalten.

Sie konnten den Korridor verlassen.

Kirks Verbrennungen erfüllten ihn mit stechendem Schmerz, und das Atmen fiel ihm immer schwerer. Tränen strömten ihm über die Wangen.

Er leistete keinen Widerstand, als ihn zwei Pfleger zu einer Bahre führten...

Plötzlich loderte es am anderen Ende des Ganges! Das Feuer fraß sich durch die unter ihnen gelegene Passage und breitete sich über die zweite Treppe aus!

Kirk griff nach einem gefüllten Löscher und wankte auf die Flammen zu.

Die Ärzte versuchten ihn zurückzuhalten. »Überlassen Sie das der Einsatzgruppe«, wandte sich eine Frau an ihn. Noch während sie diese Worte aussprach, sah Kirk noch mehr Gestalten, die dicke Schutzkleidung trugen und ebenfalls einen langen Schlauch zum Einsatz brachten. »Abgesehen von Amanda befinden sich hier keine Patienten mehr. Die Männer dort werden sie schützen. Es ist sinnlos, daß Sie Ihr Leben für eine Einrichtung riskieren, die nur materiellen Wert hat.«

Das Feuer wirkte wie ein gestaltloses Ungeheuer, das in Raserei geriet und zum entscheidenden Angriff ansetzte. Von beiden Enden leckten hungrige Flammen in den Korridor, und die Vulkanier mußten zurückweichen. Beißender Qualm wogte dort, wo die Glut neue Nahrung fand. Kirk hustete und keuchte.

Neuerliche Hitze zwang den Captain, Sarek und die Pfleger in Richtung der einzigen freien Treppe. Kirk ertastete sich blindlings den Weg, und plötzlich riß ihn irgend etwas zu Boden. Er zwinkerte, um eine Lücke im Tränenschleier zu schaffen und erkannte Sarek – bewußtlos oder tot?

Er wußte nicht, ob der Botschafter noch lebte. Vermutlich spielte das auch gar keine Rolle. Wenn die Flammen inzwischen Amandas Stasiskammer erfaßt hatten, starb die Frau – und dann gab es für Sarek kaum mehr eine Chance. Sein Sohn konnte ihm nicht helfen: Spock war ebenfalls verletzt und besinnungslos.

Die Ärzte trugen Sarek die Treppe hinunter. Kirk folgte ihnen unsicher, taumelte den Helfern entgegen, die unten warteten, ließ sich von ihnen auf eine Bahre legen. Als ihm jemand eine Sauerstoffmaske aufs Gesicht stülpte, sah er sich außerstande, der Erschöpfung noch länger zu widerstehen. Er versuchte verzweifelt, bei Bewußtsein zu bleiben und gegen das Dunkel anzukämpfen, das seine Gedanken zu betäuben drohte, wollte in Erfahrung bringen, wie es seinen Freunden ging; aber ihm fehlte die geistige Kraft, den Dunst der Benommenheit zu lichten. Sein Geist verlor sich in einer Sphäre der Finsternis.

KAPITEL 20

Leonard McCoy arbeitete pausenlos in der Notaufnahme, nahm sich nicht die Zeit, nachzudenken oder sich Sorgen zu machen. Er konzentrierte sich ausschließlich auf die Behandlung der Patienten, wie an Bord der *Enterprise* während einer Schlacht. Der einzige Unterschied schien darin zu bestehen, daß der imaginäre Feind keine Photonentorpedos gegen sie einsetzte, sondern dichten Rauch, der die Atemwege verätzte. Der Gestank von Löschchemikalien wurde nahezu unerträglich. Außerdem war es noch immer viel zu heiß. McCoy fragte sich, ob die Hitze vom Feuer stammte oder der vulkanischen Sonne, die gnadenlos auf die Akademie herabbrannte.

Niemand erkundigte sich, wo die Flammen loderten und ob sie sich näherten. Die Aufmerksamkeit des medizinischen Personals galt einzig und allein den eingelieferten Verletzten und dem Bemühen, sie am Leben zu erhalten.

Wenigstens brauchten sie jetzt nicht mehr im Licht von Taschenlampen zu arbeiten. Die Notbeleuchtung funktionierte bereits wieder, als die beiden menschlichen Ärzte die Kühle des Medikamentenlagers verließen.

Zuerst ging es darum, alle ambulanten Patienten nach draußen zu schaffen. Freiwillige Helfer begleiteten sie zu den Gebäuden, deren Klimaanlagen nach wie vor funktionierten.

Dann kamen die Kranken und Verletzten, die eigentlich gar nicht transportiert werden durften. Doch sie mußten ebenfalls verlegt werden. Einige waren mit speziellen Behandlungsgeräten verbunden, von denen sie nicht getrennt werden konnten, und daher blieb den Pflegern nichts anderes übrig, als sie in ihren Betten fortzubringen, zusammen mit den auf Batteriestrom umgeschalteten Geräten. Nur die Tüchtigkeit der Vulkanier verhinderte eine Katastrophe. Und wie McCoy feststellte, erwies sich auch ihre Körperkraft als sehr nützlich. Zwei spitzohrige Männer trugen einen Patienten im Streckverband, obgleich allein das Stützgerüst mehrere hundert Kilo wog.

Es standen nicht genug tragbare Lebenserhaltungssysteme zur Verfügung. Einige mit Beatmungsapparaturen verbundene Kranke mußten sich mit Sauerstoffmasken begnügen, und eine junge Frau betätigte eine manuelle Pumpe, um sicherzustellen, daß sie nicht erstickten. Wer bei Bewußtsein war und nötigenfalls um Hilfe bitten konnte, wurde zeitweise sich selbst überlassen, damit sich die Med-Spezialisten um ernstere Fälle kümmern konnten.

Schließlich trafen die ersten Brandopfer ein — so verrußt, daß McCoy und seine Kollegen Mühe hatten, Diagnosen zu stellen. Die meisten litten an Rauchvergiftungen und chemischen Verätzungen, aber bei einigen Männern und Frauen fanden die Ärzte auch schwere Verbrennungen.

Im Laufe der Zeit wuchs die Anzahl der Personen, die eine Behandlung brauchten, und die Mediziner sahen sich mit immer schwereren Verletzungen konfrontiert. Hier und dort waren Decken eingestürzt, und vulkanische Feuerwehrleute befreiten Männer und Frauen aus brennenden Trümmern, brachten Bewußtlose und Patienten mit inneren Blutungen. Ein fast drei Meter großer und massiger Lemnorianer wäre fast von einem einknickenden Stahlträger erschlagen worden; seine improvisierte Bahre bestand aus einer Matte, die jemand aus der Sporthalle holte, und mehreren dicken Haltestangen.

McCoy gönnte sich keine Pause, ignorierte die Erschöpfung, die seine letzten Kraftreserven aufzuzehren begann. Er rettete mehreren Eingelieferten das Leben und genoß die Zufriedenheit des Arztes, der in der Lage ist, die Schmerzen seiner Patienten zu lindern und den Genesungsprozeß einzuleiten.

Sorel und Corrigan nahmen sich der besonders kritischen Fälle an. »M'Benga und T'Par kümmerten sich um einfache Knochenbrüche, leichte Verbrennungen und Rauchvergiftungen. McCoys Aufgabe bestand in erster Linie darin, Menschen mit chirurgischen Eingriffen zu helfen. Ständig war er zwischen den einzelnen Operationssälen unterwegs, starrte auf die Anzeigen der Scanner und Indikatoren, sprach hier ein Wort des Trostes, verabreichte dort ein Sedativ, versuchte, Sterbende ins Leben zurückzuholen. Als Bordarzt eines Raumschiffes sah er viele Arten von Verletzungen. Doch diese Erfahrungen bereiteten ihn nur rational auf das vor, was den menschlichen Körper und das Bewußtsein quälen konnte. Das dumpfe Entsetzen in ihm blieb.

McCoy bat eine Schwester darum, ihn bei einem Patienten abzulösen, der an einem Milzriß litt. Als er den Operationsraum verließ, traf er Sorel, der gerade zwei Pfleger anwies, einen Mann in die für Vulkanier bestimmte Behandlungsnische zu bringen. Er bedachte die auf der Bahre liegende Gestalt mit einem kurzen Blick – und riß die Augen auf. »Spock! Sorel, überlassen Sie ihn mir – ich kenne sein Innenleben besser als irgendeiner Ihrer Chirurgen.«

»Er ist ihr Freund«, sagte der Heiler.

»Noch ein Grund mehr für mich, ihm zu helfen. Ich habe ihn schon des öfteren vor dem Tod bewahrt.«

»Diesmal besteht keine Lebensgefahr. Seine Verletzungen sind nicht besonders schlimm – abgesehen von der inneren Blutung, gegen die etwas unternommen werden muß.«

»Und zwar sofort«, erwiderte McCoy. »Wie groß ist

Ihr Vorrat an T'Negativ-Blut mit menschlichem Faktor?«

Sorels Züge offenbarten nicht die geringste emotionale Reaktion, als er antwortete: »Reines T'Negativ dürfte genügen. Aber Ihre Vermutung stimmt: Es steht uns nicht mehr sehr viel zur Verfügung. Nun, was diesen Patienten betrifft, sind Sie wahrscheinlich der am besten qualifizierte Arzt. Derzeit ist der OP 4 frei. T'Mir?« McCoy drehte verwundert den Kopf und stellte erst jetzt fest, daß Sorels Tochter den Medizinern zur Hand ging.

Er verharrte einige Minuten lang im Gang, während man Spock auf die Operation vorbereitete. Irgend jemand hatte Speisen und Getränke auf einen Tisch gestellt, und der Anblick der Flaschen erinnerte McCoy an seine ausgedörrte Kehle. Eine attraktive menschliche Blondine bot Tee und Fruchtsaft an. »Davon sollten Sie die Finger lassen, Doktor«, sagte sie, als er nach einem Becher griff, der Orangensaft zu enthalten schien. »Offenbar sind Sie neu auf Vulkan. Hier, nehmen Sie Kasa.«

»Danke«, erwiderte er. Er bemerkte, wie hübsch sie war, doch die zurückliegenden Anstrengungen hatten ihn so sehr ausgelaugt, daß er keinen weiteren Gedanken daran verschwendete. Er dachte an seinen Patienten, als er das Glas leerte und sich der Sterilisierungskammer mit den Desinfektionsprojektoren näherte.

Plötzlich erklang hinter ihm ein schmerzerfüllter Schrei, so unartikuliert und kehlig wie das Brüllen eines verwundeten Büffels.

McCoy drehte sich um und sah, wie der Lemnorianer aufsprang und die improvisierte Bahre beiseite stieß. Corrigan trat an den Verletzten heran und mahnte: »Bewegen Sie sich nicht! Dadurch könnte sich Ihr Zustand verschlimmern.«

Aber die riesenhafte Gestalt hob den Arm – den irgend jemand mit einer kleinen Leiter geschient hatte — und schlug nach dem menschlichen Arzt. Aus einem Reflex heraus sprang Corrigan zurück, und der Lemnorianer verfehlte ihn. Die gewaltige Pranke traf einen Vulkanier und schleuderte ihn gegen einige andere Personen, die in der Nähe standen.

Schmerzerfülltes Stöhnen erklang.

Das medizinische Personal versuchte, die Verwundeten zu schützen, während der massige Hüne etwas schnatterte. Das Übersetzungsmodul McCoys versagte.

»Er ist im Delirium!« sagte Corrigan und achtete darauf, daß ihm der Riese nicht zu nahe kam. »Wir brauchen ein Sedativ für ihn!«

»Was für eins?«

»Zehn Kubikzentimeter Traxadin!« erwiderte Daniel. Eine Schwester eilte in Richtung Medikamentenlager.

Der Lemnorianer starrte noch immer auf Corrigan herab, so als sei der menschliche Arzt Grund für sein Leid. Sorels Partner spürte einen durchdringenden Blick auf sich ruhen und sagte in einem beruhigenden Tonfall: »Es ist alles in Ordnung. Wir wollen Ihnen helfen. Bitte setzen Sie sich und...«

Der Riese brüllte erneut und hieb mit dem geschienten Arm auf die Wand ein. Die Leiter splitterte, und das Glied knickte an einer Stelle, die kein Gelenk aufwies. Der Lemnorianer schwang den Arm so, als wolle er sich von der Ursache seiner Schmerzen befreien.

»Lieber Himmel, dadurch splittert der Knochen!« brachte Corrigan hervor und sprang auf die gewaltige Gestalt zu.

Der Verletzte holte mit der anderen Hand aus, schien Daniel für ein lästiges Insekt zu halten. Als Daniel zu Boden stürzte, näherten sich sechs Vulkanier und drängten den ächzenden Lemnorianer zurück. Zwar waren sie wesentlich stärker als Menschen, aber trotzdem fiel es ihnen nicht leicht, mit dem Hünen fertig zu werden.

Die Krankenschwester kehrte mit einer Injektionspistole zurück. Sorel griff nach dem kleinen Instrument und näherte sich dem rasenden Patienten. McCoy hörte ein leises Zischen und hoffte inständig, daß das Medikament die gewünschte Wirkung hervorrief. Er beobachtete, wie die gewaltige Gestalt erzitterte und erschlaffte, richtete seine Aufmerksamkeit dann auf Corrigan.

T'Mir erreichte ihn eher und rief: »Daniel! Bist du verletzt?«

»Bewegen Sie ihn nicht!« warnte McCoy, als ihn die junge Vulkanierin besorgt ansah.

Aber Corrigan stemmte sich bereits wieder in die Höhe. »Bleiben Sie liegen!« befahl McCoy und untersuchte ihn mit Hilfe seines Medscanners. »Nichts gebrochen«, stellte er fest.

»Mir ist einfach nur... die Luft weggeblieben«, erwiderte Corrigan und keuchte.

»Sie hatten verdammtes Glück«, knurrte McCoy.

»Wie geht es... dem Lemnorianer?« Daniel drehte den Kopf und blickte an seinem Kollegen vorbei.

»Er stellt keine Gefahr mehr dar«, sagte Sorel und gesellte sich zu ihnen. »Er hat einen Schock erlitten und den müssen wir zuerst behandeln. Die Armverletzung ist nicht weiter schlimm. Daniel, warum haben Sie ihn nicht gleich den vulkanischen Pflegern überlassen?«

»Sie griffen zu... zu spät ein«, entgegnete der Mensch. »Der Riese bedrohte andere Patienten.«

»Er hätte dich umbringen können«, sagte T'Mir.

»Aber ich lebe noch«, erwiderte Corrigan und stand schwerfällig auf. »He, die Aufregung ist vorbei. Es wartet Arbeit auf uns.«

McCoy erinnerte sich an Spock, der dringend behandelt werden mußte. Auf dem Weg zum Operationssaal blieb er kurz am Tisch stehen und ließ sich von der hübschen Blondine einen zweiten Becher mit Kasa-Saft reichen.

Als er sich abwandte, erzitterte die junge Frau plötzlich. Während der Auseinandersetzung mit dem Lemnorianer hatte sie sich nicht aus der Ruhe bringen lassen, aber jetzt schnappte sie erschrocken nach Luft, sprang auf und stieß an den Tisch. Einige Gläser klirrten.

»Sarek!« entfuhr es ihr. McCoy drehte sich um und sah, wie zwei Männer, die er kannte, eingeliefert wurden: Sarek und Captain Kirk. Beide waren verrußt und bewußtlos; die Fetzen verbrannter Kleidungsstücke klebten an ihren reglosen Körpern.

Corrigan setzte sofort seinen Scanner ein und richtete den Analysefokus auf Kirk. »Rauchvergiftung. Einige Verbrennungen. Möglicher Schock. Auf die Intensivstation mit ihm.«

Sorel untersuchte Sarek, und das Gesicht des vulkanischen Mediziners blieb ausdruckslos. Die blonde Frau verharrte neben ihm und riß die Augen auf. »Sagen Sie mir, daß er nicht tot ist! Er *darf* nicht sterben!«

McCoy setzte sich in Bewegung, doch hinter ihm erklang die besorgte Stimme einer Schwester. »Dr. McCoy! Bitte kommen Sie, rasch. Spocks innere Blutungen haben sich verstärkt — Sie müsen ihn sofort operieren!«

KAPITEL 21

James T. Kirk kam in der Intensivstation zu sich. Er spürte eine Atemmaske auf dem Gesicht, und sein Körper fühlte sich taub an.

Er zog einen Arm unter der Decke hervor, die ihm bis zum Kinn reichte, betrachtete glänzende Salbe, die eine schützende Patine auf der geröteten Haut bildete. Er sah nur einige Blasen, keine verkohlten Stellen – kaum mehr als ein übler Sonnenbrand.

Als er sich aufsetzte, näherte sich ihm Daniel Corrigan. »Legen Sie sich wieder hin, Jim. Ruhen Sie sich aus. Ihr Zustand ist nicht besonders ernst. Nach einem kurzen Aufenthalt in einem Heilfeld können Sie wieder nach Hause.«

»Nach Hause?« Das Sprechen fiel ihm schwer, und er zögerte kurz, bevor er die Maske abnahm. »Was ist mit Spock und Sarek?«

»Spock ist inzwischen operiert worden und befindet sich in Rekonvaleszenztrance«, teilte ihm Corrigan mit, als er das Beatmungsgerät beiseite schob und den Scanner einschaltete. T'Mir kam mit einem Tablett, auf dem mehrere Gläser standen. Eins davon reichte sie dem Captain. »Leonard hat Spocks innere Verletzungen behandelt«, fuhr Daniel fort. »Sie waren nicht annähernd so schwer, wie wir zunächst befürchteten. Ich kenne die Vulkanier, und daher nehme ich an, daß Spock schon morgen entlassen werden kann.«

»Und Sarek?« fragte Kirk. Er trank Fruchtsaft, und daraufhin ließ das Brennen in seinem Hals nach. »Amanda? Sind sie...«

»Ihnen droht keine Gefahr«, versicherte ihm Corrigan. »Das Feuer ist gelöscht und hat die Stasiskammern nicht erreicht. Sareks Verwundungen sind geringer als Ihre. Er erlangte das Bewußtsein wieder, als Sorel ihn untersuchte. Jetzt liegt er ebenfalls in Heiltrance. Sorel und T'Par wecken ihn, wenn Sie sich erholt haben. Jim, ich überlasse es Ihnen, Sarek nach Hause zu bringen. Der Heilungsprozeß eliminiert die Schmerzen, aber er braucht trotzdem Ruhe. Ich bin sicher, die Reparatur des Computers kann bis morgen warten.«

»Mir ist bereits aufgefallen, daß Sareks Sturheit der seines Sohnes in nichts nachsteht«, sagte Kirk. »Vielleicht kann ich die Erfahrungen nutzen, die ich in dieser Hinsicht mit Spock gemacht habe.«

»Und welche Methoden halten Sie für geeignet, um sture *Menschen* vom Vorteil einer Ruhephase zu überzeugen?« fragte Sorel und blieb neben Corrigan stehen. »Daniel, soweit ich weiß, sollten Sie schon heute morgen in Ihr Quartier zurückkehren.«

»Sie haben sich nicht über meine Hilfe bei der Behandlung so vieler Patienten beschwert«, erwiderte Corrigan.

»Zu jenem Zeitpunkt wären Einwände nicht nur sinnlos, sondern auch unlogisch gewesen. Inzwischen aber hat sich die Lage wieder normalisiert.«

»Wie schlimm ist der angerichtete Schaden?« erkundigte sich Kirk.

»Das Feuer beschränkte sich auf den Bereich mit dem Notstromgenerator und einen Flügel des Hospitalkomplexes«, antwortete Sorel. »Storn könnte Ihnen sicher Einzelheiten nennen, aber er hat schon mit den Instandsetzungsarbeiten begonnen.«

»Glücklicherweise kam es zu keinem einzigen Todesfall«, fügte Corrigan hinzu. »Leider steht uns noch immer keine Computerkapazität zur Verfügung, aber wenigstens funktioniert jetzt wieder die Energieversorgung, und die meisten Patienten konnten in ihre Unterkünfte zurückgebracht werden.«

»Woran Sie sich ein Beispiel nehmen sollten, Daniel«, sagte Sorel. »Schlafen Sie sich gründlich aus. T'Mir!«

Kirk sah, wie sich Sorels Tochter von einem Patienten abwandte, dem sie gerade etwas zu trinken gegeben hatte.

»Ja, Vater?« erwiderte sie und trat näher.

»Begleite Daniel zu seinem Apartment. Sorge dafür, daß er etwas ißt und sich hinlegt.«

Corrigan holte tief Luft. »Sorel...«, begann er.

»Daniel, Sie halten sich nur noch mit Adrenalin auf den Beinen. Jetzt ist die Krisensituation überstanden, und deshalb werden Sie schon bald merken, wie erschöpft Sie sind. Wenn ich Ihnen Ihren Willen ließe, würden Sie ohne eine Mahlzeit auf der Couch in Ihrem Arbeitszimmer schlafen, sich morgen früh mit Kaffee vollpumpen und von ihrem Verantwortungsbewußtsein dazu zwingen lassen, erneut den Dienst anzutreten.«

Kirk lächelte. Sorels Beschreibung traf auch auf einen anderen menschlichen Arzt zu. »Das erinnert mich an etwas«, sagte er. »Wo ist Dr. McCoy?«

Sorel und Corrigan musterten den Captain. Der scheinbare Gedankensprung schien Daniel zu verwirren, aber im Gesicht des Heilers sah Kirk zum erstenmal einen Ausdruck, den er zu interpretieren vermochte: Sorel schien genau zu wissen, was ihn bewegte. »Leonard kümmert sich um einige operierte Patienten«, erwiderte er. »Vermutlich dauert es noch einige Stunden, bis er mit der Arbeit fertig ist. Ich sorge dafür, daß er ebenfalls nach Hause zurückkehrt, Jim. Bitte achten Sie darauf, daß sich Sarek schont... T'Mir, ich habe dir gerade einige Anweisungen gegeben. Hast du in der Außenwelt den Respekt deinem Vater gegenüber vergessen?«

Die junge Vulkanierin konnte das bedeutungsvolle Schimmern in ihren Augen nicht kontrollieren. Kirk bemerkte das Aufblitzen von Empörung, aber T'Mir faßte sich wieder, bevor sie Antwort gab. Sie begriff, daß der

Heiler seine letzten Worte nicht so ernst meinte, wie sie klangen. Der Captain ahnte, was Sorel beabsichtigte.

Er wollte Corrigan und seiner Tochter Gelegenheit geben, allein zu sein — sie abseits aller anderen mit dem Vorwurf konfrontieren, den T'Mir am Morgen gegen den menschlichen Arzt erhoben hatte. Verwundert runzelte Kirk die Stirn. Lag das wirklich erst wenige Stunden zurück?

Zum erstenmal nach dem Ausbruch des Feuers erinnerte sich Kirk wieder daran, daß er Ermittlungen in bezug auf einen Mordfall anstellte. Hatte der Mörder den Brand gelegt? Der unbekannte Täter brachte T'Zan und Remington um, indem er Computer manipulierte und Programme veränderte. War eine solche Person bereit, sich die Hände schmutzig zu machen, indem sie eine brennbare Flüssigkeit ausschüttete und entzündete? Das konnte bedeuten, daß sich der Mörder unter Druck gesetzt fühlte. Vielleicht existierten irgendwelche Spuren: Jemand sollte nach Hinweisen auf Brandstiftung suchen.

Als T'Mir und Corrigan gingen, fragte Kirk: »Wo ist mein Tricorder?«

Sorel streckte die Hand nach einem Wandregal aus ud griff nach dem kleinen Gerät. Er reichte dem Captain auch das Starfleet-Abzeichen, eine Kreditkarte der Föderation, ein auf vulkanische Besonderheiten justiertes Chronometer und einige Münzen. »Von Ihrer Kleidung sind nur Fetzen übriggeblieben«, sagte der Heiler. »Wir müssen Ihnen Ersatz beschaffen.«

»Wären Sie so freundlich, Storn eine Nachricht von mir zu übermitteln? Das Feuer könnte absichtlich gelegt worden sein.«

»Sie sind nicht der einzige, der von einer solchen Annahme ausgeht, Jim«, erwiderte Sorel. »Entsprechende Untersuchungen sind bereits eingeleitet.«

Trotzdem fand Kirk keine Ruhe. Sein Verstand arbeitete wie ein auf vollen Touren laufender Hochleistungsmotor: Er erwog die verschiedensten Möglichkeiten, konzentrierte sich immer wieder auf die Vermutung, daß der unbekannte Täter versucht hatte, einerseits Amanda zu töten und andererseits alle Spuren zu verwischen. Diese Überlegung erinnerte ihn an das Motiv-Problem: Gab es irgendeine Verbindung zwischen T'Zan, Remington und Amanda?

Je mehr er darüber nachdachte, desto sicherer war er, daß es der Mörder entweder auf einen der drei Stasispatienten abgesehen hatte und die anderen beiden nur dazu dienten, um über seine Beweggründe hinwegzutäuschen – oder daß er mit ihrem Tod bezweckte, Corrigan (und vielleicht auch alle anderen Menschen auf Vulkan) in Mißkredit zu bringen.

Während Kirk darauf wartete, daß einer der Heilprojektoren frei wurde, ließ die anästhesierende Wirkung der Salbe allmählich nach. Das Prickeln seiner Haut verwandelte sich schon bald in ein schmerzhaftes Stechen.

McCoy arbeitete inzwischen mit Sorels Sohn Soton zusammen, und nach einer Weile wies er den Captain an, sich auf einer Behandlungsliege auszustrecken, die fast so aussah wie die Liegen an Bord der *Enterprise*. Das Brennen wich angenehmer Wärme, als die Rekonvaleszenzenergie die Körperzellen zu einem beschleunigten Heilungsprozeß stimulierte. Innerhalb weniger Minuten entspannte sich Kirk so sehr, daß er einschlief. Irgendwann weckte ihn Soton und bat ihn darum, sich auf die andere Seite zu drehen.

Der Captain zwinkerte benommen, und für einige Sekunden verwechselte er den jungen Mann mit seinem Vater – bis er die sanft blickenden braunen Augen sah, die denen T'Mirs ähnelten. Schläfrig murmelte Kirk eine Frage, die er unter gewöhnlichen Umständen nie an einen Vulkanier gerichtet hätte: »Soton, sind Sie dafür, daß sich Ihre Schwester mit Dr. Corrigan verbindet?«

Der junge Mann ließ sich seine Überraschung nicht anmerken und verzichtete auf einen Vortrag über vulkanische Sitten, den Kirk bei einer solchen Gelegenheit von Spock erwartet hätte. Seine überraschende Antwort lautete: »Ich kenne die menschliche Redensart: ›Einige meiner besten Freunde kommen von anderen Welten, aber ich möchte nicht, daß meine Schwester einen von ihnen heiratet.‹ Solche Einstellungen sind auf Vulkan nicht üblich. Seit meiner Kindheit ist Daniel Corrigan für meine ganze Familie ein ›bester Freund‹ gewesen. Daher kann niemand von uns etwas dagegen haben, ihn als Verwandten aufzunehmen.« Soton musterte den Menschen eine Zeitlang, bevor er hinzufügte: »Ich beziehe mich dabei nicht nur auf eine Tradition, sondern eine persönliche Haltung. Es würde mich sehr freuen, wenn es T'Mir und Corrigan gelänge, ihre Differenzen zu überwinden. Eine Bindung zwischen ihnen käme der Formalisierung einer Beziehung zwischen Daniel und unserer Familie gleich, die schon seit vielen Jahren existiert.«

Soton schien bereit zu sein, offen Auskunft zu geben. Und da es Kirk nicht gewagt hätte, Sorel zu fragen, erkundigte er sich: »Was ist mit Ihrem Vater?«

»Mein Vater hat keinen Blutsbruder. Als er Daniel begegnete, fand er jemanden, der in diese Rolle schlüpfen konnte. T'Mirs Wunsch, Daniel zu heiraten, erfüllt meinen Vater mit großer Zufriedenheit. Als sie heute morgen Vorwürfe gegen ihn erhob und dadurch mental verletzte, reagierte Sorel mit profunder Enttäuschung. Und... Ich vermute, ich nehme nur deshalb kein... Blatt vor den Mund, wie es bei Ihnen heißt, weil mich das Verhalten meiner Schwester verärgerte. Noch ist es mir nicht gelungen, dieses Gefühl vollständig unter Kontrolle zu bringen. Bitte verzeihen Sie mir. Ich war noch nicht in der Lage, zu meditieren und mein Bewußtsein von den negativen Emotionen zu befreien.

Ich bitte Sie in aller Form um Entschuldigung für meine Offenheit.«

»Ich habe überhaupt nichts gehört«, erwiderte Kirk und erinnerte sich daran, daß er diese Worte auch einmal an Spock gerichtet hatte. Er hütete das Geheimnis des Vulkaniers, sprach mit niemandem darüber — und doch fand es irgendwie Eingang in die Datenarchive Starfleets.

Soton kümmerte sich wieder um seine Arbeit. Kirk drehte sich auf den Bauch und döste unter den Heilstrahlen — bis er eine Berührung fühlte. Als er den Kopf hob, sah er Eleyna Miller, die neben der Liege stand. Erst nach einigen Sekunden fiel ihm ein, daß er völlig nackt war — zum Glück noch rechtzeitig genug, um dem Reflex zu widerstehen, sich auf den Rücken zu rollen. Jemand hatte den Rekonvaleszenzprojektor abgeschaltet, und er spürte, wie seine Wangen erneut zu prickeln begannen, als ihm das Blut ins Gesicht schoß. *Vielleicht glaubt sie, die Röte stamme von den Verbrennungen.*

»Ich bringe ihnen neue Kleidung«, sagte Eleyna und legte ein Bündel auf die Behandlungsbank. »Sorel hat Sarek geweckt und wartet im Aufenthaltsraum auf Sie.«

»Danke«, sagte Kirk und rührte sich nicht.

»Brauchen Sie Hilfe beim Anziehen, Jim?« fragte die junge Frau.

»Nein. Ich möchte dabei nur allein sein.«

»Oh, ich verstehe.« Eleyna lächelte nachsichtig. »Ich komme in fünf Minuten zurück.«

Kirk griff nach den Sachen. Es handelte sich um ein sackartiges Hemd und eine weite Hose, die selbst doppelt so schweren Humanoiden genügend Platz geboten hätte und mit einer Kordel zugezogen wurde — Kleidungsstücke, die offenbar aus der Sporthalle der Akademie stammten. Nach der Bedeckung seiner Blöße streckte er sich vorsichtig und stellte fest, daß sich das zuvor so schmerzhafte Brennen auf ein leichtes Stechen reduziert hatte. Im Falle eines Sonnenbrands wäre eine dunklere Hauttönung zurückgeblieben. Kirk betrachtete seine Arme und stellte fest, daß sich die ehemaligen Blasen in kleinen Schuppen lösten. *Nun*, dachte er, *eine Schalldusche, und ich bin wieder ganz der alte.*

Eleyna betrat das Zimmer. »Sind Sie fertig? Wissen Sie, Jim: Ganz gleich, was Sie tragen – Sie sehen immer gut aus.«

»Oh, danke. Wo befindet sich der Aufenthaltsraum?«

»Ich zeige Ihnen den Weg. Dieser Teil des Krankenhauskomplexes ist eine Art Labyrinth.«

Sie begegneten kaum jemandem. »Wo sind die anderen Patienten?«

»Wir haben all diejenigen nach Hause geschickt, die keine besonders intensive Behandlung brauchen. Aber es gibt noch einige Fälle, die Ärzte und Heiler die ganze Nacht über beschäftigen werden. Da fällt mir ein: Ich muß noch Dutzende von Prüfungsarbeiten korrigieren und bewerten. Der Feueralarm hat überall die normale Routine unterbrochen.« Sie musterte ihn erneut, starrte kurz auf den Tricorder an Kirks Hüfte. »Ich nehme an, Sie sind nicht in der richtigen Stimmung, um heute abend mit mir zu essen«, sagte sie. »Ich besorge mir etwas in der Cafeteria. Wie wär's mit morgen?«

»Abgemacht«, erwiderte der Captain. Er wollte seine Ermittlungen am nächsten Tag fortsetzen und befürchtete, daß sie sich als wenig erfreulich herausstellten. Ein Abend in Gesellschaft der jungen Frau mochte ihn dafür entschädigen. Als er wieder an die anstehenden Untersuchungen dachte, klickte eine mentale Taste in ihm, die sein Bewußtsein auf den Detektiv-Modus umschaltete. »Sie leben schon seit einigen Jahren auf Vulkan, Eleyna. Wie werden Sie von den Vulkaniern behandelt?«

»Behandelt? Was meinen Sie damit? Die Gelehrtengemeinschaft der Akademie akzeptiert mich als gleichwertiges Mitglied.«

»Aber was ist mit... Ich meine, äh...« Kirk räusperte sich. »Treffen Sie sich nur mit Menschen? Was geschähe, wenn ein Vulkanier Interesse an Ihnen zeigte? Was würden die anderen Leute von Ihnen denken?«

Eleyna runzelte die Stirn. »Die Vulkanier scheren sich nicht darum, was ›andere Leute‹ denken. Sie wahren die Tradition, und wenn ein Außenweltler ihre Gepflogenheiten achtet, respektieren sie ihn. Zumindest trifft das auf die meisten von ihnen zu. Jim, Sie machen doch nicht etwa den Fehler, alle Vulkanier in einen Topf zu werfen, oder?«

Kirk erinnerte sich an T'Pring und ihren heimlichen Geliebten Stonn. Ein derartiges Verhalten entsprach sicher nicht den gewöhnlichen Mustern, und doch stammten beide von Vulkan. »Nein. Andererseits: Ich kenne nicht sehr viele. Ich habe nur gerade überlegt, was passieren könnte, wenn Corrigan T'Mir heiratet.«

»T'Mir? Oh, Sorels Tochter. Sie wollen sich binden? Das ist ja wundervoll!«

»Glauben Sie?«

»Daniel hat sich vollkommen an die vulkanische Kultur angepaßt. Welche Chancen hätte er, hier eine menschliche Frau zu finden, die ihn liebt und gleichzeitig auf Vulkan zu Hause ist? Es gibt nicht den geringsten Grund für ihn, allein zu leben, wenn er eine für ihn geeignete Vulkanierin findet.«

Sie näherten sich dem Aufenthaltsraum, in dem Sarek auf sie wartete. Eleyna blieb kurz stehen und fügte leiser hinzu: »Heiraten zwischen Vulkaniern und Außenweltlern sind zwar nicht gerade an der Tagesordnung, aber seit Sarek die Tradition verletzte, indem er sich mit Amanda band, gelten sie nicht mehr als Sakrileg. Er ist ein bemerkenswerter Mann, Jim. Andere Vulkanier sollten sich ein Beispiel an ihm nehmen.«

KAPITEL 22

Es war schon ziemlich lange her, seit sich Daniel Corrigan in der Gegenwart eines Mitglieds von Sorels Familie unwohl gefühlt hatte, und T'Mir schien sein Unbehagen zu teilen. Bedrückende Stille herrschte auf dem Weg zu seinem Apartment; niemand sprach ein Wort. Nach den zurückliegenden Anstrengungen setzte die Hitze des Abends auch Sorel zu. Hochsommer: Zwar zeigten die Chronometer eine späte Stunde an, aber die Sonne neigte sich noch immer nicht dem Horizont entgegen.

Als sie die kleine Wohnung betraten, bat T'Mir ihren menschlichen Begleiter, auf der Couch Platz zu nehmen, suchte anschließend die Küche auf und programmierte den Computer auf die Zubereitung einer Gemüsesuppe. Kurze Zeit später kam sie mit einem gefüllten Teller ins Wohnzimmer zurück. Langsam sank der Adrenalinspiegel in Corrigans Blut, und die warme Suppe förderte den Entspannungsprozeß. Er leerte die kleine Terrine und spürte, wie ihn eine angenehme Mattigkeit überkam. Die Klimaanlage war auf vulkanische Bedürfnisse eingestellt. Daniel dachte kurz daran, sie neu zu justieren, überlegte es sich dann aber anders.

Sein Körper ruhte, doch die Gedanken wirbelten durch eine mentale Welt erwartungsvoller Hoffnung. Gab es noch eine Möglichkeit, das Freundschaftsband zwischen ihm und T'Mir zu bewahren — trotz des peinlichen Vorfalls am Morgen? Mochte es ihm jemals gelingen, das am vergangenen Abend erfahrene Glück zu vergessen, das die junge Frau mit ihrem Vorwurf zerstört hatte? Sie würde einen anderen Mann heiraten, einen Vulkanier. Beherrschte er die vulkanische Gedankendisziplin gut genug, um T'Mir und ihrem Bindungspartner ohne Leid und Schmerz gegenüberzutreten?

Zwischendurch:

Daniel Corrigan ist auf das äußerste erschöpft. Deshalb bereitet ihm T'Mir mit Hilfe des Computers eine Gemüsesuppe, die den Entspannungsprozeß des Arztes rasch fördert.

Auch in Situationen, die nicht ganz so brenzlig sind, hat man bisweilen das Bedürfnis, eine Pause einzulegen und etwas für den kleinen Appetit zwischendurch zu tun. Und wenn man Lust auf eine Suppe hat, braucht man dazu nicht einmal den Computer zu bemühen. Unkomplizierter geht es gar nicht: ein Becher, heißes Wasser und..

Zwischendurch:

Die geschmackvolle Trinksuppe für den kleinen Appetit. – In Sekundenschnelle zubereitet. Einfach mit kochendem Wasser übergießen, umrühren, fertig.

Viele Sorten – viel Abwechslung.

Guten Appetit!

Schließlich brach sie das Schweigen. »Daniel, ich habe heute Schande über meine Familie gebracht.«

Ihre Worte verblüfften ihn so sehr, daß er nicht nachdachte, bevor er erwiderte: »O nein, das stimmt nicht! Wir sind weder verheiratet noch gebunden, T'Mir. Es ist nicht unehrenhaft, wenn du deine Meinung änderst, nachdem du festgestellt hast, eine falsche Wahl getroffen zu haben.«

»Meine Wahl war nicht falsch«, erwiderte sie und setzte ihre ganze vulkanische Selbstbeherrschung ein, so daß selbst ihre Augen ausdruckslos wurden. »*Du* solltest deine Entscheidung noch einmal überdenken, denn schon beim ersten Test erwies ich mich als unwürdig.«

»Kein Vulkanier kann es mit menschlichen Emotionen aufnehmen«, hielt ihr Daniel leise entgegen.

»Und wie soll ich mit vulkanischen Gefühlen fertig werden? fragte T'Mir. Ihre Stimme klang monoton, was einen verwirrenden Kontrast zu der Bedeutung ihrer Worte bildete.

»Vulkanische Gefühle?« wiederholte Corrigan verdutzt.

T'Mirs Züge blieben völlig leer. »Heute morgen... Mein Vater fragte mich, ob ich durch eine Bindungsweigerung in Ungnade fallen wolle — oder bereit sei, einen vulkanischen Mann während seiner Rauschzeit zu empfangen.«

»Herr im Himmel!« entfuhr es Corrigan. »Und ich dachte, ich kenne Sorel! Dieser kaltblütige...! Seine eigene Tochter...! Wie kann er es *wagen*...«

Er sprang auf, um unverzüglich ins Krankenhaus zurückzukehren und mit Sorel zu sprechen.

»Daniel.«

Er verharrte, als er T'Mirs sanfte Stimme vernahm. »Es war richtig von meinem Vater, mir jene Frage zu stellen. Den ganzen Tag über habe ich nach einer Antwort gesucht.«

»Es ist nicht fair, dich zu einer solchen Entscheidung zu zwingen«, sagte Corrigan. »Du bist nie gebunden gewesen. Deine einzige Beurteilungsgrundlage ist Furcht. Dir fehlen entsprechende Erfahrungen mit... mit einem Ehemann.«

»Mit jemandem, den ich liebe?« fragte sie.

»Menschen würden es auf diese Weise ausdrücken«, bestätigte Corrigan. »Nun, das Wort an sich spielt keine Rolle — ganz im Gegensatz zu dem Erlebnis. Da du nicht weißt, was es bedeutet, auf einen Gemahl oder Bindungspartner einzugehen, *kannst* du die Frage deines Vaters überhaupt nicht beantworten. Die Datenbasis genügt nicht. Sie führt nur dazu, daß dich die sogenannte Rauschzeit als ein abstraktes Konzept abschreckt. Ich halte es für unverantwortlich von Sorel, dich vor eine solche Wahl zu stellen. Wenn T'Zan noch lebte...«

»Sie hätte meinem Vater sicher recht gegeben, Daniel. Du irrst dich: Ich verfüge über genügend Daten, und inzwischen weiß ich die Antwort.«

Corrigan setzte sich wieder, sah die junge Frau an und stellte sich die schreckliche Last vor, die Sorel ihr aufgebürdet hatte. »Wie lautet sie? Könntest du dich den intensiven Emotionen eines Ehemanns im Pon farr stellen?« In voller Absicht verwendete er den vulkanischen Ausdruck anstatt die übliche Umschreibung.

»Ja«, sagte T'Mir ruhig. »Und... nein.«

»Das ist keine Antwort.«

»Daniel, Vater wollte mir heute folgendes klarmachen: Ich bin durchaus in der Lage, die für mich so exotischen und manchmal bestimmt auch schmerzhaften Gefühle eines Mannes zu akzeptieren, zu lernen, über sie hinauszublicken und Stärke und Ehrenhaftigkeit im

Kern seines Wesens zu erkennen — vorausgesetzt, dieser Mann bist *du*.«

»Was?« fragte Corrigan entgeistert und fragte sich, ob er sie richtig verstanden hatte.

»Ich habe Vater und dich heute bei eurer Arbeit beobachtet. Dutzende von Verletzten verdanken euch ihr Leben. Nach T'Zans Tod ist Sorel nur deshalb nicht gestorben, weil du eine Gedankenverschmelzung mit ihm herbeigeführt und seinen Schmerz ertragen hast, die in der vulkanischen Vorstellungswelt schlimmste denkbare Qual — das Zerreißen eines Ehebandes. Darüber hinaus bekam ich zum erstenmal Gelegenheit, meine eigenen... Empfindungen zu analysieren. Es gibt verschiedene Gründe für mich, dich zu heiraten — dein Einverständnis vorausgesetzt.«

»Ich weiß, daß du mir damit nicht für die Mentaleinheit mit Sorel danken willst«, erwiderte Corrigan. »Und obgleich eine Bindung zwischen mir und dir seinen Wünschen entspräche — er würde dir nie einen solchen Vorschlag machen. Außerdem beherrscht er sich viel zu gut, um dich mit unterschwelligen Signalen auf seine Erwartungen hinzuweisen.«

»Das stimmt. Ich hatte keine Ahnung, daß Vater sofort bereit war, seine Einwilligung zu geben — obwohl ich natürlich keine logischen Gründe für irgendwelche Bedenken sah. Heute aber konfrontierte er mich mit einem mir bisher unbekannten Teil meines Wesens. Ich bedaure es zutiefst, dich verletzt und dadurch die Ehre meiner Familie befleckt zu haben — aber ich fühle keine Scham. Scham wäre nur dann angebracht, wenn ich festgestellt hätte, daß ich nur deshalb einen menschlichen Bindungspartner suchte, um dem... Pon farr zu entgehen.«

Ihre Worte nährten einen ähnlichen Verdacht, mit dem sich Corrigan schon seit Stunden beschäftigte. So sanft wie möglich sagte er: »Bist du dir in diesem Punkt ganz sicher, T'Mir?« Eben hast du mir mitgeteilt, die Antwort auf die Frage deines Vaters laute sowohl ja als auch nein.«

»Eigentlich ist es ein Nein. Ich sah mich außerstande, einen Ehemann im Pon farr zu empfangen, weil dich diese Einschränkung ausschloß, Daniel. Ich möchte dich berühren, für immer und ewig — niemand anders. Als mich Vater heute morgen in seinem Büro allein ließ und ich eine meditative Erkenntnis anstrebte, spürte ich tatsächlich Scham — denn ich konnte mir keinen Fremden vorstellen, der sich in unlogischem Verlangen nach mir verzehrte... Immer wieder stellte ich mir die Konsequenzen vor: Ehrlosigkeit, die Trennung von allem Vulkanischen...«

»Oh... T'Mir.« Corrigan wünschte sich nichts sehnlicher, als die junge Frau in die Arme zu schließen, aber sie saß gerade und steif, berichtete mit leidenschaftsloser Gelassenheit von der Reise ihrer Seele.

»Dann heulte der Feueralarm. Ich eilte den anderen zu Hilfe, aber in erster Linie sah ich in der körperlichen Arbeit eine willkommene Möglichkeit, der Meditation zu entfliehen. Vater teilte mich einer Gruppe zu, die sich um transportfähige Patienten kümmerte — und die ganze Zeit über sah ich dich, beobachtete, wie du den Verletzten Trost zusprachst, ohne daß dich das Mitleid, die Gefühle, bei der Wahrnehmung deiner Pflicht behinderten. *Das habe ich verloren*, dachte ich.

Als dich der Lemnorianer angriff, bemerkte ich deinen Mut — ein weiterer Beweis dafür, daß ich die richtige Wahl getroffen hatte. Und wieder fühlte ich mich deiner nicht würdig.«

»T'Mir...«

»Gedulde dich noch ein wenig. Als du zu Boden geschleudert wurdest, hielt ich dich für tot. Erst da begriff ich, daß ich dein Bewußtsein nicht kannte, daß sich mein einziger Kontakt mit deinem Geist auf den törichtten Augenblick beschränkte, in dem ich unsere Hoffnungen zerstörte.«

»Menschen sind zäher, als Vulkanier glauben«, sagte Corrigan. »Ein deliröser Lemnorianer genügt nicht, um mich zu töten.«

»Deine... Zähigkeit... liegt in Herz und Seele. Nach dem Zwischenfall mit dem Lemnorianer wollte ich dich bitten, die Notaufnahme zu verlassen und nach Hause zu gehen. Ich machte mir große Sorgen um dich, fürchtete, du könntest erneut in Gefahr geraten. Aber dann kam ich zu dem Schluß, daß die Arbeit als Arzt Erfüllung für dich bedeutet, daß du wie mein Vater das Leben der Patienten dem eigenen Wohlergehen voranstellst. Das wußte ich von Anfang an, Daniel – es ist einer der Gründe, warum ich mich mit dir verbinden möchte. Und gleichzeitig erklärt diese Einstellung dein Schuldgefühl in Hinsicht auf den Tod meiner Mutter. Das begriff ich erst nach der Meditation, nach der Herstellung aller notwendigen logischen Verbindungen.«

»Menschliche Emotionen können nicht logisch analysiert werden, T'Mir.«

»Vielleicht finde ich irgendwann heraus, wie *du* mit ihnen fertig wirst. Ich habe nach den Ursachen für meine eigenen Empfindungen gesucht. Aufgrund der Frage meines Vaters bemühte ich mich herauszufinden, warum ich mich für dich entschied und nicht etwa für einen Vulkanier. Meine Absicht bestand keineswegs darin, dem Pon farr zu entgehen.

Ich bin *zu* dir gekommen; es handelte sich nicht um eine Flucht. Nach der Löschung des Feuers und der Versorgung aller Patienten hatte ich erneut Gelegenheit zu einer kurzen Meditation. Diesmal stellte ich mir vor, daß du mich brauchst. Ich dachte auch an dein seltsames, unlogisches Schuldbewußtsein, an das Konglomerat aus Schmerz und Furcht in dir – und ich wich nicht zurück. Ich verspürte nur den Wunsch, dir zu helfen, dein Leid zu lindern.«

T'Mir wandte den Blick von Corrigan ab. Sie sah auf ihre im Schoß gefalteten Hände, als sie fortfuhr: »Manchmal zögert eine Frau, zu ihrem Mann zu gehen, der die Rauschzeit erlebt. Aber wenn es ihr gelingt, die eigenen Ängste zu überwinden, wenn sie sich mit ihm vereint, werden beide Partner mit einem wesentlich festeren Eheband verbunden. Das ist bei meinen Eltern der Fall. Nun, ich bin keine Heilerin. Ich habe nie das Bewußtsein einer Person berührt, die nicht zur Familie gehört. Du stellst die einzige Ausnahme dar. Wenn du mich zurückweist, so verstehe ich das durchaus. Vielleicht bist du zu sehr verletzt, als daß du es riskieren kannst, dein Schicksal mit mir zu teilen. Ich bitte dich nur um Verzeihung für meine unlogische Reaktion heute morgen.«

»Die Ursache genügte«, erwiderte Corrigan und zitierte Surak. T'Mir musterte ihn überrascht.

»Du verstehst also...«

»Zumindest so viel, um zu folgender Erkenntnis zu gelangen: Wenn wir bereit sind, immer so offen zueinander zu sein wie heute, steht einer Ehe nichts im Wege. Wenn du mir meine Schwäche nachsiehst, auf Streß nicht immer logisch zu reagieren, wenn du mir Zeit gibst, gründlich nachzudenken...«

»Dazu bin ich gern bereit«, entgegnete T'Mir. »Ich befürchte, einige deiner Gefühle werden mir lange Zeit ein Rätsel bleiben, aber vielleicht kannst du sie mir erklären.«

»Mit Freuden«, sagte Corrigan. »Die gleiche Bitte richte ich auch an dich.«

»Dann laß uns mit der Bindung beginnen, Daniel.«

Er lächelte schief. »Sie sollte heute abend stattfinden, nicht wahr? Ich glaube, ich habe noch immer kein vulkanisches Zeitgefühl. Seit den gestrigen Ereignissen scheinen hundert Jahre vergangen zu sein. Und vermutlich vergeht für mich noch einmal eine Ewigkeit, bis...«

»Nein«, widersprach T'Mir. »Wir warten nicht länger. Jetzt. Hier. Wie wir es geplant hatten.«

»Aber es war doch ein Familienritual vorgesehen.«

»Vater und Soton sind im Krankenhaus, und es wird noch einige Stunden dauern, bis sie nach Hause zurückkehren. Es spielt keine Rolle. Wir sind erwachsen, Daniel; wir können die offizielle Zeremonie später nachholen. Ich möchte auf der Stelle eins mit dir sein.«

»Sorel wäre bestimmt verärgert...«

»Nur dann, wenn ich auf meine Entscheidung kein konsequentes Handeln folgen ließe. Was glaubst du wohl, warum er uns zusammen nach Hause geschickt hat? Vor dem ASW-Faktor eines Heilers kann man praktisch nichts verbergen. Er kannte meine Absicht.«

»Aber du bist keine Heilerin, T'Mir«, wandte Corrigan ein. »Und ich besitze keine PSI-Fähigkeiten.«

»Wenn unser Bindungsversuch scheitert, greifen wir morgen auf die Hilfe meines Vaters zurück. Aber ich bin sicher, daß wir Erfolg haben werden, Daniel — bei allen Dingen, die wir gemeinsam in Angriff nehmen.«

Ihre warmen Fingerkuppen berührten seine Wange. Er kannte das Muster der PSI-Punkte, fand sie in ihrem Gesicht — und von einem Augenblick zum anderen spürte er T'Mir inmitten seines Bewußtseins. Es regte sich keine Furcht in ihm, denn inzwischen wußte er, daß die Gedankenverschmelzung weitaus mehr sein konnte als die kühle, emotionslose Mentaleinheit der Rekonvaleszenz. In gewisser Weise machte er die gleiche Erfahrung wie beim Kontakt mit der Ichsphäre Sorels. T'Mir hieß ihn ebenso willkommen wie ihr Vater, und Corrigan fühlte die angenehme Wärme des Erkennens und grenzenlosen Vertrauens.

Noch etwas anderes kam hinzu: der verlockende Unterschied zwischen männlicher und weiblicher Identifikation — zwei Gegensätze, die sich gemäß des ewigen Plans der Natur anzogen, wie die beiden Pole eines Magneten. Und als beide fanden, was sie suchten, formte sich eine Art Überich: *Ich denke deine Gedanken!* begriff Daniel und ›hörte‹ ein entzücktes Lachen, das durch die Gewölbe einer vulkanischen Seele hallte. Es klang wie eine zarte, harmonische Melodie.

T'Mirs Geist war ebenso attraktiv wie ihr Körper. Vulkanische Logik bildete die Basis, und darüber spannte sich ein weiches Netz, dessen Maschen aus Myriaden Gedankenstrukturen bestanden. Corrigan sah sich selbst im Fokus ihrer Aufmerksamkeit, exotisch und doch vertraut, anders aber nicht fremd. Sie hielt ihn für stark, sensibel, zuverlässig und faszinierend — doch er lächelte unwillkürlich, als sein geistiger Blick auf ein seltsames Vorstellungsbild fiel: Die junge Frau assoziierte ihn mit einem bärbeißigen Kapitän, der auf der Brücke eines Segelschiffes stand. *Das ist reine Fantasie, T'Mir.*

Ach, und du siehst mich so, wie ich wirklich bin? Sie zeigte ihm ein elfenhaftes Wesen im irischen Wald seiner Jugend — ein märchenhaftes Geschöpf, das auf einer Lichtung im Mondschein tanzte, gehüllt in ein dünnes Gewand, das wie ein zartes Gespinst wirkte. *Ich offenbare dir alle Geheimnisse meines Wesens, Daniel. Warum zögerst du, mir deine Sehnsüchte anzuvertrauen?*

Ich habe nicht gewagt, sie mir einzugestehen, stellte er fest — und der Gedanke glitt durch die Einheit der beiden Seelen.

Behutsam und zärtlich erforschten sie gegenseitig ihre mentalen Universen, während sie weiterhin auf der Couch saßen, sich nur mit den Fingerspitzen berührten. Melancholie tropfte durch Corrigans Denken, als er sich der Einsicht stellte, daß dieses herrliche Erlebnis irgendwann zu Ende gehen mußte. *Die Verbindung bleibt nun für immer bestehen*, widersprach ihm T'Mir. Ihr Geist öffnete sich wie der Kelch einer Blume, lud ihn ein, die Tiefen ihres Seins auszuloten. Gleichzeitig blieb sie in Daniels Bewußtsein allgegenwärtig. Sie suchte und forschte nicht, war immerzu eine angenehme Präsenz, bis...

T'Mir ließ den Arm sinken. »Nein!« entfuhr es Corrigan, aber sie griff nach seiner Hand und löste sie von ihrem Gesicht. Die Intensität des Kontakts ließ nach, verflüchtigte sich jedoch nicht vollständig. Nach wie vor weilten die Gedanken der jungen Vulkanierin in seinem Innern! Eine einzigartige Erfahrung — und Corrigan glaubte plötzlich, sein ganzes Leben lang auf solche Gefühle gehofft zu haben. »Für immer und ewig«, flüsterte er und merkte, daß ihm Tränen über die Wangen rannen. »Entschuldige«, murmelte er und tastete nach einem Taschentuch.

T'Mir nahm es und betupfte seine Wangen. »Nein«, erwiderte sie, »du brauchst dich nicht dafür zu entschuldigen, ein Mensch zu sein. Du bist das, was du bist, Daniel. Ebenso wie ich.« Er spürte ihre stumme Anerkennung — ein liebkosendes Streicheln in seinem Ichkosmos —, und sein Glück spiegelte sich in T'Mirs Augen wider.

Er küßte sie, und diesmal reagierte sie wie eine Frau von der Erde, was die Verbindung zwischen ihnen erneut verstärkte. Corrigan hielt sie weiterhin in den Armen, als sich ihre Lippen trennten, und die Vulkanierin bedachte ihn mit einem hintergründigen Lächeln. »Jetzt weiß ich, was diese Art des Berührens bedeutet... mein Gemahl.«

KAPITEL 23

Es war fast Mitternacht, als Leonard McCoy seinen letzten Patienten der Obhut des medizinischen Pflegepersonals überließ. T'Par, Soton und M'Benga blieben weiterhin im Dienst, aber McCoy fühlte sich den Kranken und Verletzten, die er operierte, immer auf besondere Weise verpflichtet, und deshalb ging er erst, als sich ihr Zustand stabilisiert hatte.

Sorel saß in seinem Büro und füllte per Hand Formulare aus, da der Computer nicht funktionierte. »Berichte, Berichte, Berichte«, brummte McCoy. »Hier scheint's ebensoviel Papierkrieg zu geben wie bei Starfleet.«

Der Heiler ließ den Stift sinken. »Es kann alles bis morgen warten. Kommen Sie. Ich setze Sie auf dem Weg nach Hause bei Sarek ab.«

Als sie nach draußen traten, blieb McCoy ruckartig stehen und glaubte, seinen Augen nicht trauen zu können. Eine große Scheibe strahlte am Himmel, weitaus heller als der irdische Mond.

»Aber... Vulkan hat doch überhaupt keinen Trabanten!« entfuhr es ihm.

Sorel legte den Kopf in den Nacken und sah hoch. »Das ist kein Mond, Leonard, sondern T'Kuht, die Schwesterwelt dieses Planeten. Sie umkreist das Zentralgestirn auf einer exzentrischen Umlaufbahn, und einmal in ungefähr sieben Standardjahren kommt sie Vulkan so nahe wie jetzt. In rund vierzehn Jahren schrumpft die Entfernung zwischen beiden Planeten auf ihr Minium, was alle drei Jahrhunderte einmal geschieht. Dann nimmt die Scheibe den halben Himmel ein und macht die Nacht zum Tag.«

»Ein prächtiger Anblick!« sagte McCoy. Das Gleißen

erfüllte ihn mit Staunen, und für einige Sekunden vergaß er seine Müdigkeit.

»Es ist eine... Touristenattraktion«, erklärte Sorel. »Vielleicht bekommen Sie während Ihres hiesigen Aufenthaltes Gelegenheit, an einem der nächtlichen Ausflüge teilzunehmen, die für Außenweltler organisiert werden.«

»Nun, ich bin nicht sicher, ob mir ein Spaziergang in der Wüste gefällt.«

»Davon würde ich Ihnen auch abraten! Zu dieser Jahreszeit ist es viel zu gefährlich, sich ohne spezielle Schutzvorrichtungen in die Wildnis zu wagen. Wenn T'Kuht im Hochsommer scheint, sind die Le-matya besonders aktiv.«

»Le-matya?«

»Raubtiere. Sie sind größer als Sehlat, haben Giftzähne und Krallen. Während des Hochsommers, wenn die Wasserlöcher austrocknen, durchstreifen sie die Wüste. Sie schlagen selbst dann Beute, wenn sie gar nicht hungrig sind: um Blut zu trinken und auf diese Weise ihren Durst zu stillen.«

»Nun, die vulkanischen Vorstellungen in Hinblick auf Touristenattraktionen erscheinen mir ein wenig seltsam«, bemerkte McCoy und verzog das Gesicht. Sie näherten sich Sorels Schwebefahrzeug, und die heiße Nachtluft trieb McCoy einmal mehr den Schweiß aus den Poren.

Der Heiler preßte die Handfläche auf den Schloßscanner, und eine Sekunde später glitt die Tür auf. »Es geht den Veranstaltern nicht etwa um die Le-matya. Die Besucher kommen in erster Linie, um sich im Licht T'Kuhts die Schönheit der Wüste anzusehen. Die Ausflüge finden in Fahrzeugen mit transparenten Schutzkapseln statt. Bestimmt haben die Touristen ShiKahr schon vor einer Weile verlassen, um den Aufgang des Schwesterplaneten in der Wüste zu beobachten.«

»Ja, ich nehme an, das ist ein interessantes Spektakel«, sagte McCoy, als die Klimaanlage des Wagens die Hitze vertrieb. »Wenn man es kühl hat und an einem guten Julep nippen kann.«

»Einem... Julep?« fragte Sorel.

McCoy lächelte dünn. Die Vulkanier mochten gelernt haben, ihre Gefühle zu kontrollieren, aber wenn erst einmal ihre Neugier geweckt war... »Ein Getränk, wahrscheinlich das beste in der ganzen Galaxis. Wissen Sie was, Sorel? Wenn im Treibhaus Sareks auch Minze wächst, besorge ich in ShiKahr die restlichen Zutaten. Dann könnten wir uns nach der Entlassung Amandas bei einer kleinen Party treffen — und uns einen ordentlichen Würzwhisky genehmigen. Ist genau das richtige an einem heißen Sommerabend.«

»Es überrascht mich ein wenig, daß Daniel nie von einer solchen Spezialität gesprochen hat«, erwiderte Sorel nachdenklich. »Für Menschen scheinen Speisen und Getränke recht wichtig zu sein. Nun, Daniel mag ebenfalls Whisky: irischen, soweit ich weiß.«

»Weil er in Irland aufgewachsen ist, wo es selbst im Sommer nie heiß wird.«

»Oh, ich verstehe. Stammen Sie ebenfalls von der Erde, Leonard?«

»Ja. Aus Georgia, einer Region im Süden von Nordamerika. Dort herrscht ein wesentlich wärmeres Klima als in Irland — obgleich es Vulkanier vermutlich für kühl hielten.«

»So viele verschiedene Klimata auf einem einzigen Planeten«, murmelte Sorel. »Vielleicht ist das der Grund für die erstaunliche Anpassungsfähigkeit von euch Menschen. Ich würde die Erde gern einmal besuchen. Während ihres Aufenthalts in der Außenwelt hat meine Tochter vielfältige Erfahrungen mit fremden Kulturen und Zivilisationen gesammelt. Ich hingegen habe Vulkan nie verlassen.«

»Nicht ein einziges Mal?« fragte McCoy verblüfft. Im Vergleich mit T'Pau und anderen Vulkaniern ihres Schlages wirkte der Heiler ausgesprochen kosmopolitisch. Ihm fiel die Vorstellung schwer, daß sich Sorels Kontakte zu Außenweltlern nur auf die Studenten und Wissenschaftler der Akademie beschränkten. »Wissen Sie, Ihre Kinder stehen längst auf eigenen Beinen, brauchen keine elterliche Hilfe mehr. Und Sie sind noch immer jung genug, um...« McCoy überlegte kurz. »Warum unterschreiben Sie keinen Fünfjahresvertrag bei Starfleet? Dann könnten Sie sich die Galaxis ansehen. Inzwischen gehören der Flotte bereits so viele Vulkanier an, daß wir dringend Heiler brauchen. Aber kaum jemand ist bereit, uns seine Dienste anzubieten. Ihre Erfahrungen betreffen sowohl die vulkanische als auch die menschliche Medizin. Jeder Raumschiffkommandant nähme Sie mit Freuden in seine Besatzung auf.«

»Ein interessanter Vorschlag, Leonard. Eine solche Möglichkeit ist mir noch gar nicht in den Sinn gekommen, obwohl ich meinen Kollegen an der Akademie geholfen habe, einige Starfleet-Ärzte auszubilden. Fünf Jahre sind keine Ewigkeit. Daniel könnte die anstehenden Forschungsarbeiten auch ohne mich weiterführen, wenn ihn dabei einige fähige Assistenten unterstützen. Ich verspreche Ihnen, gründlich darüber nachzudenken.«

McCoy war einmal mehr überrascht: Er hatte erwartet, daß der Vulkanier die Anregung sofort zurückwies. Andererseits... Sorels Lebenserwartung betrug noch mindestens hundert Jahre; für ihn stellten sechzig Standardmonate vielleicht nicht mehr dar als wenige Tage für einen menschlichen Arzt — und sie versetzten ihn in die Lage, seine Neugier auf fremde Welten zu befriedigen. McCoy fragte sich, ob auch Vulkanier die Art von Abenteuerlust verspüren konnten, die er schon während seiner ersten Reise durchs All verspürt und die ihn bisher daran gehindert hatte, zur Erde zurückzukehren.

Sorels Bindungspartnerin war tot. Der Umstand gab ihm nicht nur mehr Freiheit, sondern auch einen Grund, die Heimat zu verlassen. Unbehagen regte sich in McCoy, als er sich an die vielen Probleme im Zusammenhang mit der Behandlung von Vulkaniern entsann: Angesichts ihrer überaus komplexen Psycho-Physiologie blieb immer ein gewisser Unsicherheitsfaktor bestehen. Ein Heiler aber kannte alle Geheimnisse der vulkanischen Natur. Wenn es ihm gelang, den berühmten Sorel davon zu überzeugen, seine Erfahrungen Starfleet zugänglich zu machen, so schuf er damit möglicherweise einen bedeutenden Präzedenzfall. Vielleicht folgten dann andere Heiler seinem Beispiel.

»Der Zeitpunkt ist ideal«, sagte er. »Bitte verzeihen Sie, wenn ich Sie daran erinnere, aber in Ihrem Leben kam es gerade zu einer einschneidenden Veränderung. Wenn Sie diesen Planeten für eine Weile verlassen, ergibt sich eine, äh, neue Perspektive für Sie.«

»Genau das ist der Grund, warum ich derzeit auf Vulkan bleiben muß, Leonard.« Sorel hielt vor Sareks Haus an. »Ich bin noch nicht bereit, mir eine neue Frau zu suchen — aber ich kann nicht fünf Jahre damit warten. Deshalb habe ich keine andere Wahl, als diese Entscheidung zu verschieben.«

»Oh«, entgegnete McCoy verlegen. Erst jetzt begriff er das Problem des Heilers. Einige Sekunden lang hatte er sich der Hoffnung hingegeben, Captain Kirk könne seine Beziehungen spielen lassen, um eine freie Stelle in der Krankenstation der *Enterprise* mit einem Experten in vulkanischer Medizin zu besetzen.

Am Stadtrand von ShiKahr schien T'Kuhts strahlender Glanz noch heller zu sein. McCoy verabschiedete sich von Sorel und passierte das Tor des Anwesens. Er hielt es für sonderbar, daß Vulkanier Mauern errichteten, um ihre Grundstücke abzugrenzen, sich jedoch nicht die Mühe machten, die Tore mit Schlössern auszustatten. Wahrscheinlich dienten die hohen Wände dazu, Kinder und Sehlats von den Gärten fernzuhalten. Er stellte sich einen jungen Spock vor, der mit einem lebenden Teddybär spielte — einem Tier, dessen großer Rachen mehr als zehn Zentimeter lange Reißzähne aufwies! Er nahm sich vor, Vulkan nicht eher zu verlassen, bis er ein solches Geschöpf gesehen hatte.

Selbst im perlmuttenen Schein T'Kuhts wirkten die Pflanzen im Garten welk. Der Boden speicherte die Hitze des Tages und strahlte sie jetzt wieder ab: McCoy spürte die hohe Temperatur durch die Stiefelsohlen. Noch immer war es recht schwül, und er seufzte erleichtert, als er das Haus betrat.

Im Salon brannte Licht, und als er durch den Flur ging, hörte er leise Musik. Behutsam öffnete er die Tür. Kirk lag auf der Couch des Wohnzimmers — wahrscheinlich schlief er —, und Sarek saß in einem großen Lehnstuhl aus Eichenholz. McCoy nahm an, daß es sich dabei um ein weiteres Erbstück Amandas handelte, und er überlegte, wie oft sie dort Platz genommen hatte, um ihren Elfensohn Spock mit sanfter Stimme in den Schlaf zu singen.

Sarek spielte auf einer kleinen Harfe. Sie ähnelte derjenigen, die zu Spocks persönlicher Habe an Bord der *Enterprise* gehörte, schien jedoch wesentlich älter zu sein: An den Griffen und auf dem Rahmen zeigten sich matte Stellen.

Der Botschafter hatte das Instrument auf einen für menschliche Ohren angenehmen Frequenzbereich justiert. Die Melodie erinnerte McCoy an einen Walzer, der ihm vertraut erschien, an dessen Namen er sich jedoch nicht erinnern konnte.

Als er das Zimmer betrat, nickte ihm Sarek wortlos zu und spielte weiter. Schläfrig öffnete Kirk ein Auge, stellte fest, daß McCoy nicht die Absicht zu haben schien, ihm eine wichtige Nachricht zu übermitteln, und döste weiter.

McCoy nahm Sarek gegenüber in einem Sessel Platz, der aus vulkanischer Produktion stammte, doch einige Kissen befriedigten das menschliche Bedürfnis nach Bequemlichkeit. Wieder ein Hinweis auf Amanda.

Sarek ließ die Hände sinken. »Guten Morgen, Leonard. Ist im Krankenhaus alles in Ordnung?«

»Spock erholt sich, ebenso wie die anderen Personen, die durch das Feuer Verletzungen erlitten.« McCoy fügte hinzu: »Sie und Jim sollten längst schlafen.«

»Ich glaube, Jim ruht schon seit einer ganzen Weile«, erwiderte der Botschafter und blickte in Richtung Couch. Kirk schnarchte leise. »Als wir hierher zurückkehrten, ging er sofort zu Bett, aber kurze Zeit später stand er wieder auf. Er meinte, er sei viel zu nervös, und da ich noch immer im Salon saß...«

»Versuchten Sie es mit einem Schlaflied.«

»Ja. Trotzdem entspannte er sich nicht richtig. Ich glaube, er wartete auf Sie. Selbst wenn er nicht im Dienst ist, scheint er immerzu an die Mitglieder seiner Mannschaft zu denken.«

»Er weiß, daß ich ihn benachrichtigt hätte, wenn irgend etwas geschehen wäre. Ich bin froh, daß es zu keinen neuerlichen Zwischenfällen kam.« McCoy deutete auf die Harfe. »Eine gut klingende Melodie. Ich weiß, daß ich sie schon einmal gehört habe. Wie heißt das Stück?«

»Keine Ahnung«, entgegnete Sarel. »Amanda nennt es ›Allgegenwärtigen Walzer‹.«

»Wie bitte?«

»Vor vielen Jahren weilte ich als vulkanischer Botschafter auf der Erde und lernte dort meine Frau kennen. Nun, zu meinen Pflichten gehörte die Teilnahme an offiziellen Empfängen und anderen Veranstaltungen, bei denen Musik eine wichtige Rolle spielte. Nach dem allgemeinen Protokoll erwartete man von mir — wie auch von allen anderen humanoiden Gesandten —, zumindest den irdischen Walzer zu erlernen und ihn zusammen mit der jeweiligen Gastgeberin zu tanzen. Anschließend durfte ich mich zurückziehen.«

»Ich kann mir vorstellen, daß Sie das als nicht besonders angenehm empfanden«, sagte McCoy. »Aber versetzen Sie sich einmal in die Lage der Gastgeberinnen, die auch mit tellaritischen Botschaftern tanzen müssen.«

»Ich verstehe nicht«, erwiderte Sarek monoton. McCoy kannte diese Ausdrucksweise bereits und wußte, was ihm der Vulkanier damit sagen wollte: »Sie sind ins Fettnäpfchen getreten, und um Ihnen Verlegenheit zu ersparen, behaupte ich, Ihre Bemerkung nicht zu verstehen.«

»Schon gut«, brummte er. »Fahren Sie fort.«

»Unter normalen Umständen ziehen es Vulkanier vor, nicht mit der Gemahlin eines anderen Mannes zu tanzen. Der Grund: Nach unseren Traditionen darf man nur dann eine Frau in den Armen halten, wenn man sich zuvor mit ihr gebunden hat.«

»Aber Sie waren auf der Erde, in einer völlig anderen Kultur...«

»Genau. Bei Botschaftern werden zwar religiös bestimmte Verhaltensnormen anerkannt, doch er kann sich nicht auf Bräuche oder Gepflogenheiten berufen. Ich nahm meine diplomatischen Aufgaben schon seit einer ganzen Weile wahr, als Amanda zum erstenmal in die Botschaft kam. Sie kennen sie jetzt als Linguistik-Expertin und Lehrerin, die Sprachen unterrichtet. Damals jedoch war sie noch ziemlich jung und stand erst am Anfang ihrer beruflichen Laufbahn. Sie hatte gerade Vulkanisch gelernt und wollte einen Urlaub nutzen, um bei uns ihre Sprachkenntnisse zu verbessern.

Die Botschaft befand sich in einer relativ kühlen Klimazone, und während des Sommers wurden immer wieder Bälle und Gartenfeste veranstaltet. Als ich Amanda bei den Vorbereitungen beobachtete, wurde mir bald klar, daß sie das, worin ich nur eine lästige Pflicht sah, für einen vergnüglichen Zeitvertreib hielt. Daraufhin lud ich sie ein, mich zu einem der Bälle zu begleiten.«

Damals muß Amanda auch ihre Körpersprache ziemlich gut beherrscht haben, dachte McCoy. *Bestimmt hätte sie sich nicht mit einer solchen Bitte an den Botschafter gewandt.*

»Als das Fest begann«, erläuterte Sarek, »brachte ich bei der ersten sich bietenden Gelegenheit den obligatorischen Walzer mit der Gastgeberin hinter mich. Im Anschluß daran suchte ich ein Nebenzimmer auf und diskutierte diplomatische Probleme mit einigen anderen Botschaftern. Im Laufe des Abends kehrte ich mehrmals in den Hauptsaal zurück und beobachtete jedesmal, wie Amanda mit einem anderen Partner tanzte. Der menschliche Protokolloffizier unserer Botschaft machte mich höflich auf eine Verpflichtung aufmerksam, von der ich bis dahin nichts wußte: Wenn ich eine Frau zu einem Ball begleitete, so meinte er, müsse ich sie zum letzten Tanz auffordern. Ich war ihm sehr dankbar für den Hinweis, denn diesen menschlichen Brauch kannte ich nicht, und ich wollte es vermeiden, Amanda aus Unwissenheit vor den Kopf zu stoßen.

Nun, als der letzte Tanz ausgerufen wurde, stellte ich fest, daß sich gleich mehrere Männer an Amanda wandten. Aber sie suchte nach mir, denn sie wußte natürlich, was man von ihr erwartete. Zum erstenmal in meinem Leben hielt ich eine Frau in den Armen, die keinem anderen Mann gehörte.«

»Meinten Sie daraufhin, es sei logisch, sie zu heiraten?« fragte McCoy.

»Nein. Jene Entscheidung traf ich gegen Ende des

Sommers, nachdem ich Amanda wesentlich besser kennengelernt hatte.« Ein dünnes Lächeln umspielte Sareks Mundwinkel, als er hinzufügte: »Und es war *tatsächlich* ein logischer Entschluß — obgleich ich nicht einmal versuchen würde, meinem Sohn die entsprechende Logik zu erklären. Beim ersten Tanz mit Amanda stellte sich heraus, wie sehr sich unsere Gedankengänge ähnelten. Nun, der Walzer, den die Kapelle damals spielte, schien sich bei den Menschen besonderer Beliebtheit zu erfreuen, denn die Melodie erklang auch bei vielen anderen Bällen.

Ich bat die junge Frau, mich zu den nächsten Empfängen zu begleiten, und es dauerte nicht lange, bis die Journalisten auf uns aufmerksam wurden. Amanda fürchtete, sie brächte mich dadurch in Verlegenheit, aber ich antwortete, ein Vulkanier ließe sich nur dann beleidigen, wenn jemand seine Aufrichtigkeit in Frage stelle. Bei jedem Fall wurde irgendwann der Walzer gespielt, den wir kannten, und wenn das geschah, kehrte ich zu Amanda zurück und tanzte mit ihr. Ich nehme an, Menschen neigen dazu, unser Verhalten als sentimental zu bezeichnen, aber in Wirklichkeit war es völlig logisch. Wir beide wußten: Wenn die Melodie erklang, trafen wir uns auf der Tanzfläche. Wir brauchten uns nicht zu verabreden, hielten uns an eine stillschweigend getroffene Übereinkunft.«

Ja, völlig logisch, dachte McCoy spöttisch. *Für Verliebte!* Aber er ließ sich nichts anmerken, hörte ruhig zu, als Sarek berichtete, wie die Beziehung zu seiner späteren Frau begann.

»Aus irgendeinem Grund brachten wir nie den Titel jenes Musikstücks in Erfahrung. Amanda begann damit, es als ›Allgegenwärtigen Walzer‹ zu bezeichnen, und so nennen wir es noch heute. Sie hat hier unsere Logik gelernt, aber wenn sie unglücklich ist, weil sie damit ein bestimmtes Problem nicht lösen kann, spiele ich *unsere* Melodie für sie. Das heitert sie wieder auf.«

»Heute abend haben Sie an Ihre Frau gedacht«, sagte McCoy. »Deshalb die Harfe.« Er nickte langsam. »Nun, morgen wird sie aus der Stasis entlassen. Besser gesagt: heute.«

Sarek schüttelte den Kopf. »Morgen«, wiederholte er.

»Ach? Daniel Corrigan meinte doch, die Rekonvaleszenz sei in zwei Tagen abgeschlossen.«

»Die grobe Schätzung eines Menschen. Der physiologische Reaktivierungsprozeß dauert zwei Tage, sechs Stunden und vierzehn Minuten — nach vulkanischer Zeit. Er wurde gestern morgen eingeleitet und wird morgen nachmittag abgeschlossen.«

»Himmel, wenn ich mich nicht bald hinlege und an der Matratze horche, komme ich noch mit dem ganzen Kalender durcheinander«, sagte McCoy. Er streckte sich, gähnte und warf Kirk einen kurzen Blick zu. »Ich schätze, wir sollten den Captain ins Bett bringen. Wenigstens brauche ich ihm diesmal nicht die Stiefel auszuziehen.«

»Kommt es häufig vor, daß Sie Ihrem vorgesetzten Offizier auf diese Weise... helfen müssen?« fragte Sarek.

»Oh, wir sind schon einige Male zusammen auf Landurlaub gewesen... Tja, aber diesmal gibt's einen Unterschied: Keiner von uns ist blau. Meine Güte, ich habe mir heute nicht einen einzigen Drink genehmigt. Abgesehen von Kasa-Saft.«

»Möchten Sie etwas, Leonard? Einen Brandy?«

»Nein, danke. Ich bin viel zu müde, um daran Gefallen zu finden. Und eins steht fest: Ich brauche nichts, um mich zu entspannen. Mir fallen schon so die Augen zu.«

Kirk zwinkerte benommen, als sie ihn durch den Flur

führten. McCoy sah durch die offene Tür in Sareks und Amandas Schlafzimmer, bemerkte das holografische Bild einer jungen Frau, die den kleinen Spock in den Armen hielt. Es erschien ihm noch immer wie ein Wunder, daß das strahlende Baby zu dem verschlossenen und unnahbaren Ersten Offizier der *Enterprise* herangewachsen war. Aber Amanda hatte noch immer die großen blauen Augen und das sanfte Lächeln jener jungen Frau. Und jetzt überraschte es ihn nicht mehr, daß selbst ein logischer Vulkanier ihrem Reiz erlag.

McCoy erkannte auch ihren Blick. Er schien bis in die Seele des Betrachters zu reichen, doch er wußte, wer damals die Aufnahmekamera gehalten hatte. Der Blick war für einen einzigen Mann reserviert: Sarek. Erneut erinnerte er sich an die Reise nach Babel, und er hoffte inständig, daß es keine Schwierigkeiten gab, Amanda aus der Stasis zurückzuholen. Er wollte noch einmal sehen, wie sich das ungleiche Paar mit den Fingerspitzen berührte, den Rest der Welt vergaß und das Glück geistiger Einheit genoß.

KAPITEL 24

James T. Kirk erwachte am nächsten Morgen, als die Sonne aufging. Er konnte sich überhaupt nicht daran erinnern, zu Bett gegangen zu sein — und *das* war zum letztenmal nach einem Landurlaub auf Grappa Eins geschehen, einer Welt, die man auch als ›Eden der Schnapsliebhaber‹ bezeichnete.

Er fühlte sich weitaus besser als nach einer Zecherei, und als er die Arme hob, stellte er fest, daß sich während der Nacht weitere Schuppen von seiner Haut gelöst hatten. Das Strahlenfeld einer Sonikdusche prickelte etwas stärker als sonst. Kirk starrte in den Spiegel und sah einen rötlichen Schimmer auf den Wangen. Sowohl die Augenbrauen als auch der Haaransatz an der Stirn waren versengt, jedoch nicht verbrannt. Nach kurzem Zögern öffnete er den Arzneischrank im für Gäste reservierten Bad — und fand alles, was er brauchte.

Mit einer kleinen, scharfen Schere schnitt er die verschmorten Haare fort, griff dann nach einer Cremedose mit der Aufschrift: FÜR MENSCHEN, LEMNORIANER UND ANDORIANER EMPFOHLEN. UNGIFTIG FÜR VULKANIER. Er strich die Salbe auf die noch immer roten Stellen und beobachtete, wie sie sofort in die Haut eindrang. Einige Sekunden lang überlegte er, ob er sie hier auf Vulkan jeden Tag benutzen sollte: Bestimmt schützte sie vor dem grellen Schein der Sonne. Der Captain nahm sich vor, McCoy darauf hinzuweisen.

Die Tür des anderen Gästezimmers war noch immer verschlossen. Kirk betrat die Küche, traf dort jedoch niemanden an. Diesmal standen weder Kaffeetassen noch Gläser mit Fruchtsaft bereit.

»Schon wieder auf den Beinen, Jim?«

Sarek kam herein.

»Oh, ich habe gut geschlafen«, erwiderte Kirk. »Zuvor bin ich auch unter dem Heilprojektor und auf der Couch im Salon eingenickt. Ich fühle mich frisch und ausgeruht, bereit für einen neuen Tag.«

»Vielleicht sollten Sie sich trotzdem noch etwas schonen. Bis Sie sich vollständig erholt haben.«

»Nein. Ich muß meine Ermittlungen fortsetzen. Wenn ich mich recht entsinne, haben Sie Pille gestern abend gesagt, Amanda werde erst morgen aus der Stasis entlassen.«

»Ja, das stimmt.«

»Dann ist sie nach wie vor in Gefahr – vorausgesetzt, der Mörder hat es wirklich auf Ihre Frau abgesehen. Ich beabsichtige, mich überall in der Akademie zu zeigen und Verdächtige zu befragen. Wenn es dem Täter nur darum ging, die Stasisforschung in Mißkredit zu bringen, hat er sein Ziel erreicht. Vielleicht hält er es aufgrund meiner Untersuchungen für besser, kein Risiko einzugehen und auf weitere Anschläge zu verzichten.«

»Das klingt vernünftig«, sagte Sarek. »Aber leider müssen wir die Möglichkeit berücksichtigen, daß sich der Mörder nicht logisch verhält. Das gestrige Feuer widerspricht dem üblichen Muster: Es richtete sich nicht gegen eine bestimmte Person. Nun, vielleicht gibt es zwischen der Brandstiftung und dem Tod T'Zans und Remingtons keinen direkten Zusammenhang.«

»Für wie wahrscheinlich halten Sie das?« fragte Kirk.

»Mir stehen nicht genug Daten zur Verfügung, um eine Wahrscheinlichkeit zu berechnen«, entgegnete Sarek. »Wenn wir erfahren, wodurch das Feuer ausbrach...«

Aber die Ergebnisse der entsprechenden Analyse ließen keine eindeutigen Schlüsse zu. Sarek und Kirk wandten sich an Storn, nachdem sie McCoy im Krankenhaus zurückgelassen hatten, und der Techniker berichtete: »Wir konnten nur feststellen, daß jemand den

Permanentspeicher des Zentralcomputers mit einer starken energetischen Entladung zerstörte.«

»Um alle darin gespeicherten Informationen zu löschen«, sagte Kirk.

»Vermutlich«, erwiderte Storn steif. Ganz offensichtlich mochte er es nicht, unterbrochen zu werden. Die ganze Nacht war er damit beschäftigt gewesen, die Reparaturarbeiten zu leiten, und anschließend hatte er sofort mit Nachforschungen in Hinsicht auf den Brand begonnen. Unter den Augen des Vulkaniers zeigten sich dunkle Ringe, und die Wangen wirkten eingefallen. Er war so erschöpft, daß es ihm sichtlich schwerfiel, sich zu beherrschen.

Kirk gelangte zu dem Schluß, daß Storn in der Beschädigung des Computers und der Energieversorungssysteme einen persönlichen Affront sah, und dieses Verhalten erinnerte ihn an Chefingenieur Scott, der mit den Triebwerken und Wandlern der *Enterprise* verheiratet zu sein schien. Er beschloß, still zu bleiben, um den Techniker nicht noch mehr zu reizen.

»Bei der Brandstiftung wurden keine fremden Materialien benutzt«, fuhr Storn fort. »Der Permanentspeicher ist der am besten geschützte Teil des Computers. Deshalb sind die Warnsensoren der Akademie, die auf Hitze, Rauch und bestimmte Chemikalien reagieren, direkt damit verbunden: Wenn andere Komponenten der Anlage ausfallen, kann trotzdem ein Alarm ausgelöst werden.

Nun, in diesem besonderen Fall scheint folgendes geschehen zu sein: Die Energie, die normalerweise in die verschiedenen Sektionen der Akademie geleitet wird, entlud sich in der Speichereinheit — daher der gestrige Stromausfall. Dahinter steckt ganz eindeutig die Absicht. Und wer auch immer dafür verantwortlich sein mag — schon ein wesentlich schwächerer Impuls hätte genügt, um alle gespeicherten Daten zu löschen.«

»Der Unbekannte ging auf Nummer Sicher«, sagte Kirk, bevor ihm einfiel, daß er Storn nicht unterbrechen wollte.

Doch der Vulkanier erwiderte nur: »Genau. Es kam dem Täter darauf an, nicht die geringsten Datenspuren zurückzulassen. Er zerstörte nicht nur den Inhalt des Speichers, sondern auch das Modul selbst. Die Energieladung überlastete die Schaltkreise, bevor die Unterbrecher des elektronischen Archivs reagieren konnten — wohingegen den automatischen Sicherheitsschaltern des Generatorensystems genug Zeit blieb, die Weiterleitung des Impulses zu unterbinden. Das blockierte die Energieversorgung und verhinderte einen rechtzeitigen Feueralarm — bis der Rauch einen batteriebetriebenen Sensor erreichte.«

»Und zu jenem Zeitpunkt hatte sich der Brand schon gefährlich weit ausgebreitet.« Kirk nickte. »Storn, wäre es möglich, daß die fatale Entladung durch Zufall erfolgte? Gibt es eine Parallele zu dem medizinischen Diagnoseprogramm, das fehlerhaft arbeitete, weil jemand den Kontrollkomplex der Stasiskammern manipulierte?«

»Nein«, erwiderte der Techniker. »Der Permanentspeicher ist mit insgesamt neun Schutzkreisen abgeschirmt. Besser gesagt: Er *war* es«, korrigierte sich Storn und klang dabei wie Scott. »Sie mußten zunächst desaktiviert werden. Ich habe eine neue Einheit bestellt, die heute nachmittag eintreffen wird. Morgen früh kann der Computer benutzt werden. Allerdings: Die Daten und Programme, die nicht in externen Speichern abgelegt wurden, sind verloren.«

Kirk erinnerte sich an den vergangenen Abend, an Eleyna Miller und ihren Hinweis, sie müsse noch einige Prüfungsarbeiten durchsehen und bewerten; offenbar hatte sie vergessen, daß sie gar nicht an einem Terminal arbeiten konnte. *Wie dem auch sei,* dachte er. *Ich war viel zu müde, um die Gelegenheit zu nutzen und mit ihr auszugehen. Ich hoffe nur, daß es bei unserer heutigen Verabredung bleibt.*

Sarek räusperte sich. »Storn, inzwischen haben wir so viele Hinweise auf Sabotage gefunden, daß wir daraus einen eindeutigen Schluß ziehen müssen: Jemand hat den Computer benutzt, um zwei Personen zu töten und anschließend alle Spuren zu verwischen.«

»Ich stimme Ihnen zu«, sagte Storn. »Und da wir noch immer nicht wissen, wer dafür die Verantwortung trägt, müssen besondere Schutzmaßnahmen für Ihre Frau ergriffen werden. Ich schlage vor, die Stasiskammer nicht erneut mit dem zentralen Rechner zu verbinden. Das Reservesystem genügt völlig, um Amandas Rekonvaleszenz zu gewährleisten.«

»In der Tat«, pflichtete ihm Kirk bei. »Der Brand scheint nicht direkt beabsichtigt und mehr ein Nebeneffekt gewesen zu sein. Das deutet darauf hin, daß wir es mit jemandem zu tun haben, der sich nicht gern die Finger schmutzig macht und es vorzieht, aus sicherer Entfernung zu töten, indem er einige Tasten betätigt. Wenn wir alles unterlassen, was den Täter in Panik bringen könnte, droht Amanda keine Gefahr. Wir sollten nur dafür sorgen, daß der Mörder keine Möglichkeit bekommt, sie direkt zu erreichen. Unterdessen setze ich meine Ermittlungen fort. Wenn es uns gelingt, den Unbekannten zu identifizieren und zu verhaften, brauchen wir uns überhaupt keine Sorgen mehr zu machen.«

»Da bin ich ganz Ihrer Meinung, Jim«, sagte Sarek. Er wandte sich an den Techniker und fügte hinzu: »Storn, solange der Computer ausgefallen ist, kann ich meine Klassen nicht unterrichten. Nun, heute morgen wird mein Sohn aus dem Krankenhaus entlassen. Ich schlage vor, wir lösen Sie ab und kümmern uns um die notwendigen Reparaturen. Sie und Ihre Leute sollten die Gelegenheit nutzen, sich gründlich auszuschlafen.«

Kirk verließ Sarek, der den Raum zusammen mit einigen ausgeruhten Vulkaniern aus der technischen Abteilung auf die Installation des neuen Permanentspeichers vorbereitete. Im Flur blieb der Captain stehen, schaltete seinen Tricorder ein und starrte auf die Verdächtigenliste. Sorel und Corrigan kamen nicht in Frage, und er wußte, daß *er* nicht die geringste Schuld trug. McCoy hatte ein Alibi für den vergangenen Abend – ganz abgesehen von der Tatsache, daß es ihm an den notwendigen Computerkenntnissen fehlte, um komplexe Programmstrukturen zu verändern. Sorels Sohn, Soton, schien kein Motiv zu haben, und Kirk zweifelte nicht daran, daß der junge Vulkanier am vergangenen Abend völlig ehrlich gewesen war. Und was T'Mir betraf: Im Falle ihrer Mutter gab es weder Motiv noch Gelegenheit. Nur Sendet blieb verdächtig, bis zur Überprüfung seines Alibis.

Verblüfft stellte Kirk fest, daß sich seine Liste damit auf einen einzigen Namen reduzierte: T'Pau. Die Vorstellung, sie zur Rede zu stellen, gefiel ihm nicht sonderlich, aber er beschloß, an seinem Plan festzuhalten, seufzte und machte sich auf den Weg zur Höhle des Löwen.

KAPITEL 25

T'Paus Büro befand sich in einem Teil der Akademie, den Kirk noch nicht kannte. Er orientierte sich anhand der Hinweisschilder und entfernte sich immer mehr von den hohen und modernen Gebäuden. Er schritt über welkes, vertrocknetes Gras, über leere, öde Plätze, und nach einer Weile erreichte er einige alte Steinbauten. Sie erhoben sich am Rande einer Grünfläche, und dort wuchsen die ersten Bäume, die der Captain auf Vulkan sah. Wasser gurgelte aus einer natürlichen Quelle.

Nach dem langen Weg durch gleißenden Sonnenschein genoß Kirk den etwas kühleren Schatten. Trotz der Salbe brannte seine Haut; Hitze und ungewohnt hohe Schwerkraft ermüdeten ihn rasch.

Er trat auf die Sitzbank neben der Quelle zu und nahm Platz, um vor der Begegnung mit T'Pau ein wenig Atem zu schöpfen. Nach einigen Sekunden bemerkte er eine steinerne Tafel mit vulkanischen Schriftzeichen. Kirk betrachtete sie eine Zeitlang, bevor er einige Schalter bemerkte, die wie kleine Vorsprünge wirkten und erst bei genauerem Hinsehen auffielen. Eine Taste trug die Aufschrift: ENGLISCH. Der Captain betätigte sie und hörte eine weibliche Stimme, die er kurz darauf als die Amandas erkannte.

»Vor fünftausend Jahren kamen Surak und eine kleine Gruppe seiner Anhänger zu dieser Oase in der Wüste. Ihre Absicht bestand darin, eine Gemeinschaft zu gründen, die auf der neuen Philosophie der Gewaltlosigkeit basierte. Es gibt viele Legenden über die damalige Zeit: Wenn sich Kriegerhorden näherten, um die kostbare Quelle unter ihre Kontrolle zu bringen, hieß Surak sie willkommen und forderte sie auf, ihren Durst zu stillen; er sprach zu ihnen über Logik und Frieden durch Kontrolle der Emotionen.

Die kleine Gemeinde wurde häufig angegriffen, aber sie setzte sich nicht zur Wehr — ein Verhalten, das die Krieger nicht verstanden. Der Ehrenkodex erlaubt es ihnen nicht, unbewaffnete Personen zu töten, und deshalb versuchten sie, Surak und seine Gefolgsleute zu versklaven. Sie leisteten keinen Widerstand, priesen bei jeder Gelegenheit die Lehren Suraks, verschwanden aus den Gefangenen lagern, obgleich man sie mit Ketten gefesselt hatte, und kehrten zu ihren Gefährten in der Oase zurück.

Im Verlaufe mehrerer Jahrhunderte gewann Suraks Philosphie der Gewaltlosigkeit und emotionalen Kontrolle den Respekt der anderen Vulkanier, bis sie schließlich Leben und Kultur des ganzen Volkes bestimmte.

Suraks Nachfolger gründeten die Akademie. Schüler kamen in großen Scharen, um von ihnen zu lernen, und die ersten Gebäude wurden aus Sandstein errichtet. Es handelt sich um die Bauwerke, die in unmittelbarer Nähe der Quelle stehen. Während der nächsten Jahrtausende wuchs die vulkanische Akademie der Wissenschaften zu dem großen Komplex heran, den Sie heute sehen.

Die meisten modernen Vulkanier folgen nach wie vor Suraks ursprünglicher Lehre der Gefühlskontrolle. Aber seit diese Einstellung zum bestimmenden Faktor der vulkanischen Kultur wurde, hielten es einige Philosophen für erforderlich, Suraks Techniken zu erweitern. Sie strebten nicht nur eine strikte Selbstbeherrschung an, sondern lehnten Emotionen grundweg ab. Noch heute gibt es Anhänger dieser strengeren Philosophie, und sie praktizieren eine Disziplin, die man Kolinahr nennt. Sie verließen ShiKahr und zogen sich in eine unwegsame vulkanische Region zurück, die sowohl für Außenweltler als auch vulkanische Touristen gesperrt ist. Die Jünger des Kolinahr werden als ›Gol-Meister‹ bezeichnet.

Doch nur wenige Vulkanier versuchen, sich von allen Gefühlen zu befreien. Suraks Lehre genügte, um auf dieser Welt fünftausend Jahre lang den Frieden zu bewahren. Sie befinden sich jetzt an jenem Ort, wo er mit den Unterweisungen begann, die einen solchen Einfluß hatten, daß er als Vater der vulkanischen Philosophie in die Geschichte einging.«

Damit endete die kurze Lektion. Kirk kehrte aus der Vergangenheit Vulkans zurück und bereitete sich auf eine Konfrontation mit der Gegenwart vor — auf das Gespräch mit T'Pau, die all das darstellte, was diese Welt so einzigartig machte.

Er betrat das älteste Gebäude der Akademie. Jahrtausendelanger Wüstenwind hatte ein pockennarbiges Verwitterungsmuster auf den Außenmauern hinterlassen, aber die Innenwände waren glatt. Kirks Blick fiel auf Mulden im steinernen Parkettboden, und vor seinem inneren Auge sah er eine lange Prozession von Gelehrten und Studenten, die über viele hundert Jahre hinweg ein und aus gingen. An einigen Stellen bemerkte er neue Fliesen, so beschaffen, daß sie sich in das alte Muster einfügten, aber nicht ganz so dunkel wie die anderen. Eine Zeitlang hielt er vergeblich nach Hinweisen auf weitere Restaurierungsarbeiten Ausschau.

Als er die Steine betrachtete, glaubte er, den Hauch der Ewigkeit zu spüren. Unverkleidete Kabel versorgten Lampen mit Energie: Sie leuchteten in kleinen Nischen, wo einst Fackeln gebrannt haben mochten. Offenbar wagte es niemand, Löcher in die alten Wände zu bohren. Kirk entdeckte keine Belüftungsschlitze; trotzdem war es im Innern des Gebäudes wesentlich kühler als draußen. Erleichtert stellte er fest, daß er T'Pau nicht schweißgebadet gegenüberzutreten brauchte.

In diesem Teil der Akademie fand kein Unterricht statt, und deshalb begegnete Kirk in den Korridoren nur wenigen Personen. Hier befanden sich die Archive und einige Büros, darunter auch das Arbeitszimmer T'Paus. Manche Kammern standen Besuchern offen — zum Beispiel ein kleines Museum mit den Gegenständen, die angeblich aus dem persönlichen Besitz Suraks stammten —, und die entsprechenden Türen wiesen mehrsprachige Schilder auf. Die Markierungen der anderen bestanden ausschließlich aus vulkanischen Symbolen.

Kirk hatte ein gutes Gedächtnis — und hoffte, daß es ihn diesmal nicht im Stich ließ. Er erinnerte sich an Sareks Übersicht, die ihm den Weg zu T'Paus Büro beschrieb, auch an die vulkanische Schreibweise ihres Namens. Aber die seltsamen Zeichen blieben ihm fremd, und jetzt befürchtete er, sie mit anderen Kennzeichnungen zu verwechseln.

Schließlich fand er eine Tür mit dem Namenszug, an den er sich zu entsinnen glaubte, und als er sie öffnete, sah er eine Frau, die ebenso alt und würdevoll wirkte wie T'Pau. Auf dem Schreibtisch vor ihr stand ein Computerterminal, doch es glühten keine Darstellungen auf dem Schirm. Die Vulkanierin las in einem dicken Buch, und daneben lag ein Faksimile der Seite, der ihr Interesse galt. Ab und zu hob sie einen Stift und notierte etwas auf der Kopie.

Als Kirk eintrat, schrieb die Frau noch einige Worte und hob dann den Kopf. Ihr Gesicht blieb ausdruckslos, zeigte keine Überraschung darüber, daß sich ein Mensch an sie wandte.

Der Captain bemerkte ihre blauen Augen und erinnerte sich an Stonn, an den Zorn in seinen Pupillen, als T'Pring sich ihm verweigerte. Diese Frau hingegen blickte kühl und sachlich. »Haben Sie sich verirrt?« fragte sie ruhig.

Er sah eine zweite Tür, direkt gegenüber. Der Schreibtisch der Vulkanierin blockierte sie nicht, stellte aber trotzdem eine Barriere dar. Kirk kam zu dem Schluß, daß es sich um ein Vorzimmer handelte, und die Frau war vermutlich eine Sekretärin, die unter anderem die Aufgabe wahrnahm, unerwünschte Besucher von einem oder einer Vorgesetzten fernzuhalten.

»Ich bin gekommen, um T'Pau einen Besuch abzustatten«, sagte er.

»T'Pau empfängt keine Außenweltler.« Also hatte er sich an die richtigen Symbole erinnert: Sein Ziel befand sich hinter der anderen Tür.

»Richten Sie T'Pau aus, daß James T. Kirk sie zu sprechen wünscht«, sagte er fest.

»T'Pau interessiert sich nicht für die Wünsche von Außenweltlern«, hielt ihm die Frau gelassen entgegen.

Kirk hob die Stimme. »Wollen Sie T'Pau daran hindern zu erfahren, daß hier in der Akademie zwei Morde verübt worden sind?«

Die Sekretärin hob spöttisch die Brauen. »Was für ein Unsinn! Wenn Sie recht hätten, wäre sie längst von den zuständigen Behörden unterrichtet worden.«

»Soweit ich weiß«, erwiderte Kirk so laut, daß man seine Stimme auch im Nebenzimmer hören konnte, »fehlen auf Vulkan Behörden, die für Gewaltverbrechen zuständig sind. Aus dem einfachen Grund, weil es hier praktisch gar keine Kriminalität gibt.«

»Es ist völlig ausgeschlossen, daß...«, begann die Vulkanierin, brach jedoch ab, als sich die Tür hinter ihr öffnete.

»Ich bin bereit, dir ein wenig meiner Zeit zu widmen, James Kirk«, sagte T'Pau herablassend, drehte sich um und kehrte in ihr Büro zurück. Der Captain folgte ihr, und bevor er die Tür schloß, sah er, wie die Frau am Schreibtisch die Lippen zusammenpreßte. *Wahrschein-*

lich läßt sie zum erstenmal seit hundert Jahren erkennen, was in ihr vorgeht.

Lange Regale zogen sich an den Wänden des Zimmers entlang, in dem T'Pau arbeitete, gefüllt mit Hunderten von Schriftrollen und Büchern. Durch ein Oberlicht ergoß sich greller vulkanischer Sonnenschein auf einen Tisch. Das Büro enthielt kein Terminal, weder eine Konsole noch Kassetten oder irgendwelche Geräte zur digitalen Datenspeicherung. Das einzige Zugeständnis an die moderne Zivilisation bestand in einer Lampe — groß genug, um wenigstens die Schreibtischfläche zu beleuchten, wenn es draußen dunkel wurde — und einem elektronischen Notizblock. Er schien ähnlich beschaffen zu sein wie das Instrument, das Kirk später gegen einen Tricorder eingetauscht hatte.

Ohne diese beiden Anachronismen konnte man den Eindruck gewinnen, um tausend Jahre oder mehr in die Vergangenheit Vulkans zurückversetzt worden zu sein. T'Pau trug eine weite, braungraue Robe, die keiner speziellen Moderichtung entsprach. Die Regale waren nichts anderes als steinerne Erweiterungen der Wände. Die Dokumente darin...

Kirk richtete seine Aufmerksamkeit auf ein in die Mauer gemeißeltes Siegel, unter dem ein dunkelbraunes Tuch hing. Die Tafel an der Quelle wies das gleiche Zeichen auf: *Surak.* Unwillkürlich streckte er die Hand aus, wagte es jedoch nicht, den Vorhang zu berühren.

»Besitzen Sie Dokumente, die von... Surak verfaßt wurden?« fragte er fast ehrfürchtig.

T'Pau gab keine Antwort. Statt dessen trat sie langsam um ihn herum, bis sie direkt vor ihm stand. Einige Sekunden lang musterte sie ihn ernst. »Was weißt du von Surak?« erwiderte sie schließlich. Aber diesmal klang ihre Stimme nicht herausfordernd, sondern nur neugierig und auch verwirrt.

»Nicht viel«, gestand Kirk ein. »Er gründete die vulkanische Philosophie. Für Spock ist er eine Art Held, so wie für mich Abraham Lincoln, ein berühmter Mann, der auf der Erde Geschichte machte. Aus diesem Grund würde ich gern mehr über ihn erfahren.« Er wandte den Blick von ihr ab und starrte wieder auf die Regale. »Bitte sagen Sie mir: Haben Sie hier wirkliche Manuskripte, die aus Suraks Feder stammen?«

Als er T'Pau ansah, fiel ihm ein seltsames Glitzern in ihren Augen auf. Mit einem plötzlichen Ruck drehte sie sich um, hob das Tuch unter dem Siegel und griff vorsichtig nach einer Schriftrolle. Kirk war überrascht, als ihm die alte Vulkanierin das Dokument anbot.

Er nahm es behutsam entgegen, wie einen kostbaren Schatz. Zögernd zupfte er an der dünnen Kordel, die eine lose Schlinge um das uralte und brüchige Pergament bildete, und er begriff, welche Ehre ihm T'Pau zuteil werden ließ. Er hielt das Vermächtnis ihrer Heimat in den Händen, eins der Werke, die eine auf Logik basierende Kultur ermöglicht hatten; er kam sich vor wie ein Bischof, dem man ein Kapitel aus der Bibel reichte — geschrieben von einem Evangelisten! Fast zärtlich tasteten seine Fingerkuppen über das spröde, papierartige Material, und er glaubte, die Präsenz Suraks zu spüren, stellte sich vor, wie der Philosoph vor fünftausend Jahren mit dieser Rolle vor seine Anhänger trat und ihnen vorlas, seine Botschaft von Gewaltlosigkeit und emotionaler Kontrolle verkündete.

Er warf T'Pau einen kurzen Blick zu, die daraufhin stumm nickte. Langsam entrollte Kirk das Pergament, bis er die ersten Symbole sah. Er konnte sie zwar nicht entziffern, aber die klare, stellenweise kühn anmutende Handschrift deutete auf einen scharfen Verstand hin, auf Entschlossenheit und den festen Willen, alle Hindernisse zu überwinden, um ein angestrebtes Ziel zu erreichen. *Kein Wunder, daß Spock einem solchen Mann nacheifert.*

Sorgfältig rückte er die Kordel wieder zurecht und gab T'Pau das Dokument zurück. »Vielen Dank«, sagte er.

Kirk rechnete mit einer Antwort in der Art: »Man braucht der Logik nicht zu danken.« Doch als sie die Rolle ins Regal zurücklegte und mit dem Tuch bedeckte, sagte sie: »Sie wissen, was Tradition bedeutet, James Kirk.«

Nur am Rande nahm er zur Kenntnis, daß sie nicht mehr das spöttische ›du‹ benutzte.

»Auch wir Menschen achten die Vergangenheit, T'Pau.«

»Ich habe Sie falsch eingeschätzt. Als Sie zum erstenmal nach Vulkan kamen, als einer der Trauzeugen Spocks, nahm ich an, er wolle sich als ein Mann zweier Welten in Szene setzen, indem er Fremde an unseren heiligsten Ritualen beteiligte. Zunächst glaubte ich, T'Pring habe ihn deshalb verstoßen — weil sein Verhalten sie beleidigte. Später aber nannte sie mir den eigentlichen Grund.«

»Spock würde niemals jemanden mit Absicht beleidigen.«

»Jetzt weiß ich, daß er eine gute Wahl traf. Sie haben nicht nur den Mut, den Sie damals unter Beweis stellten — selbst Barbaren können tapfer sein —, sondern auch Respekt vor der Tradition. Sogar dann, wenn es nicht die Ihres Volkes ist. Ich bedaure es nun, daß ich Spocks Urteil mißtraute.«

»Ich verstehe, was Sie zu jenem Zeitpunkt bewegte. Sie kennen Spock nicht sehr gut, oder?«

»Nein. Aber was ich versäumt habe, kann ich nachholen.« Erneut spürte Kirk den durchdringenden Blick der alten Vulkanierin auf sich ruhen. »Erzählen Sie mir von dem anderen Mann, von McCoy. Er entweihte das Ritual. Weshalb wählte ihn Spock zu seinem Begleiter?«

»McCoy ist Arzt. Ein Heiler. Es stimmt: Er log Sie an,

und auch mich und Spock — doch es ging ihm darum, ein Leben zu retten. Das ist immer seine oberste Priorität; in diesem Punkt können Sie ganz sicher sein.«

Die vulkanische Matriarchin nickte würdevoll. »Also teilt McCoy unseren Respekt vor dem Leben. Ich zog diese Möglichkeit in Betracht. Nur aus diesem Grund erhob ich keine Einwände gegen seine Rückkehr nach Vulkan, als ich von Ihrer Absicht hörte, ein verletztes Besatzungsmitglied ins Krankenhaus der Akademie zu bringen. Nun... Sie behaupten, Carl Remington sei ermordet worden?«

»Ja«, bestätigte Kirk. »Und auch die Dame T'Zan.« Er schilderte die Fakten.

»Ich vermutete bisher, sie starben, weil die neue Behandlungstechnik versagte.«

»Eine Technik, die von Menschen entwickelt wurde?«

»Vielleicht hielt ich sofort eine Fehlfunktion für möglich, weil ein Außenweltler an der Konzipierung des Verfahrens beteiligt war. Es handelte sich um eine unbewußte Annahme, und ich werde in Zukunft darauf achten, mein Einschätzungsvermögen in bezug auf Daniel Corrigan von keinen weiteren Vorurteilen beeinflussen zu lassen. Immerhin gehört er jetzt zu meiner Familie.«

»Wie bitte?« fragte Kirk verwirrt.

»Gestern abend band er sich mit Sorels Tochter T'Mir. Erklären Sie mir bitte, warum Sie den Tod der beiden Patienten Daniels nicht für einen bedauerlichen Zufall halten.«

Mit knappen Worten beschrieb ihr Kirk die Computermanipulationen und das Bemühen des Täters, alle Spuren zu verwischen. »Das Problem ist: Keins der beiden Opfer hatte irgendwelche Feinde auf Vulkan. Deshalb gehe ich von zwei möglichen Motiven aus. Erstens: Der Unbekannte hat es in erster Linie auf Corrigan und/

oder Sorel abgesehen und will ihre Arbeit diskreditieren. Zweitens: Es kam ihm darauf an, einen der drei Stasispatienten zu eliminieren. In einem solchen Fall dienten die anderen Toten nur dazu, uns auf eine falsche Fährte zu locken. Mit anderen Worten: ein Ablenkungsmanöver. Die Erklärung wäre ganz einfach gewesen: ein Defekt der neuen Technik, wie Sie eben schon sagten.«

T'Pau beugte sich vor, winkelte die Arme an und stützte das Kinn auf die gefalteten Hände; sie verhielt sich ebenso wie Spock, wenn er sich konzentrierte. »Faszinierend«, erwiderte sie schließlich. »Jetzt verstehe ich auch, warum Sie heute morgen hierher gekommen sind, um mit mir zu sprechen... Sie halten mich für jemanden, der sowohl Zugang zum Akademiecomputer als auch ein Motiv hatte, die drei Patienten in den Stasiskammern zu töten, nicht wahr?«

KAPITEL 26

Noch niemals zuvor in seinem Leben war Kirk so verlegen gewesen. Er hatte völlig vergessen, daß T'Paus Name auf seiner Verdächtigenliste stand, dachte nur noch daran, daß ihm ihr scharfer Verstand helfen konnte, den Mörder zu identifizieren und Amanda zu schützen. Überraschenderweise gab es jetzt eine völlig neue Beziehung zwischen ihnen, und deshalb sah er sich außerstande, die Frage der Vulkanierin mit einer taktvollen Lüge zu beantworten.

»Ja, das stimmt«, gestand er. »Sie *gehörten* zu den Personen, die ich verdächtigte.«

»Und nun?«

»Jetzt nicht mehr.«

»Warum nicht?« erkundigte sich T'Pau. »Seien Sie logisch, James. Ich habe Ihnen noch kein Alibi genannt, oder? Wie dem auch sei: Meine Assistentin T'Nie wird Ihnen bestätigen, daß ich nicht über die nötigen Computerkenntnisse verfüge, um derart komplexe Manipulationen vorzunehmen. In meiner Unterkunft steht kein Terminal, und die Konsole im Vorzimmer gestattet nur Zugang zu den Bibliotheksinformationen. Sie dient einzig und allein zur Verwaltung und Katalogisierung bereits gespeicherter Daten. Jemand, der sich mit solchen Geräten auskennt — Sarek zum Beispiel —, hielte meinen Computer vermutlich für kaum programmierbar. Ich glaube, es ist nicht möglich, damit medizinische oder technische Programme abzurufen.

Außerdem: Um dieses Büro zu betreten oder zu verlassen, muß man an T'Nie vorbei. Sie wird Ihnen sagen, daß ich mich gestern den ganzen Morgen über in meinem Arbeitszimmer aufhielt und erst ging, als Feueralarm gegeben wurde. Nachdem wir feststellten, daß für die hiesigen Gebäude keine Gefahr drohte und man im Hospital auf unsere Hilfe verzichten konnte, kehrten wir wieder zurück. Wenn ich Sie richtig verstanden habe: Der Täter muß die energetische Überladung, die zum Brand führte, in Echtzeit programmiert haben, nicht wahr? Oder hat er vielleicht eine Verzögerungsschleife eingegeben?«

»Storn und Sarek sind ziemlich sicher, daß jener elektronische Eingriff zur gleichen Zeit erfolgte wie die Zerstörung des Permanentspeichers — im Gegensatz zu den anderen Manipulationen, bei denen eine Vorbereitung möglich gewesen wäre. Nun, ich kann einen Computer benutzen, um die Probleme zu lösen, die in *meinen* Zuständigkeitsbereich fallen, aber im Vergleich mit Spock oder seinem Vater bin ich nur ein Anfänger. Also vertraue ich ihren Auskünften. Und auch den Ihren, T'Pau.«

Die vulkanische Matriarchin nickte andeutungsweise. »Es ist viele Jahre her«, sagte sie ruhig, »seit ich mir das Vertrauen einer anderen Person *verdienen* mußte. Nun, James, Sie haben alle Verdächtigen befragt und keine Hinweise gefunden.«

»Was bedeutet, daß ich mich erneut mit ihnen beschäftigen muß«, pflichtete ihr Kirk bei. »Mit einer Einschränkung: Diejenigen, die eine Gelegenheit hatten, stehen an erster Stelle. Und ich nehme erleichtert zur Kenntnis, daß Sie nicht zu ihnen gehören.«

»Was ist, wenn der Name des Mörders auf Ihrer Liste fehlt?« warf T'Pau ein. »James, Sie machen keinen Hehl aus Ihren Ermittlungen. Selbst wenn Sie dem Täter noch gar nicht begegnet sind: Vielleicht fürchtet er Ihre Untersuchungen. Jemand, der fähig ist, zwei unschuldige Personen zu ermorden, könnte auch versuchen, Sie umzubringen.«

»Wenn er es versucht, muß er sich mir zeigen. Ich kann mich durchaus meiner Haut wehren, T'Pau — im Gegensatz zu Amanda. Wenn es dem Unbekannten um

T'Zan oder Remington ging, hat er sein Ziel erreicht. Vielleicht gelingt es mir, ihn von einem Anschlag auf Amandas Leben abzuhalten, indem ich die Risiken für ihn vergrößere. Und wenn seine Absicht darin besteht, das Stasisprojekt in Mißkredit zu bringen: Wir wissen inzwischen, daß technisches Versagen nicht in Frage kommt, und wenn wir das dem Täter zu verstehen geben, läßt er sich möglicherweise nicht zu weiteren Sabotageakten hinreißen.«

»Bei Ihren Überlegungen setzen Sie voraus, daß sich der Mörder logisch verhält«, sagte T'Pau.

»Nun, bisher ging er geradezu *verdammt* logisch vor. Unser einziger Hinweis auf seine Identität beschränkt sich darauf, daß er ein Computerspezialist sein muß — und von solchen Leuten wimmelt es in der Akademie.«

T'Pau hob den Kopf. »Wer nicht davor zurückschreckt, einen Mord zu begehen, leidet nach vulkanischer Anschauung an einer profunden Bewußtseinsstörung.«

»Sind alle Vulkanier davon überzeugt?« erwiderte Kirk skeptisch. »Als sich Sarek an Bord der *Enterprise* aufhielt, wurde jemand umgebracht — ein Tellarit, mit dem der Botschafter zuvor eine Auseinandersetzung hatte. Ich fragte Spock, ob sein Vater fähig sei, jemanden zu ermorden. Und die Antwort meines Ersten Offiziers lautete: Unter bestimmten Umständen sei Sarek durchaus imstande, jemanden zu töten — wenn ihm die Logik keine andere Wahl ließe.«

»Zu *töten*«, betonte T'Pau. »Mord ist etwas anderes. Spock meinte folgendes: Vulkanier können fremdes Leben vernichten, um sich zu verteidigen, jemand anders zu schützen. Das Koon-ut Kali-fi ist ein weiteres Beispiel. Aber ein Mord, der persönliche Vorteile zum Ziel hat, kommt für einen logisch arbeitenden Verstand nicht in Frage. Wenn der Täter Vulkanier ist, so handelt es sich nach unserer Auffassung um einen Kranken, der sich durch unlogisches Verhalten verraten müßte.

Wenn jedoch ein Außenweltler die Verantwortung für den Tod Remingtons und T'Zans trägt, so wird sein für Vulkanier irrationales Gebaren niemanden überraschen, abgesehen vielleicht von anderen Angehörigen seines Volkes.«

Kirk nickte. »Sie haben recht, T'Pau. Es spricht also einiges dafür, daß der Täter nicht von Vulkan stammt. Aber in einem Punkt irren Sie sich: Es gibt durchaus einige Vulkanier, die das Verhalten von Außenweltlern beurteilen können. Ich denke nur an Spock. Er weiß immer, wann mit mir etwas nicht stimmt.«

»Nun, Spock ist zur einen Hälfte Mensch. Und wenn er ›immer‹ Bescheid weiß... Kommt es bei Ihnen so häufig zu anomalen Phasen, daß man sie als ernste Störung des mentalen Funktionskomplexes interpretieren könnte?«

Kirk lächelte schief. »Ich glaube, manchmal hegt er entsprechende Befürchtungen — obwohl er mich sofort darauf hinweisen würde, eine solche Haltung sei unlogisch. Wie dem auch sei: Bei einer bestimmten Gelegenheit, als mich gewisse Indizien belasteten, führte er vor dem Gericht aus, warum *ich* gar nicht zu einem Mord fähig sei. Er half mir auch dabei, meine Unschuld zu beweisen.« Der Captain runzelte die Stirn. »Damals ging es ebenfalls um einen Fall von Computermanipulation, aber im Vergleich mit unserer gegenwärtigen Situation scheint er nicht annähernd so kompliziert gewesen zu sein. Es gibt nicht die geringsten Spuren — und die Zerstörung des Permanentspeichers hat all die Daten gelöscht, die uns vielleicht weitergeholfen hätten.«

»Und deshalb schlüpfen Sie in die Rolle eines Kriegers, der seinen Stamm vor den Le-matya schützt: Sie bieten sich dem Täter als Köder an, um ihn von Amanda abzulenken und aus der Reserve zu locken.«

»Diese Perspektive ist mir neu – aber Sie haben recht.« Kirk nickte erneut. »Es könnte sogar klappen!«

Er stand auf. »Vielen Dank, T'Pau – für alles.«

»James.« Er blieb an der Tür stehen, als er den gebieterischen Tonfall der Matriarchin hörte. »Seien Sie vorsichtig. Unterrichten Sie Sarek und Spock von Ihrem Plan; lassen Sie sich von ihnen helfen. Das Verhalten eines Geistesgestörten ist unvorhersehbar. Glück und langes Leben, James Kirk. Ich möchte nicht, daß mir jemand die Meldung bringt, vulkanischer Wüstensand habe Ihr Blut aufgesaugt.«

KAPITEL 27

Sarek sah sich in der Kammer des Permanentspeichers um, und jetzt bot sich ihm ein völlig anderer Anblick dar. Nichts erinnerte mehr an die energetische Entladung: Neue Schalttafeln ersetzten die verschmorten Platten, und hinter ihnen arbeiteten reparierte Schaltkreise. In der Mitte des Zimmers wartete ein leerer Installationssockel auf ein anderes Speichermodul.

Spock trat an seine Seite. »Es ist alles in Ordnung, Vater. Die Vorbereitungen für den Anschluß des neuen Permanentspeichers sind beendet.«

»Es dauert noch einige Stunden, bis er eintrifft. Ich möchte deiner Mutter einen Besuch abstatten. Begleitest du mich?«

»Es ist mir eine Ehre«, erwiderte Spock.

Warum diese besondere Antwort? überlegte Sarek. Es fiel ihm noch immer schwer, seinen Sohn zu verstehen, und er fragte sich, warum Spock nicht darum gebeten hatte, die Stasiskammer seiner Mutter aufsuchen zu dürfen. Fürchtete er, sein Vater hielte so etwas für unlogisch? Oder glaubte er schlicht und einfach, ein Abstecher ins Behandlungszimmer sei unnötig, weil niemand Amandas Rekonvaleszenz beschleunigen konnte?

Sie gingen die Treppe hoch und wanderten an nach wie vor rußgeschwärzten Wänden entlang. Ein sehr kräftig gebauter und mit einem Phaser bewaffneter Vulkanier stand vor der Tür Wache, obgleich sich aufgrund des Stimmcodes kein Unbefugter Zutritt verschaffen konnte. Als der Mann Sarek und Spock erkannte, wich er zur Seite. Der Botschafter formulierte einige Worte für den Verbalscanner, und daraufhin glitt das Schott auf.

Als er zusammen mit seinem Sohn unter der sterilisierenden Strahlendusche stand, bemerkte er: »Deine Mutter meint bestimmt, du seist zu dünn.«

»Das sagt sie *immer*«, erwiderte Spock und streifte sich den keimfreien Kittel über. Die Innentür öffnete sich, und die beiden Männer betraten den Behandlungsraum.

Spock verharrte vor der Wand mit den Kontrollflächen. Interessierte er sich für die Anzeigen, oder wollte er seinem Vater Gelegenheit geben, einige Sekunden mit Amanda allein zu sein? Sarek fragte sich, ob ihm die Gedankengänge seines Sohnes für immer rätselhaft bleiben mußten.

Kurze Zeit später näherte sich Spock ebenfalls dem Stasisfeld und beobachtete das Wogen bläulicher Energie, in dem sich die Gestalt einer Frau abzeichnete. Nach einer Weile fragte er: »Warum hast du sie geheiratet, Vater?«

Sarek hob überrascht die Brauen. »Damals...«

»Nein. Ich möchte nicht die übliche Antwort hören. Was ist der wirkliche Grund dafür, daß du eine menschliche Frau gewählt hast?«

»Das habe ich gar nicht. Ich entschied mich für Amanda. Und der Zufall wollte, daß sie von der Erde stammt.«

»Es handelte sich also nicht um... um ein diplomatisches Gebot, eine Art politisches Zugeständnis?«

»Nein. Ich kann dir nicht erklären, was deine Mutter und mich zusammenführte. In gewisser Weise trafen wir eine gedankliche Übereinkunft. Eines Tages, Spock, wenn du eine Partnerin wählst, wirst du verstehen, was ich meine.«

»Willst du noch einmal versuchen, mich zu verkuppeln?«

»Es ist unlogisch, einen Fehler zu wiederholen«, erwiderte Sarek. »Deine Mutter war strikt dagegen, dich während deiner Kindheit zu binden. Sie behielt recht.

Die Traditionen sind ehern, aber die Welt verändert sich. Natürlich dürfen wir die Bräuche nicht einfach deshalb zurückweisen, weil sie alt sind.« Sarek suchte nach den richtigen Worten. »Wenn du selbst Vater bist, wirst du begreifen, wie schwierig es ist, für die eigenen Kinder zu entscheiden. Fehler lassen sich gar nicht vermeiden. Vielleicht verzeihst du mir dann diejenigen, die mir unterliefen.«

»Ich mache dir keine Vorwürfe, Vater. Es gibt nichts, wofür du dich entschuldigen müßtest.«

»Doch: ein achtzehn Jahre langes Schweigen, für das ich jetzt keine logische Erklärung mehr finde — obwohl ich damals glaubte, nur dem Gebot der Vernunft zu folgen.« Sarek drehte den Kopf und beobachtete, wie die Lippen seines Sohnes kurz zuckten. »Erheitert dich das?«

»Dr. McCoy und Captain Kirk sagen manchmal: ›Sie sind ziemlich stur, Mr. Spock.‹ Und ich antworte immer: ›Vielen Dank.‹ Dieser Aspekt meines Charakters habe ich von Mutter und dir geerbt.«

»Wenn du deshalb doppelt so stur bist wie ich, wird dein Bedauern irgendwann einmal doppelt so groß sein, Spock, ich habe bei dir einen großen Fehler gemacht, den ich in bezug auf deine Mutter irgendwie vermied: Ich schuf ein Vorstellungsgebäude und erwartete von dir, darin zu leben. Dadurch trieb ich dich fort, zu Starfleet.«

»Nein, Vater. Wenn du dich nicht darauf beschränkt hättest, mir nur einen Weg zu zeigen, die vulkanische Art, wäre ich ohne jede Orientierung gewesen. Eigentlich kam nur die Raumflotte der Föderation für mich in Frage, denn dort kann ich mich als der verwirklichen, der ich bin — was immer das auch sein mag.«

»Vielleicht«, räumte Sarek ein. »Trotzdem bedaure ich die Stille zwischen uns.« Er wartete, aber sein Sohn schien nicht bereit zu sein, ihm zu vergeben. Möglicherweise erhoffte er sich zuviel.

Die Tür hinter ihnen glitt mit einem leisen Zischen auf — und schieres Glück durchdrang die telepathischen Barrieren Sareks, gleißte wie ein mentales Leuchtfeuer.

Spock reagierte nicht. Offenbar hatte er seine geistigen Schilde besonders stabil gestaltet, um für das Gespräch mit seinem Vater gewappnet zu sein. Der Botschafter drehte sich um, und sein Blick fiel auf Daniel Corrigan, der gerade die Kammer betrat. Er sah so glücklich aus wie er sich fühlte.

Sarek spürte, wie der Mensch unbeholfen versuchte, seine Emotionen unter Kontrolle zu bringen, und er erinnerte sich an Amanda, an die Zeit unmittelbar nach ihrer Bindung. Sie verbrachte die ersten Wochen in der Gesellschaft nichttelepathischer Menschen, während sie von den Vulkaniern in der Botschaft lernte, ihre durch die Partnerschaft verstärkten Gefühle abzuschirmen. Zwar besaß sie keine eigenen PSI-Fähigkeiten und konnte nur die mentale Präsenz ihres Mannes spüren, aber als sie nach Vulkan kam, verstand sie es, ihre Empfindungen nicht ständig zu projizieren.

Daniel hingegen lebte in einer Welt der Telepathen, und sein emotionaler Kosmos stand selbst völlig fremden Personen offen.

»Entschuldigen Sie«, wandte er sich an Spock und Sarek. Er klang keineswegs zerknirscht. »Ich wußte nicht, daß sich bereits jemand in der Kammer befand. Ich hätte mich vergewissern sollen, wirklich allein zu sein, bevor ich meinen Gefühlen freien Lauf ließ.«

»Sie brauchen sich nichts vorzuwerfen, Daniel«, erwiderte Sarek. »Darf ich Ihnen zu Ihrer Bindung gratulieren?«

Corrigan errötete. »Hat Sorel Ihnen davon erzählt, oder war ich *so* unvorsichtig?«

»Nun, Ihre Partnerschaft mit T'Mir überrascht mich nicht sonderlich«, entgegnete Sarek.

»Mich schon!« erwiderte der menschliche Arzt. »Bitte geben Sie mir Bescheid, wenn mir erneut ein Abschirmungsfehler unterläuft. Eigentlich ist es gar nicht meine Absicht, alle Vulkanier in der Akademie auf meine Freude hinzuweisen. Ich empfange natürlich keine mentalen Antworten. Die einzigen Reaktionen der Leute, denen ich unterwegs begegnete, bestanden in hochgezogenen Brauen und tadelnden Blicken.«

»Niemand, der von Ihrer eben erst erfolgten Bindung erfährt, wird Ihr Verhalten mißbilligen«, warf Spock ein. »Bestimmt gelingt es Ihnen bald, sich vollständig zu kontrollieren. Ich möchte Ihnen ebenfalls meinen Glückwunsch aussprechen, Daniel.«

»Danke. Ich kann es noch immer kaum fassen, aber T'Mirs Präsenz erinnert mich dauernd daran. Sie ist... irgendwie bei mir. Nun, ich versuche, nicht immerzu daran zu denken, und die Arbeit lenkt mich ab.« Er trat an die Wand mit den Kontrolltafeln heran. »Alle Anzeigen sind normal. Wir können Amanda morgen nachmittag aus der Stasis entlassen.«

»Wäre es nicht besser, wenn ein Techniker die Funktionsweise der hiesigen Systeme überwacht?« fragte Spock. »Zwar besteht zwischen den hier arbeitenden Geräten und dem Akademiecomputer keine Verbindung mehr, aber...«

»Storn hat einen Signalgeber installiert«, sagte Daniel. »Wenn irgend etws geschieht, werden Sorel, T'Par und ich sofort benachrichtigt. Da wir es mit Sabotage zu tun haben, erlauben wir so wenigen Personen wie möglich Zugang in die Kammer. Der Wächter zum Beispiel hat keine Möglichkeit, die Tür zu öffnen. Er soll nur verhindern, daß jemand versucht, das Schott aufzubrechen — was ich für ziemlich unwahrscheinlich halte.«

»Trotzdem ist es besser, jede Möglichkeit zu berücksichtigen«, meinte Spock. »Wir können es uns nicht leisten, irgendwelche Vorsichtsmaßnahmen außer acht zu lassen.«

»Niemand wird den Genesungsprozeß Ihrer Mutter unterbrechen können«, versicherte ihm Daniel mit einem Lächeln. »Sowohl die Stasisanlagen als auch die Monitoren werden von einem autonomen Generator mit Energie versorgt, und wir haben nicht die geringste Absicht, die Kontrolle erneut dem zentralen Akademiecomputer zu übergeben. Nur die Beleuchtung ist Teil des anderen Systems – und Dunkelheit kann Amanda nicht schaden.«

»Gut«, sagte Sarek. »Ich hoffe, daß diese Sicherheitsvorkehrungen unnötig sind, aber ich bin froh, daß alles unternommen wurde, um meine Frau zu schützen.«

Daniel sah auf sein Chronometer. »Ich muß mich jetzt wieder um meine anderen Patienten kümmern. Glücklicherweise handelt es sich um Menschen. Während der nächsten Stunden brauche ich mir also keine Sorgen um emotionale Projektionen zu machen.«

Sarek konnte deutlich erkennen, daß dem menschlichen Arzt nichts ferner lag als irgendeine Art von Besorgnis. Er strahlte übers ganze Gesicht.

Morgen werde ich wieder Amandas Bewußtsein berühren und spüren, wie sich das Band zwischen uns verstärkt, dachte Sarek und sah Corrigan an.

Als sich das Innenschott hinter Daniel schloß, bemerkte er, daß Spock ihn musterte – und seine telepathischen Barrieren gesenkt hatte.

Der ASW-Faktor seines Sohnes war wesentlich stärker als sein eigener; Spock konnte Heiler werden, wenn er sich einer entsprechenden Ausbildung unterzog. Dieser Gedanke weckte eine Erinnerung in Sarek: Angesichts der PSI-Taubheit Amandas hatte er sich kurz nach Spocks Geburt gefragt, ob sein Sohn überhaupt genügend telepathische Fähigkeiten entwickelte, um als Vulkanier zu gelten. Erstaunlicherweise erwies sich Spock als außergewöhnlich begabt – was für ihn eine ziemliche Belastung darstellte, weil er dadurch ständig mit den unkontrollierten Gedanken seiner Schulkameraden konfrontiert wurde. Und ab und zu auch mit denen seiner Eltern.

Sarek fehlten die umfassenden ASW-Talente seiner Verwandten, und aus diesem Grund entschied er sich für eine eher ungewöhnliche berufliche Laufbahn: Er konzentrierte sich auf Computer, die keine psionische Sensibilität erforderten, trat später in den diplomatischen Dienst. Seine Unempfindlichkeit gegenüber den offen projizierten Gefühlen anderer Personen erwies sich dabei als Vorteil. Er wußte, warum T'Pau einen Sitz im Föderationsrat ablehnte. Zwar genügte ein vergleichsweise dünner mentaler Schild, um sich vor den Emotionen der vielen anderen Abgeordneten abzuschirmen, aber im Verlauf einer langen und hitzigen Debatte wurde selbst die Aufrechterhaltung einer nicht sehr festen Barriere zu einer erschöpfenden Anstrengung. Jemand mit starkem ASW-Faktor mußte die ganze Zeit über eine unerschütterliche Konzentration wahren.

Doch der in dieser Beziehung so überaus sensible Spock begann eine Karriere bei Starfleet, inmitten einer Gemeinschaft, die aus den Vertretern unterschiedlicher Völker und Kulturen bestand. Das Ergebnis: eine telepathische Blockade, die nicht die geringsten Lücken aufwies.

Jetzt aber senkte er die Schilde und musterte Sarek mit vulkanischer Neugier. In seinen dunklen Augen blitzte es.

»Was ist los, Spock? Ich hoffe, du weißt, daß du mir jede Frage stellen kannst.«

Spock wandte den Blick von Sarek ab und beobachtete die im Stasisfeld schwebende Amanda. »Du und Mutter...«, begann er und brach ab.

Sarek gab seine mentale Abschirmung völlig auf – zum erstenmal, seit man dem fünfjährigen Spock ungewöhnlich starke telepathische Fähigkeiten bescheinigt hatte. Er beabsichtigte nicht, seinen Sohn zu berühren, um eine Mentaleinheit mit ihm herbeizuführen, aber er wollte sich ihm geistig öffnen, damit er an seiner geistigen Erlebniswelt teilhaben konnte.

Spock drehte sich überrascht um und starrte seinen Vater groß an. »Es ist tatsächlich so«, brachte er heiser hervor. »Mutter ist bewußtlos, aber ich nehme ihre Präsenz in dir wahr.«

»Natürlich«, bestätigte Sarel. »Wir sind verbunden.« Er fragte sich nach dem Grund für Spocks Verwirrung.

»Als Kind konnte ich das Band zwischen euch nie spüren«, sagte er.

»Es handelt sich um eine sehr persönliche Angelegenheit«, erklärte Sarek. »Amanda lernte lange vor deiner Geburt, solche Gefühle abzuschirmen – und schließlich wird es auch Daniel gelingen, sich zu kontrollieren.«

Spock schluckte und versuchte, sich zu beherrschen. Sarek ahnte, daß die Neugier seines Sohnes noch nicht befriedigt war. »Gestaltet sich die Beziehung nur dann auf... auf diese Weise, wenn ein Mensch beteiligt ist?«

»Auf diese Weise?« wiederholte Sarek.

»Sie ist so... fest und voller Glück«, erwiderte Spock vorsichtig und unsicher.

»Ich glaube, die Bindung zwischen zwei Vulkaniern ist noch stärker«, sagte der Botschafter. »Allerdings mangelt es mir an entsprechenden Erfahrungen. Was das Glück angeht... Ich vermute, die Unterschiede, an denen sich deine Mutter und ich erfreuen, betreffen in erster Linie die natürliche Differenz zwischen männlich und weiblich und nicht etwa das, was Vulkanier von Menschen trennt. Und umgekehrt.«

»Vater... zwischen mir und T'Pring existierte nie ein solches Verhältnis. Als... mein Pon farr begann, suchte ich nach ihrer Präsenz in meinen Gedanken. Sie war geringer als das mentale Flüstern, das du jetzt von Mutter empfängst — obwohl sie bewußtlos ist.«

Sarek stellte die mentale Abschirmung wieder her, um seinen Schock zu verbergen. Jene Frau hatte seinen Sohn sogar geistig zurückgewiesen...!

Monoton fügte Spock hinzu: »Ich beobachtete ihr Bild und versuchte, sie zu erreichen.« Erneut sah er Sarek an. »Ich dachte damals, die Bindung sei unzulänglich, weil ich nur zur einen Hälfte Vulkanier bin.«

»Damit schränkst du deine eigene Bedeutung ein, Spock. Du bist nicht weniger, sondern mehr, denn du trägst auch das Erbe deiner Mutter in dir. Es war mein Fehler, daß ich dich nicht schon als Kind darauf hingewiesen habe.«

»Du wolltest, daß ein Vulkanier aus mir wird.«

»Ja, das stimmt«, bestätigte Sarek. »Und du bist Vulkanier, hast es mehr als einmal bewiesen.«

Spock ließ seinen Vater nicht aus den Augen. »Das höre ich jetzt zum erstenmal von dir. Bei unserem letzten Gespräch von Vater zu Sohn — bevor ich aufbrach, um an der Starfleet-Akademie zu studieren —, hast du mich daran erinnert, wie wichtig es sei, daß ich mich mit der vulkanischen Kultur identifizierte. Entsinnst du dich an deine Worte?«

Sarek nickte. »Ich bin als Vulkanier geboren. Deine Mutter wurde Vulkanierin, weil sie sich dafür entschied. Und deshalb bist auch du Vulkanier — durch Geburt und freie Wahl.«

»Und dann enttäuschte ich dich, indem ich eine andere Wahl traf.«

Sarek forschte in den Gewölben seines Gedächtnisses, suchte nach den logischen Gründen eines ihm nunmehr völlig irrational erscheinenden Verhaltens. Schließlich erwiderte er schlicht: »Ich habe mich geirrt.«

Spock hob beide Augenbrauen, und Sarek fuhr fort: »Du wußtest, daß du recht hattest. Es war an der Zeit für dich, das elterliche Heim zu verlassen. Du bist mein Sohn, und ich hoffte, dich zu einem Studium an der vulkanischen Akademie der Wissenschaften bewegen zu können. Ich wollte nicht, daß du den Planeten verläßt, um dich den Gefahren einer militärischen Karriere zu stellen. Bitte sieh darin nicht die Reaktion eines Vulkaniers, sondern die eines Vaters.«

»Eines Tages kehre ich zurück«, sagte Spock.

»Wenn du dazu bereit bist«, erwiderte Sarek. »Ich verließ Vulkan und entschied mich zur Heimkehr. Deine Mutter aber... Sie gab *ihr* Zuhause auf und ist nie zurückgekehrt — abgesehen von einigen kurzen Besuchen. Sie fand hier eine neue Heimat. Du bist zu einem Sternenwanderer geworden, Spock, doch du bleibst immer Vulkanier. Und ganz gleich, was du jetzt auch wählst: Du wirst mich nicht mehr enttäuschen.«

Sarek spürte, daß sein Sohn verstand und seine Haltung akzeptierte. Sie legten gerade den Grundstein für eine neue Beziehung — für eine dauerhafte Version des Verhältnisses, das einige Minuten lang an Bord der *Enterprise* zwischen ihnen geherrscht hatte, nach der von McCoy durchgeführten Operation, die dem Botschafter mit Spocks Blut das Leben rettete.

Indem sie Amanda neckten, fanden sie kurz zueinander — um später wieder voneinander fortzuweichen, weiter als jemals zuvor. Jetzt führte die Sorge um ihr Wohl Vater und Sohn für immer zusammen.

Wenigstens hoffte Sarek, daß es nicht zu einem neuerlichen Bruch kam. *Das wird nicht geschehen,* dachte er. *Wenn ich lerne, Spock ebensogut zu verstehen wie seine menschlichen Freunde.*

KAPITEL 28

James T. Kirk begegnete Sarek und Spock, als sie Amandas Stasiskammer verließen. »Ich habe mit T'Pau gesprochen«, teilte er ihnen mit.

»Sie hat Sie tatsächlich empfangen?« fragte Spock.

»Selbstverständlich«, erwiderte Kirk wie beiläufig. »Eine beeindruckende Frau. Nun, wie dem auch sei: Ich verdächtige sie nicht mehr und beabsichtigte, noch einmal von vorn zu beginnen: Motiv, Methode und Gelegenheit. Vielleicht kommen wir weiter, indem wir all diejenigen streichen, die zumindest für einen der beiden Morde nicht als Täter in Frage kommen.«

Er schaltete den Tricorder ein, und der kleine Schirm zeigte die Verdächtigenliste:

>
> KIRK
> SPOCK
> McCOY
> SAREK
> SOREL
> CORRIGAN
> SOTON
> T'MIR
> SENDET
> ELEYNA MILLER
> T'PAU

»Warum haben Sie sich selbst auf die Liste gesetzt?« fragte Spock.

»*Ich* weiß, daß mich keine Schuld trifft, aber *Sie* nicht«, erwiderte Kirk. »Ich könnte es entweder auf Remington oder Amanda abgesehen haben. Und vielleicht wollte ich mit T'Zans Tod technisches Versagen vortäuschen.«

»Ich verstehe nicht«, warf Sarek ein. »Was sollte Ihnen daran gelegen sein, meine Frau umzubringen?«

»Ich kann nicht beweisen, *kein* Motiv zu haben«, sagte der Captain.

»Oh, ich verstehe.« Sarek nickte. »Ich bin zwar sicher, daß Sie nicht der Täter sind, aber wir müssen alle Möglichkeiten berücksichtigen. Auch diejenigen, die absurd anmuten.«

»So ist es«, bestätigte Kirk. »Meine Aufmerksamkeit galt zunächst den Motiven, was den Kreis der Verdächtigen rasch begrenzte. Inzwischen ist niemand mehr übriggeblieben. Das bedeutet entweder, daß der Name des Mörders auf der Liste fehlt oder ich den eigentlichen Grund für die beiden Morde übersah.«

»Was für ein Motiv vermuten Sie bei meiner Assistentin?« fragte Sarek.

»Vielleicht befürchtet sie, bei der nächsten Prüfung durchzurasseln. Also setzt Eleyna Sie — ihren Professor — unter Druck, indem sie Amanda bedroht.«

Offenbar war Sarek lange genug auf der Erde gewesen, um den umgangssprachlichen Ausdruck zu verstehen. »Eleynas Arbeit ist beispielhaft. Sie kann mit meinen besten Empfehlungen rechnen.«

»In Ordnung«, sagte Kirk. »Ich bin davon überzeugt, daß sie mit dieser Sache nichts zu tun hat, aber ich gehe rein logisch vor.« Bei den letzten Worten warf er Spock einen kurzen Blick zu. »Eleyna hatte mehr als genug Gelegenheit, den Computer zu manipulieren.«

»Wenn Sie solche Maßstäbe anlegen, sind mein Vater, seine Assistentin und ich Ihre Hauptverdächtigen«, sagte Spock. »Wir haben die besten Programmierkenntnisse.«

Kirk lächelte schief. »Ich glaube, wir beide entlasten uns gegenseitig. Waren wir am Tag unserer Ankunft lange genug getrennt, um an einem Computer zu arbeiten und T'Zans Tod zu arrangieren?«

Spock dachte einige Sekunden lang über diese Frage nach, analysierte sie gründlich und antwortete dann:

»Nein. Sie kennen sich mit dem zentralen Akademierechner nicht aus. Sie hätten sich erst damit vertraut machen müssen, und die Veränderung des Stasisprogramms dauert auch für einen Experten mehrere Stunden. Das schließt Sie aus.«

»Außerdem hielt sich Jim bei mir auf, wenn er nicht bei dir war, Spock«, warf Sarek ein. »Und was dich betrifft: Du hast Leonard, Daniel und Sorel Gesellschaft geleistet.«

»McCoy half Sorel und Corrigan, den ganzen Tag über, bis wir gemeinsam das Abendessen einnahmen«, stellte Kirk fest. »Spock, Sarek: Ihnen ist sicher klar, daß ich Sie nicht verdächtigt habe — aber wenn wir auf *diese* Weise die Liste kürzen, unterläuft uns kein Fehler.« Er löschte die ersten vier Namen.«

»T'Mir kommt aus ähnlichen Gründen nicht als Täterin in Frage«, sagte Sarek. »Sie befand sich überhaupt nicht auf Vulkan, als der Mörder mit der Modifizierung des Stasisprogramms begann.«

»Sendet hat ein Alibi, das ich noch überprüfen muß — aber er schien völlig sicher zu sein, daß ich dabei keine gegen ihn sprechenden Indizien finde. T'Nie bestätigt, daß T'Pau den gestrigen Tag in ihrem Büro verbrachte, in dem es kein Terminal gibt.« Kirk hob den Kopf. »Sie kann also nicht die energetische Entladung ausgelöst haben.«

»Ebensowenig wie mein Vater«, fügte Spock hinzu. »Bis das Feuer ausbrach, war er entweder bei Ihnen oder bei mir.«

»Stimmt«, brummte Kirk und starrte auf die schnell zusammenschrumpfende Liste. *Es sei denn, er hatte einen Komplizen.*

Es lief ihm eiskalt über den Rücken, als er die verbleibenden Namen las:

SOREL
CORRIGAN
SOTON
SENDET
ELEYNA

»Ich schätze, jetzt sollte ich mich mit den Alibis der restlichen Personen befassen«, sagte er und schaltete den Tricorder aus.

Spock sah ihn an. »Captain, Sie können auch Sorel und Corrigan streichen. Sie gingen eine Mentaleinheit ein, erinnern Sie sich? Wenn einer der beiden für T'Zans Tod verantwortlich wäre, hätte er es während der Gedankenverschmelzung nicht vor dem anderen verbergen können. Die Tatgelegenheit spielt hierbei keine Rolle — es sei denn natürlich, sie haben Hand in Hand gearbeitet. Was bedeuten würde, daß Daniel Corrigan sein Bewußtsein noch besser abschirmen kann als ein Vulkanier. Schließlich band er sich mit T'Mir, und Sorels Tochter entdeckte keine Schuld.«

»Gestern *hielt* sie ihn für schuldig«, sagte Kirk langsam. »Andererseits: Sie hätte sich bestimmt nicht mit ihm gebunden, wenn sie nach wie vor glaubte, er sei der Mörder ihrer Mutter.«

»Die Nachricht von ihrer Partnerschaft scheint Sie nicht sonderlich zu überraschen, Captain«, sagte Spock.

»Nein. T'Pau hat mir davon erzählt.«

Sarek räusperte sich. »Falls Sorel ein Alibi für heute morgen brauchen sollte... Wir wissen, womit er beschäftigt gewesen ist: Er hat seine Verwandten benachrichtigt.«

Kirk widerstand der Versuchung, ihn darauf hinzuweisen, daß eine solche Aufgabe auch von einer Sekretärin oder sonst jemandem wahrgenommen werden konnte; vielleicht war es ja vulkanischer Brauch, daß der Vater die Familie informierte. Darüber hinaus wollte es Kirk vermeiden, Sarek an die Hilfe von Assistentinnen zu erinnern. Er versuchte, sich zu beherrschen, sich nichts anmerken zu lassen, hoffte, daß seine Überlegungen der Aufmerksamkeit vulkanischer Telepathie entgingen. Instinktiv schreckte er davor zurück, Spocks Vater des Mordes zu bezichtigen. Und doch... *Er ist plötzlich zu meinem Hauptverdächtigen geworden! Warum?*

»Ich möchte feststellen, woran Soton gestern kurz vor dem Stromausfall arbeitete«, sagte Kirk. »Und anschließend spreche ich mit Storn. Was ist, wenn der Name des Mörders gar nicht auf meiner Liste steht?«

Er eilte fort und fühlte Spocks neugierigen Blick zwischen den Schulterblättern. Sicher spürte sein Erster Offizier, daß er log — und Kirk hoffte, daß er nie erklären mußte, was ihm jetzt durch den Kopf ging.

Eleyna Miller war Sareks Assistentin, und Spocks Vater meinte, sie verstünde fast ebensoviel von Computern wie er selbst. Mit anderen Worten: Sie erfüllt nicht nur die Bedingung der Methode, sondern auch die der Gelegenheit — immerhin arbeitete sie viele Stunden lang allein und unbeobachtet an Sareks Terminal. Gestern... Gestern hatte Kirk ihr mitgeteilt, sie vermuteten nicht mehr technisches Versagen, sondern absichtliche Computermanipulation — und als er kurz nach dem Gespräch zum Büro des Botschafters zurückkehrte, fiel der Strom aus!

O verdammt, warum ist es nur so logisch? dachte der Captain. Methode, Gelegenheit... und das Motiv? Sarek beschrieb Eleyna als eine geradezu vorbildliche Studentin. Wie gut war sie? *So* gut, daß er sie bei sich behalten wollte — als seine Gemahlin? Beabsichtigte er, eine menschliche Frau gegen eine andere zu tauschen? Warum nicht? Er hatte schon einmal gegen die vulkanischen Traditionen verstoßen.

Das schien nicht logisch zu sein. Andererseits: Selbst Vulkanier offenbarten dann und wann ein solches Verhalten: T'Pring wies Spock zurück und griff nicht ein, als ihr Liebhaber ihn umzubringen drohte. Später, bei einer entsprechenden Gelegenheit, schützte sie Stonn, indem sie sich für Kirk entschied.

Und als Sarek und Amanda an Bord der *Enterprise* kamen... Sarek stellte seine Begleiterin nicht etwa mit ihrem Namen vor, sondern mit den Worten: »Sie, die meine Lebensgefährtin ist.« Gab es Auseinandersetzungen zwischen ihnen? Aufgrund seiner Krankheit? Vielleicht meinte Amanda, er ginge zu große Risiken ein und müsse sich schonen. Und möglicherweise stellte sich später, nach der Operation, heraus, daß sie keinen Frieden mehr schließen konnten.

Es paßte alles zusammen. Wenn sie sich tatsächlich so nahestanden, wie es normalerweise bei einem Ehepaar der Fall war: Wieso wußte Amanda dann nichts von den vorherigen Herzanfällen? Sarek hatte ihr nichts gesagt und sich für eine Mission entschieden, die zu einer großen und lebensbedrohenden Belastung führen mochte. Ganz offensichtlich fürchtete er sich nicht vor dem Tod — etwa deshalb, weil ihm Amanda das Leben zur Hölle machte, ihm keine Selbstverwirklichung gestattete? Und das vulkanische Gesetz? Soweit Kirk wußte, ließ es nicht zu, daß ein Mann die Partnerschaft aufkündigte.

Wenn sich Sarek von Amanda befreien wollte, stellte ihre Krankheit einen Hoffnungsschimmer für ihn dar — doch dann boten Sorel und Corrigan eine Behandlung mit ihrer neuen Technik an. Die Aussichten bestanden in einer geheilten *und* verjüngten Amanda. Was hielt Sarek davon, daß die Ärzte die Lebenserwartung seiner Frau drastisch erhöhten und Amanda noch viele Jahre an seiner Seite verbringen würde?

Der unliebsam gewordene Ehemann, die verhaßte Ehefrau — vermutlich das älteste Mordmotiv in der galaktischen Geschichte.

Ein kluger — und logischer — Mörder fand sicher einen Weg, den Verdacht von sich abzulenken, und welche bessere Möglichkeit gab es, als die schmutzige Arbeit von jemand anders erledigen zu lassen? Erstens: Sorel und Corrigan, die beiden Entwickler des neuen Behandlungsverfahrens, das den Täter zu seiner drastischen Entscheidung zwang, in Verruf zu bringen. Zweitens: einen Komplizen mit der Computermanipulation zu beauftragen, jemanden, dem man die Schuld in die Schuhe schieben konnte, wenn die ganze Sache wider Erwarten aufflog.

Aber warum sollte sich Eleyna bereitfinden, dem Täter zu helfen? *Sarek* meinte, sie leiste ausgezeichnete Arbeit; aber vielleicht war sie nicht ganz so gut, wie er behauptete. Die Programme zur Sabotage des Kontrollkomplexes der Stasiskammern stammten vielleicht von ihm. Und gestern hatte sie auf eigene Faust gehandelt, in Panik — und damit nicht nur die im Permanentspeicher enthaltenen Daten gelöscht, sondern auch einen Brand ausgelöst.

Vielleicht köderte Sarek sie, indem er ihr Empfehlungen versprach, die sie eigentlich gar nicht verdiente. Oder... er bot sich ihr selbst an. Möglicherweise begehrte er sie wirklich — oder sah in ihr nur ein Werkzeug, ein Mittel zum Zweck. Kirk entsann sich an zwei weibliche Angehörige seiner Besatzung, die sich während der Reise nach Babel über die Attraktivität Sareks unterhielten. Sie fanden ihn noch faszinierender als Spock — und er wußte, welche Wirkung sein Erster Offizier auf Frauen hatte.

Außerdem stand Sarek in dem Ruf, ein vermögender und sehr einflußreicher Mann zu sein. Viele Männer und Frauen zogen Geld und Macht körperlichen und geistigen Qualitäten vor. Ganz gleich, was der Botschafter auch in Eleyna sah: Zweifellos besaß er die nötigen Voraussetzungen, um eine junge Frau dazu zu bringen, seinen Wünschen gemäß zu handeln.

Kirk nickte, als die einzelnen Mosaiksteine ein einheitliches Bild ergaben. Gleichzeitig regte sich Kummer in ihm.

Wenn sich seine Vermutungen bestätigten – wie mochte Spock darauf reagieren? Nach achtzehnjährigem Schweigen schloß er endlich Frieden mit Sarek, nur um kurze Zeit später herauszufinden, daß er versuchte, seine Mutter umzubringen und bereits zwei andere Personen ermordet hatte?

Kirk näherte sich dem zentralen Krankenhausbereich, in der Absicht, seine Ankündigung in die Tat umzusetzen und mit Soton zu sprechen, um festzustellen, wo sich Sorels Sohn kurz vor dem Ausbruch des Feuers aufgehalten hatte. In Wirklichkeit war es nur ein Vorwand: Eigentlich ging es ihm gar nicht um eine neuerliche Befragung Sotons. Kirk wollte Eleyna anrufen und sie um eine Unterredung bitten...

»Nein, du hast kein Recht darauf!« Die Stimme eines Vulkaniers: heiser und rauh und wütend.

Unmittelbar darauf folgte der schmerzerfüllte Schrei eines Menschen.

Kirk hastete um die Ecke, blieb abrupt stehen und riß die Augen auf. Sendet, der offenbar gerade sein Laboratorium verlassen hatte, drängte Daniel Corrigan an die Korridorwand zurück und preßte ihm die Hand aufs Gesicht. Versuchte er, eine Gedankenverschmelzung herbeizuführen?

Corrigan setzte sich zur Wehr und versuchte, Sendets Arm beiseite zu stoßen, aber gegen den weitaus kräftigeren Vulkanier konnte er nichts ausrichten.

»Du protzt mit deiner Bindung, aber sie wird nicht von langer Dauer sein«, zischte Sendet zornig und spannte die Muskeln.

Kirk sah, wie sich Corrigans Gesicht in eine Fratze der

Qual verwandelte, was umso grauenhafter wirkte, da er keinen einzigen Laut von sich gab.

Der Mensch erzitterte heftig, und Kirk beobachtete, wie die andere Hand Sendets nach Corrigans Schulter tastete.

Ein Nervengriff, der Daniel zu einem hilflosen Opfer machen sollte!

Der Captain sprang.

Er riß an dem einen Arm Sendets und löste die Hand von der Schulter, doch die andere bedeckte noch immer Corrigans Stirn, sah aus wie eine Klaue, die sich um den Schädel des Menschen schloß.

Sendet schleuderte Kirk an die Wand. »Verschwinden Sie!« fauchte er. »Dies geht Sie nichts an, Außenweltler!«

Aus den Augenwinkeln beobachtete der Captain, daß sich Daniel kaum mehr rührte – konnte Sendet ihn während der Mentaleinheit töten? Erneut stürzte er vor und trat nach dem Knie des Vulkaniers.

Kirk und Sendet verloren das Gleichgewicht, und als sie fielen, sank Corrigan langsam zu Boden und blieb reglos liegen – knapp zwei Meter neben dem jungen Mann, der ihn angegriffen hatte.

Irgend jemand näherte sich. Sendet befreite sich aus Kirks Griff, aber zwei Vulkanier packten ihn von hinten: T'Ra und Skep, seine Kollegen aus dem neurophysiologischen Labor.

Aus der anderen Richtung kamen Spock und Sarek.

Sendet versuchte, sich von seinen Mitarbeitern loszureißen. »Laßt mich! Er hat mich entehrt und Schande über ganz Vulkan gebracht. Er darf T'Mir nicht bekommen!« T'Ra und Skep hielten ihn weiterhin fest.

Kirk stemmte sich vorsichtig in die Höhe und atmete erleichtert auf, als die erwarteten Schmerzen ausblieben: nichts gebrochen. Spock warf ihm einen kurzen Blick zu, vergewisserte sich, daß mit seinem Captain alles in Ordnung war und ging dann neben Corrigan in die Hocke.

»Was ist hier geschehen?« fragte Sarek streng.

T'Ra und Skep sahen verlegen zu Boden. Sendet schüttelte ihre Hände von sich ab und starrte Spocks Vater herausfordernd an. »Sie!« brachte er verächtlich hervor. »Sie haben damit begonnen, indem Sie eine Außenweltlerin heirateten und ein Halbblut zeugten! Sie sind eine Beleidigung für alle anständigen Vulkanier – und Corrigans Verhalten ist noch schlimmer. Er wagt es, sich mit der Frau zu binden, die ich als Partnerin erwählte. Das lasse ich nicht zu!«

Corrigan stöhnte leise. Mit den Fingerkuppen tastete Spock vorsichtig über das Gesicht des menschlichen Arztes. »Holt einen Heiler!« sagte er. »Und Daniels Bindungspartnerin. Rasch!«

Skep bedachte Sendet mit einem finsteren Blick und setzte sich in Bewegung. Unmittelbar darauf blieb er wieder stehen: Sorel und T'Mir eilten herbei.

Die junge Vulkanierin war so blaß, daß sich Kirk fragte, wie sie sich auf den Beinen hielt. In ihren großen Augen schimmerte Furcht, und sie sprach kein Wort, als sie neben Corrigan auf die Knie sank. Spock wich zur Seite und überließ seinen Platz Sorel.

Stille herrschte, und Kirks Anspannung wuchs, als er beobachtete, wie Sorel und seine Tochter versuchten, Corrigan zu helfen. Der Captain fragte sich, was ihm während der kurzen Mentaleinheit mit Sendet zugestoßen sein mochte. Er verstand nicht, was geschehen war – aber er erkannte die Anzeichen von Schmerz, und Daniel hatte ganz offensichtlich sehr gelitten.

Die Zeit verstrich; Kirk wartete, ebenso die anderen. Schließlich hob Sorel den Kopf und löste die Hand vom Gesicht seines Freundes. Daniel öffnete die Augen, sah T'Mir an, lächelte, richtete sich auf – und zwinkerte verwirrt, als er die übrigen Personen bemerkte. »Es ist alles in Ordnung mit uns«, sagte er. »Sendets Bemühungen blieben ohne Erfolg.«

»Das haben Sie Captain Kirk zu verdanken«, erwiderte T'Ra. »Ich fürchte, wir hätten nicht rechtzeitig genug eingreifen können, um...« Sie unterbrach sich, schien das Verhalten Sendets noch immer nicht fassen zu können.

Um ihn an einem Mord zu hindern, beendete Kirk den angefangenen Satz in Gedanken. Laut sagte er: »Diesmal sind Sie auf frischer Tat ertappt worden, Sendet. Wie Sie schon sagten: Der Täter hat ein gestörtes Bewußtsein. Haben Sie etwas geglaubt, man würde ruhig zusehen, während Sie jemanden umbringen?«

»Umbringen?« wiederholte Sendet dumpf.

»Es ist noch schlimmer«, warf Sorel ein. »Sendet hat versucht, das mentale Band einer neuen Partnerschaft zu zerreißen. Ein solches Verbrechen... geht über unser Vorstellungsvermögen hinaus.«

Kirk begriff, daß den fast gequält klingenden Worten des Heilers eine persönliche Erfahrung zugrunde lag. Er erinnerte sich an T'Zans Tod, daran, daß auch Sorel fast dabei gestorben wäre. Er bewunderte seine Selbstbeherrschung und fragte sich, ob das vulkanische Recht Gnade walten ließ, wenn Sorel die Kontrolle über sich verlor und den Mörder seiner Frau tötete.

»Der Außenweltler ist unwürdig, sich mit T'Mir zu binden«, stieß Sendet erbittert hervor. »Er ist kein Vulkanier. Ich habe nur auf eine Herausforderung unserer Tradition reagiert.«

»Und welchen Grund führen Sie für die Ermordung der Dame T'Zan an?« entgegnete Kirk scharf.

»T'Zan? Nein!« Sendet drehte den Kopf, ließ seinen Blick über die Personen schweifen, die ihn ernst musterten. »Nein, ich bin weder für T'Zans Tod verantwortlich noch für den des Außenweltlers.«

»Das wird sich herausstellen, wenn ich Ihr sogenanntes Alibi überprüfe«, brummte Kirk.

»Alibi?« fragte Sarek.

»Ich habe gestern mit Sendet gesprochen«, erklärte der Captain. »Er behauptet, er sei gar nicht in der Lage gewesen, mit einer Programmveränderung die Fehlfunktion in T'Zans Stasiskammer zu bewirken. Er wies darauf hin, eine solche Manipulation hätte erst stattfinden können, nachdem der Täter herausfand, in welchem Behandlungszimmer man Sorels Frau unterbrachte.«

»Das stimmt«, sagte Sarek. »Andererseits: Ich unterwies Sendet in moderner Computertechnik, und er war ein ausgezeichneter Schüler. Er ist bestimmt fähig, die notwendigen Manipulationen vorzunehmen. Die Lokalisierung der entsprechenden Programme, die Überwindung der Codeschranken und sonstigen Sicherheitsvorkehrungen, anschließend die Veränderung, die zur Fehlfunktion führten — ich schätze, diese Arbeit dauerte vier bis sieben Stunden. Aber sie mußte nicht in einem Stück erledigt werden. Nachdem T'Zans Behandlung begann, verging fast ein Tag bis zum Zusammenbruch des Stasisfeldes. Wo waren Sie während dieser Zeit, Sendet?«

»Ich brauche mich Ihnen gegenüber nicht zu rechtfertigen«, erwiderte Sendet.

»Er hat den ganzen Tag über mit T'Ra und Skep zusammengearbeitet«, sagte Kirk. »Er befand sich noch immer im Laboratorium, als die Nachricht vom technischen Versagen eintraf. Und kurze Zeit später sahen wir ihn im Krankenhaus.«

»Was ist mit der Nacht zuvor?« warf Spock ein. »Nach T'Zans Einlieferung...«

Sendet preßte die Lippen zusammen und schwieg.

»Er behauptet, er habe mit einem Transporter die Wüste durchquert«, erläuterte Kirk. »Um T'Vets

Schrein zu besuchen und zu meditieren. Angeblich verbrachte er dort die ganze Nacht. Ich hatte bisher noch keine Gelegenheit, mit dem Fahrer des Transporters zu sprechen oder festzustellen, ob ihn jemand sah und seine Angaben bestätigen kann.«

»Er hat Sie belogen«, sagte Sorel. Seine Stimme klang so heiser wie die Spocks, wenn der Erste Offizier der *Enterprise* versuchte, seine Beherrschung zu wahren. »Sie können das nicht wissen, Jim – im Gegensatz zu uns Vulkaniern. Wenn T'Kuht scheint, ist T'Vets Schrein für Besucher gesperrt. Dann empfangen die Hüter des Schreins niemanden und ziehen sich selbst in die Meditation zurück. Während jener Nächte verkehren keine öffentlichen Transportmittel zwischen Shi-Kahr und der heiligen Stätte.«

Der Heiler trat an Sendet heran und blieb dicht vor ihm stehen. »Sendet, ich werfe Ihnen vor, meine Frau ermordet und dadurch mein Partnerschaftsband zerrissen zu haben. Hier sind acht Zeugen, die bestätigen können, daß Sie versuchten, Daniels Bindung mit T'Mir zu zerstören. Nach dem vulkanischen Gesetz gibt es kein abscheulicheres Verbrechen.«

»Nein!« protestierte Sendet und hob die Arme. T'Ra und Skep waren sofort neben ihm und hielten ihn erneut fest. »Es stimmt schon: Ich habe den Außenweltler belogen. Ich bin nicht zu T'Vets Schrein gefahren, aber ich habe auch keinen Versuch unternommen, den Computer zu manipulieren, um T'Zan zu töten. Das schwöre ich Ihnen, Sorel – ich würde es niemals wagen, eine wahre vulkanische Bindung zu unterbrechen!«

»Das wird sich bald herausstellen«, entgegnete der Heiler. »Ich verlange eine offizielle Verifikation – und im Anschluß daran entscheiden wir, was mit Ihnen geschehen soll.« Er sah T'Ra und Skep an. »Bringen Sie ihn fort.« Dann wandte er sich um und ging würdevoll davon, gefolgt von T'Mir und Corrigan.

»Welches Schicksal erwartet Sendet?« fragte Kirk und musterte Spock. »Tal-shaya?«

»Möglich«, erwiderte der Vulkanier. »Wenn man ihn für schuldig befindet.«

»Bezweifeln Sie das?« erwiderte Kirk erstaunt.

Spock bedachte ihn mit einem tadelnden Blick. »Captain, lange bevor sich Vulkan der Föderation anschloß, gab es bei uns den Grundsatz, daß ein Angeklagter unschuldig ist, bis das Gegenteil bewiesen wird. Wenn ich mich recht entsinne, existiert auf der Erde ein ähnliches Rechtsprinzip, oder?«

»Ja, natürlich«, bestätigte Kirk. »Was ist eine Verifikation? Können wir dabei als Zeugen aussagen? Ich habe alle Antworten Sendets mit dem Tricorder aufgezeichnet...«

»Sendet wird sein eigener Zeuge sein«, erwiderte Sarek leise. »Bei einer Verifikation nehmen einige Heiler Kontakt mit seinem Bewußtsein auf und suchen dort nach der Wahrheit. Wenn er Widerstand leistet... Nun, Sie kennen das Tal-shaya, den raschen, schmerzlosen Genickbruch. Nicht umsonst gilt diese Strafe als eine besonders gnädige Form der Hinrichtung.«

»Sie meinen... die Verifikation könnte ihn auf eine wesentlich... unangenehmere Art töten?«

»Nur wenn er versucht, schändliche Gedanken und Handlungen zu verbergen«, erwiderte Spock. »Sein Angriff auf Daniel deutet darauf hin, daß er tatsächlich kein reines Gewissen hat.« Er sah Sarek an. »Das Gesetz muß respektiert werden, Vater, aber... Ich glaube, wir brauchen uns jetzt keine Sorgen mehr um Amandas Sicherheit zu machen.«

Kirk bemerkte die Erleichterung in Sareks Zügen, und plötzlich erhob er heftige Vorwürfe gegen sich selbst, weil er den Botschafter kurz vor der Begegnung mit Sendet und Corrigan für den Mörder seiner eigenen Frau gehalten hatte. Glücklicherweise brauchte *er* sich keiner Verifikation zu stellen!

Der Captain lächelte, als ihm etwas anderes einfiel. *Außerdem gibt es jetzt keinen Grund mehr, Eleyna zu verdächtigen: Ich kann mit ihr ausgehen und den Abend genießen.*

KAPITEL 29

Daniel Corrigan ignorierte den dumpfen Schmerz, der hinter seiner Stirn pochte, hörte zu, wie Sorel T'Pau von dem jüngsten Vorfall unterrichtete und anschließend mit den Vorbereitungen für die Verifikation begann. Er kannte das Verfahren — zumindest in der Theorie. Einige Heiler führten eine Gedankenverschmelzung mit Sendet herbei und erforschten alle Winkel seines Bewußtseins, bis sie feststellten, ob seine Behauptungen der Wahrheit entsprachen oder nicht.

Vulkanier lügen nicht.

Ein Mythos, wie Corrigan wußte. Besser gesagt: ein Ideal. Die Gelegenheitslüge war auf Vulkan unbekannt, aber manchmal beugte man seelischem Schmerz mit Diplomatie und Takt vor. Die Lüge, die persönliche Vorteile zum Ziel hatte, die dazu diente, Konsequenzen für ein bestimmtes Verhalten zu meiden — sie wurde während der Erziehung vulkanischer Kinder zum Tabu erklärt. Die meisten Söhne und Töchter achteten die Werte der Gesellschaft, in der sie aufwuchsen; Ehrlichkeit bildete einen wichtigen Aspekt ihres Wesens — einer der Gründe dafür, warum es auf Vulkan praktisch keine Kriminalität gab.

Doch in jeder Kultur existierten Individuen, die eine Ausnahme darstellten, sich von den Idealen abwandten. Für gewöhnlich sorgte der Druck der vulkanischen Gemeinschaft dafür, daß solche Personen dem Anpassungszwang nachgaben und sich fügten. Dennoch war nicht ausgeschlossen, daß sie irgendwann einmal die Beherrschung verloren — so wie Sendet.

Corrigan schauderte unwillkürlich, als er sich an den Angriff erinnerte, an die Hand, die sich fest auf sein Gesicht preßte, an den stechenden Schmerz der Mentaleinheit, an die schier unerträgliche Pein, als Sendet versuchte, das geistige Band zu zerfetzen, das sich zwischen ihm und T'Mir spannte. Einmal mehr spürte er, wie sich ihre Präsenz zu verflüchtigen begann...

Daniel erweiterte seine Gedanken, was ihm fast schon normal erschien, und sofort fühlte er die telepathische Gegenwart der jungen Vulkanierin, ein sanftes Streicheln inmitten seiner Gedanken: psychische Zärtlichkeit, die seine Anspannung linderte, ihm Trost zusprach und versicherte, immer bei ihm zu bleiben. Er bemerkte auch, daß sie seine Berührungen willkommen hieß; sie hatte ebenfalls gelitten, als Sendet versuchte, ihre Bindung zu unterbrechen. *Sie braucht mich*, dachte Corrigan glücklich. Diese Erkenntnis vertrieb die letzten Reste des Unbehagens aus ihm, löste die dunkle Wolke der Kopfschmerzen auf.

Corrigan bemühte sich, nicht mehr an T'Mir zu denken, damit aufzuhören, sein ganzes Empfinden auf sie zu konzentrieren. Dadurch lenkte er sie von ihren Pflichten ab. Sorels Tochter begann jetzt mit einer neuen Arbeit in der xenobiologischen Abteilung, und wenn das nächste Semester anfing, gehörten auch Vorlesungen zu ihren Aufgaben. Nach der Feststellung, daß ihre Bindung stabil war und Daniel keine neurologischen Verletzungen erlitten hatte, kehrte T'Mir ins Labor zurück.

Sorel wandte sich vom Kommunikator ab. »Die Verifikation ist für die vierzehnte Stunde heute nachmittag anberaumt«, sagte er. »Ich muß alles Notwendige in die Wege leiten. Bitte übernehmen Sie meine Patienten, Daniel. Oder teilen Sie T'Sel mit, sie möchte die Termine verschieben.«

»Und wann soll *ich* mich vorbereiten?«

Sarel starrte ihn groß an. »Daniel, eine Verifikation ist ein sehr schwieriger und auch gefährlicher Vorgang. Nur Vulkanier...«

»Sorel, in all den Jahren, die wir uns kennen, sind Sie

mir nie mit dem ›Sie sind kein Vulkanier, und deshalb verstehen Sie nicht‹-Hinweis gekommen. Bitte holen Sie das jetzt nicht nach.«

»Entschuldigung«, erwiderte der vulkanische Mediziner. »Ich hätte sagen sollen, daß nur Telepathen daran teilnehmen können. Es ist ein besonders diszipliniertes Bewußtsein erforderlich, das sich streng an die Regeln der Objektivität hält.«

»Objektivität? Sorel, Sendet hat Ihre Frau ermordet. Wie können *Sie* da objektiv sein?« Er wartete, beobachtete das ausdruckslose Gesicht des Heilers, als er nachdachte. Corrigan wußte, wie sehr Sorel durch T'Zans Tod gelitten hatte; vielleicht sollte er besser eine Konfrontation mit den Emotionen des Täters vermeiden.

»Das Verbrechen betraf auch mich«, antwortete der Vulkanier schließlich. »Daher habe ich das Recht, an der Prozedur teilzunehmen.«

»Ich erhebe ebenfalls Anspruch darauf«, sagte Corrigan.

»Daniel...«

»So lautet das Gesetz, nicht wahr?«

Sorel blickte ihn einige Sekunden lang aus seinen dunklen Augen an, bevor er erwiderte: »Ja, so lautet das Gesetz.«

Aber als Corrigan später das kleine Konferenzzimmer betrat, in dem sich die Heiler einfanden, stieß er erneut auf Ablehnung.

T'Par gehörte zu den Telepathen der Sondierungsgruppe. Daniel sah auch Sev und Suvel — offenbar neutrale Beobachter, da sie nur selten mit Sorel und seinem menschlichen Partner zusammenarbeiteten. Sev hielt sich oft in einer Außenwelt auf und hatte Sarek bei seinen diplomatischen Missionen begleitet. Es war praktisch möglich, eine Untersuchungskommission aus Heilern zu bilden, die sich nicht kannten.

Corrigans Blick fiel auf das faltige Gesicht T'Paus.

Zwar fehlten ihr die Fähigkeiten Sorels und seiner Kollegen, aber als Vertreterin und Hüterin des Rechts würde sie darauf achten, daß die Verifikation nicht in Bereiche abirrte, die Teil von Sendets Privatsphäre waren und nichts mit der Wahrheitssuche zu tun hatten.

Suvel hob den Kopf. »Daniel, das anstehende Verfahren macht eine Heilerausbildung notwendig.«

»Ich habe bereits Erfahrungen mit Gedankenverschmelzungen gesammelt«, erwiderte Corrigan. »Außerdem gibt das Gesetz dem vom Verbrechen Betroffenen die Möglichkeit zur Teilnahme.«

»Daniel.«

T'Paus Stimme. Corrigan bereitete sich innerlich darauf vor, daß ihn die greise Matriarchin daran erinnerte, kein Vulkanier zu sein. Einige Sekunden später begriff er, daß sie ihm Respekt zollte, indem sie ihn mit dem Vornamen ansprach.

»Es ist nicht nötig, das zu verifizieren, was Sendet Ihnen angetan hat«, sagte sie. »Daher gibt es keinen Grund für Sie, sich neuerlichen Belastungen auszusetzen. Ich versichere Ihnen, daß wir Ihre Interessen wahren.«

»Daran zweifle ich nicht, T'Pau.«

»Sendet hat Ihr Bewußtsein einmal angegriffen«, warf Sev ein. »Er könnte es nochmals versuchen.«

»Sev«, sagte Sorel. »Daniel ist gebunden. Vermutlich kommt die Verifikation zu dem Ergebnis, daß Sendets Absicht darin bestand, die mentale Brücke zu zerstören, die meinen Partner mit T'Mir verbindet. Aber es gelang ihm nicht. Darüber hinaus kann ich Daniels geistige Disziplin bestätigen — obgleich ich ihm ebenfalls davon abgeraten habe, eine aktive Rolle bei der Untersuchung zu spielen.«

T'Pau musterte Corrigan so eingehend, daß der Mensch glaubte, den psychischen Hauch ihrer Neugier zu spüren. Als er sich darauf konzentrierte, verflüchtigte sich dieser Eindruck; er nahm nur die Präsenz T'Mirs wahr.

Die Matriarchin stand auf. »Daniel, ich glaube, ich sehe ein anderes Motiv in Ihnen... Und wenn ich recht habe, ist Ihre Teilnahme an der Verifikation sogar unverzichtbar.«

Corrigan fragte sich verwirrt, was sie damit meinte. Er wußte von keinen verborgenen Beweggründen.

»Kommen Sie.« T'Pau winkte ihn zu sich. »Öffnen Sie Ihre Gedanken für mich«, sagte sie, als Daniel an sie herantrat, vor ihr niederkniete und sich auf die Verbindung mit T'Mir konzentrierte.

Die Finger der alten Vulkanierin tasteten über Wangen und Schläfen, und von einem Augenblick zum anderen spürte Corrigan ihren Geist — der ebenso stabil und ruhig anmutete wie der Sorels, jedoch weitaus mehr Erfahrungsschichten aufwies. Sanft berührte T'Pau die verwirrte Oberfläche seines Bewußtseins und schuf vorsichtig einen Zugang zu den Gedanken, die darunter durch einen mentalen Kosmos glitten.

Lieber Himmel, da bin ich platt! fuhr es ihm durch den Sinn. T'Paus Miene blieb steinern, aber unter jener Maske nahm Corrigan tolerante Erheiterung wahr.

Sie zog die Hand zurück. »Sagen Sie es den anderen«, forderte sie Daniel auf.

»In gewisser Weise identifizierte ich mich mit Sendet«, erklärte er, als er an den Tisch zurückkehrte. »Mit anderen Worten: Mir ist jetzt klar, daß er gar nicht verstand, in welche Gefahr er mich brachte.«

Die Vulkanier hoben die Brauen und starrten ihn wortlos an. »Sendet ist nie gebunden gewesen«, erklärte er.

Wieder neugierige Blicke.

»Nun«, fuhr Corrigan fort, »seit ich mich in diesem Zimmer aufhalte, ließ meine emotionale Kontrolle sicher mehrmals zu wünschen übrig. Ich lerne noch, meine Gefühle nicht dauernd zu projizieren. Wenn es mir heute morgen gelungen wäre, mich besser zu beherrschen, hätte Sendet meine psychischen Ausstrahlungen wahrscheinlich nicht als Provokation empfunden. Aber... ich glaube, er ahnte nicht, welchen Schmerz er mir zufügte, was er mir nehmen wollte. Bis gestern wußte ich es ebenfalls nicht.

Unmittelbar nach T'Zans Ermordung bin ich eine Mentaleinheit mit Sorel eingegangen, um seinen Tod zu verhindern. Ich spürte deutlich die Qual aufgrund eines zerrissenen Ehebandes. Sendet ist kein Heiler. Und er hat auch nie selbst erfahren, was eine Bindung bedeutet. Das rechtfertigt sein Verhalten zwar nicht, erklärte es aber.«

»Und wir sind hier, um zu verstehen«, stellte T'Pau fest. »Daniel, Sie werden bei der Verifikation gebraucht.«

Keiner der anderen Anwesenden wagte es, ihr zu widersprechen. »Bringt den Angeklagten herein«, fügte die Matriarchin hinzu. »Wir beginnen nun mit der Untersuchung.«

KAPITEL 30

James T. Kirk befand sich allein in Sareks Haus, als Eleyna Miller eintraf, mit einem Picknick-Korb. Sie lächelte anerkennend, als sie die elegante Aufmachung des Captains sah, die für einen abendlichen Streifzug durch die Stadt bestimmt war. »Damit könnten Sie sich auf jedem Ball sehen lassen, aber sie eignet sich nicht besonders gut für einen Ausflug in die Wüste.«

»Wüste?« wiederholte er verwirrt.

»T'Kuht geht in zwei Stunden auf — und dann müssen wir so weit von der Stadt entfernt sein, daß die Lichter ShiKahrs nicht mehr stören. Sie werden es nicht bereuen, Jim: T'Kuhts Aufgang bietet einen wunderschönen Anblick.«

»Und Sie sind ganz sicher, er ist einen zweistündigen Marsch in dieser Hitze wert?«

»Nach Einbruch der Dunkelheit kühlt die Wüste rasch ab. Bitte, Jim. Es wird Ihnen gefallen.«

Einer hübschen Frau konnte ich noch nie widerstehen, dachte Kirk. Außerdem hatte er sich inzwischen einigermaßen an die auf Vulkan herrschenden Klimabedingungen gewöhnt, und wenn Eleyna von einem *Ausflug* sprach, so bedeutete das vermutlich, daß sich die Anstrengungen in Grenzen hielten.

Kirk kehrte in das Zimmer zurück, in dem Spock als Knabe geschlafen hatte. Er erinnerte sich an den Vorschlag seines Ersten Offiziers, in den Bergen zu zelten, wenn der Sommer zu Ende ging, und aus diesem Grund gehörten auch feste Kleidung und Stiefel zu seinem Gepäck. Er zog sich um, doch als er nach einem dicken Pullover griff, fiel ihm die nach wie vor recht hohe Temperatur ein. Nach kurzem Zögern legte er ihn beiseite und entschied sich statt dessen für ein kurzärmeliges Hemd.

Als er den Raum verlassen wollte, streifte sein Blick die Waffen an der einen Wand. Spock besaß eine Sammlung aus Speeren und Schwertern, die er in seiner Kabine an Bord der *Enterprise* aufbewahrte. Hier handelte es sich um Messer und Dolche in verschiedenen Größen. *Was fangen friedliebende Vulkanier mit solchen Dingen an?* fragte sich Kirk verwundert.

Sarek hatte davon gesprochen, daß es um diese Jahreszeit fleischfressende Pflanzen in der Wüste gab. Vielleicht hielt die Öde jenseits der Stadt noch andere Gefahren bereit. Er wünschte sich einen Phaser, aber natürlich war er unbewaffnet nach Vulkan gekommen.

Dies ist kein Erkundungsunternehmen auf einem unerforschten Planeten, dachte er. *Ich möchte nur mit einem hübschen Mädchen im Mondschein spazierengehen!*

Trotzdem: Vorsicht konnte nicht schaden. Er wählte eins der moderneren, schlichteren Messer, das in einer Scheide steckte, betrachtete es kurz und schob es dann in den Stiefel.

Kirk und Eleyna verließen das Haus durch die Hintertür, passierten das Tor in der Gartenmauer und wanderten in die Wüste. Das letzte Licht des Tages war noch nicht ganz verblaßt, und die Augen des Captains gewöhnten sich ans Halbdunkel. Die junge Frau an seiner Seite deutete auf eine gezackte Linie am Horizont: die L-Langon-Berge. Wenn sie auf einen besonders eindrucksvoll wirkenden Gipfel zuhielten, so erklärte sie, erreichten sie den Ort, den sie ausgewählt hatte, um den Aufgang T'Kuhts zu beobachten.

Schon nach wenigen Minuten begann Kirk zu schwitzen und erinnerte sich fast wehmütig an seinen Plan, den Abend in irgendwelchen kühlen Tanzlokalen zu verbringen. Sie schritten über felsigen Boden, auf dem sich eine dünne Sandschicht gebildet hatte, und hinter ihnen verblaßte allmählich das Glühen der Stadt. Kurz darauf schien es tatsächlich kühler zu werden. Kirk argwöhnte, daß sich dieser Eindruck nur auf Wunschdenken gründete, aber er atmete trotzdem erleichtert auf. Doch die hohe Schwerkraft Vulkans ließ nicht nach, ermüdete ihn weitaus schneller als auf der Erde.

Eleyna streckte den Arm aus und richtete die Aufmerksamkeit ihres Begleiters auf eine bestimmte Gesteinsformation. »Das ist unser Ziel. Wir klettern auf den flachen Felsen und genießen das Panorama.« Kirk musterte sie kurz und stellte überrascht fest, daß sie nach wie vor frisch und ausgeruht wirkte. Der lange Marsch schien sie überhaupt nicht zu belasten.

Als sie sich dem gewaltigen Monolithen näherten, runzelte Kirk skeptisch die Stirn und starrte an dem fast zehn Meter hohen und sehr steilen Hang empor. »Wir hätten einen tragbaren Antigravgenerator mitnehmen sollen«, brummte er.

»Auf der anderen Seite gibt es einen Weg, der nach oben führt«, erwiderte Eleyna. »Kommen Sie.«

Im Schatten der Felsen hatte karge Vegetation die Hitze des Sommers überlebt. Ihre Schritte verursachten leichte Vibrationen im Gestein, und aus den Augenwinkeln sah Kirk wie sich einige Ranken schlangenartig bewegten. Er drehte den Kopf und starrte zu Boden, aber nichts rührte sich. Neugierig geworden stampfte er mit dem Fuß auf. Sofort erzitterten Blätter und krochen in seine Richtung.

»He, was ist das denn?« wandte er sich an Eleyna. »Etwa eine der menschenfressenden Pflanzen?«

»*Menschen?*« erwiderte die junge Frau und lachte. »Wenn sie sich darauf spezialisiert hätten, wären sie längst verhungert. Nein, sie fangen Tiere, die tagsüber hier im Schatten Zuflucht suchen. Vermutlich fänden sie kaum Gefallen an dem Geschmack menschlicher Beute.«

»Nun, ich bin nicht scharf darauf herauszufinden, ob Sie recht haben.« Kirk machte einen weiten Bogen um die Pflanze und schauderte, als er beobachtete, wie die Ranken auf ihn zutasteten. Auf der anderen Seite des Felsens fanden sie tatsächlich eine Möglichkeit zum Aufstieg: Einige Vorsprünge und Risse im Gestein boten genug Halt, und für zwei Personen in guter körperlicher Verfassung sollte es nicht schwer sein, das weiter oben gelegene Plateau zu erreichen.

Kirk irrte sich. In halber Höhe verharrte er und schnappte keuchend nach Luft. Die ungewohnt hohe Gravitation schien Arme und Beine in bleierne Gewichte zu verwandeln, und sein Brustkasten hob und senkte sich, als er verzweifelt versuchte, die Lungen mit mehr Sauerstoff zu füllen, als die Luft enthielt. Das Herz klopfte ihm bis zum Hals empor. Eleyna hingegen schien keine Probleme zu haben, kletterte mit katzenhafter Anmut weiter. Kirk biß die Zähne zusammen und folgte ihrem Beispiel.

Nach einer Weile zog er sich erschöpft über den Rand und blieb völlig außer Atem liegen. Als er einige Minuten später den Kopf hob und sich umblickte, stellte er fest, daß Eleyna nicht übertrieben hatte. Die Aussicht lohnte den anstrengenden Aufstieg.

Die Nacht hüllte das Land in ein Gewand aus blauen und purpurnen Tönen, und zum erstenmal *wirkte* Vulkan kühl.

Sterne funkelten am Himmel, doch ihr Glanz verlor sich bald in dem Leuchten, das den Horizont erfaßte. Es wurde rasch heller, und Kirk wartete gespannt auf den Aufgang T'Kuhts, des Schwesterplaneten Vulkans.

Auf der anderen Seite erhoben sich die zerklüfteten Massive der L-Langon-Berge. »Was hat es mit T'Vets Schrein auf sich?« fragte der Captain plötzlich.

»T'Vet war die Hüterin oder Göttin der Kriegerclans«, erklärte Eleyna. »Man weiß nicht mehr, ob sie wirklich lebte oder ob es sich bei ihr um eine Symbolfigur handelt. Wie dem auch sei: Ihr Kult war bereits uralt, als Surak seine Philosophie entwickelte. Und die Angriffe auf seine Gemeinde erfolgten in T'Vets Namen.«

»Soweit ich weiß, steht irgendwo in den Bergen ein Schrein, der nach wie vor von Vulkaniern besucht wird«, sagte Kirk.

»Ja. Suraks Lehren setzten sich zwar gegenüber allen anderen durch, ließen sie jedoch nicht in Vergessenheit geraten. T'Vet stellt die weibliche Kraft im Überlebensinstinkt des Volkes dar. Vor vielen Jahrtausenden galt sie als Beschützerin der Krieger, die während der Sommerdürre um Wasser und Nahrung für ihre Familien kämpften.

Als Suraks Philosophie immer mehr Anhänger gewann, als die Vulkanier damit begannen, zusammenzuarbeiten anstatt Krieg zu führen, lernten sie, das Land zu bewässern. Sie verwendeten es nicht mehr in erster Linie als Weiden für ihr Vieh, sondern bauten Feldfrüchte an. Bald gehörten Kampf und Hunger der Vergangenheit an, und das führte dazu, daß T'Vets Einfluß schwand. Heute ist nur noch ein einziger Schrein übriggeblieben.«

»Dient er als eine Art Denkmal?« fragte Kirk.

Eleyna schüttelte den Kopf. »Nein. Noch immer finden sich dort Männer und Frauen ein, um zu meditieren. Die Verehrung T'Vets und Suraks Philosophie existieren hier nebeneinander. Manche von modernen Vulkaniern zelebrierten Rituale gehen auf Zeremonien zu Ehren T'Vets zurück. Mir sind einige... Gerüchte zu Ohren gekommen, aber wenn ein Außenweltler entsprechende Fragen stellt, bekommt er keine klaren Antworten. Angeblich gibt es sogar eine Tradition, die es zwei Männern erlaubt, um eine Frau zu kämpfen!«

Kirk unterdrückte ein Lächeln, als er die ungläubige Verwirrung in Eleynas Stimme hörte. »Ich schätze, so etwas würde einer Kriegergöttin sehr gefallen. Wie viele Anhänger hat T'Vet heute?«

»Keine Ahnung. Bestimmt nicht sehr viele. Warum fragen Sie?«

»Nun, wenn Sendet zu ihnen gehört... Das würde sein Verhalten erklären.«

Kirk wußte inzwischen, daß Sarek Eleyna von Sendets Angriff auf Corrigan und der Verifikation erzählt hatte. »Ich möchte nicht über ihn sprechen«, erwiderte sie. »Er hat ein schreckliches Verbrechen begangen. He, Jim, was halten Sie davon, wenn wir jetzt den Wein probieren und auf T'Kuht anstoßen?«

Sie breiteten eine Decke auf dem immer noch warmen Felsboden aus, und Eleyna öffnete ihren Korb. Er enthielt Wein, Obst und Kreyla, köstliche Kekse mit unterschiedlichem Geschmack — die einzige vulkanische Spezialität, die auch bei Menschen beliebt war.

Der Wein stammte aus dem Rigel-System: Exportware, die auf vielen Planeten angeboten wurde, billig aber keineswegs schlecht. Kirk nahm einen Schluck und erinnerte sich an seine Studentenzeit, an die besonderen Gelegenheiten, für die kein Bier in Frage kam. Er saß in einer kleinen Mulde, lehnte sich an einen Vorsprung, der extra für ihn geschaffen zu sein schien, und fragte sich, wieviele Schüler der Akademie von diesem Ort aus den Aufgang des Schwesterplaneten Vulkans beobachtet hatten. Sollte er überrascht sein, daß sie ganz allein waren?

Schließlich spähte T'Kuht über den Horizont, und Kirk vergaß alles andere, konzentrierte sich ganz auf die Schönheit der Nacht und die junge Frau an seiner Seite. Sie rückte näher an ihn heran, und er legte ihr den Arm um die Schultern, fühlte ihre warme Haut, roch den Duft ihres Haars.

T'Kuhts Scheibe glitt am Firmament empor, golden und weiß und grau, heller und wesentlich größer als der irdische Vollmond. Sie schien so nahe zu sein, daß man nur die Hand auszustrecken brauchte, um sie zu berühren, erweckte den Eindruck, als könne sie jeden Augenblick auf Vulkan herabstürzen.

Kirk lächelte unwillkürlich bei dieser eher naiven Vorstellung und spürte, wie Eleyna kurz erzitterte. Fürchtete sie eine ihr vielleicht unvermeidlich erscheinende Kollision der beiden Welten, oder war es ein wohliger Schauer? Er sah auf sie herab, wollte sie fragen, was ihr durch den Kopf ging. Aber sie erwiderte seinen Blick, und einige Sekunden lang beobachtete er, wie sich das Licht T'Kuhts in ihren Augen widerspiegelte.

Aus einem Reflex heraus beugte er sich vor und küßte sie, und Eleyna wies ihn nicht zurück. Eine ganze Zeitlang hielten sie sich stumm in den Armen, während Vulkans Schwesternplanet unbeachtet höher stieg.

Schließlich glaubte Kirk, die Entscheidung nicht länger aufschieben zu können. Er ließ Eleyna los und lehnte sich zurück, hoffte auf ein Zeichen von ihr, auf einen Hinweis, der ihm mitteilte, was sie von ihm erwartete.

Sie schenkte ihnen erneut Wein ein, griff nach ihrem Glas, stand auf und trat an den Rand des Monolithen heran.

T'Kuht glänzte nun wie Silber, und sein perlmuttenes Licht stülpte ein bizarres Schattenmuster auf die Wüste. Eleynas Haar schimmerte weiß wie Schnee.

Kirk leerte seinen Becher, setzte ihn ab und näherte sich der jungen Frau. Er sprach kein Wort, als er Eleynas Hand berührte, an ihrem Glas nippte und es dann an ihre Lippen führte. Sie trank einen Schluck, ließ den kleinen und unzerbrechlichen Behälter einfach fallen und schlang die Arme um Kirk.

Der Captain wandte sowohl T'Kuht als auch dem Felsrand den Rücken zu. Er setzte sich behutsam in Bewegung, um Eleyna zum Picknickplatz zu führen, aber sie stolperte, als sie einen Schritt zurücktrat.

Sie knickte ein, und Kirk bückte sich, um nach ihrem Arm zu greifen, geriet dadurch selbst aus dem Gleichgewicht. Schwerfällig wankte er umher, fühlte einmal mehr den substanzlosen Zug der hohen Schwerkraft. Eleyna stieß gegen ihn. Sie versuchte, sich aufzurichten, streckte die Hände aus – und prallte an Kirks Schulter.

Kirk taumelte dem Rand der hohen Felsformation entgegen.

»Nein!« rief Eleyna und sprang vor, um ihren Begleiter festzuhalten. Der Wein reduzierte die Reaktionsschnelligkeit des Captains, und hinzu kam die vulkanische Gravitation. Wie durch einen Nebel sah er, wie Eleyna noch einmal stolperte, spürte einen neuerlichen Stoß – und stürzte über den Rand.

Die hohe Schwerkraft riß ihn so schnell dem Boden entgegen, daß ihm nicht genug Zeit blieb, sich zusammenzurollen, um ernste Verletzungen zu verhindern. Sengender Schmerz erfaßte den linken Fuß, stach durch das Bein, und ein tonnenschweres Gewicht schien ihm die Luft aus den Lungen zu pressen. Ein Schrei löste sich aus seiner Kehle, doch gleich darauf erinnerte sich Kirk an seine Starfleet-Ausbildung. Während er über harten Fels schlitterte und kurz darauf warmen Sand berührte, versuchte er, die Pein aus sich zu verdrängen.

Doch das Feuer im linken Fuß brannte weiter. Eine Zeitlang blieb er ruhig liegen, und als er sich anschließend aufzurichten versuchte, verdoppelte sich der Schmerz.

Eleyna kniete oben am Rand der Klippe, und T'Kuhts Licht verwandelte ihr Gesicht in eine Fratze. »Jim! Ist alles in Ordnung mit Ihnen?«

Er setzte sich auf. »Nur mein Stolz ist verletzt. Und

der linke Knöchel. Ich weiß nicht, ob es sich um eine Verstauchung oder gar einen Bruch handelt.«

»Ich komme runter!«

Kirk zog den Stiefel aus, während die junge Frau auf der anderen Seite des Monolithen mit dem Abstieg begann. Der Knöchel schwoll bereits an, und als er ihn berührte, verstärkte sich das qualvolle Stechen. Es schien nichts gebrochen zu sein, aber selbst wenn er sich den Fuß nur verstaucht hatte: Er konnte ihn nicht mehr belasten.

Ein romantischer Ausflug im Mondschein — verdammt, was für ein Blödsinn!

Eleyna eilte um die Felsformation herum. »Können Sie gehen?«

»Nein. Aber ich schätze, mir bleibt keine andere Wahl. Hier gibt es nichts, um eine Krücke herzustellen. Ich muß mich auf Sie stützen.«

Vorsichtig strich sie die Socke beiseite und betastete die immer dicker werdende Stelle am Knöchel. »O nein«, stöhnte sie. »*Damit* kommen Sie nie bis nach Shi-Kahr! Aber seien Sie unbesorgt. Ich hole Ihnen den Picknickkorb und mache mich sofort auf den Weg. Wenn ich die Stadt erreiche, ist Sarek vielleicht schon aus der Akademie zurück. Ich leihe mir sein Schwebefahrzeug aus und kehre damit zu Ihnen zurück.«

Kirk seufzte, mußte sich eingestehen, daß Eleynas Plan einen gewissen Sinn ergab. »Tut mir leid, daß ich so ungeschickt war.«

»Ach, es war meine Schuld!« erwiderte sie. »Wenn ich nicht gestolpert wäre... Oh, Jim, es tut mir leid. Sie hätten sterben können.«

»So ein kleiner Sturz bringt mich nicht um«, entgegnete er, blickte an der vor ihm aufragenden Felswand empor und schluckte. Acht Meter! Und die höhere Schwerkraft Vulkans... *Himmel, sie hat recht!* dachte er.

Eleyna brachte ihm sowohl den Korb als auch die anderen Dinge, bemühte sich dann, es ihm möglichst bequem zu machen. Er lehnte sich an einen großen Stein, streckte die Beine und stützte den verletzten Fuß auf einen kleineren Vorsprung. Die Flasche enthielt nicht einmal mehr genug Wein, um einen Becher damit zu füllen. *Kein Wunder, daß wir Schwierigkeiten hatten, uns auf den Beinen zu halten,* fuhr es Kirk durch den Sinn. Er erinnerte sich überhaupt nicht daran, so viel getrunken zu haben. »Ich wünschte, Sie hätten Wasser mitgenommen«, sagte er und sah zu Eleyna auf. Nach den wiederholten Kletterpartien war sie bestimmt noch durstiger als er. Und ihr stand ein langer Marsch bis nach ShiKahr bevor.

»Ich habe nicht mit Problemen gerechnet«, antwortete die junge Frau. »Aber es stimmt; es wäre wirklich besser gewesen, Wasser mitzubringen. Ach, Jim, das bedaure ich nun sehr. Ebenso wie den Umstand, daß wir uns kein Fahrzeug ausliehen und zu Fuß hierher kamen. Was für eine törichte Idee! Bitte verzeihen Sie mir.«

Kirk hoffte, daß der Alkohol sie nicht zu benommen machte. Wenigstens bestand keine Gefahr, daß sie sich unterwegs verirrte: In T'Kuhts hellem Schein waren ihre Fußspuren deutlich zu sehen.

»Ich komme so schnell wie möglich zurück«, sagte Eleyna, als sie Kirk, so gut es ging, versorgt hatte. »Halten Sie durch, Jim. Vielleicht ist Sarek noch nicht zu Hause — Sie wissen ja, wie Vulkanier sind. Wenn er und Spock noch immer an der Installation des neuen Computers arbeiten, denken Sie nicht daran, etwas zu essen oder auszuruhen. In dem Fall muß ich zur Akademie und dort jemanden finden, der mir seinen Schweber zur Verfügung stellt. Sie bleiben hier liegen und warten auf mich — und schonen Sie den Knöchel!«

Kirk sah Eleyna nach, und als ihre Gestalt in der Ferne verschwand, griff er nach der Flasche und nahm einen Schluck Wein. Sein trockener Gaumen gierte nach mehr, aber er erinnerte sich daran, daß Eleyna mindestens zwei Stunden brauchte, um die Stadt zu erreichen – und wahrscheinlich würden noch einmal fast sechzig Minuten vergehen, bevor sie mit einem Wagen zurückkehren konnte.

Erneut wünschte er sich Wasser. Wie dumm von ihm, in die Wüste zu gehen, ohne wenigstens eine gefüllte Feldflasche mitzunehmen. Eine der ersten Lektionen des Überlebenstrainings für neue Kadetten. Warum hatte er nicht daran gedacht, Eleyna zu fragen, ob sich im Korb auch ein Behälter mit Trinkwasser befand? Und ein Erste-Hilfe-Kasten? Bestimmt gab es in Sareks Haus alle erforderlichen Dinge. Eine kurze Suche...

Er hielt es für müßig, solchen Gedanken nachzuhängen. Neuer Schmerz durchzuckte den verletzten Fuß, als er sich vorbeugte, den temperaturisolierten Korb öffnete und nach einem Stück Obst griff. Als er hineinbiß, bemerkte er aus den Augenwinkeln eine Bewegung.

Die Pflanze! Die schlangenartigen Ranken tasteten links von ihm über den Stein.

Näherte sich ihm das Gewächs etwa? Konnte es die Wurzeln aus dem Boden ziehen und loskriechen, wenn es mit seinen Geruchsrezeptoren Beute witterte? Er entsann sich an die Springbäume auf Cygnus 15, und neues Unbehagen regte sich in ihm.

Ich kann zwar weder laufen noch gehen, aber ich bin nicht gelähmt, nicht an diesen Ort gefesselt, überlegte Kirk. Dennoch: Die Vorstellung, daß er ruhig am Granit lehnte, während jenes Etwas einen Leckerbissen in ihm sah und sich bereits die metaphorischen Lippen leckte, gefiel ihm nicht sonderlich. Er zog das Messer aus dem Stiefel, hielt es bereit – und sehnte sich nach einem Phaser.

Die exotische Schönheit der vulkanischen Wüste verwandelte sich in eine Schreckenslandschaft. T'Kuhts Glanz schuf klare Abgrenzungen zwischen Licht und Schatten, und hier und dort schienen sich dunkle Schemen zu verdichten, gewannen bedrohliche Gestalt.

Plötzlich erklang aus der Richtung der L-Langon-Berge ein gräßliches Kreischen, gefolgt von einem dumpfen, kehligen Knurren. Kirk drehte den Kopf, doch die Felswand versperrte ihm die Sicht. Er erinnerte sich an andere Gesteinsformationen, die sich auf halbem Wege zwischen den Massiven und dem Monolithen erhoben. Das Jaulen kam von dort.

Beunruhigt fragte sich Kirk, von was für einem Geschöpf es stammte. Handelte es sich nur um einen Ruf, der territoriale Ansprüche verdeutlichte? Einen Paarungsschrei? Oder um das triumphierende Heulen eines Raubtiers, das gerade Beute geschlagen hatte?

KAPITEL 31

Daniel Corrigan wußte nicht mehr, wer er war, wo er sich aufhielt und wie lange seine Gedanken schon zu dem seltsamen Gruppenbewußtsein gehörten, das die Verifikation leitete und Sendets Schuld oder Unschuld festzustellen versuchte. Es schien, als kämpften sie schon seit einer Ewigkeit gegen die starken mentalen Barrieren des jungen Mannes — bis diese allmählich dem beharrlichen Druck nachgaben und sich erste Lücken bildeten, die rasch in die Breite wuchsen.

Sendet hatte — wie alle Vulkanier — eine Ausbildung in der mentalen Technik hinter sich, die zunächst von Surak entwickelt und im Verlauf der nächsten Jahrhunderte von anderen Philosophen und Heilern verfeinert worden war. Doch der erste zerbrechende Gedankenschild offenbarte, wie sehr er die Lehre von Frieden und Gewaltlosigkeit verachtete.

Wenn es keinen Kampf mehr gibt, setzen sich die Schwachen durch und verringern die Überlebenskraft des ganzen Volkes!

Corrigan erkannte diesen Gedanken und die damit verbundenen Assoziationskomplexe als das Hauptargument der Anhänger T'Vets. Auf Vulkan herrschte völlige religiöse und politische Freiheit, und daher wurden keine restriktiven Maßnahmen gegen die Befürworter einer Philosophie erhoben, die der Gewalt an sich eine große Bedeutung zuordnete. Warum versuchte Sendet, seine Zugehörigkeit zu einer Gruppe zu verheimlichen, von der die meisten Vulkanier zwar nicht viel hielten, die sie jedoch tolerierten? Für seine Karriere in der Akademie spielte so etwas keine Rolle. Und wenn er einen Sitz im Hohen Rat anstrebte: Zu Beginn einer jeden Legislaturperiode wurden mehrere T'Vet-Verehrer gewählt, und man achtete ihre Meinungen ebenso wie die der anderen Abgeordneten.

Kurze Zeit später *sah* das Gruppenbewußtsein, daß Sendets Perspektive in bezug auf die aktuelle Kultur Vulkans merkwürdige Verzerrungen aufwies. Er glaubte, physische Schwäche werde gefördert, und offenbar hatte er vergessen:

Jedes vulkanische Kind muß sich dem Überlebenstest des Kahs-wan stellen. Wer dabei versagt, bekommt nicht die Erlaubnis, zu heiraten und Nachkommen zu zeugen.

Corrigan konnte nicht bestimmen, von wem dieser Antwort-Gedanke stammte. Das Flüstern ertönte überall um ihn herum, und doch existierte ein telepathischer Fokus, der die Worte formulierte.

Die restlichen mentalen Mauern stürzten ein.

Was ist mit Außenweltlern?

Sendet richtete seinen geistigen Blick auf Corrigan. *Er hat den Kahs-wan-Test nicht abgelegt, und doch gab ihm Sorel T'Mir als Bindungspartnerin! Schlimm genug, daß vulkanische Männer Schande über uns brachten, indem sie sich mit Frauen anderer Rassen banden. Es ist das Recht des Kriegers, die weiblichen Angehörigen fremder Clans durch Kampf oder List für sich zu gewinnen, aber ihren Nachkommen den Status gleichrangiger Clanmitglieder zu gewähren...*

T'Paus Geist unterbrach ihn. *Alle Kinder, die aus Ehen mit Außenweltlern hervorgingen, mußten sich ebenfalls dem Kahs-wan unterziehen, und keins hat versagt. Kein einziges, Sendet. Was man nicht von all den Prüflingen sagen kann, in deren Adern nur vulkanisches Blut fließt. Wenn ich mich recht entsinne, hast du...*

Von einem Augenblick zum anderen fiel das Gruppenbewußtsein in eine schmerzerfüllte Erinnerungswelt: Sendet, ein siebenjähriger Knabe, der die L-Langon-Berge durchstreifte und voller Familienstolz dem Verlauf des Überlebenspfades folgte, dazu entschlossen, das Ziel in möglichst kurzer Zeit zu erreichen. Die Strecke war so angelegt, daß es zehn Tage dauerte, um sie zu bewältigen. Manche Kinder brauchten nur neun.

Sendet wollte den Rekord brechen und es in acht Tagen schaffen — was vor ihm noch niemandem gelungen war.

Aus diesem Grund wählte er einen zwar kürzeren, aber auch schwierigeren Weg durch die Berge. Er hoffte, am Abend wieder den Hauptpfad zu erreichen, doch bis dahin beabsichtigte er, mindestens vier Stunden zu sparen, indem er mit Hilfe eines Seils die Felswand erklomm.

Der fünfte Tag seines Kahs-wan — und er hatte bereits einen großen Vorsprung vor allen anderen Kindern. Doch dann stieß er auf ein wildes Sehlat-Junges, das ihm den Weg versperrte. Schon ein Vierjähriger wußte, wie riskant es sein mochte, sich einem wenige Monate alten Sehlat zu nähern; dadurch konnte der Verteidigungsreflex der Mutter ausgelöst werden. Doch dieses Exemplar hielt ihn auf!

Wenn er einfach abwartete, bis das Tier weiterzog, verlor er vielleicht einen Teil seines Vorsprungs. Sendet konnte es nicht umgehen — und außerdem wußte er nicht, wo sich die Mutter befand. Wenn er zwischen sie und ihr Junges geriet, drohte ihm Lebensgefahr. Verzweifelt suchte er nach einer Lösung des Problems.

An dieser Stelle führte der Pfad über einen Sims, und der junge Sehlat hockte einige Meter weiter vorn neben einem Busch und fraß Beeren. Der Weg bot einem Wanderer genug Platz und ermöglichte ein rasches Vorankommen — vorausgesetzt, man litt nicht an Höhenangst: Auf der linken Seite gähnte ein mehrere hundert Meter tiefer Abgrund.

Sendet trat an den Rand heran und beugte sich vor. Weiter unten sah er einen zweiten und wesentlich schmaleren Sims, der schon nach wenigen Metern endete. Es gab keine Möglichkeit, den Sehlat auf diese Weise zu passieren, selbst wenn er sich mit dem Seil herabließ.

Dann legte er den Kopf in den Nacken und blickte hoch. Einige Meter über ihm führte ein Felsvorsprung an dem Tier vorbei – breit genug für einen kleinen Vulkanier, nicht aber für einen erwachsenen Sehlat. Dort oben ging er nicht das Risiko ein, der Mutter zu begegnen.

Das Junge rührte sich noch immer nicht von der Stelle. Sendet trank einen Schluck aus der Feldflasche und traf eine Entscheidung.

Er ging in die Richtung zurück, aus der er kam, bis er eine Stelle fand, von der aus er den höheren Sims erreichen konnte. Es war tatsächlich sehr schmal – schmaler noch, als er erwartet hatte. Sendet zögerte und beobachtete das Junge. Es wandte sich von den Beerensträuchern ab und streckt sich für ein Nickerchen auf dem Weg aus. Warum verschwand es nicht endlich?

Sendet holte das Seil hervor, schlang es um kleine Vorsprünge über ihm und zog sich in die Höhe. Ein sehr schwieriger Aufstieg – und vielleicht viel zu gefährlich. Unter anderem testete das Kahs-wan auch das Urteilsvermögen vulkanischer Kinder. Doch wenn Sendet eine Pause einlegte, um Atem zu schöpfen, mußte er feststellen, daß der junge Sehlat nach wie vor den Pfad unter ihm blockierte. Er dachte daran, kleine Steine zu werfen, um ihn zu verscheuchen. Aber wenn die Mutter die Furcht ihres Jungen witterte, kam sie möglicherweise herbei, um herauszufinden, was es verängstigt hatte.

Vorsichtig schob sich Sendet über den schmalen Sims, der hier und dort nur wenige Zentimeter breit war. Sein Stolz nahm zu: Er schreckte vor nichts zurück, um seinen Vorsprung den anderen Kindern gegenüber zu wahren, bewies damit außerordentlichen Mut. Schließlich gelangte er an eine Stelle, die ihm kaum mehr Halt bot. Sendet hielt das Seil in einer Hand, während er den Kopf zurückkneigte und sich umsah. Einige

Meter voraus verbreiterte sich der Vorsprung: Wenn er weit genug springen konnte...

Er spannte die Muskeln, ging in die Hocke und bereitete sich vor...

Genau in diesem Augenblick gab der brüchige Fels unter ihm nach!

Sendet verlor das Gleichgewicht und fiel. Er prallte neben dem erschrockenen Sehlat zu Boden, rutschte über den Vorsprung hinaus und stürzte auf den kleineren Sims weiter unten.

Schmerz durchzuckte seinen Körper, und unter ihm tropfte Flüssigkeit auf den Stein. Er blutete!

Weiter oben erklangen die heulenden Schreie des Tiers, das nun die Flucht ergriff und davonlief. Entsetzt dachte Sendet an die Mutter; aber spielte es jetzt noch eine Rolle, ob sie kam, um nach dem Rechten zu sehen? Sie konnte ihn nicht erreichen, und er starb ohnehin.

Aber er war noch immer imstande, sich zu bewegen. Behutsam kroch er von dem scharfkantigen Felsen, der sich ihm in die Seite bohrte...

Es handelte sich nicht etwa um einen Stein, sondern seine Feldflasche. Und die Flüssigkeit... Nein, kein Blut. Kostbares Trinkwasser gluckerte und verdunstete in der Hitze!

Wenn er Luft holte, stach es in seinem Brustkasten — gebrochene Rippen. Und der Schmerz wütete auch in Beinen und Armen.

Sendet stellte sich der Erkenntnis, versagt zu haben.

Und diese Einsicht verursachte eine noch weitaus größere Pein als die Verletzungen.

Vielleicht folgten andere Kinder dem Verlauf des Weges, der sich über ihm erstreckte, aber niemand durfte mit einem Kahs-wan-Prüfling sprechen: Bei dem Test ging es um die individuellen Überlebensfähigkeiten; Zusammenarbeit und gegenseitige Hilfe waren streng verboten. Diejenigen, die Sendet sahen, würden Bericht erstatten, wenn sie das Ende der Strecke erreichten... Doch es mochte noch einen Tag dauern, bis irgend jemand zu ihm aufschloß — und vor Ablauf von vier weiteren Tagen konnte niemand Meldung machen.

Bis dahin war Sendet längst tot. Ohne Wasser verdurstete er innerhalb weniger Stunden.

Er versuchte sich einzureden, daß er wie ein Krieger starb, ohne Furcht — aber allein, ohne daß jemand davon erfuhr.

Langsam verstrich die Zeit. Am späten Nachmittag gab Sendet sein Bemühen auf, sich in eine Heiltrance zurückzuziehen. Diese Fähigkeit lernten vulkanische Kinder einige Jahre nach dem Kahs-wan, und wenn er sie jetzt beherrscht hätte, wäre er in der Lage gewesen, sich zu retten. Seine Gedanken verloren sich in gleichgültiger Apathie.

Einige Steine fielen auf ihn herab, und jäh schreckte er aus seiner Benommenheit. Aus einem Reflex heraus wollte er sich aufrichten, und dadurch flammte erneut heftiger Schmerz in ihm auf. Sendet schrie unwillkürlich.

Ein junger Vulkanier sah von dem weiter oben gelegenen Weg zu ihm herab. Jemand war ihm überraschend dicht auf den Fersen gewesen — und Sendet fühlte sich besonders gedemütigt, als er das Halbblut Spock erkannte!

Spock stellte all das dar, was seine Familie verachtete. Als Siebenjähriger begriff Sendet nur, daß es erlaubt war, seinen Schulkameraden Außenweltler zu nennen und ihn damit zu beleidigen. Die Vorstellung, daß ausgerechnet Spock das Kahs-wan als erster beendete, erfüllte ihn mit Zorn. Er wandte sich von dem Jungen ab, der ihn beobachtete.

Und bemerkte grüne Flecken auf dem Fels. Er hatte *tatsächlich* Blut verloren, wenn auch nicht sehr viel.

Spock wurde ebenfalls darauf aufmerksam. Als Sendet den Kopf hob und wieder emporstarrte, bemerkte er die Unschlüssigkeit in den Zügen des anderen Jungen. Offenbar überlegte Spock, ob er sich über die Kahs-wan-Regeln hinwegsetzen und mit dem Verletzten sprechen sollte. Der Blick des Halbbluts streifte die zerbrochene Feldflasche, und unmittelbar darauf nickte er entschlossen.

»Leben muß bewahrt werden«, sagte Spock. »Bist du schwer verwundet, Sendet?«

Er hatte bereits versagt, und deshalb gab es keinen Grund, eine Antwort zu verweigern. »Du hättest schweigen sollen, Spock, Sohn von Sarek. Du hast das Gebot gebrochen und den Test nicht bestanden. Und mit Worten allein kannst du mir nicht helfen.«

»Du blutest«, sagte Spock. »Aber nicht besonders stark. Kannst du hochklettern, wenn ich mein Seil herablasse?«

»Nein. Meine Rippen...« Sendet hustete.

»Dann komme ich zu dir. Bald erreichen andere Prüflinge diesen Ort. Sie können uns beide hochziehen.«

»Wie viele haben sich für diesen kürzeren Weg entschieden?«

»Zwei oder drei, glaube ich«, erwiderte Spock. »Du brauchst Wasser, und meine Feldflasche ist nach wie vor gefüllt. Selbst wenn niemand bereit ist, uns zu helfen: Am Ende der Überlebensstrecke erstatten sie Bericht, und dann schickt man eine Rettungsgruppe hierher. Wenn wir auf körperliche Anstrengungen verzichten, reicht mein Wasser bis dahin für uns beide.«

Spock befestigte sein Seil und begann mit dem Abstieg.

»Du bist ein Narr«, sagte Sendet. »Niemand wird innehalten, um uns zu helfen. Nur ein Erdling ist bereit, sein Kahs-wan in Frage zu stellen, um einen anderen Prüfling zu schützen.«

»Dann solltest du froh sein, daß meine Mutter von

der Erde stammt«, antwortete Spock. Trotz der Einwände Sendets untersuchte er die Wunden und bemühte sich, es ihm so bequem wie möglich zu machen.

Sendet behielt recht. Einige Stunden später näherten sich zwei andere Kinder, die sich ebenfalls für den zwar kürzeren, aber schwierigeren Weg entschieden hatten – und sie eilten weiter, ohne die beiden jungen Vulkanier auf dem Sims weiter unten zu beachten. Spock forderte sie auf stehenzubleiben, drohte ihnen sogar damit, hochzuklettern und sie zu zwingen, dem Verletzten zu helfen. Aber die beiden Prüflinge reagierten nicht und hasteten wortlos weiter.

Der Durst zwang Sendet schließlich dazu, aus Spocks Feldflasche zu trinken. Sie bewegten sich kaum – und überlebten. Vier Tage später näherte sich ein Antigravschweber und nahm die Jungen auf. Zwei Väter begrüßten sie ernst. Sendets Vater sagte: »Du hast mich schwer enttäuscht.« Und Sarek: »Du hast die richtige Entscheidung getroffen, Spock. Es ist wichtiger, Leben zu bewahren, als einen Test zu bestehen.«

Aber Spock brauchte die Prüfung gar nicht zu wiederholen – im Gegensatz zu Sendet und den beiden Jungen, die Hilfe verweigert hatten.

Sendets Vater erhob Einspruch gegen die Entscheidung der Urteilskommission, führte an, Spock sei es ebensowenig wie Sendet gelungen, den Test zu beenden. Doch die Richter erklärten, Sareks Sohn habe Reife bewiesen, indem er sein Kahs-wan aufgab, um jemand anders das Leben zu retten. Wenn er sich so verhalten hätte wie die beiden Jungen, die einfach den Weg fortsetzten, ohne sich um den Verletzten zu kümmern, wäre Sendet gestorben.

Sendet bestand sein Kahs-wan beim zweiten Versuch, und die Meditationstechniken, die er später lernte, versetzten ihn in die Lage, seinen Zorn ins Unbewußte zu verdrängen. Dort aber wuchs er wie ein mentales Krebsgeschwür, bezog schließlich alle Außenweltler mit ein. Sein Vater glaubte, Sendets Versagen beim ersten Test sei der Grund für Sorels Weigerung, seinen Sohn mit T'Mir zu binden, obwohl es sich dabei nicht um eine personenbezogene Entscheidung handelte, sondern den Beschluß des Vaters, seiner Tochter die freie Wahl zu lassen.

Sendet versuchte mehrmals, die Gunst von T'Mir zu gewinnen — jener Frau, die sein Vater für ihn bestimmt hatte —, aber ihr Verhalten ihm gegenüber beschränkte sich nur auf distanzierte Höflichkeit. Und dann beleidigte sie sowohl Sendet als auch ganz Vulkan, indem sie einen Außenweltler als Bindungspartner wählte!

Und als er kurz darauf dem Erdling begegnete, der mit seiner Bindung prahlte, ihm sein Glück direkt ins Bewußtsein projizierte...

Die Vulkanier in der Mentaleinheit unterbrachen den Erinnerungsstrom, bevor sie mit der Pein konfrontiert wurden, die Sendet in Corrigans Geist hervorgerufen hatte. Gleichzeitig stieß das Gruppenich tiefer in die Egosphäre des jungen Mannes vor, auf der Suche nach ganz bestimmten Informationen:

Haben Sie T'Zan getötet?
Und auch Carl Remington?
Nein! antworteten Sendets Gedanken sofort. *Nein! Nein! Ich habe niemanden umgebracht!*
Wo waren Sie dann in der Nacht, während der jemand die Fehlfunktion in T'Zans Stasiskammer programmierte? Ich nahm an einem... Treffen teil...

Sendet weigerte sich, weitere Auskünfte zu geben, versuchte erneut, sich abzuschirmen. Aber das Gruppenbewußtsein schob seine geistigen Barrieren einfach beiseite und drang in einen anderen Reminiszenzbereich vor: fanatische Anhänger T'Vets, die planten, sich von den friedlichen Methoden abzuwenden, die sie seit Jahrhunderten einsetzten, um ihre Ziele zu erreichen.

Sie erörterten die Möglichkeit, den Hohen Rat Vulkans mit Gewalt zu entmachten und neue Kriegerclans zu gründen...

Sie einigten sich nicht auf einen Plan, obwohl die Diskussion bis zum Morgengrauen dauerte... Das Gruppenich begriff die Gefahr, die von dem Komplott ausging, die umso größer war, weil das Konzept von Gewalt allen anderen Vulkaniern, die Suraks Lehren folgten, fremd bleiben mußte. In einer pazifistischen Gesellschaft gab es kaum jemanden, der einen Putsch verhindern konnte.

Ich habe niemanden umgebracht! beharrte Sendet. *Ich bin bereit, im Kampf zu töten, als Krieger — ohne Hinterlist oder Heimtücke!*

Und seine Gedankenwelt zeigte ihn und die anderen Verschwörer als Kämpfer, die zum uralten Clansystem zurückkehrten und über den Planeten herrschten. *Glücklicherweise ist es nur eine kleine Gruppe,* dachte Corrigan, und seine mentalen Worte trieben durch einen telepathischen Mahlstrom.

Nach der Beantwortung aller Fragen gab T'Pau das psionische Zeichen, und die einzelnen Komponenten des Gruppenbewußtseins trennten sich voneinander. Sendet mochte nicht gerade ein beispielhafter Vulkanier sein — aber in Hinsicht auf den Tod T'Zans und Remingtons traf ihn keine Schuld.

Daniel Corrigan identifizierte sich wieder mit seinem eigenen Ego, zwinkerte und fühlte den Blick Sendets auf sich ruhen. Der junge Mann saß auf der anderen Seite des Tisches und starrte ihn voller Haß und Abscheu an. »Sie haben gewonnen«, brachte er heiser hervor. »Es ist Ihnen gelungen, mich zu einem Verräter zu machen!«

»Sendet«, sagte T'Pau sanft. »Die Gewalt in Ihrem Geist ist eine Krankheit. Ja, wir kennen die anderen, die

Ihr Leiden teilen... Wir werden sie heilen, nicht bestrafen.«

»Für Patriotismus gibt es keine Heilung!« rief Sendet und erschlaffte.

Sofort sprangen die Heiler auf ihn zu, Medscanner summten leise. »Sein Herz schlägt nicht mehr«, sagte Sev. »Autosuggestiver Tod. Aber wir können...«

»Lassen Sie ihn«, hauchte T'Pau.

»Uns bleiben nur wenige Minuten, bis es zu irreparablen Hirnschäden kommt!« wandte Sorel ein.

»Gestatten Sie es Sendet, selbst zu entscheiden«, erwiderte die Matriarchin. »Ist das nicht die vulkanische Tradition? Wir wenden uns an die anderen Verschwörer und stellen sie ebenfalls vor die Wahl.«

»Tod – oder Gehirnwäsche?« fragte Corrigan und spürte, wie sich in seinem Innern etwas verkrampfte.

T'Pau musterte ihn. »Wir dürfen nicht zulassen, daß im Namen des Patriotismus anderen Vulkaniern Gewalt angetan wird. Sie repräsentieren die wahre vulkanische Haltung, Daniel. Ja, es existieren immer Alternativen. Ich glaube, der Hohe Rat wird sich einverstanden erklären. Es stehen einige Planeten zur Verfügung, die von uns besiedelt werden können und noch immer auf Kolonisten warten. Wenn sich die Anhänger T'Vets gegen unsere Kultur entscheiden, geben wir ihnen die Möglichkeit, sich auf einer jener Welten niederzulassen, wo es ihnen freisteht, eine Gesellschaft nach ihren Vorstellungen zu entwickeln – bis sie schließlich ihren eigenen Surak bekommen. Leider müssen sich einige Lektionen der Geschichte ständig wiederholen. Sorel, können Sie Sendet wiederbeleben?«

Der Heiler nickte. Sev und Suvel brachten eine Schwebbahre, während Sorel seine Gedankensphäre mit denen der anderen zu einer Revitalisierungseinheit verschmolz. Corrigans Geist schloß sich den mentalen Strömen der Vulkanier an, als sie versuchten, damit dem absterbenden Bewußtsein Sendets Kontakt aufzunehmen. Kurz darauf schlug sein Herz wieder, und die Brust hob und senkte sich. Daniel warf einen kurzen Blick auf die Uhr. Die Gehirnzellen des jungen Mannes wurden rechtzeitig genug mit neuem Sauerstoff versorgt.

Er beneidete Sendet ebensowenig wie die anderen Verschwörer – und fühlte Erleichterung, als er begriff, daß T'Mir ihr Schicksal nicht zu teilen brauchte. Als Sendets Bindungspartnerin hätte sie ihm folgen müssen.

Dann fiel ihm plötzlich ein, daß noch immer Gefahr drohte. Sendet hatte T'Zan und Remington *nicht* umgebracht.

In der vulkanischen Akademie der Wissenschaften trieb noch immer ein Mörder sein Unwesen.

KAPITEL 32

T'Kuht kroch am Firmament empor, erreichte den höchsten Stand und glitt dem begrenzten Horizont des Monolithen hinter Kirk entgegen. Er starrte auf sein Chronometer und betrachtete die matte Anzeige: Nach vulkanischer Zeitrechnung waren fast fünf Stunden vergangen. Eleyna hätte spätestens vor einer Stunde zurückkehren müssen.

Er befeuchtete die Lippen, dachte daran, den letzten Wein zu trinken, klammerte sich an die Hoffnung, in der Ferne das Scheinwerferlicht eines Bodenwagens zu sehen.

Aber wenn das nicht geschah? Wenn ihn Eleyna im... im Stich gelassen hatte? Kirk ließ die Flasche im isolierten Picknickkorb, versuchte sich davon zu überzeugen, daß er den Durst weiterhin aushalten konnte. Außerdem brauchte er einen klaren Kopf. Seltsame Gedanken regten sich in ihm...

Wenn die Felsformation, an der er lehnte, tatsächlich ein beliebtes Ziel der Akademiestudenten darstellte — warum sah er dann im Sand nur die Fußspuren, die von Eleyna und ihm selbst stammten? Vulkanier achteten darauf, die Umwelt nicht zu verschmutzen, und deshalb überraschte es ihn nicht, daß er nirgends leere Flaschen oder Papierfetzen sah. Aber wenn tatsächlich andere Personen hierher kamen, um von dem Monolithen aus das Panorama zu genießen, so hatte der letzte Wüstensturm offenbar alle Spuren verwischt — und im Sommer war das Wetter in diesem Bereich Vulkans stabil; die nächsten Tiefdruckgebiete wurden erst im Herbst erwartet.

Kirk erinnerte sich an seinen Verdacht, Eleyna sei Sareks Komplizin bei dem Bestreben, Amanda umzubringen. *Aber bevor ich sie darauf ansprechen konnte, erwischten wir den Täter.*

Sendet sah tatsächlich wie ein Mörder aus. Kirk entsann sich an das wütende Blitzen in seinen Augen: Noch nie zuvor hatte er bei einem Vulkanier solchen Haß erlebt, nicht einmal damals, als eine Sporeninfektion Spocks Gefühlen freien Lauf ließ und dieser auf Provokationen reagierte, auch nicht im Pon farr, als er seinem eigenen Captain nach dem Leben trachtete.

Nein, es konnte kein Zweifel bestehen, daß Sendet der Täter war.

Aber wenn Eleyna ihn absichtlich vom Felsen gestürzt hatte, um ihn in der Wüste seinem Schicksal zu überlassen... Vielleicht glaubte sie, Kirk wisse zuviel. Der Speicher des Tricorders enthielt alle Hinweise und Indizien; *er* leitete die Ermittlungen, was der Mörder natürlich wußte...

Ach, komm schon, James! Bestimmt hat Eleyna nur Zeit verloren, weil sie nach jemandem suchen muß, der ihr ein Fahrzeug zur Verfügung stellen kann.

Sarek und Spock hielten sich sicher noch in der Akademie auf und arbeiteten an der Installation der neuen Speichereinheit. Also blieb Eleyna nichts anderes übrig, als von Sareks Haus in die Stadt zu gehen — ein langer Fußmarsch, der einem noch längeren folgte...

Spock würde bestimmt nicht zögern, die Arbeit zu unterbrechen, um seinen Captain zu retten.

Warum aber benutzte Eleyna nicht einfach einen Kommunikator, um den Vulkaniern Bescheid zu geben? Und selbst wenn sie keinen bei sich führte: Sie brauchte nur an die Tür eines Hauses zu klopfen, hinter dessen Fenstern Licht brannte. Fast alle Gebäude verfügten über Com-Anschlüsse.

Aus welchem Grund kam ihm niemand zu Hilfe?

Kirks verletzter Fuß schmerzte noch immer, doch er achtete nicht darauf, konzentrierte sich auf seine Lage und einen möglichen Ausweg: Wenn er weiterhin auf sich allein gestellt blieb, mußte er versuchen, nach ShiKahr zurückzukehren, bevor die Sonne aufging und ihn bei lebendigem Leib garte. Er würde niemanden übersehen, der sich von der Stadt her näherte... Kirk nickte. Ja, ein guter Plan.

Mit einer Einschränkung: Wie sollte er sich auf den Beinen halten, wenn er den verletzten Fuß nicht belasten konnte?

Inzwischen schwoll der Knöchel nicht weiter an. Wenn er den Schmerz aushielt, gelang es ihm vielleicht, über den Weg zu humpeln. Kirk preßte kurz die Lippen zusammen. Es sah ganz danach aus, als bliebe ihm gar nichts anderes übrig.

Wieder vernahm er ein kehliges Grollen, und dabei lief es ihm kalt über den Rücken. Diesmal erklang das unheilvolle Geräusch ganz in der Nähe. Kirk schauderte unwillkürlich, als sich ein grauenhaftes Vorstellungsbild in ihm formte. *Vielleicht hat es Eleyna gar nicht bis nach ShiKahr geschafft. Möglicherweise ist sie unterwegs einem Raubtier begegnet.* Er hatte von den Le-matya und ihren giftigen Krallen und Reißzähnen gehört. Normalerweise traf man sie nur in den Bergen an. Auf keinem Planeten wagten sich wilde Tiere in die Nähe einer so großen Stadt wie ShiKahr.

Aber jetzt herrschte Dürre. Wenn die Quellen im L-Langon-Massiv versiegten, wenn die üblichen Beutetiere der Le-matya verdursteten...

Kirk verdrängte diese düsteren Überlegungen und konzentrierte sich auf die Frage, womit er sich abstützen und den verletzten Fuß entlasten sollte, wenn er sich wirklich auf den Weg machen mußte.

Der Stiefel nützte ihm nichts mehr: Die Schwellung war viel zu dick.

Die Picknickdecke! Erleichtert erinnerte sich Kirk an das Messer und begann damit, das feste Material in

Streifen zu schneiden. Die Lektionen des Überlebenstrainings fielen ihm wieder ein: Er wußte, wie man einen Verband anfertigte. Es dauerte eine Weile, aber schließlich gelang es ihm, den linken Fuß ganz zu umhüllen.

Vorsichtig stand er auf und belastete ihn mit seinem Gewicht.

Schmerz durchzuckte sein Bein und trieb ihm den Schweiß aus den Poren. Hatte er überhaupt eine Chance, wenn jeder Schritt einer Qual gleichkam? Niedergeschlagen und zitternd ließ er sich wieder zu Boden sinken.

Erneut bewegte sich die fleischfressende Pflanze: Ihre Blätter raschelten, als die Ranken umhertasteten. Näherten sie sich ihm? Oder bewirkte die in ihm brennende Pein erste Halluzinationen?

Verdammt, Eleyna, wo steckst du?

Er hörte ein leises Knurren.

Panik erfaßte ihn, als er den Kopf hob und ein Tier sah, das auf einem nahen Stein hockte. In T'Kuhts Schein zeichneten sich die Konturen eines geschmeidigen Körpers ab.

Ein Le-matya!

Das Wesen duckte sich wie eine Katze, und die spitzen Ohren stülpten sich nach vorn und wieder zurück. Die Nüstern zogen sich zusammen, als es Witterung aufnahm, und der lange Schwanz zitterte.

Ich hoffe, ich rieche nicht wie Beute! dachte Kirk und kämpfte gegen das in ihm emporquellende Entsetzen an.

Er gehorchte dem Überlebensinstinkt und rührte sich nicht von der Stelle, verharrte im Schatten der hohen Klippe. Wenn das Tier seine humanoide Gestalt übersah, und wenn ihm sein Geruch seltsam erschien...

Der Le-matya schüttelte den Kopf und knurrte erneut. T'Kuhts Licht spiegelte sich auf seinen glatten Flanken wider.

Kirk beobachtete, wie das Tier die Muskeln zum Sprung spannte...

Er rollte zur Seite, preßte sich an die hinter ihm aufragende Felswand.

Der Le-matya sauste über ihn hinweg, drehte sich in der Luft und holte mit einer giftigen Klaue nach ihm aus.

Kirk ignorierte das Stechen im Knöchel, warf sich zur anderen Seite und ging in die Hocke, während das Raubtier schnupperte. Der Captain begriff plötzlich, daß es mit ihm spielte, wie die Katze mit der Maus. Es wußte, daß er ihm nicht entkommen konnte.

Weiter hinten bewegte sich die fleischfressende Pflanze. Das Rascheln lenkte den Le-matya ab: Er schlich an die Blätter heran, und eine Ranke zuckte ihm wie eine Peitschenschnur entgegen. Das Tier wich zurück und grollte.

Kirk beobachtete seinen Gegner, hielt das Messer in der einen Hand, dazu entschlossen, sein Leben so teuer wie möglich zu verkaufen. Aber er widerstand der Versuchung, nach der Pranke zu stechen, die ihm der Le-matya entgegenstreckte. Er wollte es vermeiden, mit einer geringfügigen Wunde den Zorn des Tiers zu wecken — der erste Hieb mußte tödlich sein.

Aber welche Körperstelle kam dafür in Frage?

Er wußte nicht, wo das Herz des Le-matya schlug. Doch bei einem Geschöpf, dessen Gehirn sich im Kopf befand, gab es eine empfindliche Stelle: den Hals. Wenn es Kirk gelang, dem Raubtier die Kehle durchzuschneiden...

Das bedeutete einen Angriff von hinten. Einmal mehr dachte der Captain an seinen verletzten Fuß: Wie sollte er in den Rücken des hungrigen Gegners gelangen, sich auf ihn stürzen, ihm die Klinge in den Hals bohren und gleichzeitig den Klauen ausweichen? Trotzdem: Es gab keine andere Möglichkeit.

Kirk stemmte sich in die Höhe und biß die Zähne zusammen, als neuerlicher Schmerz in ihm explodierte. Er versuchte, das Tier zu umgehen, aber es ließ ihn nicht aus den Augen, zischte und fauchte wütend. Als es den Rachen öffnete, fiel Kirks Blick auf Reißzähne, von denen giftiger Speichel tropfte. Stinkender Atem wehte ihm entgegen.

Der Captain wich ein wenig zurück — und spürte, wie etwas nach seinem verletzten Fuß tastete.

Die verdammte Pflanze!

Erschrocken bückte er sich, preßte das Messer auf die dünne Ranke — und stellte überrascht fest, wie schwer es war, die Spitze abzuschneiden. Wenn ihn der dicke Teil berührt hätte, wäre er kaum in der Lage gewesen, sich zu befreien!

Unterdessen entschied der Le-matya, das Spiel zu beenden und die Mahlzeit zu beginnen. Er stieß sich ab und sprang auf Kirk zu, der den Dolch hob und damit auf die Kehle des Tiers zielte. Die Klinge glitt an der ledrigen Haut ab.

Scharfe Klauen bohrten sich in den dicken Stoff der Hose, hoben den Mann kurz an und ließen ihn dann wieder fallen. Sofort wirbelte der Le-matya herum und duckte sich erneut.

Wieder versucht Kirk, hinter das Tier zu gelangen, aber es hatte keinen Zweck. Die Verletzung behinderte ihn — aber vermutlich wäre er selbst ohne diesen Nachteil wesentlich langsamer gewesen.

Als das Geschöpf zu einem neuerlichen Angriff ansetzte, beobachtete Kirk, wie eine Ranke der Pflanze auf seinen Gegner zukroch und den Schwanz nur um wenige Zentimeter verfehlte.

Plötzlich sah er seine einzige Chance.

Kirk wich nach rechts aus, bewegte sich langsam und

vorsichtig. Der Le-matya folgte ihm mit zuckendem Schwanz, knurrte triumphierend. Als er jäh mit einer Pranke zuschlug, duckte sich der Captain gerade noch rechtzeitig, ließ sich einfach fallen und rollte der fleischfressenden Pflanze entgegen.

Dort verharrte er, hielt das Messer so, als wolle er es dem Le-matya in den Leib rammen. »Komm schon, du Ungeheuer! Ich werde mit dir fertig!«

Das Tier brüllte – und sprang.

Kirk war mit einem Satz auf den Beinen, wich zur Seite – und knickte ein, als heißer Schmerz das Bein lähmte.

Das Raubtier flog dicht an ihm vorbei, krümmte sich zusammen und schlug mit einer Klaue nach ihm. Sie kratzte über Kirks rechte Hand...

Und dann fiel der Le-matya auf die hungrige Pflanze!

Die flexiblen Zweige und Äste schlossen sich um das Tier, das sich hin und her wand und vergeblich versuchte, der tödlichen Umklammerung zu entkommen.

Ein grauenhaftes Heulen erklang, und Kirk erbleichte, erbebte am ganzen Leib.

Entsetzt beobachtete er, wie sich Dornen in den Körper des katzenartigen Wesens bohrten, und unmittelbar darauf hörte er das Knacken splitternder Knochen. Der Todeskelch pulsierte wie der Leib eines Tintenfisches, und aus dem Kreischen wurde ein kehliges Krächzen, das wenige Sekunden später erstarb.

Stille schloß sich an.

Nach einer Weile ließ das Zittern der Pflanze nach: Sie verdaute.

Kirk schluckte – und bemerkte ein seltsames Prickeln in der Hand, die das Tier mit seiner Klaue berührt hatte. Das Gift des Le-matya!

Kirks Kehle war wie ausgedörrt, aber er brauchte den Rest Wein in der Flasche, um das Messer zu sterilisieren. Er mußte die Wunde aufschneiden und das Gift heraussaugen!

Keuchend kroch er zum Picknickkorb zurück und entleerte die Flasche in dem isolierten Behälter. Anschließend tauchte er die Klinge hinein und hoffte inständig, daß der Alkoholgehalt des Weins genügte, um sie keimfrei zu machen. Dann holte er tief Luft, ritzte den Handrücken auf, bis Blut hervorquoll, saugte und spuckte, saugte und spuckte, immer wieder...

Benommenheit erfaßte seine Gedanken. Offenbar breitete sich zumindest ein Teil des Giftes in ihm aus. Eleyna... Sie stieß ihn vom Felsen, ließ ihn im Stich, in der sicheren Überzeugung, ihn dem Tod auszuliefern. Die fleischfressende Pflanze...

Der Le-matya...

Aber er lebte, hatte ihr einen Strich durch die Rechnung gemacht.

Kirks linke Hand zitterte, und das Messer fiel zu Boden. Er bückte sich, suchte danach. Wie sollte er sich verteidigen, wenn...

T'Kuhts heller Glanz erlosch, und der Captain sank bewußtlos in den Sand.

KAPITEL 33

Leonard McCoy erwachte allein in Sareks Heim und erinnerte sich... Als er am vergangenen Abend das Haus betrat, traf er dort niemanden an, was ihn nicht weiter überraschte. Jim nahm irgendeine Verabredung wahr, und Sarek und Spock arbeiteten noch immer am neuen Computer. Der Botschafter bot ihm seinen Schwebewagen an, und damit machte sich McCoy auf den Weg.

Offenbar hielten sich die beiden Vulkanier noch immer in der Akademie auf.

McCoy warf einen kurzen Blick in Kirks Zimmer und sah die glatten Laken eines unbenutzten Bettes. Vermutlich hatte er die Nacht in Begleitung einer hübschen Frau verbracht. Und was Spock und Sarek anging... Wenn sie sich mit einer interessanten Arbeit beschäftigten, vergaßen sie alles andere.

McCoy ging in die Küche, um Kaffee zu kochen. Während die kleine Maschine das Wasser erhitzte, sah er aus dem Fenster und beobachtete den Garten hinter dem Haus. Nach einigen Sekunden bemerkte er ein Farnbündel, das von einem der Bäume stammen mochte und vor dem Tor lag.

Später erinnerte sich McCoy nicht mehr daran, was ihn dazu veranlaßte, nach draußen zu gehen. Irgend etwas weckte seinen Verdacht. Er wußte, daß niemand Gelegenheit gehabt hatte, Sareks Garten aufzusuchen, und schon seit Wochen war es völlig windstill. Doch das Gestrüpp...

McCoy runzelte die Stirn, öffnete das Tor und sah sich um: Wüste, soweit der Blick reichte. Dann fielen ihm seltsame Linienmuster auf. Er betrachtete sie eine Zeitlang. Man konnte fast meinen, jemand habe gefegt. Mit dem Farnbündel?

Aber wozu?

Argwöhnisch trat McCoy durch den Zugang, und für einige Sekunden nahm ihm die mörderische Hitze den Atem. Langsam drehte er den Kopf von einer Seite zur anderen, fragte sich erneut, wonach er eigentlich Ausschau hielt.

Dann kniff er plötzlich die Augen zusammen.

Einige Dutzend Meter entfernt folgten Fußspuren auf den Bereich mit den sonderbaren Fegemustern. Man konnte sie nur erkennen, wenn man vor dem Tor stand, nicht aber vom Garten aus.

Fußspuren, die in die Wüste führten. Und ihre Anzahl deutete darauf hin, daß sie nicht nur von einer Person stammten. Die Falten in McCoys Stirn vertieften sich, als er konzentriert nachdachte. Jemand hatte sich Sareks Haus genähert – es möglicherweise sogar betreten – und später, als er es wieder verließ, das Gestrüpp benutzt, um den Sand glattzustreichen. Eine höchst verdächtige Verhaltensweise. Ein Dieb? Nein, nicht auf Vulkan. Vor McCoys innerem Auge formten sich einige Bilder: Kirk, der Sareks Heim aufsuchte, um sich dort für seine Verabredung umzuziehen, ein Unbekannter, der ihm folgte, den Captain irgendwie überredete, ihn in die Wüste zu begleiten – und anschließend zurückkehrte, um zumindest einen Teil der Spuren zu verwischen.

McCoy erstarrte förmlich.

Kirk. Irgendwo in der Öde. Allein und hilflos!

Er erinnerte sich an Sorels Hinweis: Während dieser Jahreszeit, während T'Kuht schien, war die Wüste besonders gefährlich. Wer wußte das nicht? Er selbst hatte es erst von dem Heiler erfahren – und alles sprach dafür, daß Kirk nichts davon ahnte. Deshalb mochte es dem Unbekannten leichtgefallen sein, ihn zu einem abendlichen Spaziergang zu bewegen.

Und seine Verabredung?

McCoy begriff, daß seine Überlegungen einer intuitiven Logik folgten, von der Spock bestimmt nichts gehalten hätte. Es gab nicht genügend Hinweise, um eindeutige Schlüsse zu ziehen. Doch aus irgendeinem Grund zweifelte er nicht daran, daß er sich diesmal auf seine Ahnungen verlassen konnte.

Er zögerte nicht, eilte ins Haus zurück, griff nach dem Med-Kasten und stieg in Sareks Wagen. Er konnte den Bodenschweber nicht durch den Garten lenken – das Tor war nicht breit genug –, und deshalb steuerte er ihn auf die Straße, beschleunigte, nahm die nächste Abzweigung und folgte dem Verlauf eines Weges, der an Zäunen und Mauern vorbeiführte und sich schließlich durch die Wüste fortsetzte.

Eine flache und öde Landschaft erstreckte sich vor ihm, bis hin zu den fernen Bergen. Deutlich sah McCoy die Fußspuren, ließ sie nur aus den Augen, um einen kurzen Blick auf die Instrumentenanzeigen zu werfen. Luftspiegelungen zeigten Seen, die überhaupt nicht existierten, aber der Arzt ließ sich nicht davon ablenken.

In der Ferne bemerkte er einige Felsformationen, die ein wenig Abwechslung in die heiße Eintönigkeit brachten. Die Fußspuren hielten direkt darauf zu. Wenige Minuten später starrte McCoy auf eine sonderbar angeschwollene Pflanze – und eine reglose Gestalt daneben.

Er hielt an, stieg aus und lief los. Ein Mann. Bewußtlos oder tot?

Jim Kirk.

Im grellen Sonnenschein hatten sich dicke Blasen auf seiner Haut gebildet, und die rechte Hand wirkte deformiert, wies dunkle Stellen auf. Ein dicker Verband, der den einen Fuß umhüllte...

Er nahm eine rasche Untersuchung mit dem Medscanner vor und kam zu einem besorgniserregenden

Ergebnis: Kirk atmete nur sehr flach, und das Herz schlug unregelmäßig.

McCoy setzte eine mit Antischockserum und einem Breitbandantibiotikum gefüllte Injektionspistole an, lauschte kurz dem leisen Zischen und trug den Bewußtlosen zum Wagen. Er bedauerte es, daß er kein Plasma bei sich führte, um Kirks ausgedörrtem Körper neue Flüssigkeit zuzuführen. Wenigstens befand er sich jetzt im kühlen Innern des Wagens und war nicht länger der sengenden Hitze ausgesetzt.

Der Arzt nahm wieder am Steuer Platz, fuhr nach ShiKahr zurück, raste fast mit Vollgas durch die Straßen der Stadt und trat erst auf die Bremse, als er die Notaufnahme des Krankenhauses erreichte.

Zwei vulkanische Pfleger halfen ihm dabei, Kirk aus dem Schweber zu ziehen.

McCoy stürmte ins Gebäude. »Ich brauche jemanden, der weiß, welche Wirkung vulkanische Gifte auf Menschen haben«, wandte er sich an die Oberschwester. »Dr. Corrigan...«

»Er ist heute morgen nicht im Dienst«, antwortete die Frau.

»Verdammt, mein Patient stirbt, wenn...«

»Ich kann Ihnen helfen, Doktor«, ertönte eine tiefe, volltönende Stimme. McCoy wirbelte um die eigene Achse und sah Dr. M'Benga.

»Dem Himmel sei Dank! Ich habe gerade Captain Kirk eingeliefert. Mein Scanner registrierte nur ein sonderbares Alkaloid...«

»Lassen Sie mich sehen.«

Die Pfleger brachten Kirk zur Intensivstation. M'Benga hielt sein eigenes Analysegerät über die deformierte Hand des Reglosen und betrachtete kurz die Anzeige. »Das Gift eines Le-matya«, stellte er fest. »Offenbar hat er die Wunde ausgesaugt, bevor er das Bewußtsein verlor. Er hatte Gück: Allem Anschein nach hat ihn die

Klaue nur gestreift. Andernfalls wäre er innerhalb weniger Minuten gestorben.«

»Gibt es ein Gegenmittel?« fragte McCoy.

»Ja«, sagte M'Benga, wandte sich an die Schwester und bat sie darum, das entsprechende Medikament zu holen. McCoy hörte eine komplizierte vulkanische Bezeichnung, die er gleich wieder vergaß.

Kirk bekam sofort einige Infusionen, damit der Flüssigkeitsspiegel seines Körpers erhöht würde. Die Pfleger entkleideten ihn, reinigten seine Wunden und strichen Salbe auf die verbrannte Haut. Im Anschluß daran behandelten sie den verstauchten Knöchel — eine nicht besonders schlimme Verletzung im Vergleich zu dem Zustand seiner rechten Hand.

McCoy arbeitete Hand in Hand mit Dr. M'Benga. Einmal mehr fanden sich die beiden Männer von der Erde zu einem Team zusammen.

Sie schlossen Kirk an die speziellen Geräte in der Intensivstation an und stellten eine Verbindung zu den Monitoren her. Die Zeiger der Lebensindikatoren zitterten auf und ab: Der Puls des Captains hatte sich noch nicht stabilisiert.

Das leise Pochen verklang, setzte wieder ein...

»Komm schon, Jim!« preßte McCoy hervor.

»Sie haben ihn gerade noch rechtzeitig hierher gebracht«, sagte M'Benga. »Wieso wurde er von einem Le-matya verletzt?«

»Keine Ahung. Ich fand ihn in der verdammten Wüste — obwohl er gestern abend einen Bummel durch die Stadt machen wollte. Ich weiß nicht, was geschehen ist.«

»Er hat sein Leben Ihnen zu verdanken«, erwiderte M'Benga.

»Und auch Ihnen, Kollege — weil Sie ihm sofort das Gegenmittel verabreichten. Ohne Ihre Hilfe wäre mir nichts anderes übriggeblieben, als einen langwierigen

Serumtest durchzuführen – oder mich erneut auf meine Intuition zu verlassen.« Bei den letzten Worten dachte er an die Fußspuren.

Kirks Herzschlag beschleunigte sich, und die Zeiger der Indikatoren krochen langsam normaleren Werten entgegen. McCoy beobachtete sie angespannt, und als sie die grüne Zone erreichten, ließ er den angehaltenen Atem entweichen.

»Jetzt droht ihm keine Gefahr mehr«, flüsterte er.

»Ein oder zwei Tage lang muß er ständig behandelt werden«, sagte M'Benga. »Aber Sie haben recht: Er wird die Vergiftung überleben.«

»Was ist mit bleibenden Schäden? Seine Hand...«

»Ich schätze, sie bleibt etwa zehn Tage lang gelähmt«, erwiderte der dunkelhäutige Arzt. »Weisen Sie ihn darauf hin, wenn er wieder zu sich kommt. Er braucht sich keine Sorgen zu machen.«

McCoy lächelte erleichtert. »Vielen Dank. Das wird ihn bestimmt beruhigen.« Er hob den Kopf. »Dr. M'Benga, wann beenden Sie Ihre Ausbildung auf Vulkan?«

»In einem guten Monat.«

»Hat Starfleet Ihnen bereits einen neuen Aufgabenbereich zugewiesen?«

»Nein, noch nicht.«

»Nun, wenn Sie einverstanden sind, bitte ich Captain Kirk, seine Beziehungen spielen zu lassen. Vielleicht kann er Ihnen einen Posten an Bord der *Enterprise* besorgen. Ihr Fachwissen betrifft sowohl Menschen als auch Vulkanier, und ich würde mich sehr freuen, Sie in meine Gruppe aufnehmen zu können.«

M'Benga deutete eine Verbeugung an und lächelte. »Es wäre mir eine Ehre, mit Ihnen zusammenzuarbeiten, Dr. McCoy.«

Als er das Zimmer verließ, prüfte McCoy noch einmal die Monitordaten und vergewisserte sich, daß Kirk tatsächlich auf dem Weg der Besserung war. Erst dann entspannte er sich und dachte darüber nach, was den Captain am vergangenen Abend zu einem Ausflug in die Wüste veranlaßt haben mochte – zu Fuß!

Er erinnerte sich an Kirks Absicht, mit einer hübschen Blondine auszugehen: Eleyna Miller, Sareks Assistentin. Warum hatte er seine Meinung geändert?

Als sich McCoy dem Kommunikator zuwandte, um sich mit Eleyna in Verbindung zu setzen und ihr einige Fragen zu stellen, kam Daniel Corrigan heran. »Dr. M'Benga teilte mir mit, Sie wollten mich sprechen. Es tut mir leid, daß Sie vergeblich nach mir suchten. Was ist mit Jim geschehen?«

»Er hat sich draußen in der Wüste mit einem Le-matya angelegt.«

Corrigan runzelte die Stirn. »Was? Wieso…? Ich verstehe nicht…«

»Ich auch nicht«, sagte McCoy. »Es deutet einiges darauf hin, daß ihn jemand begleitete – und später die Spuren verwischte. Meine Güte, wenn der Mörder gestern nicht erwischt worden wäre…«

»Er befindet sich noch immer auf freiem Fuß«, warf Corrigan ein.

»Wie bitte?«

»Sendet hat weder T'Zan noch Carl Remington getötet. Ich habe an der Verifikation teilgenommen, Leonard. Sie dauerte ziemlich lange, bis gestern abend, und deshalb bin ich heute morgen etwas später dran als sonst.«

McCoy ächzte. »Mit anderen Worten: Die Gefahr ist noch nicht gebannt. Himmel, jetzt wird mir alles klar! Jim machte kein Hehl aus seinen Ermittlungen, bot sich dem Täter dadurch als eine Art Köder dar. Und der Unbekannte schlug zu, stellte dem Captain eine Falle. Ganz gleich, wer ihn am gestrigen Abend in die Wüste lockte – Kirk kennt jetzt die Identität des Mörders.«

Genau in diesem Augenblick wies der Monitor auf einen erhöhten Pulsschlag hin. Auch der Atemrhythmus des Verletzten beschleunigte sich. »Eleyna!« kam es von seinen Lippen. Kirks Gesicht verzerrte sich, und der Warnsensor des Schmerzindikators leuchtete auf.

»Jim, es ist alles in Ordnung mit dir«, sagte McCoy und versuchte, möglichst ruhig zu sprechen. »Du bist in Sicherheit!«

Der Captain starrte aus weit aufgerissenen Auge ins Leere. »Le-matya! Nein! Menschenfressende Pflanze! Eleyna! Nein! *Eleyna!*«

Neben dem Bett stand ein Apparat für elektronische Schlafinduzierung, um Patienten zu beruhigen, die aus irgendeinem Grund keine Sedative vertragen, wie auch Kirk in seinem gegenwärtigen Zustand. McCoy brauchte Corrigans Hilfe, um die haubenartige Vorrichtung vorsichtig am Kopf des Patienten zu befestigen. Die ganze Zeit über weilte der Captain in einer entsetzlichen Erinnerungswelt. In Gedanken kämpfte er erneut gegen das Raubtier, das ihm die rechte Hand zerkratzt hatte, sah sich einmal mehr von einer fleischfressenden Pflanze bedroht.

Als sie das Schlafgerät vorbereiteten und Corrigan die Aktivierungstaste betätigte, griff Kirk mit der linken Hand nach McCoys Arm. »Pille!«

»Schalten Sie das Ding wieder aus«, wandte sich McCoy an seinen Kollegen, blickte dann in die fiebrig glänzenden Augen des Captains. Er schien ihn zu erkennen. »Ja, Jim, ich bin's. Mach dir keine Sorgen. Du bist im Krankenhaus.«

»Pille«, stöhnte Kirk. »Sag Sarek Bescheid!«

»Natürlich, Jim. Was soll ich ihm mitteilen?«

»Gib ihm... Bescheid«, brachte der Mann auf der Behandlungsliege mühsam hervor. Er konnte kaum sprechen, war zu schwach. »Erzähl ihm von... Eleyna. Eleyna. Sie ist...«

Er verlor wieder das Bewußtsein.

In McCoys Magengrube krampfte sich etwas zusammen, als er sich an den Ort erinnerte, wo er Kirk gefunden hatte. Die seltsame Pflanze in der Nähe, grotesk angeschwollen, Blätter und Ranken kelchartig geschlossen...

»O mein Gott«, flüsterte er und hielt sich an der Bettkante fest. »Der Mörder hätte fast *beide* erwischt!«

Corrigan sah ihn groß an. »Was?«

»Sareks Assistentin, die hübsche Blondine... Gestern abend gingen Eleyna und Jim aus. Der Täter muß ihnen aufgelauert und sie in die Wüste gelockt haben... Lieber Himmel! Als ich den Captain fand, bemerkte ich ganz in der Nähe eine eigentümlich aufgeblähte Pflanze.

Ich glaube, ich verstehe jetzt, um was Kirk mich bitten wollte: Ich soll Sarek davon unterrichten, daß Eleyna... tot ist.«

KAPITEL 34

Als Sarek sein Büro betrat, um einige Unterlagen für die Lektionen der Morgenklasse zu holen, sah er Eleyna, die am Terminal saß und einige Tasten betätigte. Inzwischen funktionierte der Computer wieder, und das zentrale Speichermodul enthielt die wichtigsten Programme. Es mochte noch einige Tage dauern, alle Fakultätsdaten aus den persönlichen Archiven der Studenten, Professoren und Wissenschaftler in den Hauptrechner zu übertragen, und bestimmt würde man über Monate hinweg immer wieder auf Informationslücken stoßen.

Aber das System arbeitete, und deshalb gab es keinen Grund mehr für Sarek, mit der Fortsetzung des Unterrichts zu warten. Er dachte kurz an Spock und nickte zufrieden: Sein Sohn half Storn bei der Kontrolle der neuen Programmstruktur.

Überrascht stellte Sarek fest, daß Eleyna fast alle Prüfungsarbeiten seiner Schüler korrigiert und bewertet hatte. »Offenbar sind Sie schon seit einer ganzen Weile hier«, sagte er. »Ich habe Sie erst später erwartet. Waren Sie gestern abend nicht mit Jim verabredet?«

Die Frage betraf ihr Privatleben, und Eleyna hob mißbilligend die Brauen. »Das schon«, erwiderte sie. »Aber wir sind nicht ausgegangen. Jim... kam zu mir, entschuldigte sich und sagte, er müsse sich um eine wichtige Angelegenheit kümmern.«

Sarek runzelte die Stirn. »Was meinte er damit?«

»Das weiß ich nicht, Sarek«, antwortete die junge Frau. »Er schlug vor, unseren... Bummel auf heute abend zu verschieben. Außerdem überließ er mir seinen Tricorder und bat mich, ihn T'Sey zurückzugeben.« Sie nickte in Richtung des kleinen Instruments, das auf dem Schreibtisch lag. »Er teilte mir mit, inzwischen sei der Mörder gefaßt, und deshalb könne er seine Ermittlungen einstellen und sich mit etwas anderem befassen.«

»Sonderbar«, bemerkte Sarek.

»Er ist ein Mensch«, sagte Eleyna. »Wie dem auch sei: Bestimmt erleichtert es Sie, daß Amanda nun keine Gefahr mehr droht. Hat Storn die Stasiskontrollen bereits wieder mit dem Hauptcomputer verbunden?«

»Nein«, entgegnete Sarek. »Sorel informierte uns von den Ergebnissen der Verifikation. Sendet ist unschuldig.«

»Was? Aber er wurde doch bei einem Angriff auf Dr. Corrigan überrascht!« Eleyna war so verblüfft, daß sie für einige Sekunden ihre Selbstbeherrschung vergaß und deutlich zeigte, daß die Ausdruckslosigkeit ihrer Züge nur eine Maske darstellte, hinter der sich ein lebhaftes Temperament verbarg.

»Sendet hat versucht, ein Partnerschaftsband zu zerreißen, aber in Hinsicht auf T'Zans und Remingtons Tod trifft ihn nicht die geringste Schuld. Aus diesem Grund ist Amandas Behandlungskammer noch immer an das Reservesystem angeschlossen und wird weiterhin bewacht.« Sarek zögerte kurz und fügte dann hinzu: »Ich kann erst... aufatmen, wenn meine Frau entlassen wird. In sieben Stunden.« Er warf einen kurzen Blick auf die Uhr. »Jetzt muß ich meine Klasse unterrichten.«

»Arbeiten Sie anschließend in Ihrem Büro?«

»Nein. Ich möchte Amanda besuchen, wie üblich. Später helfe ich dabei, den Datenkomplex des Computers zu erneuern — bis ich für Amandas Rückholung aus der Stasis gebraucht werde. Sie können mein Terminal benutzen, wenn Sie möchten.«

»Vielen Dank, Sarek.«

Als der Botschafter nach den Schülerkassetten griff, summte der Kommunikator. Er schaltete ihn ein und sagte: »Sarek.«

Er bekam keine Antwort, hörte nur ein dumpfes Brummen im Lautsprecher.

»Vermutlich hat jemand die falsche Nummer gewählt«, sagte Eleyna.

»Ja«, erwiderte Sarek. Als er das Büro verließ, sah er aus den Augenwinkeln, wie seine Assistentin den Tricorder zur Hand nahm und einige Justierungen durchführte. Er achtete nicht weiter darauf, konzentrierte sich auf die bevorstehenden Lektionen und überlegte, wie er das Lehrprogramm straffen sollte, um den Zeitverlust auszugleichen.

Jemand anders hatte ihn bei seinen Schülern vertreten und sie mit einer ungewohnten Didaktik konfrontiert, und darüber hinaus waren einige Unterrichtsstunden ausgefallen. Aus diesem Grund überraschte es Sarek nicht sonderlich, als er feststellte, daß es inbesondere den Außenweltstudenten schwerfiel, seinen Ausführungen zu folgen. Mr. Watson bewies mit seiner ersten Frage, daß er sich nicht mehr an eine der früheren Lektionen erinnerte.

Geduldig rief ihm Sarek alles ins Gedächtnis zurück und wiederholte dann den jüngsten, von Eleyna vorbereiteten Lehrstoff.

Als er spürte, daß die Aufmerksamkeit erneut ausschließlich ihm galt, machte er seine Schüler behutsam mit ihren nächsten Aufgaben vertraut. Doch plötzlich fühlte er, wie sich etwas Seltsames in ihm regte und ihn in seiner Konzentration störte.

Er unterbrach sich, und die Studenten sahen auf, musterten ihn verwirrt.

Sarek sprach weiter, setzte die Lektion fort, während ein Teil seines Bewußtseins nach der Ursache der eigentümlichen Ablenkung suchte...

Die Unruhe in ihm verdichtete sich, wurde zu einer düsteren Ahnung. Er wankte, hielt sich am Pult fest...

Die Außenweltler starrten ihn groß an, und selbst die Vulkanier bedachten ihn mit neugierigen Blicken.

Furcht kratzte am Kokon seiner Selbstkontrolle, erschütterte eine geistige Welt, in der es für Unsicherheit normalerweise keinen Platz gab. Nach wie vor fühlte Sarek Amandas stille Präsenz tief in seinem Innern, einen vagen mentalen Hauch, der...

SAREK!

Es war eigentlich gar nicht sein Name, sondern ein telepathischer Schrei, der instinktives Entsetzen zum Ausdruck brachte und ihm galt, weil nur er helfen konnte.

»Amanda!« ächzte er und begriff gar nicht, daß er laut gesprochen hatte. Zwei vulkanische Schüler eilten auf ihn zu, um ihn zu stützen.

Wie durch einen Nebel sah er, daß die Menschen in der Klasse verdutzte Blicke wechselten. Aber die Furcht, die klauenartig nach dem inneren Kern seines Wesens griff, überlagerte alles andere.

Amandas stabile Präsenz veränderte sich. Sie war nicht bei Bewußtsein — aber irgendwie rang sie um ihre psychophysische Existenz, klammerte sich an die mentale Brücke, die sie mit Sarek verband.

Der Botschafter schenkte den Studenten keine Beachtung mehr, stieß die beiden jungen Vulkanier beiseite und lief los.

Er stürmte durch lange Korridore und grellen Sonnenschein, hastete an anderen Personen vorbei, die ihm verwundert nachsahen, bewegte sich in einer materiellen Welt, die sich völlig von seinem internen Kosmos unterschied, in dem Amanda um ihr Überleben kämpfte, sich gegen eine Kraft wehrte, die ihren Geist in die schwarze Leere des Todes zu zerren versuchte.

Irgend jemand trat ihm in den Weg, sah ihn besorgt an. Sarek bemerkte die grünen Abzeichen des medizinischen Personals, erkannte die beiden Männer, begriff, daß sie ihm nur helfen wollten. Aber...

»Meine Frau!« stieß er krächzend hervor. Seine Stimme warf ein sonderbar rauhes Echo in dem inneren Universum, das Schauplatz einer erbitterten Auseinandersetzung wurde.

Die Pfleger ließen ihn los, und Sarek rannte weiter, durch Flure, die immer länger zu werden schienen...

Schließlich verharrte er vor Amandas Stasiskammer. Hinter ihm standen einige Personen, und weitere näherten sich. Sarek fühlte die Gegenwart eines Verwandten...

»Amanda!« Er schlug die Tür ein, die sich nicht öffnete, holte immer wieder aus, ohne sich an das Kennwort zu erinnern.

Jemand sagte: »Corrigan.«

Das Schott glitt beiseite. Sarek taumelte in die kleine Luftschleuse, starrte auf die Innentür, eine Barriere aus Stahl...

Das Außenschott schloß sich mit einem leisen Zischen, und der Botschafter spürte, daß zwei andere Männer zugegen waren: Spock und Daniel.

»Vater...«

Er konnte nicht antworten, konzentrierte sich nur auf das mentale Band, das sich zwischen seinem Bewußtsein und Amandas Geist spannte. Wenn er sich auch nur für einen Sekundenbruchteil davon abwandte, gab es keine Rettung mehr für seine Frau!

»Helfen Sie mir!« ertönte eine Stimme in unmittelbarer Nähe. »Er muß in die Behandlungskammer!«

Man entkleidete ihn, schob ihn ins sterilisierende Strahlenfeld...

Das Licht erlosch.

Das Summen des Projektors verklang. Dunkelheit und Stille umhüllten sie.

Die Innentür blieb geschlossen!

Sie waren in der winzigen Luftschleuse gefangen, während Amanda in der Stasiskammer starb!

Sareks Panik übertrug sich auf die Gedankenwelt Amandas.

Ihr Geist wies nicht die übliche Stabilität auf, irrte nach wie vor durch die finsteren Gewölbe der Bewußtlosigkeit, durch ein Labyrinth des Grauens. Als sie Sareks Angst empfing, begann sie damit, sich gegen seinen Gedankenstrom zu wehren, einen Damm zu errichten, um die emotionale Flut zurückzuhalten...

Sarek brüllte und warf sich gegen das Innenschott. Es war so konstruiert, um normaler vulkanischer Kraft standzuhalten, aber der Botschafter gehorchte jetzt dem Gebot der Verzweiflung.

Nach einigen Sekunden gelang es ihm, die Tür aufzubrechen. Vor ihm erstreckte sich die Behandlungskammer, erfüllt von dem blauen Licht des Stasisfeldes und dem trüben Glühen der Instrumentenanzeigen.

»Nein, Sarek!«

Er achtete nicht auf die Stimme, sprang auf Amanda zu – und prallte an schimmernder Energie ab!

Die beiden anderen Männer sprachen leise miteinander. Sarek hörte die Worte, aber sie blieben bedeutungslos für ihn.

»Daniel, irgend etwas stimmt nicht mit Amanda. Ich kann es jetzt ebenfalls spüren, wenn auch nicht so deutlich wie mein Vater.«

»Herr im Himmel! Der Timer ist manipuliert worden, Spock – die Rückholungsphase hat begonnen. Die Vorbereitungen sind noch nicht beendet, aber die Automatik stimuliert bereits die Körperfunktionen der Patientin!«

»Können Sie etwas dagegen unternehmen?«

»Nein. Sehen Sie nur: Der entsprechende Vorgang wurde eingeleitet – und anschließend der Kontrollmechanismus zerstört. Jemand hat sich Zugang zu der Kammer verschafft.«

»Ohne Werkzeuge und Ersatzteile ist eine Reparatur nicht möglich.«

»Dafür haben wir ohnehin keine Zeit mehr. Das Stasisfeld bricht in knapp fünf Minuten zusammen. Ich wünschte, Sorel wäre bei uns – aber bis die Energieversorgung wiederhergestellt wird, kann niemand die Schleuse passieren. Spock, helfen Sie Ihrem Vater. Wenn es Ihnen beiden gelingt, Amandas Bewußtsein zu stabilisieren, gibt es noch eine Chance, ihren Körper vor dem Tod zu bewahren.«

»Ich verstehe, Daniel.«

Sarek kniete neben dem Energiefeld und starrte in den blauen Dunst. Irgendwie schaffte er es, Ordnung in sein mentales Chaos zu bringen und an einer dünnen telepathischen Verbindung mit Amanda festzuhalten.

Eine Hand berührte sein Gesicht – fremde Gedanken tasteten seinem Bewußtsein entgegen.

Verschwinde!

Ich möchte dir helfen, Vater.

Verwandtschaftsbande stabilisierten sich, und Sarek fühlte, wie Amandas Egosphäre wuchs und sich ihnen näherte – die instinktive Reaktion einer Mutter auf die Gegenwart ihres Sohnes.

Ja.

Bis sie es schafften, Amandas Geist in die bewußte Erkenntniswelt zurückzuholen, mußten sie sich auf solche Reflexe verlassen. Sie konnte nicht denken, nur reagieren.

Das Stasisfeld begann sich aufzulösen. Die kastenförmigen Konturen verflüchtigten sich, und der Glanz ließ nach, als Amanda langsam dem Boden entgegenschwebte.

Sarek stützte ihren schlaffen Leib. Sie war so kalt, als sei sie bereits tot!

»Gut so, Sarek — wärmen Sie sie. Amanda ist unterkühlt. Die Wärme Ihres Körpers hilft ihr.«

Aber es war in erster Linie die kalte Leere in Amandas Gedankensphäre, die Sarek so sehr erschreckte. Er berührte ihre Schläfen, tastete nach den psionischen Kontaktpunkten und suchte vergeblich nach der Seele seiner Frau.

Ihr Ich weilte an einem fernen Ort, jenseits ihrer fleischlichen Existenz.

Daniel holte seinen Medscanner hervor und hielt ihn über Amanda. »Sie atmet nicht. Spock...«

Sarek spürte, wie ihn die telepathische Präsenz seines Sohnes beruhigte und auf eine notwendige Behandlung Amandas aufmerksam machte. Seine Finger lösten sich nicht von ihren Schläfen, als er den kühlen Körper auf den Boden herabließ, als der menschliche Arzt Druck auf den Brustkasten der Reglosen ausübte, ihr seinen Atem in den Mund blies — das alles hatte nichts mit dem eigentlichen Wesen der Frau zu tun, das Sarek nach wie vor zu schützen versuchte.

»In Ordnung«, sagte Daniel. »Jetzt sind Sie dran, Spock.«

Erneut stellte Spock einen Kontakt zu seinem Vater her. Sarek hielt Amanda in den Armen, spürte, wie sie erzitterte und zögernd ins Leben zurückkehrte.

Doch dieser Prozeß betraf noch immer allein den Körper. Amandas Geist wanderte durch eine Welt der Finsternis.

Komm zu mir, Amanda. Komm zu mir, Gemahlin.

Mutter, fügten Spocks Gedanken hinzu. *Komm zu uns, Mutter. Es ist alles in Ordnung.*

Das ferne, irrationale Glühen eines weiblichen Egos näherte sich unsicher und begegnete ihnen mit furchtsamen Fragen.

Sarek projizierte Wärme und Zärtlichkeit.

Spock zögerte — und schürte damit Amandas Angst.

Sie ist deine Mutter, Spock. Du hast das Recht, dich um sie zu sorgen.

Spocks Gefühle verbargen sich in einem entlegenen Winkel seines Gedankenkosmos, während all der Jahre sorgfältig unter Schloß und Riegel gehalten. Als er sie jetzt aus ihrem Kerker entließ, wehte ein emotionaler Wind durch seinen Geist, befreite endlich die Liebe eines Sohnes, die so lange unterdrückt worden war, verwandelte sie in ein psionisches Fanal, das für Amanda die Dunkelheit erhellte und ihr den Weg wies.

Vater und Sohn riefen sie mit Hoffnung und Freude — und schließlich hörte sie ihre Stimmen, kehrte zurück...

In ihren Körper, in das Universum ihrer Erinnerungen, einen Strudel aus Reminiszenzen...

Gemeinsames Glück, als Sarek seine Frau nach der Niederkunft nach Hause brachte und das holografische Bild aufnahm, das Amanda mit dem Baby namens Spock zeigte und noch immer auf der Kommode in ihrem Schlafzimmer stand.

Erschrockene Verlegenheit und heimlicher Stolz auf die intellektuelle Leistungsfähigkeit ihres Sohns, als sich herausstellte, daß Spock den Schulcomputer manipuliert hatte, um die Prüfungsarbeiten der Schüler zu löschen, die ihn aufzogen.

Offener Stolz — den Sarek noch immer nicht ganz eingestand —, als sie erfuhren, daß ihr Sohn sein Kahs-wan aufgab, um einem anderen Prüfling das Leben zu retten, einem jener Jungen, die ihn verachteten, weil sie keinen vollwertigen Vulkanier in ihm sahen.

Amandas Schmerz, als Spock von seiner Absicht berichtete, eine berufliche Laufbahn in Starfleet zu beginnen. Vergeblich versuchte sie, ein Schweigen zu beenden, das achtzehn Jahre dauern sollte.

Ihr Zorn auf Sarek, als er sich weigerte, der Zeremonie beizuwohnen, die als Spocks Hochzeitsritual geplant war.

Ihre Wut auf Spock: An Bord der *Enterprise* stellte er seine Aufgaben als Erster Offizier der Pflicht voran, das Leben seines Vaters zu retten. Amanda hatte ihn geschlagen, und Sarek spürte nun sowohl Amandas Leid als auch Spocks Scham angesichts einer Konfrontation, von der er erst jetzt erfuhr.

Schließlich war es Spocks Blut, das Sarek vor dem Tod bewahrte — und jetzt bildeten sie wieder eine Familie. Amandas Liebe erfüllte sowohl ihren Mann als auch den Sohn, lockte sie tiefer in die Mentaleinheit...

Mutter, Vater — es ist Zeit, die Gedankenverschmelzung zu beenden.

Das disziplinierte Bewußtsein Spocks übernahm die Kontrolle und erinnerte die beiden anderen Egosphären an die Realität. Es geleitete sie in die Rückkehrphase, in den Prozeß der geistigen Trennung:

»Ich bin Sarek. Ich bin Amanda. Ich bin Spock. Ich bin Sarek. Ich bin Amanda. Ich bin Spock. Ich bin...«

»...Sarek.«

»...Amanda.«

»...Spock.«

Sarek identifizierte sich wieder mit seinem eigenen Ich, vergegenwärtigte sich eine Existenz, die sich nicht nur auf psychische Aspekte beschränkte. Er hielt Amanda in den Armen, fühlte Kühle dort, wo ihn bis vor wenigen Sekunden Spocks Hand berührt hatte. Sein Sohn kniete neben ihm, musterte ihn und nickte.

Amandas Lider hoben sich zitternd, und sie lächelte, als sie ihren Mann erkannte. »Sarek!« Sie schlang die Arme um ihn. »Oh, Sarek, ich liebe dich.«

»Amanda«, murmelte er und strich ihr übers Haar. »Geliebte.«

Aus den Augenwinkeln sah er, wie Spock die Stirn runzelte und ihn wortlos anstarrte.

Amanda gab Sarek frei und drehte den Kopf. »Spock. Du *bist* hier. Ich hielt es nur für einen Traum.«

Sarek unterdrückte ein Lächeln, als er beobachtete, wie er seiner Mutter gestattete, ihn zu umarmen, obgleich er nicht mit ihr allein war und sich sonst hütete, Gefühle zu zeigen.

Nach einer Weile stellte der Botschafter fest, daß die Beleuchtung wieder funktionierte. Im Glanz der Lampen bemerkte er nicht nur Daniel in der kleinen Kammer, sondern auch Sorel und hinter ihm Storn.

Amanda schien das Zeichen zu geben, indem sie Spock losließ: Alle bewegten sich gleichzeitig. Sorel und Daniel traten näher und untersuchten sie mit ihren Medscannern. Storn reichte Sarek die in der Schleuse abgelegte Kleidung, und während sich Spocks Vater anzog, ließ er Amanda nicht aus den Augen.

Er wußte, daß ihr Rekonvaleszenzprozeß abgeschlossen war. Wenn sie an Schmerzen litt, hätte er das in der Mentaleinheit gespürt. Als sie aus der Stasis zurückkehrte, bot sich ihm ihr Bewußtsein wieder als das beherrschte Ich dar, das er kannte; und gleichzeitig gab es ihrem bis dahin kalten und schlaffen Körper Lebenswärme und neue Kraft.

Sorel richtete sich auf. »Ihre Frau scheint in ausgezeichneter Verfassung zu sein, Sarek.«

»Gut«, sagte Amanda. »Dann können wir wohl nach Hause gehen.«

»Kommt nicht in Frage«, widersprach Daniel. »Sie bleiben noch einige Tage im Krankenhaus, damit wir die notwendigen Analysen durchführen können. In Ordnung: Verlassen Sie jetzt die Kammer. Sarek, Spock — Sie können Amanda heute abend besuchen. Wir bringen sie in die Intensivstation. Eine reine Vorsichtsmaßnahme.« Er winkte in Richtung Luftschleuse.

Sarek kniete sich nieder, und seine Fingerspitzen berührten die Amandas. Er sah ihr herzliches Lächeln nicht nur, sondern fühlte es auch in seinem Innern. Der Blick ihrer saphirblauen Augen vertrieb den Rest Sorge aus ihm und erfüllte ihn mit *freudiger* Erwartung.

Als er zusammen mit Spock auf den Korridor trat, legten zwei Pfleger seine Frau auf eine Gravbahre.

Spock berührte ihn am Arm. »Vater, ich...«, begann er, brach jedoch gleich wieder ab, als eine weibliche Stimme erklang.

»Sarek!«

Eleyna eilte aus der offenen Luftschleuse der Stasiskammer, in der Carl Remington behandelt worden war. Mit einigen langen Schritten näherte sie sich dem Botschafter. »Oh, Sarek«, brachte sie hervor. »Ich leide mit Euch. Aber machen Sie sich keine Sorgen. Sarek, ich...«

Sie hob die Hand und tastete nach dem Gesicht des Vulkaniers. Sarek musterte sie verwirrt, begriff nur, daß seine Assistentin Amanda für tot hielt...

Doch gerade als er ihr mitteilen wollte, daß sie den vorzeitigen Vitalisierungsprozeß überlebt hatte, ertönte eine andere Stimme.

»Haltet die Frau fest! Sie ist die Mörderin!«

Leonard McCoy sprang die letzten Stufen der Treppe herunter und rannte atemlos auf sie zu.

»Nein!« rief Eleyna. »Nein, er gehört mir! Sie dürfen ihn mir nicht nehmen... Ich habe so lange auf ihn gewartet...«

Als sie erneut versuchte, Sareks Schläfen zu berühren, trat Spock vor. Er machte sich nicht einmal die Mühe, den vulkanischen Nervengriff zu verwenden, hielt die junge Frau einfach an den Armen fest.

»Er braucht mich!« stieß Eleyna hervor. »Lassen Sie mich los, Spock! Oder wollen Sie, daß auch Ihr Vater stirbt?«

»Sie sind hysterisch«, erwiderte Spock schlicht. »Beruhigen Sie sich. Dr. McCoy, behaupten Sie etwa, daß diese Frau...«

»Sie hat T'Zan und Remington umgebracht – und fast auch Jim Kirk.«

»Und Amanda«, murmelte Sarek. Sein Blick fiel auf den Tricorder, den Eleyna an ihrem Gürtel befestigt hatte. Er nahm das kleine Gerät zur Hand und schaltete es ein.

»Sarek möchte... Amanda besuchen«, erklang seine eigene Stimme aus dem Lautsprecher.

»Auf diese Weise haben Sie sich Zutritt zur Behandlungskammer verschafft«, sagte er. »Der Anruf heute morgen... Niemand hat eine falsche Nummer gewählt. Sie haben den Anschluß programmiert, um meine Antwort aufzuzeichnen: ›Sarek.‹ Und die Worte ›möchte Amanda besuchen‹ entnahmen Sie unserem vorherigen Gespräch.«

»Außerdem kennt sie sich mit Computern aus«, warf Spock ein. »Du hast sie selbst unterrichtet, Vater.«

Sarek spürte, wie ihm das Blut ins Gesicht schoß, und plötzlich verlor er die Beherrschung. Mit dem Instinkt seiner Krieger-Ahnen streckte er die Arme nach Eleyna aus, um ihr das Genick zu brechen...

»Vater!«

Spocks Stimme brachte ihn in die vulkanische Gegenwart zurück, erinnerte ihn an seine Pflichten als verantwortlicher Bürger, ermöglichte es ihm, sich zu fassen.

Langsam ließ Sarek die Hände sinken, legte sie auf den Rücken und zwang sich zur Ruhe. »Warum?« fragte er Eleyna. »Warum haben Sie die Dame T'Zan und Carl Remington getötet? Warum wollten Sie auch meine Frau umbringen?«

»Für Sie. Ich... ich liebe Sie, Sarek. Die ganze Zeit über wartete und hoffte ich auf Sie. Als Amanda erkrankte, wußte ich, daß Sie nach ihrem Tod meine Hilfe brauchen würden. Dann unterzog man sie dem neuen Behandlungsverfahren... Es war einfach nicht *fair!* Sie hatte Sie bereits all die Jahre! Jetzt bin *ich* an der Reihe!«

Sarek sah Spock an, der Eleynas Antwort offenbar ebenso unverständlich fand wie er selbst. Den Mann einer anderen Frau begehren? Unvorstellbar... Aber war es Spock mit T'Pring nicht ähnlich ergangen? Und dann Sendet: Am vergangenen Tag hatte er versucht, das Partnerschaftsband zwischen Daniel und T'Mir zu zerreißen. Ja, einem unlogischen Bewußtsein mochte selbst Absurdes vernünftig und einsichtig erscheinen.

Trotzdem... »Wenn es Ihnen in erster Linie darum ging, Amanda zu ermorden – warum brachten Sie zuvor zwei andere Personen um?«

»T'Zans Tod war ein unglücklicher Zufall«, lautete die Antwort der jungen Frau. »Von dem verletzten Besatzungsmitglied der *Enterprise* wußte ich überhaupt nichts. Ihre Schuld! Sie hätten mir sagen sollen, daß sich noch jemand in Stasis befand. Sie teilten mir mit, Ihr Sohn kehre heim – und da wußte ich, daß ich nicht länger zögern durfte. Ich wollte, daß Sie nach dem Ende der Bindung mit Amanda auf meine Hilfe zurückgriffen und nicht auf die Spocks. Deshalb programmierte ich den Computer, um die Energieversorgung zu unterbrechen.«

»Aber Sie versäumten es, eine der Stasiskammern zu bestimmen«, stellte Spock fest. »Ihrem ersten Anschlag fiel T'Zan zum Opfer.« Sarek beobachtete, wie sich die Hände seines Sohnes fester um Eleynas Arme schlossen. »Im Anschluß daran töteten Sie Carl Remington – um den Eindruck zu erwecken, das neue Behandlungsverfahren sei noch nicht ausgereift. Logisch.«

»Ich fühle mich geehrt.«

»Es war kein Kompliment«, sagte Spock.

»Jim Kirk kam mit seinen Ermittlungen der Wahrheit zu nahe, nicht wahr?« warf Leonard McCoy ein. »Aus diesem Grund lockten Sie ihn in die Wüste, um ihn den Le-matya zu überlassen. Aber Ihr Plan ging nicht auf. Jim kam eben wieder zu sich und erzählte mir alles. Verdammt: Wir wären in der Lage gewesen, Sie schon vor einer Stunde aus dem Verkehr zu ziehen, wenn ich die Hinweise des Captains verstanden hätte.«

»Ist alles in Ordnung mit ihm?« fragte Spock.

»Ja. Sie kennen ihn ja. Unkraut vergeht nicht.«

»Menschen sind zäh«, meinte Sarek, als die Pfleger die Schwebbahre durch das geöffnete Schleusenschott schoben. Amanda sah zu ihm auf und lächelte. Spock und McCoy trafen eine stumme Übereinkunft und schwiegen: Die Frau des Botschafters sollte nicht erfahren, welche Gefahr ihr gedroht hatte.

Eleyna riß die Augen auf, als sie Amanda sah. »Sie... sie lebt!« brachte sie hervor, als die Gravbahre hinter einer Ecke verschwand. »Das ist nicht *fair!*«

»Es ist nicht fair, daß Sie zwei Unschuldige ermordeten, fast noch eine dritte Person umbrachten und das halbe Krankenhaus niederbrannten«, erwiderte McCoy scharf.

»Es ging mir gar nicht darum, irgendwo Feuer zu legen!« wandte Eleyna ein. »Meine Absicht bestand nur darin, die Daten im Permanentspeicher zu löschen...«

»Mit einer energetischen Entladung, die so stark war, daß der Computerraum in Flammen aufging«, kommentierte Spock. »Vater, diese Frau gibt zu, sowohl einen Vulkanier als auch einen Bürger von Verinius Vier ermordet zu haben. Außerdem hat sie versucht, Amanda und James T. Kirk umzubringen. Zwar verübte sie diese Verbrechen auf Vulkan, aber andererseits ist sie Außenweltlerin. Es könnte juristische Zuständigkeitsprobleme geben.«

Sorel trat neben ihn. »Eleyna trifft die Schuld am Tod meiner Frau?« fragte er leise.

Sareks Assistentin blickte ihn kurz an, senkte dann den Kopf, als sie den Heiler erkannte. »Es tut mir leid«, sagte sie. »Ich wollte T'Zan nicht töten. Bitte glauben

Sie mir... Es war ein... ein Unfall. Ich hatte es auf Amanda abgesehen!«

Sorel starrte sie an. »Sie ist krank«, entgegnete er. »Ich kann mich nicht selbst um sie kümmern, aber sie sollte sofort behandelt werden. Überlassen Sie sie mir. Vielleicht hat T'Par heute für sie Zeit.«

»He, einen Augenblick!« warf Leonard McCoy ein. »Sie haben es mit einer Mörderin zu tun! Sie können doch nicht...«

Spock wandte sich ihm zu. »Doktor, hier in der Akademie ist sie weitaus besser aufgehoben als in irgendeiner Strafkolonie der Föderation. Sie brach die Gesetze Vulkans, und daher hat vulkanisches Recht Vorrang. Nun, da sie ihre Verbrechen eingesteht, bleibt ihr die Wahl: entweder Tod oder Behandlung. Die Föderation gäbe ihr nicht die Möglichkeit, eine solche Entscheidung zu treffen.«

»Es ist nicht fair«, wiederholte Eleyna. »Nach allem, was ich für Sie getan habe, Sarek...« Hilflos schüttelte sie den Kopf. »Es ist mir gleich, was mich erwartet...«

McCoy fluchte leise, als Sorel die junge Frau fortführte. »Verdammt, warum tut *sie* mir leid? Warten Sie nur ab, bis Sie sehen, was Eleyna Jim angetan hat.«

»Er *wird* sich doch wieder erholen, oder?« fragte Spock.

»Ja«, bestätigte der Arzt. »Sie können ihn später besuchen, Spock. Er hat ziemliche Schmerzen, und Sie sind vermutlich der einzige, der ihm in seinem gegenwärtigen Zustand nicht auf die Nerven geht.« McCoy sah Sarek an. »Ihr Sohn hätte ein fähiger Heiler werden können«, fügte er hinzu. »Ich weiß nicht, wie er es anstellt, aber er kann ziemlich gut mit Kranken und Verletzten umgehen.«

Spock hob erstaunt die Brauen, als er dieses Kompliment hörte: Es stammte von einem Mann, der ihm für gewöhnlich immer mit bissiger Ironie begegnete. Als sich McCoy kurze Zeit später auf den Weg zu seiner Patientin machte, wandte sich Spock an Sarek. »Darf ich dir eine Frage stellen, Vater?«

»Wie lautet sie?«

»Als Mutter das Bewußtsein wiedererlangte, hast du sie nicht etwa mit ›Amanda‹ angesprochen, sondern...«

Sarek wußte, was sein Sohn meinte. »Ich nannte sie Geliebte.«

»Ich verstehe nicht«, erwiderte Spock leise. »Wie alle Vulkanier leugnest du ein solches Gefühl, und doch...«

»Es ist ihr Name, Spock.«

»Was?«

»Mein Sohn«, sagte Sarek, »du hast verschiedene Sprachen der Föderation erlernt. Kennst du denn nicht den Bedeutungsinhalt des Wortes ›Amanda‹?«

KAPITEL 35

Drei Tage später wurden sowohl Amanda als auch James T. Kirk aus dem Krankenhaus entlassen. Kirk fühlte sich endlich wieder wie er selbst, als die Medikamente die letzten Reste des Le-matya-Gifts neutralisierten. Aber McCoy mußte ihm beim Anziehen helfen: Seine rechte Hand war völlig gefühllos, und die Lähmung reichte bis zum Ellenbogen.

Inzwischen wußte er jedoch, daß es sich nur um eine vorübergehende Auswirkung des Toxins handelte. In gewisser Weise genoß er sie sogar: Er trug den Arm in einer Schlinge, galt als verwundeter Held, den man überall mit Bewunderung empfing.

Als der stechende Schmerz am vergangenen Tag nachließ und zu einem erträglichen Prickeln wurde, kamen viele Besucher zu ihm, die meisten von ihnen Frauen. Er dachte natürlich nicht daran, mit T'Pau, T'Mir oder Amanda zu flirten, aber... Nicht nur in seinem unmittelbaren Bekanntenkreis sprach man von dem Abenteuer in der Wüste und dem Doppelmord in der vulkanischen Akademie der Wissenschaften. Mehrere menschliche Frauen fanden einen Vorwand, den berühmten Starfleet-Captain im Krankenhaus zu besuchen. Kirk lächelte zufrieden, als er sich daran erinnerte: Wenn er wollte, konnte er mehrere Wochen lang jeden Abend in anderer weiblicher Gesellschaft verbringen — eine höchst verlockende Aussicht.

Derzeit gab er sich jedoch damit zufrieden, bei seinen Freunden und Spocks Familie zu sein. Amanda war so charmant wie damals, doch ihr äußeres Erscheinungsbild...

Eigentlich hatte Kirk nach dem Abschluß der Stasisbehandlung mit einer völlig anderen Amanda gerechnet, mit einer wesentlich jüngeren Frau. Statt dessen aber schimmerte ihr Haar noch immer silberfarben, und sie bewegte sich ruhig und bedächtig. Sie wirkte nur gesund und ausgeruht.

Als sie ihn am vergangenen Abend besuchte, fielen ihr Kirks verstohlene Blicke auf, und daraufhin lachte sie heiter. »Die Veränderung betrifft die innere Struktur meines Körpers«, beantwortete sie die unausgesprochene Frage des Captains. »Die Nerven haben sich vollständig regeneriert. Und sehen Sie nur...« Sie streckte die Hände aus und drehte sie langsam. »Weder steife Gelenke noch Altersflecke. Daniel meint, im Verlauf der nächsten sechs Monate vestärken sich die ›kosmetischen‹ Auswirkungen der Behandlung. Aber wie dem auch sei: ich verwandle mich nicht in ein zwanzigjähriges Mädchen.«

»Mit zwanzig können Sie unmöglich so hübsch gewesen sein wie jetzt«, erwiderte Kirk galant.

»Das behauptet auch mein Mann«, erwiderte Amanda, und in ihren blauen Augen funkelte es amüsiert. »Mit einem Unterschied: Er meint es *ernst*. Vulkanier kennen keine Komplimente. Nun, ich stamme von der Erde, und ich gebe offen zu, ein wenig eitel zu sein. Daher ist es mir nicht unangenehm, jünger auszusehen und mich auch so zu fühlen. Übrigens: Ich behalte das silberne Haar — um nicht den Respekt meiner Schüler zu verlieren.« Sie lächelte und fügte hinzu: »Nach dem Ende des Verjüngungsprozesses werde ich wie eine Fünfunddreißigjährige aussehen, und in dem Alter zeigten sich in meinem Haar die ersten grauen Strähnen. Es sah schütter aus, hatte nicht den gegenwärtigen Glanz. Ich habe Daniel inständig gebeten, mir jenes Stadium zu ersparen!«

Amanda mochte sich jung und vital fühlen, aber Kirk bemerkte, daß Sarek sie so vorsichtig behandelte wie zerbrechliches Porzellan, als er ihr in das Schwebefahrzeug half.

Erst als sie später das Haus erreichten und sich im Salon einfanden, verlangte Amanda Antworten auf ihre Fragen. Sarek bestand darauf, daß sie sich auf der Couch ausstreckte. Er selbst wählte seinen Lieblingsplatz, einen bequemen Lehnstuhl, und Kirk saß ihm gegenüber in Amandas Sessel. Spock und McCoy zogen sich zwei andere Stühle heran und leisteten ihnen Gesellschaft. Man konnte den Eindruck gewinnen, als bildeten sie alle eine Familie.

»Jetzt möchte ich die ganze Geschichte hören«, sagte Amanda.

»Was für eine Geschichte?« fragte Sarek und nahm die Harfe vom Kaminsims.

»Mit deiner Unschuldsmiene kannst du mir nichts vormachen — und das gilt auch für dich, Spock. Ich weiß, daß es zu irgendeinem Zwischenfall kam, während ich in der Stasis lag. Ihre Verletzung spielt dabei irgendeine Rolle, Jim. Außerdem: Ich würde wirklich gern wissen, welcher Zusammenhang zwischen Ihren Erlebnissen in der Wüste und der Tatsache besteht, daß bei meiner Revitalisierung kein Heiler zugegen war.«

Die vier Männer warfen sich kurze Blicke zu. Nach einer Weile senkte Sarek den Kopf, sah auf die Justierungskontrollen der Harfe und betätigte einige Regler. »Gemahlin«, erwiderte er, »welche logische Verbindung könnte es zwischen zwei so völlig unterschiedlichen Ereignissen geben?«

»Genau das möchte ich erfahren«, beharrte Amanda. »Ich verbrachte die Zeit im Krankenhaus nicht nur damit, im Bett zu liegen und zu schlafen. Ich habe einige Ausflüge unternommen, und jedesmal, wenn ich irgendein Zimmer betrat, herrschte plötzlich Stille. Nun, ich hörte, was mit Jim geschah — aber niemand wollte mir sagen, warum er so unvernünftig war, einen Spaziergang durch die Wüste zu machen, während T'Kuht schien.«

Kirk lächelte schief. »Ich fürchte, mit meiner Vernunft stand es zu jenem Zeitpunkt nicht zum besten«, gestand er ein.

»Warum?« hakte Amanda sofort nach. Sie musterte auch die anderen Männer. »Was versucht ihr, mir zu verheimlichen?«

»Warum sollten wir dir irgend etwas verheimlichen, Mutter?« erwiderte Spock.

Amanda seufzte. »Spock, schon als Vierjähriger hast du damit begonnen, deinen Vater nachzuahmen und unangenehmen Fragen mit einer Gegenfrage auszuweichen. Der Trick funktionierte damals ebensowenig wie heute. Sag mir, Sohn: Warum hast *du* an der Gedankenverschmelzung teilgenommen, die mich aus der Stasis zurückholte? Sorel hätte sich geistig mit mir in Verbindung setzen müssen. Oder T'Par. Du bist kein Heiler, Spock, und ich schätze, unter gewöhnlichen Umständen hätte Sorel ein solches Risiko vermieden.«

Spock sah Sarek an. »Sie hat ein Recht darauf, Bescheid zu wissen.«

»Ja, das stimmt«, pflichtete ihm sein Vater bei. »Ich hatte nur gehofft, wir könnten ihr zunächst Gelegenheit geben, sich ganz zu erholen.«

»Es gefällt mir nicht, daß ihr beide so über mich sprecht, als sei ich überhaupt nicht zugegen!« sagte Amanda, und in ihren blauen Augen blitzte es. »Ich bin ausgeruht und fühle mich prächtig! Heraus mit der Wahrheit. Spock, ich nehme an, du kamst nach Hause zurück, um deinem Vater Hilfe anzubieten. Aber weshalb bist du in die Rolle eines Heilers geschlüpft?«

»Es begann alles an Bord der *Enterprise*«, sagte Kirk. Er hielt es für sinnlos, weiterhin zu versuchen, Amanda etwas vorzumachen. Wenn sie ihren Fragen noch länger auswichen, regte sie sich nur auf. »Spock plante ohnehin einen Abstecher nach Vulkan, um Sarek zu besuchen. Nun, bei einem Gefecht mit einem klingonischen

Schlachtkreuzer wurde eins meiner Besatzungsmitglieder so schwer verletzt, daß das neue Behandlungsverfahren die einzige Überlebenschance für ihn darstellte...«

McCoy beschrieb die medizinischen Aspekte, und die vier Männer wechselten sich bei der Schilderung der Ereignisse ab. Amanda hörte ihnen ruhig und aufmerksam zu.

»...und als ich wieder zu mir kam und sah, daß McCoy nach wie vor im Zimmer war, befürchtete ich, Eleyna hätte Sie erwischt«, schloß Kirk.

»Es fehlte nicht viel«, sagte Sarek. »Sie betäubte den Wächter und zog ihn in eine der leeren Stasiskammern. Anschließend passierte sie mit Hilfe meiner aufgezeichneten Stimme die Schleuse deines Behandlungszimmers, Amanda. Dort löste sie die Erweckungsfrequenz aus und zerstörte den entsprechenden Kontrollmechanismus.«

»Und die ganze Zeit über befand ich mich bei Storn, in seinem Büro, auf der anderen Seite des Ganges«, warf Spock ein.

»Ein ausgezeichnetes Timing«, kommentierte Sarek. »Eleyna hatte den neuen Computer bereits auf eine Unterbrechung der Energieversorgung programmiert, um den Zugang zu blockieren und zu verhindern, daß jemand anders in die Kammer gelangen konnte.«

»Die Schaltkreise der Luftschleuse blieben mit dem Hauptsystem verbunden«, erklärte Spock.

»Eleyna vergaß die mentale Brücke zwischen dir und mir«, fügte Sarek hinzu und sah Amanda an. »Deine Reaktion auf die vorzeitige Vitalisierung alarmierte mich. Ich erreichte die Stasiskammer, bevor der Strom ausfiel.«

»Ebenso wie Daniel«, sagte Spock. »Die neuerliche Fehlfunktion löste ein Notsignal aus. Kurz darauf spürte ich ebenfalls, daß mit dir etwas nicht stimmte, Mutter. Nun, wir trafen uns alle im Korridor. Die Schleuse kann maximal drei Personen aufnehmen. Vater wurde als dein Bindungspartner benötigt, Daniel als dein Arzt. Und da keine Zeit blieb, Sorel zu benachrichtigen, war es logisch, daß ich mich ihnen anschloß. Doch als das Außenschott zuschwang, wurde Eleynas Sabotageprogramm aktiv.«

»Genau in jenem Augenblick?« fragte Amanda. »Während ihr euch in der Schleuse aufhieltet? Wie habt ihr euch Zugang zu der Kammer verschafft?«

Sarek ließ sich nichts anmerken. »Ich... erinnere mich nicht mehr genau.«

»Du hast das Innenschott aus der Einfassung gerissen, Vater«, sagte Spock in einem sachlichen Tonfall.

Amanda lächelte, und in ihren Augen schimmerten Tränen. »Ach, Sarek...«

»Angesichts der besonderen Umstände schien mir das die einzige logische Lösung zu sein«, bemerkte der Botschafter.

»Wir betraten die Behandlungskammer«, fuhr Spock fort, »und kurz darauf brach das Stasisfeld zusammen. Die Energieversorgung war noch nicht wiederhergestellt, und das bedeutete, daß kein Heiler zu uns gelangen konnte. Deshalb blieb mir nichts anderes übrig, als zusammen mit Vater eine Mentaleinheit zu bilden, um dir zu helfen.«

»Ich bin... froh, daß du dich dazu entschlossen hast«, entgegnete Amanda. »Ich empfand es als freudige Überraschung, euch beiden zu begegnen.«

»Nun, *ich* bin froh, daß alles gut ausgegangen ist!« sagte McCoy. »Als ich endlich verstand, was mir Jim in bezug auf Eleyna mitteilen wollte, war es bereits zu spät.«

»Du brauchst dir keine Vorwürfe zu machen, Pille«, wandte sich Kirk an ihn. »Als ich zum erstenmal wieder zu mir kam, konnte ich kaum einen klaren Gedanken fassen und nur einige Worte stammeln, die dir rätselhaft erschienen. Und davon ganz abgesehen: Niemand von uns hätte es für möglich gehalten, daß Eleyna Miller die Mörderin ist — bis sie sich entlarvte.«

»Eleyna...«, murmelte Amanda und schüttelt verwirrt den Kopf. »Sie war immer so... *nett* und zuvorkommend. Wenn ich daran denke, daß sie zwei Personen tötete und auch mich umbringen wollte...« Sie sah Kirk an.

»Ein gestörtes Bewußtsein stellt ein Labyrinth dar, in dem sich nicht einmal vulkanische Rationalität zu orientieren vermag«, sagte Sarek. »Niemand von uns weiß, was Eleyna zu derartigen Verbrechen bewegte.«

Amanda musterte ihren Mann. »Da irrst du dich, Gemahl. Bei dieser ganzen Angelegenheit verstehe ich *einzig und allein* Eleynas Motiv. Was mir nach wie vor unbegreiflich ist: Wenn sie glaubte, dich nach meinem Tod bekommen zu können — warum versuchte sie mit einer *indirekten* Methode, mich aus dem Weg zu räumen?«

»Zum Glück konnte sie nur aus sicherer Entfernung morden«, erwiderte Kirk.

»Was meinen Sie damit?«

»Eleyna tötete, indem sie den Computer umprogrammierte. Sie lockte mich in die Wüste und stieß mich von einem Felsen, der jedoch nicht hoch genug war. Ich glaube, sie *hoffte* darauf, daß ich mich beim Sturz verletzte. Wenn es mir tatsächlich gelungen wäre, der fleischfressenden Pflanze zu entkommen — so überlegte sie vermutlich —, hätte mich irgendein Raubtier oder am nächsten Tag die Hitze umgebracht. Wissen Sie, man kann Eleyna nicht in dem Sinne als kaltblütige Mörderin bezeichnen. Sie sah sich außerstande, mir ein Messer in den Leib zu stoßen oder den Wein zu vergiften, den sie mir anbot. Es gab ausreichend Gelegenheit für sie, auf Nummer Sicher zu gehen.«

»Sie konnte sich nicht unmittelbar den Konsequenzen ihres Handelns stellen«, warf McCoy ein.

»Und deshalb starben zwei Personen, die gar nichts mit Eleynas Plänen zu tun hatten«, fügte Spock hinzu.

»Das verletzte Besatzungsmitglied der *Enterprise*«, sagte Amanda. »Und... T'Zan. Oh, armer Sorel!«

»Seine Kinder sorgten dafür, daß er den Schock überstand«, erklärte Spock. »Und auch Daniel.«

»Der jetzt mit T'Mir gebunden ist«, stellte Amanda fest. »Er hat mir wenigstens *eine* meiner Fragen beantwortet.«

»Und so gehört nun ein weiterer Außenweltler zu einer vulkanischen Familie«, sagte Spock.

»Mißbilligst du das?« Sarek sah ihn an, und eine seiner Augenbrauen kam steil in die Höhe.

»Nein, Vater. Ich glaube, ich... verstehe jetzt, daß die Familie manchmal eine größere Rolle spielt als Traditionen.«

»Mein Sohn, die Familie *ist* Tradition«, erwiderte Sarek. »Woher sollen Bräuche und Gepflogenheiten stammen, wenn die Familie nie etwas Neues wagt? Das erinnert mich an etwas: Vor langer Zeit habe ich versprochen, dir die Harfe meines Großvaters zu geben. Jetzt scheint mir der richtige Augenblick gekommen zu sein.«

Er reichte Spock das Instrument.

»Ich... bin geehrt, Vater. Aber ich... kann dieses Geschenk nicht annehmen.«

»Warum denn nicht? Sollten dich die Traditionen nicht in den Raum begleiten, Spock? Während andere kulturelle Elemente unserer Gesellschaft auf Vulkan bereichern? Denk an Sendet und seine Mitverschwörer, die planten, zu der Zeit vor Surak zurückzukehren. Sie entschieden sich dafür, Vulkan zu verlassen und in der Fremde eine Kolonie zu gründen. Und sie beschlossen, die strengsten und ältesten Traditionen Vulkans mitzunehmen. Du repräsentierst die Zukunft unseres Volkes, Spock — einen neuen Weg, der nicht weniger ehrenvoll ist als der alte. Als Starfleet-Offizier bist du sowohl Wissenschaftler als auch Soldat. Und gleichzeitig Künstler.«

Vorsichtig berührte Spock das glatte Holz der Harfe, zupfte behutsam an einer Saite. Und dann begann er zu spielen, für die Familie, für die Freunde, insbesondere für seinen vulkanischen Vater und die menschliche Mutter. Seine Musik vereinte mehrere Stilrichtungen in sich. Kirk hörte nicht nur Klänge, die ihn an die Wüsten Vulkans erinnerten, sondern auch Melodien, die Assoziationen an die Ozeane der Erde in ihm weckten, gefolgt von andorianischen Triolen und einem klingonischen Zechlied, das er in der Station K 7 vernommen hatte. Der Captain lächelte — vielleicht das Lächeln, das Spock unterdrückte — und genoß die Ruhe, die ihn erfüllte: ein Frieden, der sowohl ihn selbst betraf als auch alles, was im externen Kosmos existierte. Er wußte, daß es sich um eine Illusion handelte, aber er gab sich ihr bereitwillig hin, bevor er zur *Enterprise* und in das Leben zurückkehrte, das sie trotz aller kulturellen Unterschiede teilten: das Leben im All.

**Über alle bei Heyne erschienenen
Science Fiction-Romane und Erzählungen informiert
ausführlich das Heyne-Gesamtverzeichnis. Sie erhalten es
von Ihrer Buchhandlung oder direkt vom Verlag.
Wilhelm Heyne Verlag, Postfach 20 12 04,
8000 München 2**

HEYNE SCIENCE FICTION UND FANTASY

STAR TREK™

Die erfolgreichste Filmserie der Welt

06/4619

06/4551

06/4605

06/4568

06/4627

06/4682

**Wilhelm Heyne Verlag
München**

HEYNE
SCIENCE FICTION

CYBERPUNK

Die postmoderne Science Fiction der achtziger Jahre

06/4400

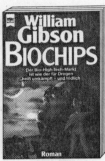

06/4529

06/4681

06/4578

06/4544

06/4556

**Wilhelm Heyne Verlag
München**

HEYNE SCIENCE FICTION UND FANTASY

STAR TREK™

Die erfolgreichste Filmserie der Welt

06/4499

06/4474

06/4535

06/4646

06/4458

06/4662

Wilhelm Heyne Verlag München

HEYNE
SCIENCE FICTION
UND FANTASY

**Erleben Sie ihn mit, den Einsatz der
KAMPFKOLOSSE DES 4. JAHRTAUSENDS**

**Die ersten Romane aus dem
BATTLETECH®-Universum:**

Die große GRAY DEATH-TRILOGIE

**William H. Keith jr.:
Entscheidung am
Thunder Rift**
Deutsche Erstausgabe
06/4628

**William H. Keith jr.:
Der Söldnerstern**
Deutsche Erstausgabe
06/4629

**Weitere Bände
in Vorbereitung**

**William H. Keith jr.:
Der Preis des Ruhms**
Deutsche Erstausgabe
06/4630

Wilhelm Heyne Verlag
München